传奇不奇

沈从文构建的湘西世界

赵学勇　著

商务印书馆
创于1897　The Commercial Press

2017年·北京

图书在版编目（CIP）数据

传奇不奇：沈从文构建的湘西世界 ／ 赵学勇著. —
北京：商务印书馆，2016（2017.8重印）
ISBN 978 - 7 - 100 - 12779 - 0

Ⅰ.①传… Ⅱ.①赵… Ⅲ.①沈从文（1902－1988）—
小说研究 Ⅳ.①I207.42

中国版本图书馆CIP数据核字(2016)第290132号

陕西师范大学优秀著作出版基金资助出版

传奇不奇：沈从文构建的湘西世界

赵学勇　著

商 务 印 书 馆 出 版
（北京王府井大街36号　邮政编码 100710）
商 务 印 书 馆 发 行
三河市尚艺印装有限公司印刷
ISBN 978 - 7 - 100 - 12779 - 0

2016年12月第1版　　　开本 880×1230　1/32
2017年8月第2次印刷　　印张 10 1/4

定价：40.00元

曾经有人询问我："你为什么要写作？"

　　我告他我这个乡下人的意见："因为我活到这世界里有所爱。美丽，清洁，智慧，以及对全人类幸福的幻影，皆永远觉得是一种德行，也因此永远使我对它崇拜和倾心。这点情绪和宗教情绪完全一样。这点情绪促我来写作，不断的写作，没有厌倦，只因为我将在各个作品各种形式里，表现我对于这个道德的努力。人事能够燃起我感情的太多了，我的写作就是颂扬一切与我同在的人类美丽与智慧。若每个作品还皆许可作者安置一点贪欲，我想到的是用我作品去拥抱世界，占有这一世纪所有青年的心。……生活或许使我平凡与堕落，我的感情还可以向高处跑去，生活或许使我孤单独立，我的作品将同许多人发生爱情同友谊。……"

——沈从文：《萧乾小说集题记》

目　录

引　言

在中国现代文学史上，沈从文的独特存在，不仅表现为一种"沈从文式"的文学范式的确立，而且表现为一种文学精神跨越时空的持续影响。

沈从文在左翼与海派文学之外，执拗地以地域的、民族的文化历史态度，苦心经营他的现代神话——湘西世界。对于跻身都市的沈从文来说，湘西既是一个温馨、遥远的忆念的家园，也是他全部情感、智性和理想的创作载体。与"庸俗"的都市文明相比，沈从文忆念中的湘西无疑在现实和情感的双重映照中具有超然的和谐、健康而又令人神往的特质。然而，对湘西以及湘西文化的深情眷顾并没有使沈从文沉醉于象牙塔里大唱赞歌，他清醒地觉察到湘西珍贵的乡土人情在"外面世界"的冲击下正在渐渐蜕变。无情的现实使他不能安于古老湘西的理想世界，遁入虚幻的"世外桃源"，而是力求通过对现实的批判，为湘西文化和中国文化寻找一条出路。所以，他在对湘西风土人情、价值观念和那种雄强、劲健、乐观的人生形式进行赞美的同时，并没有忘记对湘西的野蛮、落后、麻木、无动于衷的反省和批判。不仅如此，沈从文的卓然独步还表现在他对自己文化人格的清醒认知，以"乡下人"的身份标示他的美学趣味和文化立场。沈从文在进入城市后，接受了"五四"启蒙思想，广泛地了解和接触了中西方文化，并在乡村文化与城市文明的两相对照中深切体悟到宗法制自然经济解体和现代文明进逼所带来的负面效应，这才使得他逐渐确立起自己的文化价值判断和批判立场。在对湘西生命形式的讴歌和对城市生命形态的挞伐中表达他对生命和人性的思考。他用毕生精力呼唤健全的、完善的人性，形成了自己独特的"生命哲学"与审美追求。[①]这种审美选择和文学观念从某种意义上弥补了中国现代文学发展中比较欠缺的人性审视，使沈从文的文学表达具有了普泛的人类意义。正是在对都市文化与乡土文化，即对前现代性的封建文化和现代性的工业文明的双重批判中，沈从文践约着他的文化理想。因此，"湘西世界"与"都市世界"的相互参照与映衬使得沈从文的文学视野不仅阔深且具有深长的文化意蕴，使他成为现代中国作家中从文化领域表达自己的文学理想、文化立场的为数不多的作家之一。

　　沈从文承扬"五四"一代的文学救国使命，希望以小说代替民族传统文化经典，相信文学有力量帮助这个民族向善向美，重建文化和道德秩序，进而探索"中国应当如何重新另造"的道路。动荡的时代和"民族品德消失"的现实使他努力寻求"民族品德的重铸"[②]的途径，对现代人性堕落、民族品德消失的清醒认识与深切忧患成为他文学创作的精神动力。这使他执着于通过文学创造张扬理想的生命形式，实现文化的再造和民族性格的重塑。显然，他的文学思考联系着民族改造这样艰苦又沉重的课题。实际上，沈从文走的是经由文化和美学层面入手改造民众和民族的途径，它与20世纪30年代左翼文学宣导的社会革命和阶级解放的方式有所不同，但又与"五四"启蒙思潮对"人"的发现、"人性的解放"，改造"国民灵魂"和精神重造的基本主题一脉相承。民族灵魂的发现和重铸无疑是20世纪中国文学的基本命题，从这一意义上讲，沈从文的文学追求具有深沉的现代品

---

① 参见赵学勇：《沈从文与东西方文化》，兰州大学出版社1990年版，第1页。
② 沈从文：《论投资》，《沈从文全集》第17卷，北岳文艺出版社2002年版，第365页。

格。尽管这种经由文化重构实现民族重造的方式在异常激烈的现代中国革命时代具有理想化色彩，作为一种文化上的设计，它很难在短期内转化成直接有效的实际变革力量，但沈从文的这种"限制性"又从另一面体现了他的独特性，他文学理想中交织、并存着的现代性与古典性造成作品意蕴的复杂性，构成了独异的"沈从文现象"的丰富内蕴。20 世纪 80 年代以来持续升温的"沈从文热"固然与宽松开放的文化语境和人们的多元审美趣味有关，但更重要的原因是沈从文自身文学的魅力，以及研究者运用多种批评方法解读作家创作的文化底蕴和文学价值，沈从文由此真正从边城走向世界。

沈从文是现代中国文坛上难得的"文体作家"。他创造性地运用和发展了一种特殊的小说体式——文化小说，或称诗化小说、抒情小说。这种小说，不重视情节和人物，而是强调叙事主体的感觉、情绪、意识在创作中的重要作用。沈从文简洁地将其归纳为"情绪的体操"[①]、"情绪的散步"，是一种"使情感'凝聚成为渊潭，平铺成为湖泊'的体操"[②]。他的小说除了注意人生体验的感情投射，还有抒情主人公的确立、纯情人物的设置、自然景物描绘与人事的调和等。"造境"是他小说追求的极高目标，《边城》用水一般流动的抒情笔致，通过描摹、暗示、象征，甚至穿插议论，来开拓叙事作品的情念、意念，加深小说文化内涵的纵深度，营造现实与梦幻水乳交融的意境。这种讲求诗的意境的小说特别具有民族的韵味。沈从文追求文学语言的真性情、去伪饰、具个性的美文效果，他的文笔任意识的流动纵情写去，多暗示，富情感美、色彩美，那些以诗、散文融入写实的乡土

---

① 沈从文：《情绪的体操》，《沈从文全集》第 17 卷，北岳文艺出版社 2002 年版，第 218 页。

② 沈从文：《情绪的体操》，《沈从文全集》第 17 卷，北岳文艺出版社 2002 年版，第 216 页。

小说，质朴、自然、蕴藉；描写都市的讽喻小说从容、幽默；以苗族传说和佛经故事铺叙的浪漫传奇小说华丽、夸张。正是他，大大丰富和发展了中国现代"抒情小说"的体式，以至于到如今许多青年作家竞相模仿，带有深深的沈从文的印记。

沈从文和他的文学世界对于中国文学有重要意义。作为京派文学重镇，他提升了京派小说的艺术水准。他与左翼作家取不同角度，共同探视处于社会历史变动中民族的出路，以独特的文化立场观照现代化进程中的人、历史和民族命运的走向，深情而焦虑地思考"中国现实"和"中国问题"，并以自己独特的方式给予回应。他影响了一大批作家的文学道路，即或是像沙汀、艾芜这样的左翼作家也不例外。当代大量的"乡土文化"与"都市批判"小说，无不映现着沈从文的持续影响。即使在台湾，1987 年对大陆作品实行解禁时也经历了一场"沈从文狂"。沈从文的文学价值和意义还体现在作家以其浓郁的民族性和中国气派、中国风貌的文学书写与世界文学进行富有才华的对话，从而获得了巨大的世界声誉。

第一章　乡与城：神性湘西与病相都市

第一节　精致的"希腊小庙"

一、走出边城的"乡下人"

沈从文（1902—1988），原名沈岳焕，曾用笔名休芸芸、炯之、小兵、甲辰、懋琳、璇若、上官碧等近五十个，湖南省凤凰县人。凤凰地处湘西沅水流域，是土家、苗、侗等少数民族聚居区，景色秀丽，充满传奇故事。1902 年 12 月 28 日，沈从文出生在一个旧军官家庭，祖父沈宏富曾任清朝贵州提督，父亲沈宗嗣在辛亥革命时曾参与组织当地的武装起义。嫡亲祖母是苗族，母亲出身世家，能识字读书，对沈从文影响颇深。沈从文六岁入私塾，并开始接触湘西的自然和社会这本大书，湘西秀美奇幻的自然风光和少数民族长期受压迫的历史既使他富于幻想，也在他心灵上积淀了沉忧隐痛。1917 年他小学毕业按当地乡俗入伍，曾随所属土著部队辗转于湘、川、黔、鄂四省边境地区，当过预备兵、班长、上士司书等，见识了湘兵的勇武强悍，但也目睹了军队滥杀无辜的暴戾和残忍，过早面对了生活和社会中的血腥、黑暗和愚昧。这一切都促使他在创作中呼唤善良的人性和美好的人生。少时的翘课经历和军旅生活让他对沅水流域大大小小的城镇、乡村、码头极为亲切熟悉，那块土地上悲欢离合的人事和奇特的民俗风情滋养了沈从文的灵魂和心性，并成为他日后笔墨生涯的重要资源。1922 年，沈从文接触到《新潮》、《改造》、《新青年》、《创造》、《小说月报》、《向导》、《东方杂志》等刊物，经过抉择奔赴北京，升学未成自学写作，后在北京的酉西会馆与"窄而霉"的沙滩公寓度日。精神的无根与空间的逼仄使他这一期间的生活相当困窘。1924 年底，沈从文开始在《晨报副刊》、《现代评论》等刊物上发表作品。1928 年到上海，1929 年他与胡也频、丁玲合编文学刊物《红黑》、《人间》等。同年，胡适担任上海吴淞中国公学校长时，请沈从文去教文学课与写作。① 1930 年起，沈从文先后在青岛大学、武汉大学任教。1933 年返回北平，此后常居北平，同年 9 月主持天津《大公报·文艺副刊》，由于此前的主编吴宓令刊物"老气横秋"，所以杨振声提携了少数民族出身的沈从文，希望其血性与"蛮性""有助于为北方文坛注入刚健朴质的活力，恢复为人生而文学的新文学传统"②。这时，沈从文的创作也进入成熟期和丰收期，1931 年到 1937年出版二十多本小说、散文、文论集，许多代表作就产生在这一时期。1936 年他主持《大公报》文艺奖评选，扩大了京派的影响。抗日战争爆发后他到昆明西南联大担任教授，抗日战争胜利后回到北平，除继续在北京大学任教外，还承担《益世报》、《大公报》以及《平明日报》等文学副刊的编辑工作。中华人民共和国成立后，沈从文曾在中国历史博物馆为陈列展品写标签，后从事文物和古代服饰研究，有《唐宋铜镜》、《中国丝绸图案》等专著问世。1981 年 9 月，《中国古代服饰研究》数易其稿，由香港商务印书馆印行出版。沈从文于 1988 年逝世。

　　沈从文是京派创作的大家。他著作等身，出版小说集和散文集

---

① 〔美〕金介甫：《沈从文传》，符家钦译，时事出版社 1991 年版，第 82 页。
② 解志熙：《气豪笔健文自雄——漫说文坛健将杨振声兼谈京派问题》，《文艺争鸣》2014年第 11 期。

八十多部。《龙朱》、《旅店及其他》、《虎雏》、《都市一妇人》、《月下小景》、《如蕤集》、《八骏图》、《从文小说习作选》、《新与旧》、《主妇集》、《春灯集》、《黑凤集》等都是他颇具代表性的短篇小说集。重要的中长篇小说有《阿黑小史》、《边城》和《长河》（第一卷）等，散文集《从文自传》、《湘行散记》、《湘西》也为人称道。

沈从文用文字构筑了湘西世界。他始终以一个"乡下人"的身份歌吟湘西边地的"人生形式"。他数次表白，"我实在是个乡下人，说乡下人我毫无骄傲，也不在自贬，乡下人照例有根深蒂固永远是乡巴佬的性情，爱憎和哀乐自有它独特的式样，与城市中人截然不同！他保守，顽固，爱土地，也不缺少机警却不甚懂诡诈……这乡下人又因为从小飘江湖，各处奔跑，挨饿，受寒，身体发育受了障碍，另外却发育了想象，而且储蓄了一点点人生经验"①。"乡下人"这一指称在沈从文创作生涯中具有重要意义。"20 世纪早期的中国人……认为乡下人愚昧，不可教育。沈从文把这种偏见颠倒过来，指出乡下人的社会责任是在道德上的自我作主，保持独立的尊严。"② 这一定位既是沈从文对自己文化人格的认知，也标识出他的题材取向、美学趣味和文化立场。沈从文是在进入城市后，接受"五四"启蒙思想，广泛了解和接触中西方文化，并在乡村文化和城市文明的两相对照中，深切体悟到宗法制自然经济解体和现代文明进逼所带来的负面效应后才逐步确立起自己"乡下人"的文化身份。"乡下人"既表明了他对湘西的重新发现和情感依恋，又是沈从文自我判断的尺度和标准，而"乡下人"的保守和顽固还使他始终坚持"爱憎和哀乐自有它独特的式样"的审美理想，不在文学事业上投机取巧，也不把文学当作商品，

① 沈从文：《习作选集代序》，《沈从文全集》第 9 卷，北岳文艺出版社 2002 年版，第 3 页。
② 〔美〕金介甫：《沈从文传》，符家钦译，时事出版社 1991 年版，第 157 页。

从而创作出独具异彩的文学世界。

"乡下人"爱土地，湘西边地生活形态和民俗文化是沈从文着力表现的对象，他"所写的故事，却多数是水边的故事。故事中我所最满意的文章，常用船上水上作为背影，我故事中人物的性格，全为我在水边船上所见到的人物性格。我文字中一点忧郁气分，便因为被过去十五年前南方的阴雨天气影响而来"[①]，沈从文笔下那些勇猛的水手、吊脚楼上的娼妓、看船的老者、开小客店的老板娘都按照自己的价值规范和行为准则坚忍乐观地生活。那些普通乡民的日子是这样的：

> 毛弟的妈就是我们常常夸奖那类可爱的乡下伯妈样子的，会用蒜头作酸菜，会做豆腐乳，会做江米酒，会捏粑——此外还会做许多吃货，做得又干净，又好吃。天生着爱洁净的好习惯，使人见了不讨厌。身子不过高，瘦瘦的。脸是保有为干净空气同不饶人的日光所炙成的健康红色的。年四十五岁，照规矩，头上的发就有一些花的白的了。装束呢，按照湖南西部乡下小地主的主妇章法，头上不拘何时都搭一块花格子布帕。衣裳材料冬天是棉夏天是山葛同苎麻，颜色冬天用蓝青，夏天则白的，——这衣服，又全是家机织成，虽然粗，却结实。袖子是十九卷到肘以上，那一双能推磨的强健的手腕，便因了裸露在外同脸是一个颜色。是的，这老娘子生有一对能作工的手，手以外，还有一双翻山越岭的大脚，也是可贵的！人虽近中年，却无城里人的中年妇人的毛病，不病，不疼，身体纵有小小不适时，吃一点姜汤，内加上点胡椒末，加上点红糖，乘热吃下蒙头睡半天，也就全好了。腰是

[①]　沈从文：《我的写作与水的关系》，《沈从文全集》第17卷，北岳文艺出版社2002年版，第209页。

硬朗的，这从到井坎去担水可以知道的。说话时，声音略急促，但这无妨于一个家长的尊严。脸庞上，就是我说的那红红的瘦瘦的脸庞上，虽不像那类在梨林场上一带开饭店的内掌柜那么永远有笑涡存在，不过不拘一个大人一个小孩见了这妇人，总都很满意，凡是天上的神给了中国南部接近苗乡一带乡下妇人的美德，毛弟的妈照例也得了全份。譬如像强健，像耐劳，像俭省治家对外复大方，在这个人身上全可以发现，他如说话的天才，也并不缺少。①

　　沈从文强调湘西生命形态的健康、协调和自然存在，表现湘西人原始强劲的生命活力，赞叹他们与自然的亲密和谐，展示他们淳朴自尊的民情民性，湘西由此成为自足自在的桃花源。沈从文的湘西世界还蕴藏了丰富的民俗文化景观，这些民俗事象积淀着民族集体无意识，是湘西人生活的重要组成部分。经过这个"乡下人"的"审美择取与变形"②，成为湘西地域文化精神的重要载体。

　　沈从文在湘西与都市两重文化体验中看待古老中国的"常"与"变"，以"对政治无信仰对生命极关心的乡下人"③的文化立场关注现实社会，"乡下人"这时又承担了价值评判者的角色。他意识到"我表示的人生态度，你们从另一个立场上看来觉得不对，那也是很自然的"④，因为他没有从政治、阶级层面反映乡村的落后和都市的罪恶，也不取经济角度探讨社会进步与道德颓下的永恒悖论，而是在伦理道德和民族文化层面上剖析社会和人生的复杂相，以"乡下人"的"尺

① 沈从文：《山鬼》，《沈从文全集》第3卷，北岳文艺出版社2002年版，第340—341页。
② 赵学勇：《文化与人的同构——论现代中国作家的艺术精神》，兰州大学出版社2000年版，第109页。
③ 沈从文：《水云》，《沈从文全集》第12卷，北岳文艺出版社2002年版，第127页。
④ 沈从文：《习作选集代序》，《沈从文全集》第9卷，北岳文艺出版社2002年版，第1页。

寸和分量，来证实生命的价值和意义"①。他以记忆中的乡村生活和理想化的乡村生命形式比照都市暗淡的现实状况和扭曲矫饰的人生形态，从湘西下层人民的性格和灵魂中发掘情感美和道德美，赞美和眷恋湘西世界，批判和审视都市文明。由之建立了城乡对峙的文学格局，二者互相映衬，城市文化使湘西文化具有了理想化形态，湘西文化则使城市文明"真正呈现出病态"②。

沈从文在对湘西生命形式的讴歌和对城市生命形态的挞伐中表达他对生命和人性的哲学思考，追寻"优美，健康，自然，而又不悖乎人性的人生形式"③，他用毕生精力呼唤健全、完善的人性，"这世界或有想在沙基或水面上建造崇楼杰阁的人，那可不是我。我只想造希腊小庙。……形体虽小而不纤巧……这神庙供奉的是'人性'"④。他通过描写城乡世界各种形态的生命形式来探索人性，人性是他全部创作的核心和中轴，尽管他也意识到表现人性"于历史似乎毫无关系"⑤，"与时代潮流未必相合"⑥，"形体"也小，但他坚信"一个作品的恰当与否，必需以'人性'作为准则。是用在时间和空间两方面都'共通处多差别处少'的共通人性作为准则"⑦。与此相应的是他独特的生命哲学，以及他所区分出的特定审美概念——"生命"和"生活"。在沈从文看来，生命超越于生活，前者是本质、永恒、理想和自由的，

---

① 沈从文：《水云》，《沈从文全集》第 12 卷，北岳文艺出版社 2002 年版，第 94 页。

② 赵园：《沈从文构筑的"湘西世界"》，《论小说十家》，浙江文艺出版社 1987 年版，第 126 页。

③ 沈从文：《习作选集代序》，《沈从文全集》第 9 卷，北岳文艺出版社 2002 年版，第 5 页。

④ 沈从文：《习作选集代序》，《沈从文全集》第 9 卷，北岳文艺出版社 2002 年版，第 2 页。

⑤ 沈从文：《一九三四年一月十八》，《沈从文全集》第 11 卷，北岳文艺出版社 2002 年版，第 253 页。

⑥ 沈从文：《月下小景·题记》，《沈从文全集》第 9 卷，北岳文艺出版社 2002 年版，第 215 页。

⑦ 沈从文：《小说作者和读者》，《沈从文全集》第 12 卷，北岳文艺出版社 2002 年版，第 68 页。

后者则是鄙陋、现世、琐碎和沉重的，并由此形成以生命为主要审美取向的文学追求。这种审美选择和文学观念"发挥了近百年来中国文学发展中比较欠缺的人性审视及道德完善功能"①。

沈从文对人性的特殊关注与他独特的文学理想有关。动荡的时代和"民族品德消失"的现实使他努力寻求"民族品德重造"的途径，对现代人性堕落、民族品德消失的清醒认识，对民族和人类命运的深沉忧患成为他文学创作的强大动力。湘西时期传奇的生活经历既让他领会了爱与美，也让他向善向美，"不管是故事还是人生，一切都应当美一些！丑的东西虽不全是罪恶，总不能使人愉快，也无从令人由痛苦见出生命的庄严，产生那个高尚情操"②，"美丽当永远是善的一种形式"③。这一切都使他执着于通过文学创造来张扬理想的生命形式，实现文化的再造和民族性格的重塑。他让人们领略湘西世界自然生命的美丽和雄强，认识这个民族曾经有过的伟大和光辉，湘西世界成为他"阐扬个人和民族精神雄强向上的总体象征"④。而他对都市文明的批判，既是对湘西世界生命形式的衬托，也是焦灼于民族品德消失而发出的严厉警告。

二、散文镜像里的湘西

除成就最高的小说外，散文是沈从文创作的重要组成部分。周作人曾给予沈从文的散文极高的评价。司马长风曾写道："一九三五年冬在《论语》杂志举办的'我最爱读的三本书'征文中，他所举的第

---

① 温儒敏、赵祖谟主编：《中国现当代文学专题研究》，北京大学出版社 2002 年版，第 117 页。
② 沈从文：《〈看虹摘星录〉后记》，《沈从文全集》第 16 卷，北岳文艺出版社 2002 年版，第 342 页。
③ 沈从文：《水云》，《沈从文全集》第 12 卷，北岳文艺出版社 2002 年版，第 107 页。
④ 赵学勇：《沈从文与东西方文化》，兰州大学出版社 1990 年版，第 26 页。

一本书即是《从文自传》。"①《从文自传》、《湘行散记》和《湘西》都是现代散文中自成一格的精品。陈衡哲对沈从文的创作也有很高的赞誉："中文写得最好该数他了。"②《从文自传》记录沈从文少年时的生活轨迹和心路历程，既有温馨的回忆又有淡淡的感伤。"我却常常生活在那个小城过去给我的印象里"③点明了他的创作与湘西难分难解的精神血缘关系。《湘行散记》和《湘西》诗意地描绘湘西的风物人情，是他1934年和1938年两次重回故乡的产物。《湘行散记》共12篇，1936年3月由商务印书馆结集出版，记叙沈从文从常德到桃源，再乘小船沿沅水上行直到家乡一路的所见所闻，在回忆和感触中写活了湘西形形色色的下层人物，水手、妓女、纤夫、山民……三教九流的生活和命运在他笔下栩栩如生。《湘西》包括题记共10篇，1939年8月由商务印书馆长沙分馆结集出版，侧重描写具有代表性的物产和当地的"地方问题"，夹杂着沈从文对它们的议论，有地方志的特点。这两个散文集组成一幅山水风情画卷，对生活在沅水流域湘西下层人民的人事哀乐作了广阔反映。正如沈从文所说："生活本身就是一种动人的传奇。"④他写多情的年轻水手和沧桑的老水手在"阴雨天气"下严酷而苦难的生活，赞叹他们谋生度日的努力执着；他写杀人后落草为寇的矿工，写他们令人毛骨悚然的杀人经历和面对死亡时奇特的从容；他也写"一个戴水獭皮帽子的朋友"人性的复杂性，认为他才是"活鲜鲜的人"；他借写辰溪的煤反映湘西人在被压榨与掠夺之下孤弱而顽强的生命；又在《凤凰》中介绍地域文化的特异性，讲述蛊婆、

---

① 司马长风：《中国新文学史》中卷，昭明出版社有限公司1978年版，第125页。
② 程靖宇：《一言堂·凤凰作家沈从文》，转引自司马长风：《中国新文学史》中卷，昭明出版社有限公司1978年版，第125页。
③ 沈从文：《我所生长的地方》，《沈从文全集》第13卷，北岳文艺出版社2002年版，第246页。
④ 沈从文：《水云》，《沈从文全集》第12卷，北岳文艺出版社2002年版，第116页。

行巫、女子落洞这些奇特的故事和风俗，并用现代的观念进行科学客观的分析。这些散文比小说更集中、更逼真地反映出湘西世界特有的人生图景。

《湘行散记》和《湘西》内容各有侧重，但有一共同特征，"即作品一例浸透了一种'乡土性抒情诗'气氛，而带着一分淡淡的孤独悲哀，仿佛所接触到的种种，常具有一种'悲悯'感"[1]。因为主要是叙述又可直接抒情，读者能更直接地触摸、感受到沈从文的灵魂和他对湘西非同寻常的感情："我心中似乎毫无渣滓，透明烛照，对万汇百物，对拉船人与小小船只，皆那么爱着，十分温暖的爱着！我的感情早已融入这第二故乡一切光景声色里了。"[2] 这两个集子是作家两次返乡的观感，心境和观照家乡的立场更为理性，他肯定湘西生命坚忍执着的生活方式，"他们那么忠实庄严的生活，担负了自己那分命运，为自己，为儿女，继续在这世界中活下去。不问所过的是如何贫贱艰难的日子，却从不逃避为了求生而应有的一切努力。在他们生活爱憎得失里，也依然摊派了哭，笑，吃，喝。对于寒暑的来临，他们便更比其他世界上的人感到四时交替的严肃。"[3] 然而沈从文也深刻地觉察到，虽然客观历史对于他们看似毫无意义，但历史是无情进行着的，从这一点来看，湘西和湘西的生命是停滞、封闭和浑噩的。他在挖掘湘西生命富有诗意和庄严的一面时，也发现了湘西生命被践踏而不自知的悲惨的一面，对于湘西生命的"过去和当前，都怀着不易形诸笔墨的沉痛和隐忧，预感到他们明天的命运——即这么一种平凡卑微

---

① 沈从文：《〈湘西散记〉序》，《沈从文全集》第 16 卷，北岳文艺出版社 2002 年版，第 394 页。

② 沈从文：《一九三四年一月十八》，《沈从文全集》第 11 卷，北岳文艺出版社 2002 年版，第 252 页。

③ 沈从文：《一九三四年一月十八》，《沈从文全集》第 11 卷，北岳文艺出版社 2002 年版，第 253 页。

生活，也不容易维持下去"①。因此，这些"乡土性抒情诗"的底蕴是
同情、悲悯和炽热的爱。深切的爱和担忧有时也化成对湘西历史和现
实的感慨、议论和批评这样比小说更直接的情绪抒发，他在《苗民问
题》中要求平等；在过去和现在的对比中责问湘西屠户人种退化的责
任在谁，处处显示着对民族和人民疾苦的关切。

　　这两个散文集贯穿了沈从文对历史和生命的审视与反思。这种反
思是沈从文着眼未来，通过比照现在和过去得以实现的，邂逅、重逢
和追忆带来浓重的历史感兴。重返故乡的他仿佛又看到了十七年前的
绒线铺女孩，"就成天站在铺柜里一堵棉纱边，两手反复交换动作
挽她的棉线"②，原来眼前的女孩正是当年绒线铺女孩所生，在感觉
中，时间和生命仿佛都停滞了。《辰溪的煤》中的孤女眼看就要重
复大女不堪回首的老路；《辰河小船上的水手》中的老水手每天都
以八分钱出卖经验和力气，这种生存方式三十七年来没有任何改
变。其他水手的命运也大同小异，不是老死沟壑就是流散四方。这
种生命形态周而复始的历史循环似乎已是湘西历史的常数，也是湘
西生命恒定的生存方式，因为"从他们应付生存的方法与排泄感情
的娱乐上看来，竟好像古今相同，不分彼此"③。因此湘西的历史是
湘西人自己出演的，蕴含在普通人轮回的生活里和时时发生着的哀
乐生死中，他们浑然不觉统治阶级书面的历史，并因这种浑然不觉
而显出生命的庄严和混沌。湘西的可爱和可悲在这里，沈从文散文
内涵的复杂性也在这里。

　　沈从文对湘西生命所表现出的人性美和人情美是尊重和肯定的。

---

① 沈从文：《〈湘西散记〉序》，《沈从文全集》第 16 卷，北岳文艺出版社 2002 年版，第
　 390 页。
② 沈从文：《老伴》，《沈从文全集》第 11 卷，北岳文艺出版社 2002 年版，第 296 页。
③ 沈从文：《箱子岩》，《沈从文全集》第 11 卷，北岳文艺出版社 2002 年版，第 278 页。

起于绿林、毁誉参半的牤子大哥，执拗顽强的虎雏，为生活所迫出卖肉体、但在感情上忠诚痴情的妓女……他们的生命虽原始未凿但痛快淋漓；他们有人性的弱点，但淳朴正直、助人为乐、有诺必践等才是主要的性格特征。沈从文留下了湘西人心灵和命运的真诚历史，交织着强悍、美丽、苦难的历史。他在湘西历史发展的过去、现在和未来中审视生命，与小说中人性探索、重造人生的主题切合，因而湘西的许多人物在他的散文和小说中可以得到彼此的印证，或者也可以说，是湘西鲜活的生命激发了他的审美感受和创作冲动，使得沈从文一发而不可收地抒写着对湘西的全部情思：

> 望着汤汤的流水，我心中好像忽然彻悟了一点人生，同时又好像从这条河上，新得到了一点智慧。的的确确，这河水过去给我的是"知识"，如今给我的却是"智慧"。山头一抹淡淡的午后阳光感动我，水底各色圆如棋子的石头也感动我。我心中似乎毫无渣滓，透明烛照，对万汇百物，对拉船人与小小船只，皆那么爱着，十分温暖的爱着！我的感情早已融入这第二故乡一切光景声色里了。①

沈从文谈及自己作品中深蕴的美感时说道："因为我活到这世界里有所爱。美丽，清洁，智慧，以及对全人类幸福的幻影，皆永远觉得是一种德性，也因此永远使我对它崇拜和倾心。"②《鸭窠围的夜》里的水上人极像"柏子"；河街偶遇几年行踪不明的"虎雏"，因而写了

---

① 沈从文：《一九三四年一月十八》，《沈从文全集》第 11 卷，北岳文艺出版社 2002 年版，第 252 页。

② 沈从文：《萧乾小说集题记》，《沈从文全集》第 16 卷，北岳文艺出版社 2002 年版，第 325 页。

《虎雏再遇记》；《边城》中翠翠的原型原来是《老伴》中的绒线铺女孩；《一个多情水手与一个多情妇人》中的夭夭也有颗不受拘束的心等等，都是沈从文心目中"美型"的塑造。

沈从文的湘西散文艺术特色独特而鲜明。这些散文语言朴素、生动，善于吸收运用湘西丰富多彩的民间语言，既摇曳多姿又古朴自然，不乏想象的意境。表达人事的哀乐时深沉含蓄，常用平淡无奇的客观叙述让事实说话，沉痛的情感和人世的辛酸隐藏得很深。《辰溪的煤》、《沅水上游几个县分》就是如此。《湘行散记》和《湘西》还将散文、小说、诗歌和游记等多种文学因素熔于一炉，创造了独特的散文形式，表现出对散文体式的大胆实验和革新。

> 由芷江往晃县，给人的印象是沿公路山头渐低渐小，山上树木转密蒙。一个初到晃县的人，爱热闹必觉得太不热闹，爱孤僻又觉得不够孤僻。就地形看来，小小的红色山头一个接连一个，一条河水弯弯曲曲的流去，山水相互环抱，气象格局小而美，读过历史的必以为传说中的古夜郎国，一定是在这里。对湘西人民生活状况有兴味的人，必立刻就可发现当地妇女远不如沅陵妇女之勤苦耐劳而富于艺术爱好。妇女比例数目少一点，重视一点，也就懒惰一点。男子呢，与产烟区域的贵州省太接近，并且是贵州烟转口的地方，许多人血里都似乎有了烟毒。一瞥印象是愚，穷，弱。三种气氛表现在一般市民的身上，服饰上，房屋建筑上。[①]

> 怀化镇过去二十里有小村市，名"石门"，出产好梨，大而酥脆，甜如蜜汁，也和中国别的地方一样，虽有好出产，并不为

---

① 沈从文：《沅水上游几个县分》，《沈从文全集》第 11 卷，北岳文艺出版社 2002 年版，第 388 页。

人注意，专家也从不曾在他著作上提及，县农场和农校更不见栽培过这种果木。再过去二十五里名"榆树湾"，地方出好米、好柿饼。与怀化镇历史相同，小小一片地面几乎用血染赤，然而人性善忘，这些事已成为过去了。民性强直，二十年前乡下人上场决斗时，尚有手携着手，用分量同等的刀相砍的公平习惯，若凑巧碰着，很可以增长旅行者一分见识。一个商人的十八岁闺女死了，入土三天后，居然还有一个卖豆腐的青年男子，把这女子从土中刨出，背到山洞中去睡她三夜的热情，这种生命洋溢的性情，到近年来自然早消灭了，成为稀有事物了。新来的便是无个性无特性的庸碌人生观，养成这种人生观就是使人去掉那点勇气而代替一点诈气的普通教育。①

　　沈从文用抒情柔和的笔调详尽描绘湘西的风物人情和历史沿革，处处融入"我"对湘西山水人事的体验和感受，用全部身心倾诉他对那片土地的爱、依恋和悲悯，这些散文始终都流淌着浓郁的诗情。

　　20世纪40年代，由于战争的严酷压力和"相当长，相当寂寞，相当苦辛"②的特殊心境，沈从文的思想发生某种转变，创作了一些沉思默想式的散文，包括《烛虚》和《云南看云集》中的一部分。他"烛照抽象人生之域"③，对战争、文学、自然、生命、人性、历史等诸多美学、哲学问题，作了奇异而独特的表述，文字精妙抽象，充满思辨、拷问和质疑，与他的湘西散文风格差别较大。

　　20世纪40年代末，在中华人民共和国成立前夕，文化思想领域

---

① 沈从文：《沅水上游几个县分》，《沈从文全集》第11卷，北岳文艺出版社2002年版，第385页。
② 沈从文：《从现实学习》，《沈从文全集》第13卷，北岳文艺出版社2002年版，第389页。
③ 凌宇：《沈从文传》，北京十月文艺出版社1988年版，第388页。

内的斗争愈加激烈。沈从文一直以来回避政治的中间立场和他自由主义的文艺追求，"重塑民族品德"的文学理想以及针对现实发表的种种言论，如《从现实学习》、《一种新希望》、《〈文学周刊〉编者言》、《芷江县的熊公馆》等受到来自左翼文艺阵营的批判与清算，"清客文丐"、"桃红色作家"、"地主阶级弄臣"、"一直作为反动派而活动着"①等严厉责骂使沈从文陷入惶惑进而迷乱之境。沈从文在 1948 年到 1949 年期间度过了生命中极为非常的时期。他意识到"社会起了巨大变化，对于文学提出了新的要求"②，如果继续从事文学创作，"自己已经定型的写作方式与已经自觉到的社会要求之间，必不可少地存在着冲突"③，他估计到自己很难适应，"人近中年，情绪凝固，又或因情绪内向，缺乏适应能力，用笔方式，20 年 30 年统统由一个'思'字出发，此时却必需用'信'字起步，或不容易扭转"④。种种矛盾都使他的文学创作难以继续。也有论者从审美激情和世俗理想的深刻矛盾入手分析沈从文创作后继乏力的原因，认为是他"顽强地想要把握住那种'乡下人'的浑沌感受，自己却又一步步地努力要当一个城里的绅士"⑤的心理，造成了他后期创作的式微。又指出，沈从文是因受绅士阶层世俗理想的牵制而对自己的审美感受发生误解，1946 年和 1947 年创作的《巧秀与冬生》、《传奇不奇》等就已标志着"作为一个善于讲故事的小说家，沈从文直到 50 年代初才最后放下笔来，可作

---

① 乃超：《略评沈从文的"熊公馆"》，郭沫若：《斥反动文艺》，载《大众文艺丛刊》第 1 辑 1948 年 3 月。

② 沈从文：《〈从文散文选〉题记》，《沈从文全集》第 16 卷，北岳文艺出版社 2002 年版，第 381 页。

③ 凌宇：《沈从文传》，北京十月文艺出版社 1988 年版，第 437 页。

④ 转引自汪曾祺：《沈从文转业之谜》，《花花朵朵 坛坛罐罐——沈从文文物与艺术研究文集》，外文出版社 1994 年版，第 3 页。

⑤ 王晓明：《"乡下人"的文体与"土绅士"的理想——论沈从文的小说文体》，载王晓明主编：《二十世纪中国文学史论》（修订版）上卷，东方出版中心 2003 年版，第 461 页。

为一个具有独特文体的小说家，他在 40 年代中期就已经从读者眼前离去了"[1]。这样的判断，或许只能作为认识"沈从文现象"的一个侧面，而还未能顾及作家的全部。

三、小说世界里的湘西

沈从文一生多产，小说创作成就最高。早期的小说大多反映湘西神奇的生活，带有猎奇意味，开掘不深。他讲述秋夜捕鱼、冬日围猎、街头决斗等许多童年趣事，也描写当山大王压寨夫人的商人女儿，被仇家致死的青年农民，还以初入都市的困窘生活为原型诉说青年知识分子的穷愁潦倒和内心苦闷，如《棉鞋》、《篁君日记》等，这些作品颇有自叙传色彩，和郁达夫颇为相像，但常流于情绪宣泄。还有一部分作品如《老实人》、《一个晚会》、《来客》等则用漫画式的夸张描绘绅士和大学生们的种种丑态。早期创作在题材处理和表现手法上都显得杂乱，他自己也感觉"首先的五年，文字还掌握不住"[2]。1929 年前后，沈从文创作了《龙朱》、《牛》、《萧萧》等成功的短篇小说，写作开始呈现新的面貌：他有意尝试多种题材的小说创作，自觉运用不同的方法和技巧，追求表现的含蓄和意蕴的深沉。司马长风曾作出评价："不论就量而说，还是就质而论，沈从文都是短篇小说之王。不但睥睨 30 年代，即到今天也还没有受到任何有力的挑战。"[3]20世纪 30 年代，沈从文迎来创作成熟期，他精心构筑的湘西世界和作为批判性对照物而存在的都市病态文明圈渐渐清晰。相应地，其小说题材也分化为两类：乡村和抹布阶级的，城市和知识阶级的。

---

① 王晓明：《"乡下人"的文体与"土绅士"的理想——论沈从文的小说文体》，载王晓明主编：《二十世纪中国文学史论》（修订版）上卷，东方出版中心 2003 年版，第 460 页。
② 沈从文：《二十年代的中国新文学》，《沈从文全集》第 12 卷，北岳文艺出版社 2002 年版，第 381 页。
③ 司马长风：《中国新文学史》中卷，昭明出版社有限公司 1978 年版，第 70 页。

　　湘西负载着沈从文全部的人性思考和美学理想，这是一个充满"美"与"爱"的和谐世界。湘西题材的小说可分为以下几类。首先，是沈从文以苗族或南方其他少数民族的民间传说、风俗习惯为依据写就的《龙朱》、《媚金·豹子·与那羊》、《神巫之爱》和《月下小景》等小说，后来将佛经故事铺衍成篇创作的《十日谈》式的《寻觅》、《女人》、《扇陀》、《猎人故事》等，这类小说大多产生在 1929 年前后，它们以浪漫传奇的手法表达他对"神性"的赞美，对"生命"的感慨，充满着故事的奇幻色彩。对于沈从文来说，"神性"是一个具有泛神论色彩的美学观念，如他所言，"美固无所不在，凡属造形，如用泛神情感去接近，即无不可见出其精巧处和完整处。生命之最高意义，即此种'神在生命中'的认识"①，因此它有特殊的含义，是"美"与"爱"的结合，是人性的最高表现形式。这些小说取过去时态，从人类的童年时期或现代文明尚未入侵的历史中挖掘理想的人生形式，模拟神话、传奇的叙事方式，通过对小说主人公热情、勇敢、诚实的极致描写赞颂"神性"，宣扬沈从文独特的生命哲学。《龙朱》写白耳族王子龙朱对黄牛寨寨主女儿的爱恋，龙朱是美的化身，他是"美男子中之美男子"；他也是高贵品格的化身，勇敢诚实，"温和谦驯如小羊"；他还是爱的化身，他把爱当作自然和生命的组成部分。爱得刚烈的是媚金，在《媚金·豹子·与那羊》中，豹子与"顶美的女人"媚金约会，但豹子因为寻找白羊耽搁时间而导致种种误会，他们先后拔刀自尽祭奠了不渝的爱情。爱得极致的是《月下小景》，男女主人公在无法自禁的爱中发生两性关系，但当地习俗是女子同第一个男子恋爱却只能与第二个男子结婚，因为不能在现实世界结合，他们便双双服毒，以死抗争与纯真爱情相悖的习俗。沈从文将这些小说

---

① 沈从文：《美与爱》，《沈从文全集》第 17 卷，北岳文艺出版社 2002 年版，第 360 页。

写得美轮美奂，它们所彰显的"爱"和"美"也都是一种极致的形态，这是沈有意为之，因为当时，"所有值得称为高贵的性格，如像那热情、与勇敢、与诚实，早已完全消失殆尽"[①]，沈从文是借湘西和湘西那些美丽的故事和传说复原了健康健全的人生形态，而这些情爱故事的种种极致表现亦是对人的"神性"主题的精彩阐发。

更直接地表现"神性"题旨的还有由《法苑珠林》中的佛经故事改写的一系列小说。这类小说对原佛经中宣示的经义作了改写甚至颠覆，故事情节离奇神秘，是"除去那些漫画印象，和不必要的人事感慨，就用碛砂藏中诸经作根据，来把佛经中小故事放大翻新，注入我生命中属于抑压的种种纤细感觉和荒唐想象"[②]。《扇陀》的勇气和魅力让人敬佩；《弹筝者的爱》中的寡妇仿佛是为艺术之美和爱而生，夜投奇丑无比但技艺精湛的弹筝人，被拒绝后自缢；《医生》中的医生心地善良，为保护一只白鹅付出巨大的牺牲，他的牺牲精神使他的人格"光辉眩目，达到圣境"。这些浪漫传奇的小说流溢着楚文化原始、瑰丽的气息，透露出古典主义情怀，寄托了沈从文对人性真谛的思考，对"神性"的憧憬和渴望。

其次，沈从文更多是在现实的湘西世界里关注湘西下层人民特异的人生形态，发掘湘西健康、自然、充满活力的生命形式。在这类小说叙事中，作家始终怀着不可言说的温爱注视着故乡的农民、士兵和水手。《柏子》中的水手柏子，每半月或一月拿自己用性命换来的血汗钱去与他相好的妓女幽会，每次蛮强快乐的欢愉过后，他依然会冒着在风浪里随时会丢掉性命的危险去换取下一次的欢愉。许许多多个柏子就是这样在一种由他人看来异常和扭曲的形式中安置自己

---

① 沈从文：《写在"龙朱"一文之前》，《沈从文全集》第 5 卷，北岳文艺出版社 2002 年版，第 323 页。

② 沈从文：《水云》，《沈从文全集》第 12 卷，北岳文艺出版社 2002 年版，第 104 页。

正常的情爱，"他们却不曾预备要人怜悯，也不知道可怜自己"①；《萧萧》中的童养媳萧萧无法把握自己的命运，她在失身怀孕后险被沉潭或发卖，只因生了个儿子才幸免于难，作品结尾是萧萧看着自己的私生子在唢呐声中迎娶大他六岁的媳妇，无数个萧萧就这样在四季和命运的轮回中上演着同样的悲剧而不自知；《生》中冒着酷暑表演滑稽剧的老人年过花甲，是生活在城市底层的抹布阶级，他的儿子王九被赵四打死已经十年，老人没能在现实中惩治凶手，就在滑稽剧中"表演王九打倒赵四也有了十年"②，他的隐忍力和生命强力与湘西人是相通的。对"乡下人"合乎自然的生命欲求和坚忍执着的生命意志，沈从文是赞美和感慨的，但他更多写到了他们期望美好生活的幻灭和他们屡遭践踏复又顺应生活摆布的无奈命运，哀叹他们对自身命运的无从把握。李欧梵曾谈道："与其他作家仅仅关注当代社会的不公与苦难不同，沈从文以王德威所谓的'想象的乡愁的诗学'构建了他的田园世界，真实的失去与想象的重建之间的悖论，正揭示出沈从文源自故乡或乡土良知的特殊的'悲剧—反讽'模式。"③因此沈从文投射到文字中的感情是复杂的，赞赏、悲悯和同情纠结在一起，故而常被人误读，"你们能欣赏我故事的清新，照例那作品背后蕴藏的热情却忽略了，你们能欣赏我文字的朴实，照例那作品背后隐伏的悲痛也忽略了"④。他将"蕴藏的热情"和"隐伏的悲痛"转化为对湘西下层人生形式的诗意描述，并隐藏在那些看似平淡的细节背后。看似轻淡，实则深重，这是"沈从文式"的表达方式。"沈从文有时特别强调他的乡下人物非常单纯天真，以至于把他们写得很愚昧迟钝……他的乡下

① 沈从文：《柏子》，《沈从文全集》第9卷，北岳文艺出版社2002年版，第42页。
② 沈从文：《生》，《沈从文全集》第7卷，北岳文艺出版社2002年版，第387页。
③ 〔美〕李欧梵：《论中国现代小说的继承与变革》，季进、时苗译，《当代作家评论》2008年第1期。
④ 沈从文：《习作选集代序》，《沈从文全集》第9卷，北岳文艺出版社2002年版，第4页。

人世界闪现出了沈从文自己的价值。"① "女学生"在《萧萧》中虽只是偶被提及却尖锐地比照出两种人生和命运，在不经意间刺痛读者的心灵；《生》中的老人在幻想中替儿子报仇的方式又是他应付生存、博取观众一笑的手段，而"那个真的赵四，则五年前在保定府早就害黄疸病死掉了"②，在无情的生存现实和自然规律面前，老人的切肤之痛了无痕迹。"热情"和"悲痛"都来自于沈从文对湘西生命生存方式的价值重估，他在湘西下层人民倔强生存的美好品质背后看到了他们由于理性缺失而无知无觉、愚昧麻木的一面，萧萧的懵懵懂懂、《丈夫》中丈夫失去自己权利许久才意识到的痛楚、《生》中老人复仇的虚幻性，表面看来是受命运的拨弄，实则根源于其理性的缺失。这些小说也因此交织着"美丽和苍凉"，抑或映射出湘西的美丽中无法遮蔽的物质的贫困与生命的简陋。

其三，沈从文还在湘西土地上发现了健康雄强的人生形式，他刻意表现他们原始野性的生命形态和元气淋漓的生命欲望。《虎雏》中的少年虎雏有着无法驯服的粗粝野性，在上海也未被"我"施加的城市文明和现代知识驯化过来，终于在杀人后逃离城市，暴露了城市文明面对充满原始生命活力的人生形式时的无能为力。《贵生》中老实平和的贵生最后放的一把火揭示了湘西憨厚人性之外也有血性、刚烈、倔强的一面，他和虎雏一样，有着"装在美丽盒子里"的"野蛮的灵魂"③。《会明》和《灯》写湘西军中的老兵虽然外表雄壮威武，但内心单纯诚实，他们几近固执地坚守着自己的职责和信念，不管世易时移，在凡庸呆傻中反见崇高和庄严。

湘西人的生命节奏与自然和生存本能的节律感应、共振，他们的

---

① 〔美〕金介甫：《沈从文传》，符家钦译，时事出版社1991年版，第158页。
② 沈从文：《生》，《沈从文全集》第7卷，北岳文艺出版社2002年版，第387页。
③ 沈从文：《虎雏》，《沈从文全集》第7卷，北岳文艺出版社2002年版，第41页。

生命欲望率真、诚挚、大胆。《阿黑小史》里乡间少年的婚前性爱是完全不受封建礼教束缚、符合自然人性的；《旅店》中的黑猫对自己的生命欲求追求得勇敢无畏；柏子与情人间的情爱交流固然粗野，但彼此的爱却是真诚的。湘西的风俗文化环境对这种朴素健康的自然天性也是支持的，连长最后竟在情人家中办公（《连长》），老参军对勤务兵与情人相会的成全和宽纵（《参军》），点明健康雄强的人生形式与湘西地域环境之间密不可分的关系。

沈从文对湘西人身上勃发的生命力量的书写与他"想借文字的力量，把野蛮人的血液注射到老态龙钟、颓废腐败的中华民族身体里去，使他兴奋起来，年青起来，为在 20 世纪舞台上与别个民族争生存权利"[①] 的文学理想有关。因此，沈从文还塑造了许多历经沧桑却善良达观的湘西老者以及恬静柔韧的少女，尤其是后者，她们是爱与美的理想化身，往往具有美丽善良、天真纯洁的人性之美。《边城》中的翠翠是她们的典型，她一对"眸子清明如水晶"，"为人天真活泼"，"从不想到残忍事情，从不发愁，从不动气"[②]，对爱情也忠贞执着。同样，《三三》中的三三，《长河》中的夭夭，也都或恬淡自守或聪颖外向，从外表到心灵，从感情到意志，都透射出真、善、美的光辉。

特别值得注意的是，沈从文以田园牧歌般的抒情笔调描述湘西儿女平凡琐屑的生活，尤其在《边城》中，他一直追求的"优美，健康，自然，而又不悖乎人性的人生形式"得到了完美地诠释。沈从文认为《边城》"这种世界即或根本没有，也无碍于故事的真实"[③]，这个定位也适用于湘西和湘西的生命形态，毕竟"湘西世界"的建构一

---

① 苏雪林：《沈从文论》，《苏雪林选集》，安徽文艺出版社 1989 年版，第 456 页。
② 沈从文：《边城》，《沈从文全集》第 8 卷，北岳文艺出版社 2002 年版，第 64 页。
③ 沈从文：《习作选集代序》，《沈从文全集》第 9 卷，北岳文艺出版社 2002 年版，第 5 页。

直都与沈从文试图引导读者"认识这个民族的过去伟大处与目前堕落处"①紧密联系，而这亦是沈从文"乡村和抹布阶级"题材小说创作的主旨。清新的自然风光和淳朴的民风民性衬托出一个交织着"梦"与"真"的湘西世界，湘西和沈从文最终成就了彼此。湘西给予沈从文生命的智慧，而沈从文也是湘西风情最出色的表达者和湘西精神最透彻的领悟者与传递者，他对湘西生命形式的诗意阐释终于让自由美好的湘西在文字当中地老天荒，也使湘西挣脱了地理意义的限制而上升为生命的理想境界和生存的基本信仰。

其四，不可轻视的是，在沈从文的文学世界中，乡村与都市两个世界的对峙与同构的结构关系的叙事模式，在现代中国小说格局中不仅格外显眼又意味深长。同中国其他现代都市小说相比，沈从文笔下的都市并不完整也不典型，他意识到"写都市，我接近面较窄，不易发生好感"②。他曾表白："在都市住上十年，我还是个乡下人。第一件事，我就永远不习惯城里人所习惯的道德的愉快，伦理的愉快。"③他用"乡下人"的眼光和自然人性的尺度审视都市，那些更具现代都市特征的生活场景和人物形象在他的小说中并没有得到更多反映。他以湘西的价值体系对现代都市进行价值判断和审美观照，更多发现了都市文明的缺陷和负面因素，反而忽略了都市文明现代和进步的一面，也无视湘西世界的美好终将随着历史发展而消亡的悲剧命运。他对都市文明的反感和厌恶，也使他难以平复内心的愤激，对其作出客观评价。沈从文的都市小说依然贯穿了他对人性和生命的哲学思索，因此即便是都市小说，读者也能从中感受到湘西巨大的投影，事实

---

① 沈从文：《边城·题记》，《沈从文全集》第 8 卷，北岳文艺出版社 2002 年版，第 59 页。

② 凌宇：《沈从文谈自己的创作——对一些有关问题的回答》，《中国现代文学研究丛刊》1980 年第 4 期。

③ 沈从文：《萧乾小说集题记》，《沈从文全集》第 16 卷，北岳文艺出版社 2002 年版，第 324 页。

上，这类小说的存在对他而言也不具有独立意义，它是湘西世界的陪衬物，或者参照体，也可以认为是湘西世界一个特异的组成部分。在对湘西世界的褒扬和都市生活的贬抑中，沈从文由正反两个方面彰显了他的人性思考和文学理想。他对人性异化的警醒和对人性复归的探求在一定程度上与西方近现代从异化角度对现代文明进行批判和反思的哲学思潮不谋而合，这是其都市小说创作的现代和超前的地方，他也在左翼和海派作家之外，提供了审视都市文明的又一个角度。就现代中国都市小说而言，沈从文无疑提供了独特的都市经验和都市小说模式，他对现代都市生活某些侧面的独到发现，补充和丰富了现代作家都市小说创作的总体格局，在现代都市小说的发展中占据了不可忽视的位置。也有论者认为他的都市小说创作具有开创性意义，指出："沈从文描写乡下人与都市人在乡镇和大都市相遇的小说，在今天看来，它实际上构成以后历久不衰的都市文学的视野与出发点。这种都市文学的诗学，恐怕要在今后台湾 80 年代以来的作品中才开始起了变化。"[1]

　　沈从文对湘西世界的赞美，对都市世界的抨击不仅源于他的文化立场和文学理念，也与他独特的文化心理有关。走出湘西之前，他对自己的未来抱有希望和信心，"知识同权力相比，我愿意得到智慧，放下权力。我明白人活在社会里应当有许多事情可作"[2]。他走向都市，但代表着希望和未来的都市并没有接纳他，反使他备受挫败困窘。物质上和知识上的一贫如洗激发了这个湘西人的勇武和倔强，他在自卑和超越自卑中发奋图强。在对家乡的回忆中他发现湘西的价值观念与生活方式正可与都市相抗衡，而他采取的自然人性的价值标准以及基于此的道德估量也帮助作家找准了都市文明的某些悖论。他越

① 〔新加坡〕王润华：《沈从文小说创作的理论架构》，《中国文化研究》1997 年春之卷。

② 沈从文：《一个转机》，《沈从文全集》第 13 卷，北岳文艺出版社 2002 年版，第 362 页。

是张扬湘西的美好就越可以比照出都市的劣势，他以此超越深藏的自卑感，获得自信心，摆脱都市文明给予他的深刻的受挫情绪。这种心理有时会影响他对湘西世界和都市世界的价值判断，《道德与知慧》、《来客》、《老实人》等小说就表现出对知识者嘲讽和揶揄的失度。而与此同时，他"有意无意地总要去赞美与城市文化相对立的一切东西，不论是那原始的性爱，还是愚昧的迷信"[①]。可以说，沈从文的"乡土小说既带有自传性色彩，又有与文学之地的想象性纽带……过去和现在的'对话'带来了不可避免的紧张关系，从而形成了沈从文独特的现实视象。"[②]沈从文是从独特的观照视角、独特的参照系统和独特的文化心理出发构筑他的文学世界的，他的文学世界的文化内涵和他文学创作中的许多得失成败，都可以从中得到解释和答案。

第二节　喧哗的"都市"叙事

一、20 世纪 30 年代中国的都市叙事

中国进入 20 世纪后，现代化既是历史的必然要求也是历史进程本身。相应地，对这一历史进程的文学记录和文学自身的现代性探寻自然也就成了 20 世纪中国文学中最宏大的叙事和最执着的追求。不论历史还是文学，现代都市的出现和繁荣都是不可忽视的。就历史而言，都市往往集中体现着现代化的趋势和成果；而从文学的角度看，

① 王晓明：《"乡下人"的文体与"土绅士"的理想——论沈从文的小说文体》，载王晓明主编：《二十世纪中国文学史论》（修订版）上卷，东方出版中心 2003 年版，第 450 页。
② 〔美〕李欧梵：《论中国现代小说的继承与变革》，季进、时苗译，《当代作家评论》2008 年第 1 期。

都市的兴起不仅改变了中国文学一直"没有都会诗人"[①]的状态，而且又带动了都市文学创作的繁盛，使人们更形象、更真切地目睹和感受到都市现代化进程的繁杂面影。20 世纪 30 年代的左翼文学、京派文学和海派（括及新感觉派）小说[②]都曾用不同的方式叙说和想象着中国的都市生活，表达他们特有的都市感觉和体验，以不同的文学状貌呈现出现代化进程中都市的不同侧面。

（一）欲望的都市

不可否认，都市文学的发达与都市的崛起和都市文化的形成密不可分。20 世纪 30 年代，上海的工业文明和商业文明急速发展，城市面貌和生活方式发生了巨大变化，"上海已和世界最先进的都市同步了"[③]，在"资本主义最尖端的大都会里，在中国就是上海"[④]。全新的都市文化在兴起：好莱坞的电影拥有大批观众；《申报》、《大公报》介绍各国文坛动态、最新思潮流派，显示出面对世界文学的开放姿态；以《良友》为代表的通俗杂志引领的是新的都市生活方式；各大出版社都在引进具有现代意义的"新知"。无论物质层面还是精神文化层面，上海都是现代的。其间的作家批评家意识到"现代艺术的倾

---

① 鲁迅：《外集拾遗〈十二个〉后记》，《鲁迅全集》第 7 卷，人民文学出版社 1981 年版，第 229 页。

② 20 世纪 30 年代的海派文学是一个复杂的混合型的流派称谓，它将活动在上海的左翼文学、鸳鸯蝴蝶派文学、新感觉派等文学派别混合一体，统称"海派文学"。但由于左翼以其突出的文学成就，往往被作为现代文学的主潮现象加以格外重视，使其独立于其他文学流派之外加以研究。实际上，作为海派一支的新感觉派，在文学的都市书写方面更能体现都市的文化症候，以刘呐鸥、穆时英、施蛰存等为代表的新感觉派，在洋场的糜烂罪恶中寻觅五光十色的美，使小说的艺术体式和表现手法在贴近畸形都市商业文明的全景式欲望的节奏和情绪的捕捉中，发生了别开生面的解体与重构。也因此，新感觉派又往往成为海派的代名词或指称。

③ 〔美〕李欧梵：《上海摩登——一种新都市文化在中国 1930—1945》，北京大学出版社 2001 年版，第 7 页。

④ 另境：《时代的"特写"》，《申报·自由谈》1933 年 6 月 25 日。

向都会性，正方兴未艾”①，要用“现代的情绪”和“现代的诗形”反映“现代生活”。②

敏锐地感知这种变化，并以迥异于传统叙事模式的现代主义手法表现都市的是海派作家。海派的欲望叙事尤以其中的新感觉小说最为凸显，他们全方位地、富于创造力地表达出一个感觉和印象中的被欲望化了的现代都市。③ 不断变换着的娱乐消费场所，无处不在的“妓女掮客，阴谋诡计”④，汽车、香烟、霓虹灯等杂然纷呈的都市意象和“红的街、绿的街”、“张着蓝嘴”、“又有了红嘴”⑤ 等突兀震撼的视觉感受真实地烘托出都市生活的骄奢淫逸和疯狂多变。《上海的狐步舞》一面渲染了舞厅里末日般的疯狂和洋房里无耻的淫乱，一面又上演着谋财害命的老戏和建筑工地上的惨剧，两者既形成尖锐的对比，凸显出这个城市“造在地狱上的天堂”的特征，各个故事又如不同的声部组成众声喧哗的交响乐，描绘出浓墨重彩的都市“浮世绘”。《夜总会里的五个人》中跌宕起伏的人生际遇发的是都市人生和都市生存规则的难测和无常。同样，仅仅只是在黄昏的一小段时间里，《薄暮的舞女》里的素雯因为情人破产而从幸福的顶端落到谷底，最终无奈地重操旧业。这样，新感觉派就不仅考察了都市的器物层面，而且深入到了都市生活和都市文化的某些独特的方面。像新感觉派那样将都市纳入艺术视野，并使之成为创作主体独立的审美对象于此前的文学中还不多见。这首先是因为，在中国，严格意义上的都市而不是市井是

①　《艺术界·编者按》，《申报》1930 年 3 月 28 日。

②　参见施蛰存：《文艺独白·又关于本刊的诗》，《现代》1933 年第 4 卷第 1 期。

③　为了更清晰地揭示海派作家的欲望叙事，此处以海派中的新感觉一支作为重点分析对象，以示与左翼的都市叙事有所区别。

④　穆时英：《上海的狐步舞》，载严家炎选编：《中国现代各流派小说选》（二），北京大学出版社 1988 年版，第 307 页。

⑤　穆时英：《夜总会里的五个人》，载严家炎选编：《中国现代各流派小说选》（二），北京大学出版社 1988 年版，第 285 页。

近现代才出现的，并且都市文学创作在中国文学中一直都不具规模也未形成传统，即使到清末民初的《海上繁华梦》、《海上花列传》、《歇浦潮》等，以及旁涉都市的谴责小说如《孽海花》、《二十年目睹之怪现状》也只是将都市作为人物活动的背景。随后的"五四"小说着重于启蒙，因此这一情况自然也就得不到根本性的改观。新感觉派则不然，他们是真正站在现代物质层面上体验都市、感受都市，并以全新的价值观念打量都市的一群人。都市不仅是他们生活的居地，更是与其展开对话的场所，只有都市，才能引发他们诸多的感慨和思考。对于乡土中国的大多数人而言，新感觉派观照都市的文化心态和文本透露出的审美取向、表达方式是前所未有的。

　　茅盾曾指出，当时的"上海是'发展'了，但发展的不是工业生产的上海，而是百货商店的跳舞场电影院咖啡馆娱乐消费的上海"①。新感觉派记录的正是这样一个光怪陆离、声色犬马的欲望都市，他们恰恰是经由消费娱乐的场面表现都市生活，归纳都市特质，实现他们"把时代的色彩和空气描出来"②的文学意图。这也是以茅盾为代表的左翼作家和新感觉派描述和想象都市的分水岭：前者关心的是工业生产、资本竞争、阶级斗争的上海，是工商金融的起伏动荡；后者则关注的是城市世俗生活享乐放纵的一面。相应的，二者在角度择取、表达方式和思考深度上都会有区别，但就都市这个表现客体而言，这种不同并不具有价值上的高下之分——都是镜子，试图反映的是同一客体的运动过程，只是因为摆放的位置不同，呈现物象的角度和结果也就不同罢了。

　　新感觉派还表现了消费娱乐的都市生活造就的纸醉金迷的都市人

① 茅盾：《都市文学》，《茅盾全集》第19卷，人民文学出版社1991年版，第422页。
② 刘呐鸥：《〈色情文化〉译者题记》，《刘呐鸥小说全编》，学林出版社1997年版，第211页。

和他们身上满是"市气"的精神特征。这突出表现在他们对待情爱的态度上。《风景》、《被当做消遣品的男子》、《白金的女体塑像》、《礼仪与卫生》、《两个时间的不感症者》等许多作品里，爱情的神圣和崇高荡然无存，取而代之的是不加掩饰的情欲。无论男性还是女性都以一种令人吃惊的胆量和速度追逐、攫取片刻的刺激和快感，不是生命力，而是动物性的兽欲在泛滥。男子视女性为泄欲的工具——《Craven"A"》里，慧娴就被比作"一个短期旅行的佳地"，当然许多时候，女性也常把男人作为消遣品，因而无论感情还是欲望，在这些都市人看来都是可以分割、转让和交易的，情爱的最终目的是实用和享乐。这种看似新型的两性关系，说明真情其实早已被物化和无情地放逐。《热情之骨》中的玲玉用肉体换钱并不以为耻，她认为自己正是适应了这样一个"一切抽象的东西，如正义、道德的价值都可以用金钱买的经济时代"[1]。这里，我们看到的是传统的伦理道德、价值观念在崩溃，物欲在横流，都市生活以惊人的速度异化和挤压着人的灵魂。但传统价值系统被剥离和物化后，无所依归的疏离感和无法摆脱的荒诞感、空虚感也就在这些都市人身上如影随形。穆时英认为自己塑造的人物在"悲哀的脸上戴了快乐的面具"[2]；《黑牡丹》里黑牡丹知道自己离开了奢侈的物质生活"便成了没有灵魂的人"[3]；《夜总会里的五个人》都是被生活挤出或压扁的人。刘呐鸥在《风景》中惊问："人们不是住在机械的中央吗？"[4]《游戏》里流露出都市如沙漠的叹息；《上海的狐步舞》、《街景》透露的是灯红酒绿之外的"地狱"生活……这些感慨来的并不偶然，说明他们已经在思考物质与灵魂、

[1]　刘呐鸥：《热情之骨》，《刘呐鸥小说全编》，学林出版社 1997 年版，第 39 页。

[2]　穆时英：《公墓·自序》，《公墓》，上海现代书局 1933 年版，第 4 页。

[3]　穆时英：《黑牡丹》，载严加炎编选：《新感觉派小说选》（修订版），人民文学出版社 2011 年版，第 179 页。

[4]　刘呐鸥：《都市风景线》，上海水沫书店 1930 年版，第 31 页。

欲望与道德、狂欢与堕落、空虚与及时行乐等人类存在的矛盾命题和城市的阶级分化等现实问题，即他们已经意识到都市文明与身处其中的人的文化冲突和精神困境的悖逆存在。尤其是施蛰存，他从无意识角度入手更深入地探讨了个体生命在现代都市生活和封建传统观念的双重夹击下的游移、脱轨：《在巴黎大戏院》、《四喜子的生意》里的男主角原本本分而保守，但都市特有的迷乱氛围却使他们的欲望左奔右突，从而导致神经焦虑敏感、理智混乱恍惚，甚至最终犯案；《春阳》、《雾》写身处都市的旧式女子对情爱的饥渴和压抑，这一切都表示出新感觉派感觉都市时的独有深度。

　　虽然从整体来看，新感觉派反映了现代都市人全新的生活方式、全新的行为方式和新旧交织着的价值观念和道德观念，但较之京派，他们对现代都市的叙述和想象还只停留在对喧哗浮躁的都市表层生活的感觉和体验当中，缺乏对文明与文化进程中人类所面临的共同难题的深度追问，更没有挖掘到社会历史的根源，好多问题难免流于空洞的慨叹，而过分执迷于表达对都市的印象和感觉又使他们的文字普遍缺乏分析的力度和理性的思辨。但从另一个角度看，他们的创作的得失却也透露出新感觉派面对现代化都会时内心深处的困惑和彷徨。这首先是缘于其分裂的文化身份，新感觉派显然对都市有好感和认同，也持激进又先锋的写作姿态，但乡土中国的道德标准和价值体系是不可能随着社会的急剧转型而立刻消失的，残留的农业文明意识牵绊了他们对都市的留恋和认同。另外这困惑还因为，仅凭感觉是无法解释和击中并存于都市中的"天堂"和"地狱"的社会现实的。

　　值得肯定的还有他们对小说叙事模式的变革。新感觉派以感觉为媒介，刻意颠覆故事情节的连贯性和人物性格的完整性，沉迷时空交错与人的心理流程，大量运用通感手法，明显借鉴电影蒙太奇手段，对人的直指欲望的心理和感受的异乎寻常的关注等，既造成"陌生化”的艺术效果，又完全打破了中国传统小说全知全能、首尾贯通的叙事模式，还与完成了叙事模式现代转变的“五四”小说大异其趣，比起郁达夫、郭沫若等带有现代主义色彩的心理分析小说，新感觉派对现代主义的理解更深入、开阔和大胆。请看：

> 厚玻璃的旋转门：停着的时候，象荷兰的风车；动着的时候，象水晶柱子。
> 五点到六点，全上海几十万辆的汽车从东部往西部冲锋。
> 可是办公室的旋转门象了风车，饭店的旋转门便象了水晶柱子。人在街头站住了，交通灯的红光潮在身上泛溢着，汽车从鼻子前擦过去。水晶柱子似的旋转门一停，人马上就鱼似的游进去。①

> 和轻柔的香味，轻柔的裙角，轻柔的鞋跟一同地走进这屋子来坐在他的紫姜色的板烟斗前面的，这第七位女客穿了暗绿的旗袍，腮帮上有一圈红晕，嘴唇有着一种焦红色，眼皮黑的发紫，脸是一朵惨淡的白莲，一幅静默的，黑宝石的长耳坠子，一只静默的，黑宝石的戒指，一只白金手表。②

> 一个没有骨头的黑色的胸脯在眼珠子前面慢慢儿的膨胀着，两条绣带也跟着伸了个懒腰。③

---

① 穆时英：《夜总会里的五个人》，载严家炎编选：《新感觉派小说选》，人民文学出版社1985年版，第209页。
② 穆时英：《白金的女体塑像》，载严家炎编选：《新感觉派小说选》，人民文学出版社1985年版，第259页。
③ 穆时英：《白金的女体塑像》，载严家炎编选：《新感觉派小说选》，人民文学出版社1985年版，第261页。

——上了白漆的街树的腿，电杆木的腿，一切静物的腿……revue
似地，把擦满了粉的大腿交叉地伸出来的姑娘们……白漆的腿的
行列。沿着那条静悄的大路，从住宅的窗里，都会的眼珠子似地，
透过了窗纱，偷溜了出来淡红的，紫的，绿的，处处的灯光。[①]

新感觉派充分吸纳西方现代派的表现意识和小说文体，传达的是
现代中国人特有的复杂的都市感受和情绪：这种交织了困惑、狂躁、
迷恋及各种欲望甚至还有憎恶的意绪才是最真实的历史感兴——这毕
竟是一个前所未有的历史进程，他们无法超越时代是正常的，要看清
这个进程是需要时间也需要科学的理论来支撑的。

（二）暴烈的都市

与世俗享乐的时代色调并存的都市生活还有非常真实的另一面：
"大资本家在一分钟里要收入到几百几千元，工人整年汗流浃背还不
及资本家一天里一分钟的收入。有钱人生活得骄奢淫逸，贫穷人生活
得极寒困苦。"[②]站在社会历史转型的高度捉取都市这一特质的是左翼
文学。茅盾的《子夜》、《蚀》三部曲，丁玲的《一九三零年春上海》、
《奔》、《庆云里的一间小房里》、《法网》、《消息》、《夜会》，殷夫的
《小母亲》，胡也频的《光明在我们前面》，王鲁彦的《一只拖鞋》等
都是其中的佳作。

与新感觉派对洋场声色的迷醉与迷恋不同，左翼作家从政治经济
角度入手分析时代生活，揭示社会本质。[③]进入左翼作家文学视野的
是 20 世纪 30 年代工商业发展的惊涛骇浪，城市的阶层分化，阶级压
迫引发的政治斗争以及乡村社会的分崩离析，他们由此出发把握社会

---

① 穆时英：《上海的狐步舞》，载严家炎编选：《新感觉派小说选》，人民文学出版社 1985 年
版，第 161 页。

② 另境：《时代的"特写"》，《申报·自由谈》1933 年 6 月 25 日。

③ 此处亦将左翼文学着意提出论述，以示与同是海派文学中的新感觉派有所区别。

历史的发展逻辑。

> 裕华丝厂车间里全速力转动的几百部丝车突然一下里都关住了。被压迫者的雷声发动了！女工们像潮水一般涌出车间来，像疾风一般扫到那管理部门前的揭示处，冲散了在那边探头张望的几个职员，就把那刚刚贴出来的扣减工钱的布告撕成粉碎了。

> ……愤怒的群众像雷一样的叫喊着。她们展开了全阵线，愈逼愈接近那管理部了。这是她们的锁镣！他们要打断这锁镣！ ①

> 这是暴风一般骤然来的集会！这又是闪电一般飞快地就结束的集会！这是抓住了工人斗争情绪最高点的一个集！ ②

> ……人肉和竹木的击冲，拍剌！拍剌！咬紧了牙齿的嘶叫，裂人心肝的号呼，火一样蓬蓬的脚步声。然后又是晴天霹雳似的胜利的呼噪，一彪人拥进了草棚，直扑屠维岳和李麻子。昏黑中不出声的混斗！板桌子和破竹榻都翻了身！ ③

这样，左翼作家笔下的都市就不仅是工商竞技的角逐场，而且是新的革命思想和革命运动的策源地，更是新兴阶级崛起的大舞台。无疑，左翼作家建构的都市空间比新感觉派的舞场电影院要阔大得多，而文本中的都市意象也多是轮船、火车、烟囱、工厂和证券交易所，它们标识的是现代工商业的发展速度和城市的力度、城市的暴躁。左翼也描绘过都市的声、光、色、电……但透过都市繁华与喧嚣的表

---

① 茅盾：《子夜》，人民文学出版社 1982 年版，第 395 页。
② 茅盾：《子夜》，人民文学出版社 1982 年版，第 417 页。
③ 茅盾：《子夜》，人民文学出版社 1982 年版，第 416 页。

象，他们更看到现代文明对乡村社会强大的挤压力量和其摧枯拉朽的历史趋势。这典型地体现在《子夜》中：吴老太爷之死，他苦心教养的那对金童玉女在都市的迷失，冯云卿赔了女儿又折兵的故事，都是腐朽没落的封建乡村文化遭遇现代文明后上演的悲喜剧，在灯红酒绿的比照下，传统的乡村社会愈发显示出其僵化和衰败，而现代文明浸淫都市甚至吞噬人的力量更令人心惊。

　　与左翼作家对都市的理性解读一致，他们小说中的人物形象多代表特定的阶级或阶层：吴荪甫、赵伯韬、冯云卿（《子夜》），孙舞阳（《动摇》），玛丽、林英（《追求》），静女士（《幻灭》）……他们或是民族资本家、买办、地主，或是城市催生的新女性，在工厂之间宣传革命的革命者。这些人物身上或多或少带有的狂躁、孤独和迷惘的精神气质，与新感觉派笔下的人物类似，离宁静、平和的乡村气息甚远，是只可能在现代大都会中才会生存生长的。就其本质看，他们都是在城市高度发展之下，工商业使得阶级不断分化，阶级冲突不断升级的社会历史环境中的典型人物，他们的存在反过来又使都市的阶级性、政治性愈加分明。因此，左翼作家对他们各自荣辱升沉、境遇变迁的描述在某种程度上亦是对都市社会阶层、社会秩序所做的历史分析；而其共识中展开的对于都市各个阶层、集团在意识形态、政治生活等不同方面不同态度的描写，对社会结构中新生力量的生长及其诉求的刻画，显示出的又是左翼作家对都市变革规律和时代发展方向的深刻把握。《子夜》中，吴荪甫有着试图拯救民族工业的雄才大略，他与赵伯韬斗法时遭受的内外夹击以及他在公债投资失败时算计的"从那九个厂里榨取他们在交易所里或许会损失的数目"，"用最有利的条件……最得意的'手笔'"，"出奇制胜"[①]的残忍无

────────────

① 茅盾：《子夜》，人民文学出版社 1982 年版，第 296 页。

情，既刻画出他作为民族资本家的双重性，又暗示了他所代表的阶层的历史命运。同时，《子夜》对不可遏制的工人暴动的侧面烘托，《奔》对城里工人被厂主机器榨干的悲惨遭遇的呈现，《光明在我们前面》对五卅群众运动场面的大幅度展示，则又明白无误地隐喻着一个新的阶层的崛起。

可以认定，对于都市政治经济斗争、社会结构以及历史走向的宏观把握和理性阐释是"左翼"作家叙述和想象都市的主要方式，这种叙述和想象方式恰可用茅盾强调的"时代性"概括，"在表现了时代空气而外还应该有两个要义：一是时代给予人们以怎样的影响；二是人们的集团活力又怎样地将时代推进了新方向，换言之，即是怎样地催促历史进入了必然的新时代"①——左翼文学对于时代性的特别关注及其在文学实践中对都市典型环境、典型人物的全方位生动再现，也正是他们理解和映现中国现代化进程的独特之处。

与其反映的巨大的社会历史内容相适应，左翼作家以现实主义创作方法为基本手法，试图建构叙事宏大、线索明晰的文学范式——他们关注都市的重大历史事件（如工厂暴动，商业风云，阶级斗争），不像新感觉派沉溺于欲望悲欢，而是强调叙述的客观性和意识形态的导向性（如《子夜》对托派言论的粉碎，对阶级压迫和剥削的控诉一直是重要的主题）。这一模式既可追溯到19世纪欧洲批判现实主义的文学传统，又可看作是对中国史传传统的现代转换：关注历史重大事件是史传传统的重要特征，客观叙述但又暗含春秋笔法则是史传体式一贯的行文方式。这显示出左翼文学与传统文学之间深刻的精神血缘关系。

自《史记》以来，对重大历史事变的关注就与史家和小说家试图

---

① 茅盾：《读〈倪焕之〉》，《茅盾全集》第19卷，人民文学出版社1991年版，第210页。

全景式地反映社会时代生活，从而把握社会历史发展变化的过程和规律紧密相连，这样的写作追求由"述往事，知来者"、"通古今之变"的历史意识和儒家积极入世、改造社会现实的功利目的所决定。"史识"的高下可以暂且不论，重要的是，这种致思方式和艺术原则一直都深深地根植于中国文学的血脉中，"家国天下"题材的创作经久不衰，这种艺术原则同样成为左翼文学的明确追求，都市题材的创作更是莫不如此，《光明在我们前面》、《蚀》反映的都是那一年最重大的历史事件——五卅运动和大革命的失败。因此我们得以窥见，在似乎是得之于异邦的革命思想和横截面式的叙述结构下，一个"五四"时因为"人的发现"和启蒙的需要而被暂时中断或者说是被遮蔽了的深层文学结构在左翼作家手中续接起来。在某种意义上，冯雪峰谈到的丁玲创作的危机和转机也正是这一文学结构重心转移和变迁的缩影，可以说，在丁玲投身革命和接受马克思主义的同时，某些沉睡的文学基因也被唤起。茅盾的《子夜》，其创作意图就是"说明半封建半殖民地的中国的民族资产阶级没有任何出路的真实记录"①，"中国"、"阶级"、"真实记录"这些关键词揭示出的实录写真的文学态度，将社会性和时代性结合起来从而全景式地观照社会的文学企图和胸怀社稷的文学气度——这一切其实并不陌生，它一直都是中国作家预设的写作目的和中国读者期待的阅读视野，只是或者因为熟悉，或者本身就是我们文学生命的一部分，而常常被忽视。另外，史传叙事基本上采用第三人称全知的角度，这也是中国小说传统里的基本形式之一，但客观叙述的模式并不意味着作品不蕴含意识形态的信息。在《聊斋志异》、《儒林外史》和《红楼梦》等许多称得上经典之作的传统小说中，微言大义、皮里阳秋是客观存在。同样，大多数左翼都市小说

---

① 茅盾：《外文版〈茅盾选集〉序》，《光明日报》1981 年 4 月 7 日。

采取的也是第三人称，遵循写实的路线，追求客观再现的艺术效果，在冷静的叙述表层下挖掘人物语言和行动背后的社会动机和社会意识，由此织构具有必然性、确然性的历史进程和趋势，加之很少出现"我"或"我的感受"，这样的表达方式总能带给人权威性的阅读体验，这正是左翼作家写作的抱负和写作的趋势，《子夜》就是一个相当成功的范例。而这同样让人联想起史家笔法。当然，最重要的是现代转换，促成左翼作家现代转换的根本在于，他们的理念是现代的、符合历史发展规律的，参照的理论体系和分析方法是科学的。因此，他们能发现并深入探讨民族资产阶级在现代化进程中的历史命运，阐释工人阶级的进步性与创造性。而且，就"史识"而言，他们不仅超越了古代作家，也超越了同时代作家。

（三）异化的都市

如果说，新感觉派用现代主义手法感觉都市，左翼文学以注重社会分析的理性眼光透过现象看到了都市现代化进程中的政治、经济巨变和历史发展逻辑，那么还有一部分作家在哲学的、文化的层面上想象都市，姑且称之为对于都市的"文化叙事"。他们是京派和老舍。前者穷形尽相都市上流社会和知识阶层的种种丑态，后者全景式俯瞰了乡土中国社会现代性变革中小市民阶层的心理和性格。京派作家几乎无一例外地显示出对都市文明的拒斥和讥刺：作为京派"乡村世界"的"他者"，都市于他们而言是难以融入的异己，是被严苛审视、批判的对象——尽管他们都在都市生活和写作。与海派和左翼文学对都市或感性或理性的诉诸不同，京派始终是以反省、质疑的姿态和立场表达他们对都市文明的理解：都市是人性的异化的存在。

相对于描写乡村景致时的不遗余力，京派的都市文学中少有对都市现代景观的正面描绘，这折射出他们看待都市物质文明的态度：沈从文就在《一个天才的通信》中反问："先生，你觉得这街景的描画有详细的必要没有？"①因而在他们的小说中，城市的色彩和面貌往往模糊不清或莫名其妙（如《夜》对舞厅的讥讽），反映都市特质的更多是被异化了的"城里人"，他们多是绅士阶层和知识分子，常被认为是城市的文化精英，但他们又是受现代文明和封建律例交杂而成的"混合物"，深陷其中浸淫最深。萧乾、凌叔华或以孩童顽皮不羁的自然天性映衬"城市人"的庸俗呆板，或从儿童眼中见出其虚伪无情。凌叔华、林徽因和废名都曾用细腻的笔触掀开城市上流家庭生活虚伪的帷幕（如《有福气的人》、《九十九度中》、《张先生与张太太》等）。

"生命"和"人性"的创作宗旨使京派看取都市的视域非常集中：城里人的生命状态和人际关系。"集中"是适应其文化立场的文学概括，他们由此发现了都市化过程中的某些悖论和歧路，对现代都会中人的生存困境的探讨也达到了别人难以企及的深度，但就反映都市全貌而言，"集中"也就意味着化约和变形，其流弊也是显而易见的，即不能用全面的、发展的眼光看取都市同样会造成他们文学视野的狭窄，也会因以偏概全影响其对都市的理性分析和判断。而且退守田园的文化理想将京派置于两难的境地：美好的生命存在状态仍然有待于都市文明的高度发展，而他们在批判代表现代化方向的都市时，参照系却是相对沉落的乡村社会，这就会在许多时候难以自圆其说。这种化约和两难显示出京派从文化层面思考都市的超越性和局限处，也代表了许多中国知识分子遭遇现代化时特有的尴尬。但从另一角度看，京派的都市小说却也在更深层次上反映和呼唤着人类对于自身命运的反省和展望，对更和谐的都市文明的迫切期待。

老舍执着地描写城市与人的关系，但相对而言，老舍笔下的北平最不像城市。这种"不像"一方面来自北平城市特征上的复杂性，另

①　沈从文：《一个天才的通信》，《沈从文全集》第 4 卷，北岳文艺出版社 2002 年版，第 347 页。

一方面也是老舍经由书写北平市民文化表现都市的结果。老舍时代的北平，缺乏上海的速度、节奏和喧嚣，而更多雍容、肃穆与平和，还具有较浓厚的封建保守性。但电车的普及，洋车的出现，众多现代大学的涌现以及新型报纸、书局的繁荣，说明北平也迈开了现代化的步伐，只是相对于上海与现代文明的一拍即合，它的变化艰难而缓慢。就"市民文化"本身而言，"中国都市市民文化一直并且仍然呈现着传统农业文化的最一般特征"①，这都决定了老舍的都市是乡村式的、日常的、礼俗性的。

《老张的哲学》、《离婚》、《赵子曰》、《牛天赐传》、《断魂枪》等均是从日常生活、家庭伦理、婚姻等市井俗态表现北平特有的风物人情，这些方面的微妙变化传达出的正是传统乡村文化形态在现代转型的历史过程中的人物性格、命运以及人际关系的变异和变动。老张的哲学是"钱本位而三位一体"的哲学，这种哲学是现代文明、宗法制文化和地痞哲学的混合物；《赵子曰》、《牛天赐传》中"新派市民"荒废学业，颠三倒四的生活是其只取都市文明皮毛的结果；《断魂枪》中沙子龙的世界就是被火车、快枪摧毁的——老舍不失夸张地描绘现代文明的糟粕和宗法制文化结合后的荒谬图景，揭示出有着传统重负的都市迈向现代化时的沉重和驳杂。

《月牙儿》和《骆驼祥子》描写城市下层劳动者被社会毁灭的悲剧，但从现代文明对人性异化的角度看，他们最终都在都市中丧失了自我。《月牙儿》中，对现代爱情的浪漫幻想实际上害了"我"，这质疑的是西方个性解放思潮嫁接到古老中国的有效性和可行性；都市的生存法则使"我"认识到"钱比人更厉害一些，人若是兽，钱就是兽的胆子……什么母女不母女，什么体面不体面，钱是无情的"②，都市

① 吴小美等：《中国现代作家与东西文化》，兰州大学出版社 1990 年版，第 79 页。
② 老舍：《月牙儿》，《老舍文集》第 8 卷，人民文学出版社 1985 年版，第 285—287 页。

全面粉碎了传统的伦理道德、价值观念，这个曾经自强而纯洁的底层女性面对都市时似乎只有两种选择——堕落或者毁灭。而祥子则直接来自乡村，他在都市的"三起三落"是他原有的乡村价值理想（小生产者式的勤劳致富、个人奋斗）与传统道德观念（老实、忠诚、自强）以及乡村夫妻伦常一次又一次地被打击、摧毁的过程，祥子最后沦为行尸走肉的结局最为深刻地写出乡村文化形态面对病态的城市文明时无路可逃的命运。

老舍虽未像京派一样建立分明的城乡对峙的文学模式，但二者都曾质疑现代文明，都关注的是对人的异化问题，只是老舍是以现代人文主义的价值观念和"近现代工商社会的法理文化精神所产生的整个西方近现代文化"①为参照系关照新旧交织的中国文化和国民性格的，《二马》《离婚》上演的正是东西方生活方式、价值观念撞击后产生的荒谬的喜剧。但同时，《月牙儿》里的反省意识，老舍对"新派市民"的揶揄中的鄙夷、对他们行为观念的夸张，又让人感觉到他在理智上认同现代文明，但这认同相当的谨慎。对于如何在传统文化中去伪存真，老舍也是矛盾的，他批判因循守旧的传统文化，但他的理想市民如赵四（《老张的哲学》）、李景纯（《赵子曰》）、李子荣（《二马》）身上又有浓重的侠义色彩，符合中国传统小市民的理想；而他对传统生活方式不自觉的欣赏和写作时的温情也都是这种矛盾心理的表现。但正是这诸多的犹疑和眷恋，又构成了老舍的复杂性和丰富性，使他的小说反映出传统文化在现代中国都市的深刻沉积以及因此导致的现代化的艰难和反复。

以上我们探讨了 20 世纪 30 年代作家在不同层面上对中国都市的文学叙事和想象。一个无法忽略的事实是：无论是上海的洋场声色，

---

① 吴小美等：《中国现代作家与东西文化》，兰州大学出版社 1990 年版，第 95 页。

还是北平的古老持重，"它们大体上处于一个共同的文明进程中和文明阶段上：由'都市'向'市'也即是由'古典城市'向'现代城市'的蜕变之中"①，这个蜕变过程体现的正是中国的现代化进程。无论是海派（主要指新感觉派）的欲望狂想，还是左翼文学的社会剖析，抑或是京派和老舍的文化观照，他们围绕"城"与"人"，取不同角度，写出中国文学中的"双城记"——描摹工业型都市上海、刻写乡村型城市北京，其实也就概括、还原出 20 世纪 30 年代中国都市的整体状貌，并以各自侧重的文学叙事及特征呈现了中国都市的现代趋势，具体而微地描述了中国迈向现代化路途中的得失成败——他们毕竟是 30 年代文学总体格局中的三方重镇，不仅在审美客体且又在经济和文化上各执牛耳，他们笔下的都市无论从历史还是从文学的角度说，都具有代表性、典型性。

　　当然，文学审视的目的并不仅仅止于这些作家在中国的现代化进程中看到了什么，更在于他们以什么样的文化立场和文化心态、参照何种价值体系去认知，并且以怎样的艺术运思和表现手段去表达，文本体现的美学特征和思想深度在哪里。上述三个方面的析解，也是因三大流派对都市的不同叙事、相异的文学情绪表达以及各具特色的文本样式所进行的大致区分，还不能括其各自的全部。而由三个部分的论述我们可以得出一个结论：这三大流派对 20 世纪 30 年代都市文学图景的丰富，不仅说明由现代化历史进程催生的文学的现代素质在都市作家的文学创作中得到了集中的、多方面的体现和深化，还标志着中国现代文学在文学观念上的现代性和文学技巧上的成熟性。中国文学的现代化转变可谓 20 世纪中国文学的世纪追求，如果说"五四"完成了中国小说叙事模式的转变，那么 20 世纪 30 年代都市小说的成

---

① 李书磊：《都市的迁徙——现代小说与城市文化》，时代文艺出版社 1993 年版，第 16 页。

就则预示着已完成转变的叙事模式的再一次嬗变。说都市小说的成熟是 20 世纪中国文学现代转型这一动态历史过程的又一个峰值也并不为过。另外，这些作家想象都市时采取的不同叙事方式也隐现了后来者"小说中国"[①] 的三种方式：现代主义的欲望叙事，它在 20 世纪 30 年代达到顶峰，后来日渐淡出，20 世纪 50 至 60 年代销声匿迹，20 世纪 90 年代，一批 20 世纪 60 至 70 年代出生的作家复又将其推向高潮；意识形态的宏大叙事，这一类型的小说多采用现实主义方法，是 20 世纪中国文学的主流叙事方式；还有文化叙事，它在当代全球化都市化的背景下是不会终结的，20 世纪 80 年代的"寻根热"就是在新一轮的现代化、都市化的背景下出现的典型的文化叙事。如今，现代化的进程依然向前，现代文明与人的文化冲突也就不可能停歇，对存在的追问和思考仍将继续。

　　"文学的结构模式和叙述模式可以告诉我们的不仅仅是文学自身的东西，而且是心灵的本质与文化的普遍特点"[②]，应该指出的还有，中国都市文学毕竟在中国文化的土壤中成长，不管 20 世纪 30 年代的都市文学如何现代，它还是与乡土文化、传统诗教有着千丝万缕的联系。即使是在与温柔敦厚的传统诗教背道而驰的新感觉派小说中，作家笔下的人物在颓废中的迷惘和追问也是因他们无法决绝地舍弃乡村中国的道德体系，《黑牡丹》里黑牡丹在市郊乡间嫁人的结局透露出的正是现代人返归自然治疗都市病的信息。此外，京派都市小说是由乡村中国出发考察中国现代化的历史进程的；《子夜》中的吴老太爷眼中的上海，构成众多阶层看上海的复调式交响中极重要的一个

---

① 王德威：《想象中国的方法：历史·小说·叙事》，生活·读书·新知三联书店 1998 年版，第 2 页。
② 韩毓海：《锁链上的花环——启蒙主义文学在中国》，时代文艺出版社 1993 年版，第 144 页。

声部；《奔》、《一只拖鞋》也均是借进城农民的所见所闻呈现都市对
人的压榨。因此，由乡土中国考察都市文明可以说是 20 世纪 30 年代
都市小说写作、思考的主要方式，且或显或隐地成为其基本的文学
视野，这一视野下的都市人的精神状态，不论是颓废还是浮躁都是特
定历史阶段的中国特有的。另外，京派都市小说的悲悯宽容、蕴藉
委婉，老舍对传统文化的眷恋和温和，左翼作家对史传传统的现代转
换，新感觉派在"表现人类文明的多重性质、两难境地、人在城市的
共同精神困窘之时，暗暗散发出中国的风韵与情味来"①，这一切都说
明，20 世纪 30 年代开放又前瞻的都市小说，其实仍深深地打着中国
诗学的烙印。

二、栖居都市与回望乡土

　　20 世纪 30 年代的中国都市作家中，以茅盾为代表的左翼作家
注重社会分析，能穿越都市表层的政治经济巨变把握历史的发展逻
辑；对于都市的灯红酒绿，新感觉派有着直觉式的敏感，但他们又
因无法超越感觉而沉醉和迷恋其中；老舍的都市小说是城市庶民文
学的高峰，他对古都风俗的描写揭示出老大中国艰难转型中传统文
化的深刻积淀。作为京派代表作家的沈从文则别取他途，他始终以
批判、反省和质疑的姿态与立场，在由湘西与都市两重文化体验构
成的坐标中看待古老中国都市化进程中的"常"与"变"，表达他
对都市的情感和理解，以一种独特的方式阐释了都市，在文化立场、
文学方法和观照角度等方面独辟蹊径，丰富了中国现代都市小说的
整体面貌。

　　在沈从文构筑的文学世界中，湘西和都市呈现出两相对峙的态

---

① 吴福辉：《老中国土地上的新学神话》，载王晓明主编：《二十世纪中国文学史论》（修订
　版）下卷，东方出版中心 2003 年版，第 37 页。

势：他在深情的缅想中回望湘西，成为湘西风情最出色的表达者和湘西精神最透彻的领悟者。与之相映成趣，他也明白无误地表达对都市生活和生命的厌烦与不屑，明确意识到"写都市，我接近面较窄，不易发生好感"①——这是事实，尽管他的都市题材小说创作在数量上接近其全部创作的半数②，但他笔下的都市却说不上典型亦不够完整。

（一）都市视角

沈从文曾数次表白自己"实在是个乡下人"③，也在创作中展示过"乡下人"遭遇都市的种种不适。在他的早期小说中，描绘都市给予他的冷遇和挫折的作品并不少。但"乡下人"的自我定位应该是一种文化身份：他是在进入城市，接受"五四"启蒙思想，接触中西方文化，并在对都市文明的切身体验和对湘西的重新发现中逐步确立这种自我意识的，这指认其实已经包含着特定的价值尺度、情感倾向和知识结构。对"乡下人"身份的依托和固执深刻地反映出沈从文对都市的拒斥和不满，他一直强调城乡的区别，屡次声明他有"与城市中人截然不同"的"乡巴老的性情"，"保守，顽固，爱土地"却"不甚懂诡诈"④，这种心绪表达中的处处暗含讽刺且以乡村式的伦理道德尺度作为价值判断的意向是显而易见的。沈从文还反复谈及他对一部分城里人的看法："这种'城里人'仿佛细腻，其实庸俗。仿佛和平，其实阴险。仿佛清高，其实鬼祟。这世界若永远不变个样子，自然是他们的世界……老实说，我讨厌这种城里人。"⑤

---

① 凌宇：《沈从文谈自己的创作——对一些有关问题的回答》，《中国现代文学研究丛刊》1980年第4期。

② 在《沈从文文集》（花城出版社、生活·读书·新知三联书店香港分店1984年版）中，以乡村为主题的小说约有87篇，以城市为主题的有76篇。

③ 沈从文：《习作选集代序》，《沈从文全集》第9卷，北岳文艺出版社2002年版，第3页。

④ 沈从文：《习作选集代序》，《沈从文全集》第9卷，北岳文艺出版社2002年版，第3页。

⑤ 沈从文：《萧乾小说集题记》，《沈从文全集》第16卷，北岳文艺出版社2002年版，第324—325页。

然而，这个"乡下人"对都市又是那么感兴趣，他以自己的方式接近、感受、表现了都市。

与左翼文学和新感觉派对都市或理性或感性的读解不同，也与老舍对都市存留的传统文化的犹疑和眷恋相异，单就情感这一维度看，作为湘西世界的"他者"，都市于沈从文而言是难以融入的异己之地（他始终认为自己是个"乡下人"），是被严苛审视和批判的对象。因为参照体系不同，他意识到："我表示的人生态度，你们从另一个立场上看来觉得不对，那也是很自然的。"① 为什么这样说？因为这个人生态度的内核是以"乡下人"的"尺寸和分量，来证实生命的价值与意义"②，以此为基点，他站在伦理道德和民族文化的立场批判和审视都市文明，在对湘西生命形式的讴歌和对城市生命形态的挞伐中表达对生命和人性的哲学思考，这使沈从文的都市小说在题材择取、情感表达以及价值取向等许多方面都与众不同。

"乡下人"所"表示的人生态度"折射出沈从文观照世界独特的哲学——文学视角，其出发点是乡村的道德尺度和自然人性理想，那是未受现代文明污染、少有虚伪理法羁绊的自然环境和"优美，健康，自然，而又不悖乎人性的人生形式"③。他用这样记忆中的乡村生活和理想化的乡村生命形式比照都市黯淡的现实状况和扭曲矫饰的人生形态，并由此引出都市文明（文化）的"阉寺性"问题：腐朽糜烂的都市生活使都市人的生命力萎缩退化，最后变成营养不足、睡眠不足和生殖力不足的近于被阉割了的生命形态——人性的正常欲望应该是健康生命的自然要求，也是生命存在的重要指标。因此，他以厌恶的情绪表达对这类人性残缺、人格变态的都市人的态度：

---

① 沈从文：《习作选集代序》，《沈从文全集》第 9 卷，北岳文艺出版社 2002 年版，第 1 页。
② 沈从文：《水云》，《沈从文全集》第 12 卷，北岳文艺出版社 2002 年版，第 94 页。
③ 沈从文：《习作选集代序》，《沈从文全集》第 9 卷，北岳文艺出版社 2002 年版，第 5 页。

"许多'场面上'人物，只不过如花园中盆景，被所谓思想观念强制曲折成为各种小巧而丑恶的形式罢了。一切所为所成就，无不表现出对自然之违反，见出社会的拙象和人的愚心。"①——这样，倚借"乡下人"的文化立场和生命体验，沈从文发掘出 20 世纪 30 年代其他都市作家甚少给予深度关注的一个文学主题：都市是人性异化力量的载体。

为这样的价值取向和文学主体决定，沈从文的都市小说呈现出独异的面貌。首先，相对于描写湘西风物乡俗的情不自禁，沈从文有意回避和忽略了都市光怪陆离的现代景观和汹涌澎湃的阶级斗争，他很少正面描绘这些更具典型性的都市人事，在其中不见"上海摩登"式的洋场风景，也没有老北平让人爱恨交织的人文心态，我们很难捕捉到作为独立审美对象的都市的气息和脉动。因而在他的都市小说中，城市的面目往往是模糊的。也许，其原因就像他在《一个天才的通信》中反问的："先生，你觉得这街景有详细的描画的必要没有？"——这不说也罢的揶揄道出了原委亦饱含着他对都市深重的失望和愤怒。

那么，沈从文拿什么掀开都市的面纱？他以人性和道德完善理想，发现了都市文明发展的歧路和悖论，也依旧循此质疑、批判都市的生活和生命，或是暴露上流社会和绅士家庭的欲望游戏，或是描绘知识阶层的虚伪做作——反映都市特质的就是这班被异化的城里人。这一范围内，他又不遗余力地揭露都市两性关系的丑恶与暧昧。《绅士的太太》掀开了都市上流家庭看似守礼有节的面具下充斥着的乱伦、通奸和欺瞒，道德观念的虚伪和行为方式的堕落形成巨大反差。《八骏图》中的学者、教授们外表老成持重，学识渊博，实则

① 沈从文：《美与爱》，《沈从文全集》第 17 卷，北岳文艺出版社 2002 年版，第 361 页。

因为内心欲望被压抑堵塞已成为精神上的阉人；沈从文以冷峻的笔触穷形尽相其畸形变态的种种情状：教授甲的蚊帐里既有《五百家香艳诗》，还有裸体的香烟广告美女，在小说叙述中看似相当理智和清醒的达士先生最后也为海滩上的神秘女子所惑，向未婚妻撒谎推迟了归期。同样，《平凡故事》、《来客》、《知识》、《有学问的人》中的"文明人"也多是被扭曲了的空虚浅薄之徒。无知无识的湘西之子活泼粗野的情爱方式展露出其生命勃发的生机，正像《柏子》、《雨后》显示出的自由情爱和两性欢愉那样。然而接受现代教育和科学文化知识的教授们反被"文明"扼杀了真情实感，丧失了生命活力，变得矫情衰颓，这是为什么？沈从文将其归因于所谓的现代文明和封建的道德律令。他认为都市人接受的是现代文明已经同封建文化交杂成"虚伪和呆板的混合物"[1]，更可悲的是"历史暮气与其他新的有毒不良气息"[2]羁绊了个体生命的正常发展，人性因之被束缚和扼杀，人格因之分裂和残缺，城里人"都显出一种疲倦或退化神情"[3]，他们丧失自我的地步可用小说《凤子》中人物的话来概括，"我以为城里人要礼节不要真实的，要常识不要智慧的，要婚姻不要爱情的"。[4] "这些人所注重的或不是'民族出路'的保障，而是'知识阶级'出路的保障"，"这一类社会上的中坚人物，既从自己职业上得到了生儿育女的凭藉，又从一国领袖处得到了一份说谎的安慰后，便会各自去作应作的事情：或收集点文物，或到处托人去打听会做饭菜的厨子，或年近半百尚怀

① 沈从文：《〈看虹摘星录〉后记》，《沈从文全集》第 16 卷，北岳文艺出版社 2002 年版，第 345 页。

② 沈从文：《北平的印象和感想》，《沈从文全集》第 12 卷，北岳文艺出版社 2002 年版，第 284 页。

③ 沈从文：《北平的印象和感想》，《沈从文全集》第 12 卷，北岳文艺出版社 2002 年版，第 283 页。

④ 沈从文：《凤子》，《沈从文全集》第 7 卷，北岳文艺出版社 2002 年版，第 114 页。

了童心去学习跳舞，或终日无事便各处去转述点谣言，再也不过问这个置身所在的国家一切命运了"。① 生命被戕害到最后，"禁律益多，社会益复杂，禁律益严，人性即因之丧失净尽"②。——这是沈从文对知识和道德律令最严厉的质问。反之我们也就无法理解，为什么沈从文将绅士阶层与知识分子写得那样衰颓、虚伪、无血性、少活力、缺个性——他们更多聚集在都市中，被认为是城市的精英和代表，并且是当时中国受现代文明和封建律令浸淫最深的一群人，也往往会是其最主要的也是最集中的体现者。

城里人中的一些例外是《如蕤》、《薄寒》、《一个女剧员的生活》中的女主人公。作为城市知识女性，沈从文十分强调的却是她们身上的自然野性和生命强力。最典型的像如蕤，向往"固执的热情，疯狂的爱"③，这正是都市和都市情爱所缺乏的，她们也因此而无法在城市中安置她们的爱情。由此也可以隐约窥见沈从文对种种都市病象开出的疗治药方：为都市注入湘西式的自然生存环境和元气淋漓的生存方式，以对抗都市人生命（生存）的伪饰和矫情。

沈从文在伦理道德和乡土文化的层面上审视都市的生活和生存状态，焦灼于人性异化的悲剧，探寻人性复归的可能，他所提供的审视都市文化的别一种立场和方法，以及这种面对现代文明审视人性的文学行为本身都使他区别于其他都市小说家，这在 20 世纪 30 年代的历史文化语境中显得不合时宜但又别具慧眼——"其对现代人处境关注之情，是与华兹华斯、叶芝和福克纳等西方作家一样迫切的"④，——他没有提供对都市的政治经济阐释，却与西方文学从"异化"角度对

① 沈从文：《知识阶级与进步》，《沈从文全集》第 14 卷，北岳文艺出版社 2002 年版，第 63 页。
② 沈从文：《烛虚》，《沈从文全集》第 12 卷，北岳文艺出版社 2002 年版，第 14 页。
③ 沈从文：《如蕤》，《沈从文全集》第 7 卷，北岳文艺出版社 2002 年版，第 338 页。
④ 〔美〕夏志清：《中国现代小说史》，刘绍铭等译，复旦大学出版社 2005 年版，第 134 页。

现代文明进行反思的哲学思潮不谋而合。

（二）回望湘西

沈从文笔下那些另类都市女性的向往和期冀，是对都市未来应该具有的健康美好的生命形态的呼唤和期待，在更深层次上反映出他对人类文明进程中与人性发展相悖逆的文化积弊的反抗和超越。但同时，某种更为高远、美好的理想生命形式又始终制约着他对都市和都市生命的情感判断和价值估量。随着都市病态文明景观的剥露，一个精心构筑的湘西也日益清晰，湘西不仅具有文学世界的意义，它更是一种价值坐标和参照体系，甚至是一种生命理想和信仰。湘西式的价值体系显然主要是从原始古朴的湘西乡土文化形态抽绎而来，就其实质看，是一种乡村中国的文学视野和参照体系。沈从文以此考察都市文明，构成这种出发点的基础，是那种动人心魄的湘西美丽的山水和特殊的文化养育的自然之子——正像沈从文借《龙朱》、《神巫之爱》、《月下小景》等神奇瑰丽的古老故事和传说复原的那样，这片土地仍保留着人类童年时期古朴自在的原始遗风和纯洁健康的自然天性，它给予沈从文生命的智慧，自然而然也就是他认识世界的出发点和参照物。后来从湘西一步跨进北京后，记忆中的美好湘西不断比照出现实中都市的丑恶，而他对这些都市龌龊的抨击又明显使湘西具有了理想化的形态。正是在这褒扬和贬抑中，沈从文获得了某种文化上的心理优势并得以彰显出湘西式的人性理想和文学理想。再后来，这种出发点和参照物甚至成为主导他思考和写作的某种思维定式、惯性乃至心理结构。这就不难理解为何形成那尖锐而鲜明对立的文学世界：《边城》中，"即便是娼妓，也常常较之知羞耻的城市中人还更可信任"①。湘西世界有丹朱明黄的橘柚、青山绿水间的翠竹，城市小说却

---

① 沈从文：《边城》，《沈从文全集》第 8 卷，北岳文艺出版社 2002 年版，第 71 页。

极少写到风景；湘西人生活得庄严坚忍，城里人却蝇营狗苟……醉翁之意不在酒，某种程度上，都市小说的存在对沈从文而言也许并不具有独立意义，甚至可以说，它更像是专为湘西世界而生的陪衬构体和反面注脚。因此，即使是在沈从文的都市小说中，读者也会时刻感受到来自湘西的巨大投影。

将沈从文由乡村中国考察都市文明的立场和视野抽象后可以发现，这种由相对沉落地区观察中国现代化的历史进程的小说实际上可以涵盖，或者代表"五四"以后许多都市小说写作、思维的主要方式和基本视野，只不过沈从文将这一视野泾渭分明地凸显出来，他比其他作家更极端之处在于，由此出发建构了城乡对立的文学世界。以都市小说走向成熟的 20 世纪 30 年代为例，《子夜》中吴老太爷眼中大上海的声、光、色、电是茅盾精心设计的众多阶层看历史的复调式交响中极重要的一个声部，丁玲的《奔》借逃到城里的农民的所见呈现和放大城里工人被机器榨干的悲惨遭遇；新感觉派对都市迷恋的同时，亦让人感到他们身处都市却又始终无法融入的困惑，这种困惑与他们面对的是中国历史上未曾有过的现代化都市有关，也与他们始终无法决绝地舍弃乡村中国的道德体系和价值体系相连——《黑牡丹》里，作者最终还是让黑牡丹在市郊嫁人获得了宁静；而如果没有乡村中国的参照，他们也就不会发出造在"地狱上的天堂"[①]的感慨。《骆驼祥子》中，老舍借祥子小生产者的乡村价值理想、传统道德观念、乡村夫妻伦常的被毁过程揭示都市文明的畸形变态，就人性扭曲这个方面看，祥子最终和沈从文笔下的许多城里人一样，宛若行尸走肉，是城市文明的受害者。当然，这一思路更被贯彻在京派作家的许多作品中，在凭借这一文化视野和现

①　穆时英：《上海的狐步舞》，载严家炎编选：《新感觉派小说选》，人民文学出版社 1985年版，第 171 页。

代的观念洞悉了都市文明的悖论之后，他们又返归乡土，试图建构优雅、诗意和从容的理想世界。

这种文学视野和思维方式成为都市小说创作的前提其实并不难理解。就中国的都市化、现代化进程而言，20 世纪以来，古老中国虽然一直处于由"'都市'向'市'也即是由'古典城市'向'现代城市'的蜕变之中"①，但农业社会形态毕竟在中国存续了相当长的历史时段，中国的道德、礼治和社会构成等诸方面都有无法褪去根深蒂固的"乡土本色"，这使得"从乡土社会进入现代社会的过程中，我们在乡土社会中所养成的生活方式处处产生了流弊"②。加之许多中国现代作家本就是从乡村进入城市的，沈从文也不例外，它使这样的文学视野和思维方式天然地在文学创作过程中具有了某种优势。因此沈从文描写"乡下人"在乡镇和大都市相遇（这种相遇在作品中也可能是一种潜在的文学视角）的小说，实际上典型地代表了都市文学创作中极为常见的视野和出发点。他由此一方面注视着在城市商业文明的包围、侵袭下农村缓慢发生的一切，同时又以原始野性的活力显现并对抗着"都市人沉落的灵魂"。③

这样的文学视野决定了解读沈从文的湘西小说和都市小说时很难将二者完全分离。因为从整体看，沈从文的文学创作完全可以视为一个有意为之的严密系统——"我一切用笔写成的故事，内容虽近于传奇，从我个人看来，却产生完成于一种人为计划中④，这个"计划"附丽于现代中国历史——现实的深厚根基，是对处于社会历史变动旋涡中的民族命运走向的关切和设计。也因此后者虽不像前者那样是一

---

① 李书磊：《都市的迁徙——现代小说与都市文化》，时代文艺出版社 1993 年版，第 16 页。
② 费孝通：《乡土中国　生育制度》，北京大学出版社 1998 年版，第 11 页。
③ 参见吴福辉：《乡村中国的文化形态——论京派小说》，《带着枷锁的笑》，浙江文艺出版社 1991 年版，第 113—115 页。
④ 沈从文：《水云》，《沈从文全集》第 12 卷，北岳文艺出版社 2002 年版，第 110 页。

个独立完整的文学世界，但二者却有着同样的出发点和目的地，即均服膺于引导读者"认识这个民族的过去伟大处与目前堕落处"[①]的创作题旨——这种内在同一性使他对完美人性的真诚憧憬和对现代文明痼疾的用力批判——最终指向"民族品德的消失与重造"[②]的民族国家理想。

从更深层次看，沈从文都市小说中隐含着的乡村中国或曰传统中国的文学视野和观照角度，有意味地折射出由现代化进程所激发的巨大的文学想象空间，由此可审视中国现代作家在价值层面和深层文化心理上的"寻根"冲动以及他们对现代文明和传统文化进行严肃、深沉的反思时所能达到的深度。因为着眼点是"向人类远景凝眸"[③]，这种寻根和反思不是狭隘和简单的复古，而是标志着某种文学的现代品格的获得。这说明，沈从文身上已经自觉地具有了某种变化意识和现代意识，即其寻根的前提是意识到了与过去和传统社会相比，世界不断发生的变化和出现的差异。另外，这种文学视野还使沈从文意识到，某些东西虽然从时间角度看已经成为过往，但它们却依然具有现实意义，具有永恒的价值，他的湘西世界和都市小说的结构样态不可或缺地标示出沈从文从原始精神中丰富自己和人类的自我否定，从而求得人类的自我发展的思考历程。这种对待传统和现实的审慎态度和正视今昔的勇气本身，同样意味着一种现代意识。

（三）片面的深刻

沈从文"乡下人"的"尺寸和分量"所带来的自然人性理想和湘西式的参照系统、文学视野给他的都市小说带来鲜明的特质。

---

① 沈从文：《边城·题记》，《沈从文全集》第 8 卷，北岳文艺出版社 2002 年版，第 59 页。
② 沈从文：《长河·题记》，《沈从文全集》第 10 卷，北岳文艺出版社 2002 年版，第 5 页。
③ 沈从文：《给一个青年作家》，《沈从文全集》第 17 卷，北岳文艺出版社 2002 年版，第 320 页。

　　这首先表现为，沈从文看取都市的视域相当集中：即城市的人际关系和城里人的生命状态。他尤其是从性心理的独特角度揭露现代文明对人心灵的异化和扭曲，较之政治、经济等切入角度，它能更加直接地逼近和拷问人的生存真相和生存状态，也缘于此，这种拷问会更加有力量。他借此深刻反映出都市异化人性的可怕后果，并且敏锐地捕捉到乡土中国都市化过程中某些无法解决的伦理道德悖论，甚至由之发现了中国文化在遭遇现代化转型时所走的某些歧路，找准了它羁绊人性正常发展的所在。某种意义上，沈从文第一次在中国现代文学中记录了文明更迭的时代链环上，人类所付出的肉体的、精神的代价，这种代价引发人们去思考，如何在面对现代文明的冲击时保存健康、自然的人性底线和自我本体，怎样解决这样的历史、文化的悖论。这是沈从文观照世界的深刻处和超前处。

　　"集中"，可以看作是一种适应其文化立场的文学概括，但就城市的客观全貌而言，刻意集中也意味着化约和取舍，并在某些时候有走向失度和变形的危险。这首先是指他没能以整体的、发展的眼光看取都市：他不关心物质文明高度发达、生活节奏快速跳动的都市生活，那些活跃在都市舞台的商人、企业家、公司职员包括无产者没有进入他的文学视野，而这些其实都是现代都市文明的重要标志——作为一种新型的现实，它们同样是一种新型的美。一个不可避免的结果是，相对都市生存现实的其他向度，沈从文的追问在某种程度上是"较窄"和浅尝辄止的。另外，人在本质上是具体的和社会的，脱离人的其他社会活动仅从"饮食男女"的层面上认识生命和人性，难免会只见树木，不见森林，无法全面揭示都市生活、生存的本质和真谛。化约还局限了沈从文自己，使他无法对现代文明的优长和局限进行客观理性的分析，《道德与知慧》、《来客》、《老实人》等小说相当明显地表现出对知识者的嘲讽和揶揄的失度。在都市小说中这种流弊是如此明显，较之湘西小说文风的节制和谐，我们甚至很难相信这是出自同一个人的手笔。今天已经不可能对沈从文的都市小说求全责备，也许"片面的深刻"正可概括沈从文都市小说的特征吧。

另外，我们在城—乡对立的文学世界背后，隐约可见一种非此即彼的思维方式。尽管表现得还不是十分明显，但它已经导致某种狭隘的文化和文学选择，并对其都市小说产生不小的影响：因为要完成张扬或批判某种文化形态（模式）的文学目的。我们明显看到，沈从文的都市小说缺乏文学本身应该具有的自由而被囿限在一个太过明确因而略嫌僵硬的框架内，无法让人更多体察到都市中人生存处境的丰富形态，没能像他的湘西小说一样，具有张扬飞升的想象力和纤敏的感受力，有更高的文学发现和文学表现，反落入他一直反感的模式化、概念化的窠臼当中。

情感和认知上的片面使沈从文拘泥于都市文明的缺陷，也限制了他思维的视野和界域，并且影响到他整个文学世界的深度建构。首先，他不仅没能用历史的、发展的眼光看待都市文明的局限与历史进步之间的辩证关系；也无法客观看待这种历史悖论存在的必然性，不能理性分析这一只要社会发展人类就将要面对的城市文明的历史困境。因此，他在面对都市时却退守湘西和田园，给人以文化上的保守主义者之感。第二，以情感、道德直观为根据的价值论取代历史的理性判断，本身就是混淆了价值的不同层面，其判断结果很可能就是错位或谬误的，这随之导致其整个文学世界的失衡。正像他没有看到都市文明的优长一样，他也掩耳盗铃般的着意淡化与自然、纯朴民性并存的野蛮、浑噩和简陋。自然，他对于湘西世界的美好感觉终将随着历史的发展而消亡的悲剧命运也会疑惧、忧虑而又不舍，然而他又是了然湘西的过去和未来的，否则他不会走出边城寻找希望。因此他的湘西小说总是笼罩着难以拂去的忧郁和哀婉。沈从文曾感慨读者对他小说的误读："你们能欣赏我故事的清新，照例那作品背后蕴藏的热情却忽略了，你们能欣赏我文字的朴实，照例那作品背后隐伏的悲痛也忽略了。"[①]——这隐伏着的"热情"和"悲痛"也许正来自于他看待湘西时在情感和理智间的犹疑和两难，沈从文的湘西世界也因之交织着"美丽和苍凉"。

这种两难反映出沈从文乡村生活背景赋予他的乡土根性：现代社会的特性就是"冷静的考虑，不是感情，于是理性支配着人们的活动"[②]，这是乡土社会所缺乏的。还有，城市毕竟代表着现代化发展的方向，以湘西改造现代社会的文化理想本身是空洞无力的。另外，这也与沈从文独特的文化人格有关，像《篁君日记》、《焕乎先生》、《生存》等小说揭示的，都市曾使沈从文备受挫败困窘，他在张扬湘西生活方式与生命方式中有了双重的文学收获：既摸准了都市文明的致命伤，也不断在湘西世界中找回自信，化解都市压力。但收获之外，也影响了湘西小说的题材取向，他"有意无意地总要去赞美与城市文化相对立的一切东西，不论是那原始的性爱，还是愚昧的迷信"[③]。在此意义上，沈从文的都市小说其实应该是我们考察他文学世界的文化内涵和文学创作的得失成败的最佳视窗，从这些小说中，我们更能察觉和领悟到他整个文学世界的价值标准、参照体系和情感倾向。

沈从文都市小说表现出的"片面的深刻"和他在情感和理智间的"两难"姿态，显示出他在道德的、文化的层面上思索人类命运和文明进程的超越处和局限处：和谐美好的人性显然有待于现代文明的高度发展，而他在看待代表现代文明发展方向的都市时，质疑和批判的

---

① 沈从文：《习作选集代序》，《沈从文全集》第9卷，北岳文艺出版社2002年版，第4页。
② 费孝通：《乡土中国　生育制度》，北京大学出版社1998年版，第75页。
③ 王晓明：《"乡下人"的文体与"土绅士"的理想——论沈从文的小说文体》，载王晓明主编：《二十世纪中国文学史论》（修订版）上卷，东方出版中心2003年版，第450页。

参照系却是传统的乡土社会。当然，他的瑕瑜互见的都市小说也记录了人类对于自身命运的反省和展望。沈从文对人类远景的瞩目，就其实质而言是对新的、更为和谐的都市文明的期待，正像他借助湘西世界不遗余力地去构筑那个充满"爱与美"的"希腊小庙"一样，二者来源于同样的文化动力，是他焦灼于中国的现在和未来，用文字设计中国走向，以文学想象中国形象的一种方式。

第三节　抒情的凄婉与感伤

以阶级矛盾和民族解放斗争凸显时代主潮的 20 世纪 30 年代，显然不是一个适合有着"纯文学"之称的抒情小说滋生和发展的年代，对此，有研究者已经认定："如果说注重个性解放与思想解放的'五四'是抒情的时代，注重社会解放的现代文学第二个十年就是叙事的时代。"① 然而，适合于叙事的 20 世纪 30 年代却出现了诸如沈从文的《边城》(1934 年)、老舍的《月牙儿》(1935 年)、师陀的《果园城》(1938 年)以及萧红的《呼兰河传》(1940 年)等大量与时代环境格格不入的抒情小说，这不能不说是一种奇特的文学现象。在中国现代文学流变中，这些小说以独特的审美风格，显得格外夺目，其艺术水准不仅后人无法超越，而且都是作家自己创作生涯中的巅峰之作。更有趣的是这些抒情小说都是以中短篇的体式，容纳了丰富的历史的、文化的和审美的内涵，这显然是非常有意味的文学现象。

---

① 钱理群等：《中国现代文学三十年》(修订本)，北京大学出版社 1998 年版，第 211 页。

一、抒情小说的成长与自觉

不可否认，20世纪30年代是中国现代文学走向全面成熟的时期，这种成熟是建立在"五四"新文学运动以来各种文学观念与文体试验较为充分践行的基础之上的。现代抒情小说的发展成熟也是如此。我们知道，抒情小说自鲁迅、郁达夫、郭沫若等首开其端，经过废名、沈从文、师陀、萧红等作家的反思融通并潜心创作，这种以抒情主导叙事的小说最终在20世纪30年代发展到了较高的水平，成为一种成熟的文体形式。正是有了"五四"文学观念的革新以及作家们对文体与风格的多样实践，抒情小说才能渐趋成熟并成为20世纪30年代文坛上一道特异的景观。

实际上，对抒情小说的生成、发展起着重要作用的作家分属于自"五四"到20世纪30年代不同的社团或流派，而流派之间的竞争显然是促使抒情小说的创作理论和实践逐渐成熟的重要因素。我们知道，在"五四"新文化运动中，不管是新文学发难者与守旧者之间的"文白"之争，还是新文学倡导者内部如文学研究会和创造社之间的"为人生"和"为艺术"之争，都说明了同样一个道理：一切理论上的论辩最终都无济于事，能写出有一定说服力并能显示流派特色的作品才是有力的明证，用作品说话是任何人都无法辩驳的。正如胡适当年指出："一个文学运动的历史的估价，必须包括它的出产品的估价。单有理论的接受，一般影响的普遍，都不够证实那个文学运动的成功。"[①] 颇为强势的左翼文学思潮虽然为20世纪30年代的中国文坛广泛注目，但并未形成对其他文学思潮进行控御的局面，其主要原因是，左翼文学尽管有着先进的理论，但却缺少更有说服力的创作实绩

[①]　胡适：《导言》，载胡适编选：《中国新文学大系·建设理论集》，上海良友图书印刷公司1935年版，第1页。

的支撑。可以说，20 世纪 30 年代存在于中国文坛的左翼文学（思潮）流派与自由主义、民主主义等非左翼文学（思潮）流派正处于一种为取得各自话语权而进行的相互竞争状态。各流派在旷日持久的文学论争中，不仅从创作理论上对抒情小说逐渐加以完善，而且不断提高自身的实践能力，以创作出既能彰显本流派理念，又具有较高艺术水准的作品。抒情小说如此，其他文学类型同样也是如此。所以，一个比较奇怪但也合乎情理的文学现象就是，尽管 20 世纪 30 年代是一个阶级矛盾和民族矛盾日益尖锐的时代，但似乎也是文学最能够发挥和展示作家个人才情的时期。民族危机不仅没有导致文学创作的萧条，反而促成了这个时期文学的全面成熟和繁荣。

20 世纪 30 年代出现的这些抒情小说，显然不是个别作家偶尔为之，他们分别属于当时颇有影响的各个不同流派，如沈从文是京派的领军人物，老舍高举着民主主义旗号，萧红所属的东北作家群有着显而易见的左翼文学倾向，而师陀则以独特的风格游离于左翼与京派之外。这些抒情小说真可谓各显其采，不仅展示了作家们迥异的艺术追求，也彰显了各流派极具代表性的创作理念和审美追求。

身处文化古城的京派作家群体，大部分是学者型文人，普遍具有一种浓重的"五四"情结，他们所信奉的是自由主义文学观念。从"五四"文学的启蒙传统出发，他们必然要求摒弃文艺的政治色彩和革命功能，提倡描写永久的人性和普遍的人生形式。沈从文就明确表示："这世界上或有想在沙基或水面上建造崇楼杰阁的人，那可不是我。我只想造希腊小庙。选山地作基础，用坚硬石头堆砌它。精致，结实，匀称，形体虽小而不纤巧，是我理想的建筑。这神庙供奉的是'人性'。"① 沈从文在此观念下创作的《边城》，成为歌颂永久人性

---

① 沈从文：《习作选集代序》，《沈从文全集》第 9 卷，北岳文艺出版社 2002 年版，第 2 页。

的经典之作。作为其时民主主义文学的代表作家之一，老舍以民主主义、人道主义为创作指导思想，坚持文学为人生、为平民的观念，注重文学的启蒙效用。它既区别于左翼文学的社会人民性，又区别于自由主义文学专注于人性的创作理想。在《月牙儿》中，老舍重点关注和思考的问题仍然是城市贫民不可避免的悲剧性命运，通过对下层市民的书写，揭示那些渴望尊严地活下去的人们是怎样被地狱般的社会剥夺了生存权利，以及黑暗的社会如何摧残蹂躏人性，把整个社会变成了毫无人道可言的罪恶世界。对旧中国妇女不幸命运的深切关注和同情，正是老舍所持守的文学为人生为平民观念的真实写照。东北作家群虽就其个人风格而言，彼此差别较大，但也有许多共同之处：他们背负着家仇国恨，民族意识成为他们共同的情感归属；他们经历着漂泊流浪，乡土叙事成为他们无法释怀的文学表达。萧红的《呼兰河传》就是作家在体验了漂泊流浪后对故园的真情抒写，国破家亡后的流离失所，乡土叙事的凄美乡愁，这种民族忧患和生命关怀意识代表了东北作家群共同的创作理想和审美追求。正因为东北作家群有着明显的阶级意识和民族观念，所以他们中的有些人虽然没有正式加入"左联"，"但其创作实际上构成'左联'文学的一部分"[①]。相对来说，师陀则显得有些卓尔不群，尽管也有研究者把他归于京派或左翼作家，认为他属于京派是因为他的创作有着类似京派的乡土文化背景，与废名、沈从文等一样擅长抒情小说体式。但是他并不赞成京派那种与现实社会保持一定距离的纯文学审美观，而是始终关注着大多数下层百姓的生存处境，悲悯和体谅着在古老中国传统文化浸染下生存着的人们，因此也有人把他纳入左翼作家的行列。但我们可以看到，师陀的创作确实与京派、左翼有着明显的区别，尤其是短篇小说《果园

---

① 钱理群等：《中国现代文学三十年》（修订本），北京大学出版社1998年版，第308页。

城》，与左翼文学有着别样的抒情风格，但也并非京派平静淡远的田园牧歌。正如他自己声明的："在文学上我反对遵从任何流派（我所以要说出来，因为这大概是我说这种话的第一次也是最末一次），我认为一个人如果从事文学工作，他的任务不在能否增长完成一种流派或方法，一种极平常的我相信是任何人都明白的道理，而是利用各种方法完成自己，或者说达成写作目的。"①

尽管当时各流派之间的创作理念存在差异，但上述抒情小说在以创作实践彰显各自所属流派的文化理想的时候，从中可以感受到一种共同的价值取向，那就是对社会的责任感和对大众的关怀意识。按理说，在创作责任感的驱使下，作家们一般不会选择与时代政治背离的抒情文学，这是因为作家面对阶级压迫，担负着为大众代言的使命，面对民族危亡更是应该奋起呐喊，更何况在黑暗动乱的年代，广大民众也要求文学能更多地关注国家的危难、民族的命运，更多地关怀民生的疾苦。而抒情小说一般以忧郁感伤的情调为主要特征，"偏重于表现人的情感美、道德美，弥漫着较浓郁的浪漫主义氛围"②。这种感伤情调与奋起反抗的时代氛围总是不协调，且表现普遍人性的情感道德美与意识形态之间又存在一定的距离，因此在 20 世纪 30 年代的文学论争中，抒情小说常处于被左翼作家批判和讨伐的尴尬困境。其实，讴歌人性美与大众关怀意识往往有不可或缺的相通之处，情感抒发与现实责任承担也并不冲突。早在 20 世纪 20 年代末，当"革命加恋爱"模式横扫中国文坛时，左翼作家乐此不疲地闭门造车来编造革命故事宣扬无产阶级政治信仰的时候，他们中的有些人就已经意识到了其中的缺陷，开始创作尊重现实生活，忠实于个人自身情感体

---

① 师陀：《〈马兰〉成书后录》，《师陀全集》第 5 卷，河南大学出版社 2003 年版，第 262 页。
② 凌宇：《中国现代抒情小说的发展轨迹及其人生内容的审美选择》，《中国现代文学研究丛刊》1983 年第 2 期。

验，表现那种被大多数左翼作家所忽视的"沉闷的中国"的作品。如柔石的《二月》就没有紧跟时代风向，而是依照自己切身的生活和情感经历进行创作的，虽然在某种程度上仍保持着左翼文学的题材共性，但因为他没有放弃作为知识分子真实的自我，在对弱势群体给予人文关怀的同时，也将自身（知识分子）的两难处境摆在读者面前，显示出其他左翼作家无法企及的思想深度和艺术诉求，所以至今仍受到读者的喜爱。柔石以自己熟悉的生活为题材，真实地抒写了知识分子对社会对人生的博爱与情怀，《二月》中的萧涧秋，悲凉的身世和苦难的经历造就了他对底层民众的悲悯情和对沦落人的同情心，使作品散发着具有丰富意蕴的文化内涵和人道主义关怀的思想情愫。

同样，像《边城》、《月牙儿》、《果园城》、《呼兰河传》等这些抒情小说之所以历久弥香，其作品中所表现的人文关怀意识无疑是极重要的因素。即使像作为田园诗风的乡土文学代表作的《边城》，也可以使我们从中感受到现代文明和政治风波的影响。尽管《边城》有着丰富的主题阐释现象，但不管是对优美人性逝去的叹惋，还是对古老民族传统文化的忧虑，都不可否认寄寓着沈从文对社会动荡、对民族未来、对生命存在的关怀和忧思。同样，来自社会底层的老舍，胸怀悲天悯人之心，他的《月牙儿》聚焦下层人民的疾苦，揭露现代社会中女性所遭受的不公平待遇，尽显作者对被压迫民众的同情。《果园城》在"诗化"故乡自然景致的同时，也展示了果园城沉寂、萧索、衰败的情景，在眷念故乡风俗人情的同时也并没有忘怀对民族性格的关注以及对国民命运的反思。萧红在《呼兰河传》中所描述的不仅有现实生活的苦难，她更是站在民族精神重塑的高度，对病态民族灵魂的丑陋和无助进行了深刻的文化批判，可以说，对生命存在的关怀和心灵疗救的吁求正是萧红这篇小说的重要精神向度。这些抒情小说所共同表现出的深切的人文关怀意识和社会使命感，正是那个时代悲戚忧伤情绪的投射。尤其在 20 世纪 30 年代，阶级解放和民族救亡运动客观上要求文学为现实斗争服务，尽管作家们知道文学应该摒弃明显的政治意识形态色彩，但社会功利性在知识分子激进的精英意识下仍占据着主导地位，就是这种强烈的社会使命意识导致作家们在进行抒情小说创作时并没有一味沉湎于个人情感抒写的局限，而是从个人体悟出发，感同身受周围的人事和时代环境，以擅长于自己的艺术个性抒写主观情愫，从而使作家们的情感在个性追求与时代大潮中发挥出最大的潜能。上述抒情小说之所以能成为 20 世纪 30 年代中国文学一道亮丽的风景，显然是时代心理与作家主体情感交融的审美化结晶。

二、凄婉情调与感伤氛围的营造

在社会历史的大变动时期，作家们总是格外看重那种具有强烈时代精神和批判意识的文学创制。"五四"时期，新文学发难者就力倡具有阳刚特质的文学类型，希冀借助狂飙突进的"五四"思潮来冲破封建传统文化思想的禁锢，改变古老民族的积习。更何况面对 30 年代"风沙相面，狼虎成群"的社会现实，文学更应该是"匕首和投枪，要锋利而切实，用不着什么雅"①。然而值得注意的是，20 世纪30 年代出现的这些抒情小说却与"匕首投枪"似的文学类型有着完全不同的审美旨趣，其感伤抑郁的情感基调成为萦绕在这些小说中挥之不去的共同特征。可以认为，这类小说之所以能引起读者的共鸣，显示出超越时空的魅力，与这些作家们渗入作品中的抑郁感伤情调以及所营造的唯美氛围有着直接的联系。

---

① 鲁迅：《南腔北调集·小品文的危机》，《鲁迅全集》第 4 卷，人民文学出版社 1981 年版，第 575 页。

　　这种感伤情调是知识分子忧国忧民情怀之使然，当作家们所持有的传统价值观遭受现代文明的强势侵袭时，当他们所要建立的文化理想被残酷的社会现实击得支离破碎时，这种感时伤世之情是无法遏抑的。对左翼作家们试图利用文学作为变革社会的乐观姿态，沈从文一向持不以为然的态度，他认为"我们实需要一种美和爱的新的宗教，来煽起更年青一辈做人的热忱激发其生命的抽象搜寻，对人类明日未来向上合理的一切设计，都能产生一种崇高庄严感情"①。沈从文把"人性神庙"的建造作为自己创作的终极追求，于是在《边城》中，更多地倾注了他自己的审美情致，凝聚着他自己的梦想和追求。然而"美丽总是愁人的"，沈文从所信奉的人性并不能主宰一切，当淳美人性遭遇有缺憾的人生命运时，悲剧就不可避免地产生了：总在担忧孙女幸福的老船工带着遗憾离开了人世，顾念手足之情的天保失意地离开后不幸罹难，主动追求爱情的傩送自责不已远走他乡，还有顺顺的丧子之痛以及杨马兵抑郁苦涩的情感经历……这是命运的捉弄，还是人性的悲剧？难怪批评家李健吾对《边城》发出这样的感慨："当我们放下《边城》那样一部证明人性皆善的杰作，我们的情思是否坠着沉重的忧郁？我们不由得问自己，何以和朝阳一样明亮温煦的书，偏偏染着夕阳西下的感觉？为什么一切良善的歌颂，最后总埋在一阵凄凉的幽噎？为什么一颗赤子之心，渐渐褪向一个孤独者淡淡的灰影？难道天真和忧郁竟然不可分开吗？"②《边城》的这种感伤忧郁的哀愁，不是显见的激烈冲突的悲伤，而是深深渗进人物内心的难以言状的悲凉，并共同营造了《边城》凄清而寂寞的氛围。《边城》中的人物生活在压抑悲伤之中，完美人性也仅存在于理想状态之中。其实，沈从

---

① 沈从文：《美与爱》，《沈从文全集》第17卷，北岳文艺出版社2002年版，第362页。

② 刘西渭（李健吾）：《篱下集——萧乾先生作》，《咀华集：咀华二集》，人民文学出版社2007年版，第54页。

文《边城》中的"人性抒写"不仅是为了提高青年的品德，更是为了"民族文化的重造"。面对西方现代文明的冲击和左翼激进思想的讨伐，被认为是一种腐朽落后的封建残余的传统文化已是体无完肤。而沈从文在痛感都市文明浸淫下的道德失落和人性的沦丧后，重新审视传统文化之于现代的意义，将笔触伸向对人性美的发掘，期望借助传统文化中之"优美德行"重塑民族精神及文化重建的道路。然而，《边城》的美是作家留存在忆念中用来怀旧的梦，魂牵梦绕着的传统文化也无法解决内忧外患灾祸频仍的现代中国的社会问题，理想与现实的差距使《边城》的怀旧情绪总是伴随着淡淡的忧伤和哀愁，成为沈从文文学想象的永久的绝响。

　　与沈从文不同的是，老舍、师陀和萧红则是将"悲情的摆布"深沉地聚焦于对这个古老民族传统文化的批判与反思上，为生活在种种封建陋习毒害规约下的民众所悲哀。《月牙儿》中的抒情主人公"我"在狱中痛苦地回忆，诉说着母女俩为生活所迫，从肉体到灵魂一步步被吞噬的全过程。然而，《月牙儿》故事的重心却不只是对逼良为娼的社会的批判，它更多的是对"五四"追求人的独立和个性自由的新思想教育下女性命运的反思以及对女性解放的困惑。小说中的母女都曾自尊自立过，也都付出了艰辛的劳苦与命运抗争，却还是不能摆脱"为了这张嘴，只得把其余的一切都卖了"的悲剧。正如鲁迅关于娜拉走后的定论那样：不是堕落，便是回来！女性个性解放的前提是物质生活的独立，否则要谈自由只能是空中楼阁。《月牙儿》中的女性最终还是得依靠自己的性别特征生存下来，所不同的是母女俩是做暗娼，而小磁人等则是从一而终，一样都得不到真正的自由和解放。在这个意义上说，《月牙儿》其实是对"五四"所宣扬的个性解放的反讽，尽管贫困不是堕落的理由，但觉悟了的女性也同样不能改变自身的悲剧命运。人生最痛苦的是梦醒了无路可走，老舍用"月牙儿"这一意象营造了一种悲剧氛围，一种悲哀残缺的女性生存的现实，使整篇小说笼罩着无比凄楚哀怨的情调，寄予了作家对生活在底层弱者的悲悯和同情。

《果园城》是师陀小说集《果园城记》的首篇，可以看作是维系作家多年创作情绪的集中体现。师陀把浓郁的思乡之情融入村舍风物民俗的刻画之中，温情脉脉的果园城尽显安详和宁静之态，抚慰着阔别已久归家游子炽热的乡愁。然而，面对灾难深重的中华民族，师陀的满腔热血无法释怀，其潜心营造的"果园城"绝非"灵机一动"或"忽然想起践约"的产物，而是在"心怀亡国奴之牢愁"中创造出来的倾注着自我生命感悟的艺术世界。果园城，已不仅是"一个假想的亚细亚式的名字"，而是"一切这种中国小城的代表"，它"有生命，有性格，有思想，有见解，有情感，有寿命，像一个活的人"[①]。果园城人因袭传统的生活方式，他们顺天由命地生活着，直到衰老死亡。正是这种传统的生存意识和庸碌无为的精神状态，才使整个民族缺乏觉醒的活力，陷入难以自拔的困境。眷念与忧伤，希望而又无望，这份复杂难言的心态，使师陀的果园城化成了一首沉郁而感伤的诗。

萧红的《呼兰河传》同样是由对家乡的怀念上升到对民族生存处境的反思。在作品中，萧红饱含深情地描绘了松花江畔呼兰小城的风土人情，温情脉脉地怀念着慈祥的祖父和盛满童年快乐的后花园。然而，萧红对故乡呼兰河的怀念中却透着沉重，对祖父和后花园的温情中带着悲凉，对父老乡亲的同情之余又不乏严厉的批判，使这篇歌谣般优美的作品同时又充塞着无尽的压抑和感伤，体现了萧红思想的深刻与抒情风格的沉郁。正如茅盾在《〈呼兰河传〉序》中一句经典的

---

① 师陀：《果园城记·序》，《师陀全集》第 2 卷，河南大学出版社 2004 年版，第 453 页。

评价："它是一篇叙事诗，一幅多彩的风土画，一串凄婉的歌谣。"①萧红洞悉乡民们年复一年安于现状、得过且过的生存观念和生活方式，深刻揭露了他们固守封建陋习、愚昧而麻木的种种落后思想和行为。萧红由自身的缺憾而感悟到时代和社会的缺失，于是在北方大地的苍凉、悲郁的底色下，在皈依人类故园的文化乡愁的叙写中，低吟着对自己以及蝼蚁般生活着的父老乡亲们最为凄婉的叹息。

　　值得注意的是，这些抒情小说将传统写作技法也运用得炉火纯青，用景物来营造唯美的氛围，借意象来传情达意是它们常见的方式。《边城》的美，在于极具地方色彩的秀水丽山、古朴淳厚的民情民风以及朦胧纯洁的爱情故事。即便是翠色逼人的竹林、清澈透明的溪水、闲适的溪边绳渡、酉水岸边的吊脚楼，以及端午节赛龙舟捉鸭子比赛、中秋月下男女看月对歌等，无不给我们展现出湘西独有的美丽。这种超越文本的美与生活在边城中的人们内心的孤独以及沈从文的主观情绪互为表里，在平静的叙述中缓缓流动，化为一种内在的悲凉而感伤的乐章，使作品通篇浸透着一种忧郁的抒情诗气氛。《月牙儿》以第一人称"我"的情绪感受着所见之景，用月牙儿、寒气、清风、星光、月光下的花草树木等悲凉之景，营构了小说哀怨悲愤的感情基调。尤其是作品中反复出现数十次、贯穿始终的中心意象"月牙儿"，在这个看似极为单纯的意象中蕴含着极为丰富的内涵。首先，这里的月已不是经常出现在古今文人骚客诗文中的圆月，而是一弯"带着点寒气"、散发着"一点点微弱的浅金光儿"的月牙儿，残缺不全的月牙儿似乎在明示生活在人间的女性不幸的生存境遇，无依无靠的她们随时都有被黑暗吞没的可能。就如同小说中的"我"所感觉的那样："我心中的苦处假如可以用个形状比喻起来，必是个

---

① 茅盾：《〈呼兰河传〉序》，载萧红：《呼兰河传》，黑龙江人民出版社1979年版，第9页。

月牙儿形的。它无依无靠的在灰蓝的天上挂着，光儿微弱，不大一会儿便被黑暗包住。"①其次，在小说中，伴随着抒情主人公个人遭遇和哀怨凄切的感情变化，月牙儿的出现总是"带着种种不同的感情，种种不同的景物"：当父亲死了的时候，月牙儿是"带着点寒气的一钩儿浅金"；上坟回来时，月牙儿发出冷冷的光；妈妈改嫁时，月牙儿仿佛也在寒风中颤抖；被骗失身时，"月牙儿忽然被云掩住"；等等。尽管多次出现并略有变化，但月牙儿"老有那么点凉气，像一条冰似的"，以它特有的清冷而微弱的光晕奠定了笼罩全篇的基本色调，"月牙儿"这一意象所蕴含的清冷、凄恻和孤独正是作家所营构的艺术境界。

　　师陀的小说善于运用一些极具特色的景物来营造抒情氛围。城外无际的苍黄色的平野、河岸的泥土和草木、将坠的落日、静寂的河流、古城树林的沧桑等，无不带着游子返乡后的无限感慨和惆怅，恰似小说中缓缓顺流而下的河帆慢慢地浸入心底，形成一股淡淡的温情但又挥之不去的沉郁。城内满是尘土的大街，街岸上卧着打盹的狗，悠然摇动尾巴横过大街的猪仔，家门口永远谈不完话的女人……一切都是那么熟悉，然而又是那样衰败。果园城是静寂的，置身世外矗立城巅的塔，默默看着战争给果园城人带来苦难，面对人们的生老病死，保持着自己的平静；果园城人也一样，千百年来因袭不变的生活方式，静静地让时间销蚀生命，使自己变得憔悴衰老，就连刚返乡的"我"也不由得放轻脚步，以免惊破了果园城的寂静。果园城的寂静是一种让人压抑得喘不过气来的沉重，师陀让本应温馨的故乡笼罩上了一层强烈的悲凉感，从而奠定了果园城深沉而又凄婉的抒情氛围。萧红的《呼兰河传》，并不是以景物的描绘见长，而主要是通过

---

① 　老舍：《月牙儿》，《老舍全集》第 7 卷，人民文学出版社 2008 年版，第 260 页。

讲述多姿多彩的北国风情、生动自然的后花园叙事，共同创造出诗的情境，带给读者一种别样的审美感受。小说中细致地描绘了跳大神、唱秧歌、放河灯、野台子戏、赶庙会等乡风民俗活动，其中寄寓了萧红沁入骨髓的怀乡之情。在对乡风乡情的描绘中，最为温馨的莫过于作者对后花园以及与祖父一起生活的回忆，在后花园里，"我"与爷爷拔草、种菜、锄地，在自由的空间里享受着童年的快乐及祖父给予的关爱。尽管小说中大量的篇幅仍然是"新鲜漂亮"的后花园，但在这些天真烂漫场面的描绘中隐约透露出寂寞和悲凉。对祖父的深情怀念，是因为有着无法弥补的父母疼爱缺乏的隐痛，才对亲情如此地渴望与珍视；对后花园童年书写的如数家珍，同样也反衬出了作者可供记忆的快乐童年生活的稀少。风物是丰富多彩的，后花园也是一片欣欣向荣，然而字里行间却满蕴着难以排遣的凄凉与哀婉。

对于20世纪30年代的抒情作家们来说，传统文化及审美心理使他们拥有了对大众关怀这一共同的价值取向，感时伤世心态使他们把忧伤和凄婉作为共同的审美追求。正是在对传统文化及其审美情趣的现代融合中，他们不约而同地放弃了当时正在勃起的主流宏大叙事，避开了粗粝暴烈的文学表现方式，而是把个人的遭际与民族的苦难结合起来，用文字传达出最为真切的个体生命的情感历程与时代情绪高度统一的抒情文本。

三、"绝唱"现象与抒情时代的终结

可以这样说，20世纪30年代既是左翼文学发展如火如荼的年代，也是抒情小说达到炉火纯青的时期。但就30年代的整体时代环境和文化语境来说，并不是一个抒情的时代，也不是一个适于抒情文学滋长的年代。那么，为什么会出现如此高水准的抒情小说？这显然是一个不可回避的问题。

　　任何一种文学现象的滋长，都离不开对其此前文学历史的深入把握、借鉴与综合。众所周知，现代抒情小说发轫于革故鼎新的文学变革时期，"五四"启蒙主义思潮不仅掀起了追求自由、个性解放的思想文化变革，同时也在文学创作方面出现了与之相适应的形式和内容上的巨大变革。为张扬时代精神，自由书写个人内心情绪的文学作品应时而生，出现了以鲁迅、废名为代表的乡土抒情小说和以郁达夫、郭沫若为代表的感伤抒情小说。经过近十年的创作实践，20 世纪 30 年代的抒情小说，已经开始有意识地避开情感直抒的任意泛滥和颓废苦闷的竭力渲染，逐步摆脱了西方浪漫主义思潮的影响，促使作家将传统的审美情致和对现实社会的体验与感悟融合在一起。左翼作家将抒情革命现实化，承续"五四"以来的启蒙主义精神，由个体推及大众，把个人情感与时代政治、阶级斗争相联系，使情感的抒发有着广阔的现实背景。京派自由主义作家在持守文学的个性与独立的同时，也要求文学应该对社会变动有所关心，在坚持表现人性的唯美的基础上，主张创作健全理性的文艺。因此，不管是左翼作家还是京派文人，在创作中都融入了理性的思考，情感一旦注入理性的引导，必然产生对艺术审美的自觉追求。所以当我们再阅读 20 世纪 30 年代的抒情小说时，一个明显的感觉就是对自然风物的描写多于个人胸臆的直抒，对完美人性的赞美取代了对黑暗现实的愤懑，优美恬淡的情调掩盖了颓废苦闷的情绪，整个作品弥漫着一种悲凉沉郁之感。因此，笔者以为 20 世纪 30 年代的抒情小说，不再是单纯的借鉴外来思潮，而是有机融合了本土资源，一扫情感恣肆的浪漫主义倾向，更多体现为中国古典色彩。如上文所述，这些抒情小说大多有着传统的审美情趣，选择一些传统文学中常见的意象，如水、月、城、后花园等，并擅长用景物描写来铺设情境，营造氛围。另外，颇有趣的是尽管 20 世纪 30 年代的这些抒情小说普遍达到了艺术上的圆熟，但它们的篇幅总是限于中短篇，这是因为抒情小说在创作过程中既要有作为小说的叙事，又要有主导叙事的抒情，既要有感性的抒发，又要有理性的糅合，不长的篇幅比较容易完整地容纳和协调叙事与抒情的共存；而长篇小说则需要完整严密的情节架构和一以贯之的思想构体，如果伴随着抒情也是与生俱来的一些情绪的零碎片段和叙事的细枝末节，以及辅助情感抒发的风景描绘和风俗描写，如果整体性地看这些影响因素，大结构的长篇抒情必然导致小说阅读性的疲困。更何况此类长篇小说的创作缺乏成功的先例，因而中短篇就成为抒情小说的最佳体式，在篇幅的限制下，叙事相对完整，抒情也不会信马由缰。因此，中短篇体式在成为抒情小说家们一致选择的同时，也是促就抒情小说兼具诗、散文和小说诸特征于一体的文类走向成熟的重要原因。

　　以鲜明的文化立场，对"五四"以及 20 世纪 20 年代的文学创作进行反思，并将时代忧患与个人情感自觉融合，竭力践行自己的文学主张，从而使自身的创作达到新的高度，这是 20 世纪 30 年代抒情小说家们共同的追求。当左翼文学成为文坛主流时，自由主义作家沈从文并没有追随大流选择对现实革命的书写，而是要在社会革命时代守护另一片精神家园，主张"从'争夺'以外接受一种教育，用爱与合作来重新解释'政治'二字的含义"[①]。沈从文不是满足于简单模仿的作家，他虽受到鲁迅的影响，却无意追随鲁迅去反映农村的落后面貌和国民愚昧的精神状态，而是醉心于表现乡土的朴素与宁静，把它们当作美的极致，或者写一些美丽而忧伤的爱情故事来寄托他作为一个"乡下人"的灵魂的痛苦挣扎，"在充满古典庄雅的诗歌失去价值和意义时，来谨谨慎慎写最后一首抒情诗"[②]。《边城》就是这首"抒情

---

① 沈从文：《从现实学习》，《沈从文全集》第 13 卷，北岳文艺出版社 2002 年版，第 390 页。
② 沈从文：《水云》，《沈从文全集》第 12 卷，北岳文艺出版社 2002 年版，第 128 页。

诗"。老舍则明确地对左翼文学表明了自己的看法："对当时的普罗文
艺作品的长短，我心中却有个数儿。我以为它们的方针是对的，而内
容与技巧都未尽满人意。"[①] 老舍不满足于自己对现实主义叙事体小说
的单一实践，而试图探索别一种小说文体，以丰腴自己的叙述方式和
叙事能力，于是"试用近似散文诗的笔法写《月牙儿》"[②]。老舍的抒
情作品虽然不多，但可贵之处在于他有着自觉地对小说文体的现代性
追求，他以抒情小说形式来寄托对底层民众的关注，由此创造出一种
别具魅力的小说样式来，使我们看到老舍创作的丰富和多样。《月牙
儿》就是老舍追索的成果，堪称中国现代小说园地中一朵璀璨夺目的
奇葩。而对萧红这位以《生死场》崛起文坛的作家来说，《呼兰河传》
似乎与时代要求显得很隔膜，因为在萧红的这部小说里"看不见封建
的剥削和压迫，也看不见日本帝国主义那种血腥的侵略"[③]。然而，作
为一名背井离乡的流亡作家，萧红的创作有着刻骨铭心的离乡体验，
既有对家园的挚爱，又有对小城愚昧的省思与批判。萧红的皈依人类
故园的文化乡愁不仅是对中国抗战救亡时代的艰难超越，也是对人类
普遍性精神皈依的深层把捉，它使萧红的创作达到了新的高度。由此
可见，这些抒情小说的魅力恰恰在于它们的反潮流，不仅避开了当时
热门的题材领域，而且还有利于作家发挥自己的写作优势。不管是沈
从文、老舍，还是萧红、师陀，他们尽力扬弃当时文坛上流行的种种
规约，忠实于主体内心的召唤和艺术个性，把自己的全部感情倾注于
描写对象之中，在小说叙事中进行着多样的探索，在情感抒发中袒露
自己的灵魂。而其他一些同时代作者，以"口号＋革命"的公式图解

---

① 老舍：《〈老舍选集〉自序》，《老舍文集》第 16 卷，人民文学出版社 1991 年版，第
223 页。

② 老舍：《〈老舍选集〉自序》，《老舍文集》第 16 卷，人民文学出版社 1991 年版，第
221 页。

③ 茅盾：《〈呼兰河传〉序》，载萧红：《呼兰河传》，黑龙江人民出版社 1979 年版，第 10 页。

他们对生活的认识，以粗粝的笔墨宣泄着他们的愤怒和抗议，相比之下难免流于形式并失之肤浅。

由于历史上的种种因素，注定了30年代的抒情小说成为后人难以企及的高峰。后来左翼文学尽管也出现了较有影响的抒情小说，如孙犁的"白洋淀"系列，其清新自然的文字确实备受读者喜爱，但孙犁的创作，显得过于唯美，又缺乏一种直面现实黑暗的深刻，不可不说是一种遗憾。而京派传人汪曾祺自觉汲取传统文化，精心营构自己的艺术世界，其浓郁的乡土气息与沈从文可谓一脉相承。汪曾祺的小说中始终弥漫着脉脉温情，他重新拾起童年记忆，编造梦幻般的纯美意境来讴歌人情美、人性美。相比之下，汪曾祺却缺少沈从文的追问精神和终极关怀。当然，这种现象的出现也与侧重歌颂光明的时代氛围有着很大的关系。通过以上分析，我们就不难理解为什么20世纪30年代的抒情小说几乎成为中国新文学史上"绝唱"的原因了。

第四节　审美情致与文体意识

沈从文是自觉坚持"纯正的文学趣味"[1]的作家。同他讴歌的理想生命形式相一致，他的小说在形式上也晶莹圆润，美不胜收。他认为："我除了用文字捕捉感觉和事象以外，俨然与外界绝缘，不相粘附。我以为应当如此，必需如此。一切作品都需要个性，都必需浸透作者人格和感情，想达到这个目的，写作时要独断，要彻底地独断！"[2]作家应该"用各种官能向自然中捕捉各种声音，颜色，同气味，向

① 朱光潜：《谈读诗与趣味的培养》，《朱光潜美学文集》第2卷，上海文艺出版社1982年版，第490页。
② 沈从文：《习作选集代序》，《沈从文全集》第9卷，北岳文艺出版社2002年版，第2页。

社会中注意各种人事。脱去一切陈腐的拘束，学会把一支笔运用自然……在现实里以至于在回忆同想象里驰骋，把各种官能同时并用，来产生一个'作品'"①，除此而外，他还强调要"超越了普通人习惯的心与眼，来认识一切现象，解释一切现象，而且在作品中注入一点什么，或者是对人生的悲悯，或者是人生的梦"②。他用理解和同情的心灵关怀人事，在创作时常常投入自己的感受、体验和情绪，温爱、回忆、想象几乎无处不在，字里行间流淌着诗意。即使在写实性较强的小说中，读者也能感觉到沈从文主体感情的暗流。他的都市小说在嘲讽和展览之余流露厌恶、愤懑的情绪，他也以混合着悲悯和宽容的态度刻画柏子的蛮强、虎雏的野性，而在《边城》、《长河》中又流动着水一样舒缓的意绪，感伤又柔和。因为有着巨大的情感含量，他的小说又常被称为"诗化小说"或"抒情小说"。

强调自然美是沈从文小说诗意盎然的重要原因。他以清淡灵动的文笔抒写湘西的山光水色和人情风俗，营造人事与自然和谐的审美意境，带来悠远的牧歌情调。他的许多小说都从自然环境的铺写中展开，最典型的是《边城》用大量文字写茶峒、酉水和两岸山中的翠竹、桃杏花，翠翠就在青山绿水中长大。

　　　小溪流下去，绕山岨流，约三里便汇入茶峒的大河。人若过溪越小山走去，则只一里路就到了茶峒城边。溪流如弓背，山路如弓弦，故远近有了小小差异。小溪宽约廿丈，河床为大片石头作成。静静的河水即或深到一篙不能落底，却依然清澈透明，河

① 沈从文：《〈幽僻的陈庄〉题记》，《沈从文全集》第16卷，北岳文艺出版社2002年版，第331页。
② 沈从文：《学习写作》，《沈从文全集》第17卷，北岳文艺出版社2002年版，第332页。

中游鱼来去皆可以计数。[①]

　　《丈夫》、《柏子》、《黔小景》、《三三》等作品也都是在对景物习俗详尽描绘的基础上，在自然背景中展开人物的悲喜故事。他笔下的自然景物与人事情感契合共振，《雨后》、《采蕨》、《夫妇》里年轻人所做的"呆事情"因为雨后的阳光、轻柔的春风和虫声的鸣唱而显得美好、健康，有天真自然之趣。他还写风俗，《神巫之爱》中跳傩还愿的盛大仪式，《边城》里的端午活动，《长河》里的傩堂戏，还有直接以傩戏中的小神霄神命名的作品《霄神》等，都是湘西生活的组成部分，既使小说具有深厚的文化意蕴，也让沈从文笔下的自然流溢着野性、原始、无拘无束的勃勃生机，具有灵性和诗意。自然环境有时既是人性的外化也是抒发作者内心意绪的重要媒介。《边城》中经久不散的烟雨诉说翠翠无尽的忧伤，《黔小景》里沉默无言的黄昏景致和细雨泥泞的山间景色也一如当地人暗淡孤苦的人生。他还用象征手法强化小说的诗意，水边的白塔、山中的翠竹、翠翠梦境里的虎耳草、"恰如一堆堆火焰"的橘子、林中的野花、《八骏图》里的大海、《菜园》中的菊花都延伸了作品所要表达的内容，深化了小说的哲理意味，强化了小说的抒情品质。当作者用饱含感情的笔致描写情景交融的环境和虚实相生的故事时，也就创造出韵味无穷的意境。

　　沈从文的小说创作不拘于体制，常能随物赋形。他对文体有鲜明的自觉意识，主张打破小说、诗歌、散文的界限，认为"用屠格捏夫写《猎人日记》方法，揉游记散文和小说故事而为一，使人事凸浮于西南特有明朗天时地理背景中。一切还带点'原料'意味，值得特别注意。十三年前我写《湘行散记》时，即具有这种企图……这么写无

---

① 沈从文：《边城》，《沈从文全集》第 8 卷，北岳文艺出版社 2002 年版，第 61 页。

疑将成为现代中国小说一格，且在这格式中还可望有些珠玉发现”①，他将三者文体界限打破扩大了小说的表现领域及其审美功能，也创造出充满诗意独具风姿的抒情小说文体。具体地看，沈从文用散文笔致抒情写意，他的小说或质朴蕴藉，或华丽夸张，或从容幽默。他也以地方志式文字描写风物人情，《柏子》不厌其烦地陈列水手唱歌劳动的场景，《丈夫》用上千字写黄庄男人为何让女人去县城河滩“做生意”，让读者对湘西特异的人生故事有更深的体悟和了解。而那些嵌入小说中的爱情歌谣则是歌唱生命热情与智慧的抒情诗。

　　沈从文的小说还有灵活多变的叙事视角。他在《边城》、《长河》、《神巫之爱》等许多小说中采用全知全能的视角，对小说中的故事和人生作远眺和俯视，具有历史感和纵深感。有时也在全知视角的结构下进行全知视角和限制视角的转换，最典型的是《八骏图》。小说开头以全知视角介绍主人公达士先生到达青岛后的活动，很快就让达士先生给未婚妻写信，以达士先生的视线和口吻表现其他几位教授性变态的种种情状，在限制视角下完成对其他“七骏”的形象刻画，最后又用全知视角说明达士先生自身的虚伪矫饰，既带来反讽和喜剧意味，也穷形极相地描绘出知识阶层扭曲的心灵。在这里，沈从文编织了一个梦境：“用来表现‘人’在各种限制下所见出的性心理错综情感，我从中抽出式样不同的几种人，用言语、行为、联想、比喻以及其他方式来描写它。”②同样，《旅店》、《灯》、《夫妇》、《贵生》、《在别一个国度》里也通过视角转换去完成情节突转或涵容更多故事。《灯》中就有两个故事层面，关于灯的故事和关于讲灯的故事。《夫妇》同时讲述了××村村民的故事，一对新婚

① 沈从文：《一首诗的讨论》，《沈从文全集》第 17 卷，北岳文艺出版社 2002 年版，第 461—462 页。

② 沈从文：《水云》，《沈从文全集》第 12 卷，北岳文艺出版社 2002 年版，第 101—102 页。

夫妇的故事和璜的故事。沈从文对文学体式和叙事手段的随意调遣使他的小说获得了内在的自由。

　　沈从文小说文体的结构方式丰富而富于变化，它以不同的结构方式表现属于作家熟识的湘西现实与浪漫传奇的各类题材，不断求新求变。整体来看，他用民间文学想象式的变形和神话"讲故事"的笔法写《龙朱》、《媚金·豹子·与那羊》、《月下小景》等；也以薄伽丘《十日谈》式的连环套结构翻新《法苑珠林》；《夫妇》、《渔》又是用"抒情诗的笔调"写就。在他的写实作品中，《八骏图》是共时叙述，各个人物的故事在总题旨的统摄下横向展开；《新与旧》是历时叙述，他以一个战兵在光绪年间和民国十八年两个不同历史时段的价值错位故事质问新与旧，交织着现代与传统的线性历史观。《边城》是一首圆润紧凑的诗；《长河》则由一个个带标题的章节组成，每一章节都可看作是分担了总主题部分功能的散文或短篇小说。沈从文还善用对比，《大小阮》用双线结构写性格命运相反的两个人物，在彼此人生道路的映照中褒贬自出。《菜园》、《绅士的太太》、《会明》、《新与旧》也是如此。湘西世界和都市世界更是整体性的对比。可以说，沈从文的小说内在、外在的结构都是收放自如的。当然，尽管他的小说呈现出灵动多变的自由结构，但在种种变化当中内涵或表达的却是相同或相似的文学主题：探寻和彰显健康、美好、自然和不悖于人性的人生形式，或者说，他就是在这一题旨的统摄下有系统、有意识地建构自己的文学世界的。正像他说的，"我一切用笔写成的故事，内容虽近于传奇，从我个人看来，却产生完成于一种人为计划中"[①]。因此沈从文对小说结构的苦心经营不只具有形式的意义，叙事方式和文字语言、结构的变化，都很能体现文学作品的文学性。沈从文在这些方面

---

① 沈从文：《水云》，《沈从文全集》第 12 卷，北岳文艺出版社 2002 年版，第 110 页。

的自觉实践显示出他在小说创作时的审美意识和文体意识。

　　沈从文强调文字对于创作的重要性，认为创作是"一种'扭曲文字试验它的韧性，重捶文字试验它的硬性'的体操"[1]。他的小说语言具有独立的风貌，首先是有清新洗练的古典美，用词精当、句式简短。这突出表现在他很少使用在白话文里使用频率极高的"的"、"了"等虚词，像《山道中》的这段描写仅一个"的"字：

　　　　这时节他们正过一条小溪，两岸极高。溪上一条旧木桥，行人走过时便轧轧作声，傍溪山腰老树上猴子叫喊。水流泪泪。远处的山雀飞起时朋朋振翅声音也仿佛可以听到。溪边有座灵官庙，石屋上尚悬有几条红布，庙前石条上路人可以休息。[2]

语言文白杂糅，句子短俏简洁，读来节奏明快。他的小说语言还有质朴无华的自然美。比如《阿黑小史》的开头："若把江南地方当全国中心，有人不惮远，不怕荒僻，不嫌雨水瘴雾特别多，向南走，向西走，走三千里，可以到一个地方，是我在本文上所说的地方。这地方有一个油坊，以及一群我将提到的人物。"[3] 这段话中，没有奇巧复杂的比喻也没有华丽雕琢的修辞，平淡无奇，如闲话家常，却切合了湘西的原始美和淳朴本色，使人感到亲切、真实，立刻就把读者带入当时的情境。他的语言还注意色彩美，色彩搭配参差对照，富于表现力，使人对湘西秀美的风光留下深刻印象。沈从文的小说语言更多从丰富的湘西生活中提炼而来，"我文字风格，假若还有些值得注意

---

①　沈从文：《情绪的体操》，《沈从文全集》第 17 卷，北岳文艺出版社 2002 年版，第 216 页。
②　沈从文：《山道中》，《沈从文全集》第 8 卷，北岳文艺出版社 2002 年版，第 266—267 页。
③　沈从文：《阿黑小史》，《沈从文全集》第 7 卷，北岳文艺出版社 2002 年版，第 232 页。

处，那只因为我记得水上人的言语太多了"①，"这些粗话野话，却给
了我许多帮助，增加了故事中人物的生命"②。他善于把湘西方言和民
间俗语提炼成表现人物性格的艺术语言，只是几句对话就使人物活灵
活现。柏子和情人见面时以对骂、诅咒和埋怨表达爱情，虽粗野却逼
真；《三三》中三三和妈妈的对话，《边城》里翠翠和爷爷的对话，又
含蓄而羞怯。沈从文还善用比喻，造语新奇。他在《边城》中写山
水，"溪流如弓背，山路似弓弦"；《凤子》由美丽植物引出美丽"有
毒"的女子和"有毒"的歌声；他写萧萧顽强的生命力，说她"像一
株长在园角落里不为人注意的蓖麻；大叶大枝，日增茂盛。……婆
婆虽生来像一把剪，把凡是萧萧暴长的机会都剪去了，但乡下的日头
同空气都帮助人长大，却不是折磨可以阻拦得住"③。这些比喻就地取
材，诙谐活泼、明慧洒脱。京派小说中，废名用写唐人绝句的方法写
小说，失之滞涩，沈从文更为自如，他自认为较废名"宽而且优"是
符合实际的。

　　沈从文创作了具有民族特色和民族韵味的文化小说。这既指他
的小说有深邃的文化底蕴和丰富的湘西历史文化景观，也是说他的小
说呈现出中国古典文学从容、节制、典雅的美学特质。沈从文曾在颠
沛流离的生活中接触过《史记》、《汉书》、《四部丛刊》，还看过百来
轴宋及明清的旧画、一大批古代的碑文，20 世纪 30 年代在青岛大学
讲授小说史时对六朝志怪、唐人传奇、宋人白话小说和佛经故事作过
深入研究，虽未接受正统教育却以一种特殊的方式承受了民族文化的
广泛熏陶，这渗透在他的小说创作中，规范、影响了他小说的整体风

---

① 沈从文：《我的写作与水的关系》，《沈从文全集》第 17 卷，北岳文艺出版社 2002 年版，
　　第 209 页。
② 沈从文：《我上许多课仍然不放下那一本大书》，《沈从文全集》第 13 卷，北岳文艺出版
　　社 2002 年版，第 283 页。
③ 沈从文：《萧萧》，《沈从文全集》第 8 卷，北岳文艺出版社 2002 年版，第 253—259 页。

貌。他在文学观念上追求感情调度的和谐与节制，认为文学创作应该
是一种使情感"凝聚成为渊潭，平铺成为湖泊"①的体操，"神圣伟大
的悲哀不一定有一摊血一把眼泪，一个聪明作家写人类痛苦是用微笑
表现的"②，这都与温柔敦厚、哀而不伤的古典审美意识相一致。他实
践了朱光潜的"距离说"，创作时追求客观化的叙述，"极力避去文字
表面的热情"③，以不动声色的态度展示人事的哀乐。这种节制和从容
在他表现湘西的人生悲剧时更为明显。《我的教育》、《黔小景》、《黄
昏》、《新与旧》、《巧秀与冬生》、《传奇不奇》等，即使写到杀戮、流
血也处变不惊；《菜园》中老妇人"忽然用一根丝绦套在颈子上，便
缢死了"④，寥寥数字写母亲无声却深重的丧子之痛，没有戏剧化的
大悲大喜；《长河·买橘子》写到保安队长强买橘子没有得逞就打
住，淡化了强权与反强权的尖锐冲突；《丈夫》也只是以丈夫的哭泣
和夫妻二人的回乡写丈夫内心的屈辱与悲哀，竭力保持文风的圆融和
谐。当然，客观化的叙述只是作家表达情感倾向、道德判断、价值选
择的方式不同，退隐于人物与事件背后的是"近于出入地狱的沉重和
辛酸"⑤，对此以冲淡平和的笔调出之，倍添沉痛。另外，沈从文也吸
收了许多古典文学艺术的表现手段来丰富小说创作。比如他注意小说
的画面美，这既拓展了小说的表现空间也承续了中国文学"诗中有
画，画中有诗"的诗画传统；他借鉴传统绘画技法，用笔故意留下
空白，《边城》、《丈夫》、《三三》、《旅店》等许多小说善用空白剖

---

① 沈从文：《情绪的体操》，《沈从文全集》第 17 卷，北岳文艺出版社 2002 年版，第 216 页。
② 沈从文：《给一个写诗的》，《沈从文全集》第 17 卷，北岳文艺出版社 2002 年版，第 186 页。
③ 沈从文：《给一个写诗的》，《沈从文全集》第 17 卷，北岳文艺出版社 2002 年版，第 185—186 页。
④ 沈从文：《菜园》，《沈从文全集》第 8 卷，北岳文艺出版社 2002 年版，第 287 页。
⑤ 沈从文：《从文自传·附记》，《沈从文全集》第 13 卷，北岳文艺出版社 2002 年版，第 367 页。

析人物心理、推进故事情节，既给读者留下联想、想象的余地，也达到言不尽意、含蓄蕴藉的艺术效果。他用工笔描绘自然风物的奇幻，也以白描传达人物神韵，写人状物呼之欲出，气韵生动。他还着意创造现实和梦幻水乳交融的意境。可以说，无论是从审美意识的择向还是在表现层面上，沈从文都深得古典文学艺术委婉、含蓄、雅致的精髓。

沈从文很早就读过狄更斯的《冰雪因缘》、《滑稽外史》、《贼史》等，认同狄更斯把"道理包含在现象中"①的创作方法。他在湘西题材小说中对乡村小人物的关注，对上流社会的嘲讽以及对民族命运的忧虑与契诃夫是同调的，比如《丈夫》写卑微的丈夫到花船上探望做妓女的妻子，在目睹酒醉士兵、巡官对妻子的蹂躏中，心灵和人的尊严复苏、觉醒的过程，既写出了时代重压和习惯力量对人的肉体和尊严的摧残，也带给人沉郁、苍凉的阅读感受，有"伟大的俄罗斯的悲哀"的韵致②。沈从文自己意识到他"真正受的影响，大致还是契诃夫对写作的态度和方法"③，二者在视角运用、感情基调上也常有异曲同工之妙。另外屠格涅夫对自然风景的强调，他打破文体界限创造《猎人笔记》的方法也常贯穿于沈从文的文学创作之中。直到20世纪80年代，他还依然认为"屠格涅夫《猎人笔记》，把人和景物相错综在一起，有独到好处。我认为现代作家必须懂得这种人事在一定背景中发生"④。从横向影响看，沈从文和美国的福克纳都站在"乡下人"的立场上关注人的命运，在对乡土文化和现代文明的双重批判中追求

---

① 沈从文：《女难》，《沈从文全集》第 13 卷，北岳文艺出版社 2002 年版，第 323 页。

② 参见黄永玉：《太阳下的风景》，生活·读书·新知三联书店 1998 年版，第 151 页。

③ 凌宇：《沈从文谈自己的创作——对一些有关问题的回答》，《中国现代文学研究丛刊》1980 年第 4 期。

④ 凌宇：《沈从文谈自己的创作——对一些有关问题的回答》，《中国现代文学研究丛刊》1980 年第 4 期。

"一种至善至美的人类共同需求的文化"①；他也和日本的川端康成不约而同地表现东方的美丽与悲郁，在艺术追求上共生了某种审美的遇合。另外，沈从文对都市人性异化的敏感和鞭挞与西方近现代以来从异化角度反思现代文明的哲学思潮相契合，而他对人性和生命形式的理解和尊重又与西方文学中的人文传统相共鸣。此外也有论者认为沈从文在 20 世纪 40 年代还转向了现代主义，《看虹录》、《摘星录》等留有弗洛伊德、乔伊斯的印迹，他还"写过一本讲逻辑学的课本。沈在文化上是革新派，喜欢进行各种实验"②，"晚些时候却热衷于思辨哲学、弗洛伊德心理学、西方古典音乐和泛神论的、有关上帝的抽象观念。白话的耶稣教圣经影响了他的叙述风格，而且关于上帝和爱的思想一直保持到他一生的最后"③。可以说，他和同一时期的其他中国作家一样，都接受了西方文学和文化的洗礼，"看得多而杂，就不大可能受什么影响，也可以说受总的影响"④，而且在沈从文身上，这种影响是综合性的，他是从自己文学世界建构的需要出发广采博取，为我所用，无论契合还是影响都附丽在本民族历史——现实的深厚根基上，这是沈从文的出发点也是目的地。

《边城》是沈从文湘西文学世界的艺术极致。在《边城》中，沈从文"把湘西一个叫做茶峒的地方写给我们，自然轻盈，那样富有中世纪而现代化，那样富有清中叶的传奇小说而又风物化的开展。他不分析，他画画，这里是山水，是小县，是商业，是种种人，是风俗，

---

① 赵学勇：《文化与人的同构——论现代中国作家的艺术精神》，兰州大学出版社 2000 年版，第 88 页。

② 〔美〕金介甫：《沈从文传》，符家钦译，时事出版社 1991 年版，第 203 页。

③ 〔美〕金介甫：《〈有缺陷的天堂——沈从文小说集〉序》，余风高译，《海南师范学院学报》（人文社会科学版）1995 年第 1 期。

④ 凌宇：《沈从文谈自己的创作——对一些有关问题的回答》，《中国现代文学研究丛刊》1980 年第 4 期。

是历史而又是背景。在这真纯的地方，请问，能有一个坏人吗？在这光明的性格，请问，能留一丝阴影吗？"①《边城》标志着沈从文要把自己所追寻的理想生命形式最终落到实处："我要表现的本是一种'人生的形式'，一种'优美，健康，自然，而又不悖乎人性的人生形式'。我主意不在领导读者去桃源旅行，却想借重桃源上行七百里路西水流域一个小城小市中几个愚夫俗子，被一件人事牵连在一处时，各人应有的一分哀乐，为人类'爱'字作一度恰如其分的说明。"②沈从文"热情地崇拜美。在他艺术的制作里，他表现一段具体的生命，而这生命是美化了的，经过他的热情再现的"③。李健吾又对比《边城》和《八骏图》，他认为："《边城》是一首诗，是二佬唱给翠翠的情歌。《八骏图》是一首绝句，犹如那女教员留在沙滩上神秘的绝句……如果有人问我，'你欢喜《边城》还是《八骏图》如若不得不选择的时候？'我会脱口而出，同时把'欢喜'改造'爱'，'我爱边城'。"④如果说《边城》是以一种理想化的人生形式和社会形态对当时的社会现实作出的审美超越的话；那么《长河》则是沈从文在现代湘西风云激荡的背景上，"就我所熟习的人事作题材，来写写这个地方一些平凡人物生活上的'常'与'变'，以及在两相乘除中所有的哀乐"⑤。《长河》以它对处于变动中的生命形式的书写，对民族、人类、人性的深层关怀，汇入到沈从文用一生描绘的生命图景中。《长河》已显露出沈试图对现实和历史作全景式宏观把握的企图，预示着一种变化和突破，但因为只完成了原来构想四卷中的第一卷，并未构成创

① 李健吾：《边城》，《李健吾文集》第 7 卷，北岳文艺出版社 2016 年版，第 59 页。
② 沈从文：《习作选集代序》，《沈从文全集》第 9 卷，北岳文艺出版社 2002 年版，第 5 页。
③ 李健吾：《边城》，《李健吾文集》第 7 卷，北岳文艺出版社 2016 年版，第 58 页。
④ 李健吾：《边城》，《李健吾文集》第 7 卷，北岳文艺出版社 2016 年版，第 59—61 页。
⑤ 沈从文：《长河·题记》，《沈从文全集》第 10 卷，北岳文艺出版社 2002 年版，第 6 页。

作上根本性的转折。

　　沈从文是目下世界公认的现代中国的一流作家，除了小说、散文创作以外，作为批评家，沈从文的"作家批评"、"风格批评"也独有成就。他始终用自己独立的人格和独特的审美方式观照社会，看待人生和艺术，探寻美好的人性和理想的人生，他的人格和他的文学世界的魅力值得持续解读和阐释。

第二章　传奇不奇：叙事形式与悲情诗学

第一节　"传奇"的现代转型

在沈从文的创作中，有两个极为重要的关键词："生命"和"人性"。他反复申说："我是个对一切无信仰的人，却只信仰'生命'。"[①]人性既是沈从文生命信仰的出发点——如他所说，"我只想造希腊小庙"，"这神庙供奉的是'人性'"[②]，又是最终的落脚点——为了展示一种"优美，健康，自然，而又不悖乎人性的人生形式"[③]。湘西世界负载着他全部的文学理想，他的湘西世界实际上也是由一个个生命的传奇构筑的。这些充满传奇的人生人性故事在 20 世纪 30 年代的小说创作中以一种极为另类的图景给人们留下了深刻的印象。笔者试图从"传奇"的角度入手，解读沈从文对中国古代小说中重要的叙事传统"传奇"的承续、转化和超越，进而更深入地解读沈从文建构的湘西世界。

一、"传奇"传统

作为小说文类和叙事特征的"传奇"，我们对其并不陌生。在一般意义上，传奇是对历史传说、民间故事、童话等艺术形式的民间叙

---

① 沈从文：《水云》，《沈从文全集》第 12 卷，北岳文艺出版社 2002 年版，第 128 页。
② 沈从文：《习作选集代序》，《沈从文全集》第 9 卷，北岳文艺出版社 2002 年版，第 2 页。
③ 沈从文：《习作选集代序》，《沈从文全集》第 9 卷，北岳文艺出版社 2002 年版，第 5 页。

事文学的概称，其内容广泛，多以历史、爱情、侠义、神怪故事为题材。就其形式渊源与题材看，它由六朝的志怪小说发展演变而来，但某些非神怪的传奇作品也上承野史杂传或民间故事，另外，佛教和道教也为之提供了一部分题材。这样，传奇所述故事就多集中于神仙道化、妖狐鬼怪、帝王将相、才子佳人，而环境多是奇境异域、山林野壑，故事更是离奇神怪、怪诞不经。传奇浓缩了创作者神奇非凡的想象力，那高远飘逸的文学世界传达的是创作者生命的心声，表现出创作者对现实的超越和对理想的向往。广阔无边的想象力和个性焕发的理想色彩使传奇具有浓郁的浪漫主义诗情。

　　作为一种叙事模式，具有代表性的唐代传奇"以叙事为主，文体近于野史，中间常穿插诗歌韵语，结尾缀有小段议论"[1]，在具体叙事过程中特别追求非常态性和虚拟性。非常态性主要表现在，从时间维度上看，没有精确的时间标识，或者说物理时间在小说中往往较为模糊；从空间维度看，小说叙事不受自然空间的限制而常常呈现天上、地下、仙境、人间的多维空间并存状态，并且时空转换自由。虚拟性多就其叙事手段和效果而言，即传奇创作要求创作者能神游八荒，放飞想象，常有虚实相生、出人意表的故事情节。传奇一般行文讲究"藻绘"，故事"曲折美妙"[2]，有雅俗共赏的文学语言。就其实质而言，非常态性和虚拟性标志出的依然是传奇本质上的浪漫性。当然，在神灵鬼异、妖魔幻化的故事表层下，痛切诉说的还是世道人心——它以非同寻常的独特形式反映了特定时代的精神波动和社会现实。

　　中国文学一直存在着悠久而丰富的传奇传统。这首先表现在，唐传奇是之后的戏曲和说唱文学以及后世小说创作汲取题材进行再创作

---

[1]　中国大百科全书出版社编辑部编：《中国大百科全书·中国文学Ⅱ》，中国大百科全书出版社 1988 年版，第 831 页。

[2]　鲁迅：《中国小说史略》，《鲁迅全集》第 9 卷，人民文学出版社 1981 年版，第 315 页。

的重要源泉，并且还经由历代戏剧家的舞台创造，成为广泛传播的民间故事，滋养着一代又一代的中国民众。有论者说传奇是"我们的许多最美丽故事的渊薮，他们是后来许多小说戏曲所从汲取原料的宝库。其重要有若希腊神话之对于欧洲文学的作用"[①]，正点明了由唐传奇创作所形成的文学传统在中国文学发展中的重要作用。

更重要的是，作为一种文学传统，传奇创作所要求的作家的主观创造精神和驰骋不羁的文学想象，传奇所表达的对人生和命运思悟、对自由人性以及对超功利爱情敬畏和追慕的生命意识，传奇所曲折透露的疗救社会的济世意向等，一直深深地积蕴在历代文人心中并或隐或显地体现在几千年的文学实践中。因此尽管实用理性的民族性和儒家"不语怪力乱神"的现实主义态度以及启蒙、救亡、革命的严峻形势曾导致传奇创作本身在近现代的衰落，但作为一种文学传统和文学精神，传奇从来就没有消失过，它永远都是千古文人超拔现实、寄托理想最为浪漫的表达方式。

认为沈从文与中国小说中的"传奇"传统有精神上的"血缘关系"有充分的理由。从沈从文的文化心理结构来看，沈从文出生在湘西，湘西是他创作的不竭源泉。湘西的历史本身就是一部充满传奇的历史。从一出生，湘西的历史和现实就作为一种内在的制约力量和永远无法褪去的文化记忆成为构建沈从文文化人格的凝重背景。对于湘西原住民原始自然的生存方式和充满血泪的历史命运，沈从文铭记于心。而他成长的历程，亦未尝不是一部传奇：他游遍了沅水大大小小的支流，看遍了水面上千奇百怪的人和事，之后入伍、进京，挣扎着生存，直到最后成名——这一切都是沈从文能写作湘西传奇的先在要素。如果说，上述因素是在非典籍文化层面上影响着作家的人生观和

---

① 　郑振铎：《插图本中国文学史》，人民文学出版社 1957 年版，第 378 页。

世界观，那么就典籍层面看，沈从文对传奇类的文学著作一直都有独特的偏好。他"从小又读过《聊斋志异》和《今古奇观》"①，前者是用传奇笔法写就的文言小说，被认为是"唐传奇浪漫主义精神的复活"②之作，其中那些充溢着奇幻的想象力、荒诞神奇却又蕴含着真情实感的故事应该是好幻想的沈从文的最爱吧。《今古奇观》是从"三言"、"二拍"选萃的话本选集，其体制和内在神韵仍然未脱传奇的窠臼。之后他又在偶然的机缘中陆续地读了《史记》、《汉书》、《四部丛刊》等，这都使他受到民族文化宽泛而又深切的熏陶。20世纪20年代，刚到北京最为艰难的日子里，他在京师图书馆读了《笔记大观》、《小说大观》、《玉梨魂》等新旧小说，依然不离传奇的趣味。更有意味的是，20世纪30年代沈从文在青岛大学讲授小说史时，对于六朝志怪、唐人传奇、宋人白话小说及大量佛经故事作过深入研究，并得出与众不同的结论：他认为这些题材"主题所在，用近世眼光看来，与时代潮流未必相合。但故事取材，上自帝王，下及虫豸，故事布置，常常恣纵不可比方。只据支配材料的手段组织故事的文体而言，实在也可作为'大众文学'，'童话教育文学'，以及'幽默文学'者参考"③。在《小说作者和读者》中，他又以唐传奇的代表作分析"恰当"，认为这些作品"恰当"的原因，"即写的是千年前活人梦境或驾空幻想，也同样能够真切感人"，进而指出，"一个作品的恰当与否，必需以'人性'作为准则"④。这就意味着，沈从文对传奇传统的认

① 沈从文：《〈沈从文小说选集〉题记》，《沈从文全集》第16卷，北岳文艺出版社2002年版，第374页。
② 林庚：《中国文学简史》，北京大学出版社1995年版，第646页。
③ 沈从文：《月下小景·题记》，《沈从文全集》第9卷，北岳文艺出版社2002年版，第215页。
④ 沈从文：《小说作者和读者》，《沈从文全集》第12卷，北岳文艺出版社2002年版，第68页。

识，由初始的因与其天性相合而生的喜欢逐渐发展为理性的自觉，他虽然也意识到传奇的浪漫想象"与时代潮流未必相合"[①]，但他更欣赏传奇在艺术表现上的奇妙多姿和自由驰骋的想象力，而且进一步指出传奇能够"真切感人"缘于其中包蕴着人性的内涵。感性的偏爱和理性的自觉不仅为他进行这一类型的小说创作打开了新的视野，提供了更广阔的题材领域，同时，这也使古代小说的传奇传统进入沈从文小说创作成为顺理成章的事。

　　就传奇文学创作的原始动因看，它承接了原始时代的神话传统，往往试图唤起往昔和社会意义上的遥远年代，表现了进入文明时期的人类对"神性"时代的理解和眷望，也就是说，体现了人类企图将原始"神性"带回世俗世界当中或接近理想世界所作的乌托邦式的努力。如果我们能够完全理解它，其努力让读者联想的仍然是现实世界。而沈从文构筑湘西世界，亦是试图见证生命的"神性"，从而批判乡土中国向现代转型过程中"神性"的解体，最终想象民族未来的生存方式——这种想象和反思，相当集中地体现在沈从文创作的大量充满传奇色彩的湘西小说中。这种传奇性在沈从文湘西小说中主要表现为两个方面：就艺术形式而言，借鉴传奇文学的一些形式因素；在作品的内在精神上，更保留着作家择取传奇文学对"神性"的展示和向往的精神内涵。

二、传奇题材

　　以传奇为依托关注生命的"神性"，在沈从文小说中表现为以下三类题材：第一类是1929年前后，沈从文以苗族或南方其他少数民族的风俗习惯为依据，创作的充满传奇色彩和浪漫想象的《龙朱》、

---

① 沈从文：《月下小景·题记》，《沈从文全集》第9卷，北岳文艺出版社2002年版，第215页。

《神巫之爱》、《媚金·豹子·与那羊》以及《月下小景》等。这些作品中的主人公因为在最大程度上张扬了带有原始特征的人性而具有"神性"的光彩，他们或以独特的方式追寻可以匹配的爱情（《龙朱》、《神巫之爱》），或以死对抗与纯真爱情相悖的习俗（《月下小景》），更甚者如媚金，以死祭奠不渝的爱情。这些经沈从文想象的传奇，赞美的是具有"神性"的人物对生命本体坚守的执着和对人性自由本质勇敢追求的热情，因为沈从文感觉在当时的城乡中国，"所有值得称为高贵的性格，如像那热情、与勇敢、与诚实，早已完全消失殆尽"[①]。而这类题材中主人公身上所反映出的人性的各个侧面：刚烈、真诚、勇敢、忠贞，其实正应该是人性的本来。但这些高贵的品格更多存在于人类的童年时期，面对着这些人性故事，现代人只能称它们是传奇。

　　第二类指沈从文模仿《十日谈》所创作的《医生》、《寻觅》、《女人》、《扇陀》、《爱欲》、《猎人故事》、《一个农夫的故事》、《慷慨王子》等。正像传奇往往强化和夸张人类行为中的某些特征，并从这种夸张和再造中取得特定的意义所指一样，这些小说中的人物被置于奇境异域中，发生在他们身上的离奇的故事情节以一种极端化的冲突方式显示出人性的不同侧面所能达到的"神性"程度。《医生》里，医生为救白鹅付出的并非等值的牺牲，验证了人的牺牲精神所具有的最大限度，医生的人格由此"光辉炫目，达到圣境"，"目前世界"这种精神"已不容易遇到"。《扇陀》里的扇陀在国民都"宝爱性命，不敢冒险应募"的情况下，勇敢出征的勇气和魅力让人奉她为真正的神，与之形成对比的则是秀才的世俗卑琐。《猎人故事》揭示出"重在无拘无束的思想"。这类小说神奇怪异且多采用"叙述人—故事—叙述人"的结构，并常在结尾叙述人的小段议论中点明题旨。在较为典型的传奇故事结构模

---

① 沈从文：《龙朱》，《沈从文全集》第 5 卷，北岳文艺出版社 2002 年版，第 323 页。

式之下，彰显的是作者认为当前人性中匮乏的东西：生命的"神性"，诗性的智慧，人性所应具有的牺牲精神、自由、勇气等宝贵品质。

第三类题材大多集中于对生活中的传奇事件、传奇经历的书写。《虎雏》既有纯真的一面，又有杀气十足的一面，展示出一种单纯而又丰富的人性；《山鬼》、《三个男子和一个女人》以神秘奇诡的叙述方式表现人性中反常和复杂的一面；《说故事人的故事》讲述一个军人和一个被捕女匪首的奇异恋情；《厨子》折射着下层社会的变态人生。这些在人生常理之外发生的人性故事，渲染和张扬了人的本源性生命创造力，是要让读者"对于'人生'或生命，看得宽一点，懂得多一点，体会得深刻一点"[①]——这类"传奇"的目的是在于丰富人性的内涵，而人性的驳杂和阴暗面亦是这些传奇得以成立的理由。

不论外在形式还是内在理念，这三类题材都最为明显地体现了沈从文对传奇传统的继承，譬如对故事神秘性和怪异性的注重，对传统传奇小说写作形式的借鉴，湘西自然环境蛮荒险峻的一面格外突出并作为小说的中心意象等。然而，作为现代意义上的小说家，沈从文对于古代传奇传统，还是有创造性的转化。这首先体现在，沈从文不只局限于为传奇而写传奇，奇人奇事不是他写作的目的而更多的是一种手段和题材资源，强烈的主体性、寓意性和当代性自始至终蕴含在故事情节中，那些评论、赞美或嘲讽都有着鲜明的道德指向，隐隐烛照中国艰难走向现代化进程中的文化困境："表面上看来，事事物物自然都有了极大进步，试仔细注意注意，便见出在变化中那点堕落趋势。最明显的事，即农村社会所保有那点正直朴素人情美，几几乎快要消失无余……'现代'二字已到了湘西，可是具体的东西，不过是点缀都市文明的奢侈品，大量输入。"[②]传奇故事对人性的发掘和张扬

①　沈从文：《给一个作家》，《沈从文全集》第 17 卷，北岳文艺出版社 2002 年版，第 345 页。
②　沈从文：《长河·题记》，《沈从文全集》第 10 卷，北岳文艺出版社 2002 年版，第 3 页。

自始至终针对的都是这在沈从文看来愈来愈严重的文化困境。总体而言，着眼于"民族品德的重造"，沈从文对传奇传统进行了理性的观照和现代性的转化，他从古代传奇传统中提炼出传奇的内在本质——"神性"，构建起自己关于生命的"神性"概念。神性是沈从文人性观的重要组成部分，正像他的作品《凤子》所揭示的，"神性"的存在需要人性情感的素朴，观念的单纯以及环境的牧歌性。如果说，"神性"在古代传奇中更多是指具有超乎寻常的能力和禀赋，那么在沈从文的传奇小说中，"神性"具有了不同的现代内涵：它瞩目于人类的远景和未来，应该是生命或人性所能达到的最高形式，生命在这一阶段更为崇高、完善。

如果说上述作品中，沈从文对传奇传统的转化还略显理念化，到《灯》、《会明》、《边城》等小说中，沈从文已对传奇传统作出超越，上升到"传奇不奇"的层面——传奇以"奇"为归的旨趣往往使其创作者忽略了现实生活中平凡普通的题材，沈从文则打破了上述囿限而能从平常处见不平常，于无奇中见有奇，在那些散淡而拙朴的故事中，作家写出了人性的传奇和生命的尊贵，尽管不再张扬和过分强调小说的传奇性因素，却在平淡悠远中最大限度地暗合传奇的精髓，无论展示还是批判，都已不露锋芒。

在一个全无信仰的时代对信仰的守候也许会被世俗认为是堂吉诃德式的不识时务，但沈从文同样在《灯》和《会明》中的老司务长和老伙夫这些"下层士兵身上，挖掘着'生命'——人性具有神性的一面"[①]。他们单纯善良地守候所认定并信奉的生命价值，老司务长一生的人生要义是忠心侍主，会明十年来做着无人需要的伙夫，尽管这价值在世易时移中面目全非，但他们单纯地以自己的信仰选择生活道

---

① 凌宇：《沈从文创作的思想价值论——写在沈从文百年诞辰之际》，《文学评论》2002 年第 6 期。

路和生命存在方式，比之大多数人不假思索俯就时代的浅薄，他们拥有让人肃然起敬的人格力量。在某种意义上，他们是民族的脊梁和精魂。而沈从文更在意并有意为之的是他心目中被诗化的生命传奇：

> 我从社会和别人证实了存在的意义。可是不成。我还有另外一种幻想，即从个人工作上证实个人希望所能达到的传奇。我准备创造一点纯粹的诗，与生活不相粘附的诗。情感上积压下来的东西，家庭生活并不能完全中和它，消蚀它。我需要一点传奇，一种出于不巧的痛苦经验，一分从我"过去"负责所必然发生的悲剧。换言之，即爱情生活并不能调整我的生命，还要用一种温柔的笔调来写各式各样爱情，写那种和我目前生活完全相反，然而与我过去情感又十分相近的牧歌，方可使生命得到平衡。①

《边城》是湘西世界最为动人的生命传奇。翠翠善良美丽，是大自然孕育的精灵，但她遭遇到世上所有的不幸：是个孤雏，爱情失意，唯一的亲人雨夜而逝——这还只是传奇故事的一般写法。小说真正的力量所在应该是翠翠面对变故时的沉着应对：她依然以柔弱的肩膀接过爷爷的撑篙，坚忍地生存，将他人送到幸福的彼岸；怀着对幸福的期待，等着那个"也许永远不回来了，也许明天回来"的爱人。爷爷的撑篙和归期无定的爱人，代表着翠翠最终极的信仰和生命的寄托，她顽强活下去的努力展示出生命的庄严和魅力。《边城》中的其他人物也令人称奇——他们是具有真善美的人性的代表。且不论爷爷宽厚平和，天保、傩送正直勇敢，在爷爷去后，照顾翠翠的杨马兵与翠翠没有任何血缘关系，甚至还是翠翠父亲当年的情敌。善良厚道的

---

① 沈从文：《水云》，《沈从文全集》第 12 卷，北岳文艺出版社 2002 年版，第 110 页。

人性本来和卫护幼弱的生命本能使这些人成为具有"神性"的人性样本，翠翠对于苦难柔韧地凌越，展示着生命生生不息的动人力量。那些人世的浩劫仿佛涅槃的烈焰，涅槃之后的翠翠，真正成为生命"神性"的代表，这大概也是沈从文在他的作品中反复书写悲剧的原因之一：这些悲剧几乎无一不带有偶然性、命定性和奇特性，就叙述表层而言，它们是使文本具有传奇性的重要原因，而就其深层来看，这些悲剧的出现往往使人性中最动人的力量焕发出来："通过生命的'不确定性'挖掘出人性中更普遍、更闪光的美——一种带有永恒价值的并永远具有'确定性'的人生内容——人性美。"① 萧萧"很高兴活下去"的生命本能，夭夭与邪恶对抗的无畏勇气，三三希望破灭后的惆怅所反衬出的对美好的向往与渴望等，他们富于传奇性的悲与喜无不指向那潜在的"优美，健康，自然而又不悖乎人性的人生形式"②。

　　应该指出的是，传奇也是有内在矛盾的。比如传奇理想主义的激情、瑰丽奇特的想象有可能对凡俗、日常的生活提供误导性的指引，也可能因此淹没理性的声音，而使其缺乏理智的力量。沈从文从"五四"走来，他应该意识到了这一点，从湘西小说创作的整体走向看，也呈现出猎奇意味渐淡，对人性真谛、生存本质理性思考趋浓的态势。因而，这部分小说昭示出的在普通生活中显示"传奇"的审美选择表明，沈从文对传奇进行超越的同时也试图去解决一个悖论：他着力寻找一种恰切的想象湘西的方式，既能使生命"神性"的内在特质被充分认识，又不流于对相应的自然、社会背景的过度理想化。于是，在叙述层面上，传奇成为内在与真实世界的想象力量，所传之奇也进一步逼近了生存的本质，成为生活世界本身包含着的丰富的神奇性、偶然性和荒谬性的深掘。当然，这一方面与作家对生存和

① 赵学勇：《沈从文与东西方文化》，兰州大学出版社1990年版，第56页。
② 沈从文：《习作选集代序》，《沈从文全集》第9卷，北岳文艺出版社2002年版，第5页。

生命本质不断深入的体认有关，另外也源于他含蓄蕴藉、温柔敦厚的审美意识的逐步成熟。在这一阶段，沈从文完成了他对传奇传统不露痕迹的融合与超越，并达到他创作的巅峰，但从根本上而言，这种超越依然是对传奇传统的现代叙述：他在现代理性的观照下，反思湘西生命的存在方式，用自己有关真善美的价值尺度建立起具有"神性"的人性样本。至此，沈从文和传奇传统，完成了彼此的历史遇合和现代升华。

三、"传奇不奇"

"文学的结构模式和叙述模式可以告诉我们的不仅仅是文学自身的东西，而且是心灵的本质与文化的普遍特点。"[①]沈从文对传奇的创造性转化，给我们提供了解读沈从文湘西世界的钥匙。首先，就思想价值层面而言，传奇故事背后体现出作家对于生命和人性的深刻理解，支撑湘西世界的是明显的现代意识——"传奇之奇"教会人们以宽容的心态看待人生本来的复杂相和幽密面；"传奇不奇"是从生命生存不可避免的偶然性和荒谬性中发掘努力活下去的生命意志，这一切都最终归于作家"民族精神重建"的严肃主题。

其次，沈从文湘西小说的许多原型，都来自于当地的传说和民间故事，而构成故事起承转合的许多关节点，也来自于湘西的风俗习惯。沈从文以传奇写湘西，显示出民俗文化在沈从文湘西小说叙事中的重要地位。如果说，我们前面从"精神血缘"上论述了沈从文书写湘西传奇的可能性，那么作家身上的民俗构成则最终导向了传奇书写的必然性。民俗文化的作用还不止于此，它也是使沈从文的生命传奇充满民族性的重要原因。因为民俗"蕴藏着丰富复杂的民族意识"，

---

① 韩毓海：《锁链上的花环——启蒙主义文学在中国》，时代文艺出版社 1993 年版，第 144 页。

"隐藏着本民族人民才能理解的思想意识以及表现民俗事象，显化其中的民族意识，就能使文学的民族性特点鲜明突出"①。如果说这种"民族性"更多指向湘西的"地方性"并更多体现着湘西苗族勇猛强悍的民族特性，那么沈从文用"传奇"化写楚地民俗风情，则又使这种"地方性"带上了"中国性"，二者彼此交融又能相映成趣，就这一点而言，沈从文使传奇的"民族性"在更多层面上得到张扬，也让他的湘西既洋溢着古典情调，又具有民间的浪漫气息。

最后，传奇在最本质上表现出人类试图超越现实的理想主义色彩，传达的是人们对于梦想的浪漫寄托。而理想主义总是摆脱不了抒情。这也是沈从文的湘西小说抒情意味浓厚，具有明显诗化气质的重要原因——传奇写作所要求的飞腾着的文学想象和内蕴着的理想主义，与沈从文坚守文学的纯正趣味，注重文学技巧，以小说代替民族传统文化经典等文学观念是相通的。事实上，二者的相遇也具有某种历史必然性。沈从文的湘西客体，本身就是一个充满传奇色彩的化外之地，用传奇表现它，是再合适不过的。而中国文学发展到20世纪30年代，出于"启蒙"和"救亡"的需要，文学中常见的是理性精神关注下的社会历史内容，现实主义创作方法占据主导地位，浪漫和诗意渐次退守边缘。无论是针对文学的内在需要还是读者的阅读期待，一流的作家都会在面对传统与现代时，从现实的需要出发在传统的血脉中汲取养分。因此，尽管沈从文数次说自己的创作是"习作"、"文体试验"，但我们宁可相信，这是有意为之。

就文学发展的角度看，文学形式的演化，"与其说是某些元素消失，某些元素继起的问题，倒不如说是不同元素在某一系统中相互关

---

① 赵学勇：《文化与人的同构——论现代中国作家的艺术精神》，兰州大学出版社2000年版，第118页。

系的改变；换句话说，是主导力量互有消长的问题"[1]。当传奇在"启蒙"和"救亡"的时代被挤向边缘的时候，是沈从文身上固有的楚地民俗文化因素让他敏感地意识到"传奇传统"在当时再生和启动的可能，他利用"传奇"这种叙事模式书写湘西，挖掘人的生命意志，彰显关于"生命"和"神性"的深层内涵，同时也提供了解决"中国问题"的另一种思路。而传奇也同时在沈从文手下焕发出现代的光彩。因此，尽管"主潮文学执着于现实和较少心灵余裕，使得借神话原型和民间原型的狂欢，去探索深层的人性、人格和种族精魂，成了一个未了的话题"[2]，但这一话题在沈从文笔下却蔚为大观并成为一个诉说不尽的话题。传奇和湘西融合的结晶便是沈从文的湘西小说，我们说，那是一部关于生命的动人传奇。

第二节　美丽是忧伤的

20 世纪 40 年代中期，在经历了民族的大苦难、大悲恸、大震荡以及更加"丰富深刻"的人的现实生存与生命体验之后，沈从文再一次有机会沉下心来，以"清明的眼，对一切人生景物凝眸，不为爱欲所眩目，不为污秽所恶心，同时，也不为尘俗卑猥的一片生活厌烦而有所逃遁；永远是那么看，那么透明的看"[3] 的心境，与人类、与民

---

[1]　Roman Jakobson, "The Dominant," *Readings in Russian Poetics*, eds.L.Matejka & K. Pomorska, Cambridge: MIT Press, 1971, p. 85. 转引自王德威：《想象中国的方法：历史·小说·叙事》，生活·读书·新知三联书店 1998 年版，第 95 页。

[2]　杨义主笔，中井政喜、张中良合著：《中国新文学图志·序言》，人民出版社 1998 年版，第 8 页。

[3]　沈从文：《论闻一多的〈死水〉》，《沈从文全集》第 16 卷，北岳文艺出版社 2002 年版，第 109 页。

族、与生命、与自己的心灵倾心交谈。其时，沈从文思考、探寻的问题很多：战争与和平、自然与生命、历史与文化、真实与虚妄、具体与抽象、受难与祝福，以及生与死、怕与羞、爱与美……在这诸种命题的追问中，沈从文思考最多也最具"深度"的，仍然是以一个纯粹作家的视域与诗学眼光，探察和追寻"人"的存在的种种及生命的"反复无常"，而这一切，又都是在对自己过去已有创作经验的基础上的反顾与深化。在 40 年代出版的《水云》和《〈看虹摘星录〉后记》等文论中，他试图从内外两个方面对自己十余年来创作的心理和动机进行阐发，前者是对自我世界的精神分析和解剖，后者是对自己的读者和外部环境的界说。令人吃惊或足以引人注意的是，无论是内向的深掘还是外向的廓清，"美丽总令人忧愁"[1]，"美丽总是愁人的"[2]，"'美不能在风光中静止。'人生究竟可悯！"[3] 等这些关于美的形而上话题屡屡出现。为此，沈从文还特别提醒人们注意："我的新书《边城》出了版。这本小书在读者间得到些赞美，在朋友间还得到些极难得的鼓励。可是没有一个人知道我是在什么感情下写成这个作品，也不大明白我写它的意义。即以极细心朋友李健吾先生的批评说来，就完全得不到我如何用这个故事填补过去生命中一点哀乐的原因。"[4] 显然，这些感慨真切地坦露出沈从文多年来在理性与情感、必然与偶然、历史与现实当中苦苦挣扎的生命情状，也将其深重、持续的危机感、焦虑意识凸显出来。实际上，这种矛盾、分裂的心理早在此前面世的《边城》中已尤为明显地投射出来。在 1934 年出版的《边城》中，"美令人忧愁"这一蕴含着深刻的历史感性与人世沧桑，并且本

---

[1]　沈从文：《〈看虹摘星录〉后记》，《沈从文全集》第 16 卷，北岳文艺出版社 2002 年版，第 343 页。

[2]　沈从文：《女难》，《沈从文全集》第 13 卷，北岳文艺出版社 2002 年版，第 319 页。

[3]　沈从文：《水云》，《沈从文全集》第 12 卷，北岳文艺出版社 2002 年版，第 130 页。

[4]　沈从文：《水云》，《沈从文全集》第 12 卷，北岳文艺出版社 2002 年版，第 113 页。

身就包含着巨大的意识分裂倾向或悖论性的命题，就得到了最大程度的阐扬，而生命的悲剧意蕴也正是在对这一命题的书写、阐释中得以深度呈现。它使《边城》最终得以超越爱情故事的表层，在"哲理与诗性"的精神空间拷问历史和生命的真意义与真价值，也成为反映沈从文心理现实最重要的文本。

一、沈从文的"生命"意识

就文学形态而言，中国文学历史上虽然没有产生出像希腊悲剧那样的严格意义上的悲剧，但中国诗学却从来都不缺乏悲剧意识、悲剧情怀以及那种别具一格的对于社会、历史和现实的悲剧性进行认识、结构和把握的文学艺术作品。所谓悲剧意蕴，往往就是从这些具体的艺术创造中透射出来的。在中国文学史上，表现"忧"、"愁"情感意识的作品是建构中国抒情文学传统及其悲剧精神的强有力的一脉。"生年不满百，常怀千岁忧"；"忧愁不能寐，揽衣起徘徊"；"慨当以慷，忧思难忘"；"问君能有几多愁，恰似一江春水向东流"；"抽刀断水水更流，举杯消愁愁更愁"；"试问闲愁多几许？一川烟草，满城风絮，梅子黄时雨"；"这次第，怎一个愁字了得！"……这些"忧"、"愁"虽然有其特定历史时期与个人遭际的具体内涵，但究其情感形式，却较为相似，即由对存在的执着与渴望、对生命的质询与感悟而生就的，有时甚至表现为一种无特定对象的、非理性的忧患意识和悲剧性体验。它使这些"忧"、"愁"溢出了特定时代的限囿，表达出具有普遍性和超越性的人类意识和悲剧意识。

同样，沈从文的"美丽总令人忧愁"，也属于一种"生存与生命"的忧思，它在情感体验和悲剧意识的自觉上与上述情感形态并无多大的区别，表现的都是对美丽的生命或事物易于毁灭、变化无常、不能长存的担忧和伤感。在沈从文眼里，"美"的范围极为宽泛，"我过于爱有生一切。……在有生中我发现了'美'"[1]。这种美，可以是自然之美，是人情、人性、人伦之美，在终极意义上，还应该上升到生命之美。对此，我们可以从情感、哲学及美学等诸多维度和层面来把握这个命题，它至少应该包括以下内涵：首先，湘西（少数民族）苦难深重的历史与现实生活的坎坷，都使耽于幻想、感情丰富而又敏思的沈从文，无论是在直觉上还是理智上都意识到"美"的脆弱和易逝，同时恰恰是因为"美"的易于毁灭，也就宣告了美的不可长存以及追寻美的痛苦与伤感，这又往往会使人在遇见任何美的事物时，都在内心深处生发出对其前途未卜的命运的忧惧和担心；或是在追忆往昔的美好时，对于美的不可停留、不能静止产生浓重的感伤。这就产生了难以避让的矛盾，并且这矛盾有可能循环往复——正像王国维曾经遭遇过，而最终也未能解决的"可爱者不可信，可信者不可爱"[2]的哲学难题与人生困境——对于人世间美的极度热爱的情感，与理性看待美的历史与未来，发生了尖锐的冲突。这一冲突应该也是沈从文对现实永远持悲观态度的重要原因——面对美，无论你在理智与情感间选择哪一个，似乎都不能使人得到快乐，这也就使沈从文陷入了两难境地，不管是在哲学层面还是诗学层面。当然，能够陷入这种矛盾本身，正表明了沈从文作为一个哲思与诗性气质兼具的作家面对生命和人性之美时，在情感上的真诚、执着与认知上的深刻。

　　而正视、接受，进而揭示这种矛盾，则需要勇气。因为它不仅暴露出生活中的不完美，比如人在生活和命运面前可能遭遇到的无能为力的境遇，比如生命过程中全部的理性和非理性以及由之造成的混乱性和偶然性，正像这一意识领域的社会历史形态、生活现实所呈示给

---

① 沈从文：《烛虚》，《沈从文全集》第 12 卷，北岳文艺出版社 2002 年版，第 23 页。

② 王国维：《三十自序（二）》，载方麟选编：《王国维文存》，江苏人民出版社 2014 年版，第 699 页。

我们的那样，同时也要求我们去直面、挑战它。另外，它的意义还在于，从哲思的层面标识出一种现代的眼光和真正现实主义的态度。实际上，与沈从文同时代的那些极具现代性的世界级作家卡夫卡、昆德拉、格里耶以及哈维尔等，都在形而上的思索中严峻地拷问过人类现实生存境遇中的悖谬性存在，而在中国民间的生存智慧中，这种偶然性和混乱性则常常被解释为"命运"或"天意"。西方作家揭示这种生存困境的目的是要引导人们更好地把握它，从而清醒强大地活下去；而中国传统的这种认知信仰却只是让人们浑噩地屈服于命运并受其摆布，不作抗争。二者最根本的区别在于，人们是否能以真正清明的理智和"强力意志"，认识和面对这种"不凑巧"，如何"用'意志'代替'命运'，把生命的使用，在这个新观点上变成有计划而能具连续性"[①]。因为只有这样，我们才会在洞悉了生存的荒谬本质后，还能够发掘出生存下去的勇气，也才能够将生存本身这样一个在所谓"理性"之外同时亦充满荒谬和偶然的过程进行到底，让"生命本身……即如火焰，有热有光"[②]。沈从文一生都在目睹和体验生命悠忽不定的存殁流散过程，这在《我的自传》、《湘行散记》、《湘西》等作品中都有极为沉重的记载，而他"内心承受着自己骨肉的故事重量比他所写的任何故事都更富悲剧性"[③]，以至于"弄得忧郁强悍不像一个'人'的感情了"[④]。即使如此，他也还是竭力用这种真诚的理性去看待美的偶然性和脆弱性，"在某一点某一事上，你得保留一种信天委命的达观，方不至于……"[⑤] 这一认识，还可以从沈从文常常在"美令人忧愁"之后还淡淡附加的那句"可是还受用"的话里得到

① 沈从文：《长庚》，《沈从文全集》第 12 卷，北岳文艺出版社 2002 年版，第 40 页。
② 沈从文：《潜渊》，《沈从文全集》第 12 卷，北岳文艺出版社 2002 年版，第 32 页。
③ 黄永玉：《这些忧郁的琐屑》，《比我老的老头》，作家出版社 2003 年版，第 79 页。
④ 沈从文：《怀化镇》，《沈从文全集》第 13 卷，北岳文艺出版社 2002 年版，第 306 页。
⑤ 沈从文：《水云》，《沈从文全集》第 12 卷，北岳文艺出版社 2002 年版，第 98 页。

印证。由此，沈从文进一步阐释自己对生命无常的思考，使人们能够从他的作品中"见到我对于生命的偶然，用文字所作的种种构图与设计"①——他一直都试图以理性捕捉和驾驭情感，梦想着并孜孜以求地建筑"人性的希腊小庙"，期望能在这个世界中完成"民族品德的重造"。这种意向再明确不过地表达在比《边城》更为舒展和明朗的《长河》中，沈从文借夭夭之口宣称："好看的应该长远存在！"——这一切，都或隐或显地标示出沈从文作品中蕴含着的人类理性的反思批判意识以及对于生命永不失望的韧性精神。

这只是问题的一个方面。而对沈从文来讲，上述矛盾的情感和心理其实又是那么根深蒂固、无从摆脱。"分析现实，所以忠忠实实和问题接触时，心中不免痛苦……人事上的对立，人事上的相左，更仿佛无不各有它宿命的结局。"②沈从文深刻地意识到，湘西的过去和现在必将被汹涌到来的现代化浪潮所吞没，而这个极具中国传统美德与传统生活方式的地方，其实已经开始不可避免地走向没落，现实的纷扰和对"生命诗性栖息"家园的渴望相互对峙，不断侵蚀着三三、翠翠、夭夭们的生存世界，也不断撕扯着沈从文的内心，使他在"情感与理性"的困境中左突右冲，"生命或灵魂，都已破破碎碎"，"好像一个对生命有计划对理性有信心的我，被另外一个宿命论不可知论的我居然战败了……我又照例成为两种对立的人格"③。这里，再清楚不过地表现出沈从文的这种"心灵的冲突"，不仅是属于他个人的，而且是属于那个时代颇具现代性特征的知识分子普遍具有的一种心理情绪。在一个弃旧迎新的历史蜕变期中，这种怀旧、迷惘、感伤和痛

---

① 沈从文：《〈看虹摘星录〉后记》，《沈从文全集》第16卷，北岳文艺出版社2002年版，第343页。
② 沈从文：《长河·题记》，《沈从文全集》第10卷，北岳文艺出版社2002年版，第6—7页。
③ 沈从文：《水云》，《沈从文全集》第12卷，北岳文艺出版社2002年版，第101—102页。

苦，恰恰也是沈从文作为一个现代作家对人性、对生命思考的进一步深化，从而也使"美令人忧愁"这一生命诗学命题，成为沈从文的人类观、人性观、生命观、美学观的中轴。

　　另外，在沈从文眼里，文学是净化人心、重建国家、塑造民族品德最重要的途径和不可放弃的武器，"一个伟大作品，总是表现人性最真切的欲望，——对于当前社会黑暗的否认，对于未来光明的向往。一个伟大作品的制作者，照例是需要一种伟大精神……且能组织理想（对未来的美丽而光明的合理社会理想）在篇章里，表现多数人在灾难中心与力的向上，使更大多数人都浸润于他想象和情感光辉里……"[1]正如汪曾祺所指出的那样："一个小说家才真是谪仙人，他一念红尘，坠落人间，他不断体验由泥淖至青云之间的挣扎，深知人在凡庸、卑微、罪恶之中不死去者，端因还承认有个天上，相信有许多更好的东西不是一句谎话，人所要的是诗。"[2]这样的作家在自己的作品中注入的应该是"一种诗的抒情"，方能够"增加他个人生命的深度，增加他作品的深度"[3]。于是，沈从文的困顿、挣扎和希望，经由"美令人忧愁"这一主线，在《边城》等作品中表现得那么深重和悲凉，而"这一来，我过去痛苦的挣扎，受压抑无可安排的乡下人对于爱情的憧憬，在这个不幸的故事上，才得到了排泄与弥补"。它终于让人们从这个"乡下人"的作品中看到了"一种燃烧的感情，对于人类智慧与美丽永远的倾心，康健诚实的赞颂，以及对愚蠢自私极端憎恶的感情"[4]。

① 沈从文：《给志在写作者》，《沈从文全集》第17卷，北岳文艺出版社2002年版，第413—414页。
② 汪曾祺：《短篇小说的本质——在解鞋带和刷牙的时候之四》，《汪曾祺散文》，广西人民出版社2006年版，第18页。
③ 沈从文：《短篇小说》，《沈从文全集》第16卷，北岳文艺出版社2002年版，第503页。
④ 沈从文：《习作选集代序》，《沈从文全集》第9卷，北岳文艺出版社2002年版，第6页。

二、《边城》的悲剧诗学

走向创作成熟期的沈从文，几近在他的多数作品中，都贯穿着"美令人忧愁"这一诗学主线，而最具阐释力同时又让人回味无穷的当然还属《边城》。整体来看，《边城》是以"建构／解构"的意义构成的叙事方式，艺术地复现了"美令人忧愁"这一诗学命题。

《边城》呈现出明显的"重造民族灵魂"和道德回归的冲动。它突出的一点是，沈从文在塑捏人物性格的特征时，并不用心于人物性格的发展变化过程，而是力图让他们成为某种道德品质或某类性格的载体。此外，沈从文大量描写湘西淳朴的民风、优美的环境以及包含着厚重历史人文内容的风俗习惯，着力为美好人性的生成提供相宜的背景。老船夫具有历经沧桑但善良达观的品质，翠翠是湘西山水长养的纯洁精灵，天保、傩送正直厚道，这都是沈从文的有意为之。

> 《边城》便是这样一部 idyllic 杰作。这里一切是谐和，光与影的适度配置，什么样人生活在什么样空气里，一件艺术作品，正要叫人看不出是艺术的。一切准乎自然，而我们明白，在这种自然的气势之下，藏着一个艺术家的心力。细致，然而绝不琐碎；真实，然而绝不教训；风韵，然而绝不弄姿；美丽，然而绝不做作。这不是一个大东西，然而这是一颗千古不磨的珠玉。在现代大都市病了的男女，我保险这是一付可口的良药。
>
> 作者的人物虽说全部善良，本身却含有悲剧的成分。唯其善良，我们才更易于感到悲哀的分量。这种悲哀，不仅仅由于情节的演进，而是自来带在人物的气质里的。自然越是平静，"自然人"越显得悲哀：一个更大的命运影罩住他们的生存。这几乎是自然一个永久的原则：悲哀。

这一切，作者全叫读者自己去感觉。他不破口道出，却无微不入地写出。他连读者也放在作品所需要的一种空气里，在这里读者不仅用眼睛，而且五官一起用——灵魂微微一颤，好像水面粼粼一动，于是读者打进作品，成为一团无间隔的谐和，或者，随便你，一种吸引作用。①

在《〈边城〉题记》和《〈长河〉题记》中，沈从文曾以极为理性甚至是一位道德家的态度，惊呼农村社会原有的正直朴素的人情美"几几乎快要消失无余"②的现实，因之，他要以一种"优美，健康，自然，而又不悖乎人性的人生形式"③的文学样本，写给那些"有理性"、"很寂寞的从事于民族复兴大业的人"④看。除此而外，《边城》还是沈从文自己为过去和现实"疗伤"的梦想，一个由之可以使自己的情感（"痛苦"）和理想（"憧憬"）得到"排泄和弥补"的梦想。

但极为吊诡的是，《边城》一开头，沈从文就详尽地叙述了翠翠母亲的悲剧，也就是说，无辜、善良的祖孙俩背负着这个可谓是"从天而降"的悲剧，已经孤独、寂静地生活了十五年。而这个悲剧产生的根源则因"朴素的善"——是做军人的责任、尽孝的责任和情爱的责任的无法调和所造成的。第五节开始，翠翠第一次袒露心事，本该高兴也一直说笑的祖父忽而"仿佛看到了另外一种什么东西，轻轻地吁了一口气"。显然，纠结的往事以及由之带来的对于命运轮回的担忧和疑惧，紧紧地攫住了老人的心。第七节呼应第五节，点明了"翠翠的长成，使祖父记起了些旧事，从掩埋在一大堆时间里的故事

---

① 李健吾：《边城》，《李健吾文集》第7卷，北岳文艺出版社2016年版，第60页。
② 沈从文：《长河·题记》，《沈从文全集》第10卷，北岳文艺出版社2002年版，第3页。
③ 沈从文：《习作选集代序》，《沈从文全集》第9卷，北岳文艺出版社2002年版，第5页。
④ 沈从文：《边城·题记》，《沈从文全集》第8卷，北岳文艺出版社2002年版，第59页。

中，重新找回了些东西。这些东西压到心上很显然是有个分量的"①。但祖父还是试图摆脱这个似乎命定的轮回，他"不能完全同意这种不幸的安排"②，想竭力尽到自己的责任，让翠翠有个幸福的着落。然而，在这之后，沈从文对那个本来就不甚明了的爱情故事的诗意描写就慢慢转为对这些善良生命之间发生的难以言说的误会的铺陈，甚至有意隔断了他们可能沟通的一切机会，让"不凑巧"作梗下的悲剧一幕又一幕地上演，最终的结果是亡的亡，走的走，孤雏翠翠最后独自一人等着归期无定实际上再也不可能归来的爱人——至此，这个美丽忧伤的故事壅塞住了人们的胸口，悲凉之气浸透全身，使人永远难以释怀。而这样的结局伴随着"白塔的坍塌"，再明显不过地喻示着整个理想世界的倾覆。

另外，表面上看《边城》是在写爱情，爱情故事也确实构成了小说的叙事线索与结构框架。但从文本的深层意义构成看，翠翠和傩送的爱情更多的是象征，是美的象征和生命形式的象征。与沈从文大量描写的其他任何一个热烈奔放的情爱故事都显然不同，《边城》里的爱情是提纯、抽象后的"思无邪"式的爱情。作者将它写得干净而又轻灵，竭力将这份"美"摹写到了极致。沈从文常从婚姻爱情的角度揭示人性的本来和生活的实质，从更深的层次上说，《边城》中的爱情其实更可看作是湘西式的人生形式和生活形态的集中体现。这个爱情故事中包蕴的所有并存着的痛苦和热情、美丽和琐碎、悲哀和诗意，都更是属于本色的生存和人生的。沈从文最终要表现和探索的，的确是一种人生形式，优美、自然、健康、向上的人生形式。然而，他满怀热烈的愿望真挚地表现它，又处心积虑地摧毁它，它的存在，几乎就是为了诠释"美令人忧愁"的悲叹。这显然是有悖于一般读者

---

① 沈从文：《边城》，《沈从文全集》第 8 卷，北岳文艺出版社 2002 年版，第 90 页。
② 沈从文：《边城》，《沈从文全集》第 8 卷，北岳文艺出版社 2002 年版，第 90 页。

的阅读期待的，更何况，造成这些悲剧的，还是"不凑巧"，是"朴素的善"摆布和捉弄的结果。

沈从文对优美人生形式的有意建构和故意解构，表现着作家自身对这样一种人生形式能否得以存在的质询与拷问。可以说，在沈从文身上，悲观主义与乐观主义、现实与理想、道德家与作家融合得如此紧密，表现得又是如此矛盾又恰如其分——在现实的维度上，他是个清醒的悲观主义者，在他精心营造的湘西世界里，到处留下悲郁和感叹，很难见到几出喜剧！而他的都市故事，更是一团糟，人生形式的各种"病相"充塞着整个世界。但当他追忆过去、面对未来时，自身柔和悲悯的情感和对理想的精神追求，又使他不断试图弥合生存的悲剧，为生命增添一点亮色。《边城》叙述了翠翠在历经一切变故之后坚忍而努力地生存下去的勇气，她坚信爷爷留给她的"一切要来的都会来，不用怕"的人生信条。然而，沈从文又如此了然，生存的现实性和荒谬性就在于它的不可预料和必须承受。结尾处，翠翠在白塔边孤独的背影和几乎无望的希望，在某种程度上既标志着更高理性的复归，也突破了传统小说和戏剧中常见的大团圆式的肤浅的乐观主义结局，使小说具有了挥之不去的悲凉和感伤。这是一种更加深刻的对人的生存方式、生命形态彻悟后的"忧愁"。《边城》甚至暗示，人生似乎永恒地植根于痛苦和不期然的挫折和无望中，这才是人生和生命存在的真相，人类得以生存以及面对的生活世界本身充满着"美令人忧愁"的全部偶然性、不确定性和荒谬性。沈从文清醒地意识到，正是由于人类生存的这种悖谬性以及人们面对苦难和凌越苦难的努力，生生不息的生命之美才得以焕发，生命本身才成为奇迹。因此，沈从文恰恰是要通过生命过程中的"不确定性"因素挖掘出人性中更普遍、更闪光的美——一种带有永恒价值的并永远具有"确定性"的人生内容与普世价值的——人性美。显然，"美令人忧愁"的诗学命题源于现实人生之中，又超然于现实之上，它寄寓着一个现代中国作家在形而上的层面上对人类生存境况的基本判断，而《边城》正是沈从文对这一命题自觉地有意识的文学实践，如果看不到这一点，或许就像沈从文曾难免悲哀的那样："你们能欣赏我故事的清新，照例那作品背后蕴藏的热情却忽略了，你们能欣赏我文字的朴实，照例那作品背后隐伏的悲痛也忽略了。"①

　　因此，正像屈原的《天问》，它只是一种寻求解决某种困惑的途径，其意义和目的并不在于提问及如何提问，而在于试图穿越怀疑的深渊，为有价值的生存寻找到真实可靠的依据。沈从文在《边城》中，也是通过书写无处不在的悲剧，怀疑和质询生命及其存在的意义，在"美令人忧愁"的疑惧背后，更有着追寻生命的价值、意义和基本信念的热情。正像他在题记中暗示的，他想让人们能有所凭借，据此，在这个混乱、荒唐和残酷的世界上"活下去"，并且知道"怎样活下去"②，最终摆脱现实的种种羁绊，达到诗意的生存境地——恰如他在《边城》中精心构筑过的那样。在这个意义上，《天问》和《边城》一样，都是一种对永恒世界和生命意义的终极叩问，它并非现实之问，而是超验之问。因此，对《边城》的悲剧的认识，就不能以经验世界的标准进行衡量，而是更应该关注这一悲剧背后蕴藏的追问，并不是拘泥于这一悲剧本身的真实与否，而是应该穿越这一悲剧的时空限阈，这样或许才能抵达《边城》的内核。

　　对于作家而言，任何一种"提问"的方式及问题本身，都不可避免地暴露出提问者自身的心理现实与存在状况，当然，它还意味着作家正在或正将以何种方式看待和思考生活。可以说，沈从文同鲁迅一样，他们都看到了生存现实的最低端以及生命深处最难以承受的部

①　沈从文：《习作选集代序》，《沈从文全集》第 9 卷，北岳文艺出版社 2002 年版，第 4 页。
②　沈从文：《边城·题记》，《沈从文全集》第 8 卷，北岳文艺出版社 2002 年版，第 59 页。

分。《边城》所展示的，正是沈从文面对"有些方面极其伟大，有些方面又极其平凡，性情有些方面极其美丽，有些方面又极其琐碎"[①]的现世生活的辩证思考。在沈从文的生命诗学中，"美丽总是令人忧愁的"，然而这"忧愁"又能激发生命之美。也因此沈从文希望读者，尤其是那些从事民族复兴大业的人们通过他的作品，了解生活，"对人生或生命能作更深一层的理解"[②]，知道"怎样活下去！"[③]一个人只有真正洞悉了生活与生存的荒谬本质，才可能在其中发现生命和人性中永恒的东西，也才可能向死而生，以一种韧性的承受力直面生活和生命的困境。沈从文也知道人们未必能够全然了解他的苦心，更何况多年来他自己还在其中苦苦挣扎。因此他只是说，希望"这作品或者只能给他们一点怀古的幽情，或者只能给他们一次苦笑，或者又将给他们一个噩梦，但同时说不定，也许尚能给他们一种勇气同信心！"[④]即使是对"所希望的读者"，他也分出几个心理层面，追忆（怀古的幽情），忧惧（苦笑、噩梦）以及超越了前两个层面的振作（获得勇气和信心），并期望他们在情感、理智的不同维度上各有会心——这诸种层面的承受，未必不是沈从文自己在创作过程中曾经体验和挣扎过的。在这个意义上，《边城》也折射出了沈从文内心世界所有的幻灭、动摇和追求。

三、美是令人忧愁的

《边城》的整体艺术结构和风格，也应和着"美令人忧愁"这一中心命题。与屈原上下求索、纵横捭阖、汪洋恣肆的《天问》不同，

---

① 沈从文：《边城·题记》，《沈从文全集》第8卷，北岳文艺出版社2002年版，第57页。
② 沈从文：《小说作者和读者》，《沈从文全集》第12卷，北岳文艺出版社2002年版，第66页。
③ 沈从文：《边城·题记》，《沈从文全集》第8卷，北岳文艺出版社2002年版，第59页。
④ 沈从文：《边城·题记》，《沈从文全集》第8卷，北岳文艺出版社2002年版，第59页。

挥之不去、难以明言的哀痛和怅惘始终是《边城》的感情基调，也构成了作品沉郁忧伤的情绪氛围。如果认为这一切都来自于翠翠和她忧伤的爱情，尽管有其充分的理由，但还是远远不够的。细加注意就会发现，《边城》中老船夫感情的曲折走向主导着《边城》情调的变化。我们能够从老船夫的身上，隐约窥见沈从文的影子。正像沈从文内心承载着湘西的历史和现实，执着地追问湘西美好生命未来的命运——在整个故事中，目睹了"美的逝去"的各种悲剧性事件最多的是爷爷。尤其是那个在作品中没有出场，但却始终缠绕着爷爷心灵的翠翠母亲，她的死使爷爷对翠翠既怜爱又担心，这何尝不是沈从文对湘西以及世间一切"有生"的态度？爷爷对待翠翠婚事时矛盾重重的内心与他在情感和理智之间的左盼右顾、难以取舍，同样可以看成是沈从文对"美"的生命及其未来命运的无从把握——对此，我们可以透过文本的缝隙，从作家形而上的思考和情感的变化中找到依据，原来，翠翠就是沈从文心目中的湘西啊！正是在翠翠身上，象征或折射着湘西儿女们的过去、现在及未来的命运。也正是因为这一点，沈从文再也不能像轻蔑那些城里人一样肆无忌惮，也不可能具有展示湘西传奇时那样的元气淋漓，而是以高度的节制和控制力，营构出回旋往复、极具回味与张力的悲凉之美。

　　沈从文向来追求古典风格的宁静、雅致、优美与凝练，认为文学创作应该是"一种使情感'凝聚成为渊潭，平铺成为湖泊'的体操"[1]。他推崇"神圣伟大的悲哀不一定有一摊血一把眼泪，一个聪明作家写人类痛苦是用微笑表现的"[2]。因此，他认为在作家的书写中，"不管是故事还是人生，一切都应当美一些！丑的东西虽不全是罪恶，

---

[1]　沈从文：《情绪的体操》，《沈从文全集》第17卷，北岳文艺出版社2002年版，第216页。
[2]　沈从文：《给一个写诗的》，《沈从文全集》第17卷，北岳文艺出版社2002年版，第185—186页。

总不能使人愉快，也无从令人由痛苦见出生命的庄严，产生那个高尚情操"①。于是，"美令人忧愁"的情感特征往往是中和内敛，而在其表现形态和美学特征上，又是着力将这种来自于生活与生命体验的忧伤和悲痛以美的形式赋予其浓郁的悲剧意蕴，追求"以悲为美，以忧郁为美"的深沉的美学风格。而从沈从文整体的创作走向来看，随着对生命和生活本质不断深入地体认，他的创作在形式层面也是有意识地融入"美令人忧愁"这一整体的诗学思路，其含蓄蕴藉、平淡悲郁的美学风格不断成熟，即或是他的都市小说也不例外。于是，我们看到，在沈从文开始小说创作大约十年后，一个卓然独步的现代中国作家携带着他的《边城》，以截然不同于当时所谓的主流文学的姿态，达到了他小说创作的巅峰。

从文学史的历程以及当时文学接受的环境来看，"子夜年"之后，《边城》在1934年的出现，显得突兀而孤立。它与20世纪30年代中国长篇小说走向成熟期的整体叙事风格，比如左翼冷静客观的意识形态叙事以及巴金、老舍的小说格致均显不同，更与海派张狂的欲望叙事大相径庭。《边城》对那个行将失去的理想世界深沉哀婉的叹息，不是谁都能够领会和接纳的。对于当时的读者来讲，极易仅仅将《边城》看作是桃花源中一双小儿女的悲情故事，没有什么大的价值和意义。特别是在这个读者所需要的"道德"与意识形态信息是由这时代的阅读趣味所培养而来的环境中，这种带着古典印记、又没有描写那个特定时代的情绪的创作倾向，在当时既不易受到欢迎，也极易招致误会。

但实际上，《边城》的诞生绝非偶然得之，它是作家对自身生命体验与艺术积累会通的一次总检视。除去自身哲学、美学观念不断发

---

① 沈从文：《〈看虹摘星录〉后记》，《沈从文全集》第16卷，北岳文艺出版社2002年版，第342页。

展成熟这一不可或缺的因素，在沈从文之前，作为京派同仁的凌叔华、废名已经在创作中多次感叹对人生和命运的无奈，废名更是宣称："凡是美丽都是附带着哀音的，这又是一份哲学，我们所不可不知的。"① 而沈从文对于通往理想世界的历史命运的矛盾心理及担忧，还与同时代的老舍息息相通。特别应该指出的是，在其创作的背后还依托着深厚的中国美学传统。众所周知，自《古诗十九首》以来，慨叹历史兴亡、人生变幻的悲音在中国文学长河中一直绵延不绝，而在中国传统文学的悲剧模式中，无论是亡国之悲模式、悲秋模式，还是盛世之悲模式、伤春模式，都是这种文学精神在不同时空背景下的置换与变形，而其中对于生命与美的人文关怀，却是一脉相承的。《红楼梦》那种追忆、挽歌式的叙述基调及其《好了歌》对整个人类命运的领悟，将这种有时会被人误以为是感伤文学的文学潮流升华到极为辉煌的高度。而这些作品在审美形式上的一个重要的共同点则是：它们大多具有和谐整饬的古典结构，怨而不怒的中和之美，是透露着浓重悲剧意蕴的悲诗，而不是如希腊戏剧般惨烈的悲剧，它的整体格调是一种沉郁的内在情感的柔性与韧性，"是用在时间和空间两方面都'共通处多差别处少'的共通人性作为准则"② 的。——这些都与《边城》契合，或者又可以说，《边城》是与其遥遥呼应的现代版本。

　　另外，作为源远流长的中国古代抒情诗中极为重要的文学现象，"以悲为美"一直都是历代作家、批评家们诗学践行及其研究的重要议题。无论是"诗可以怨"，还是"称其才干，则以危苦为上，赋其

① 废名：《林庚同朱英诞的新诗》，载废名著，陈子善编订：《论新诗及其他》，辽宁教育出版社 1998 年版，第 173 页。

② 沈从文：《小说作者和读者》，《沈从文全集》第 12 卷，北岳文艺出版社 2002 年版，第 68 页。

声音，则以悲哀为主，美其感化，则以垂涕为贵"①，抑或是"欢愉之词难工，而穷苦之言易好"②，这些出自于创作实践的理论主张中都隐含着某种旨趣甚至导向："以悲为美"的创作更易感人至深，抵达成功。因此，再回到沈从文，即便是从形式（或技巧）层面看，这种审美观念的形成，也绝非空穴来风，而是有着深长的文化上的血缘关系。

当然，从根底上说，"以悲为美"的文化心理依据还在于其背后隐含着的、经由物我合一、由物及我进而所形成的互为依持的观照角度、思维方式，以及由此而生的恻隐心、悲悯心和同情心。而沈从文则以自身现代的人道精神和人本观念对湘西给予"有情"地观看和体会，也正是在这一点上，无论是古代作家、批评家还是沈从文，他们都有着几乎相同的情感发生机制。区别在于，沈从文当然地更具现代性，他以现代理性反思来考量当时中国社会及湘西生命的存在方式，在看似柔弱、"以悲为美"的美学外壳的背后，热烈而执着地指向"民族品德与民族精神重造"的重大主题。而沈从文对生存与生命的终极关怀，显然少了些茫然和混沌，多了些自觉、清晰和深切。从表层上看，尽管《边城》更像一个乌托邦，但它难以消弭的悲郁乃至最终的毁灭，却既让人们联想起沈从文所处的那个混乱的、"神已解体"的现实世界，又不断引起读者"对人生向上的憧憬"③的炽热，而这一点才是"美令人忧愁"的精神内涵与美学内涵的最终的旨归。

总之，《边城》以其特有的现代叙事方式，极具魅力地阐发了沈从文"美令人忧愁"的诗学观念，"美令人忧愁"又赋予《边城》深

---

① （三国魏）嵇康：《琴赋》，载巨才编：《辞赋一百首》，山西人民出版社 1994 年版，第 65 页。

② （唐）韩愈：《荆潭唱和诗序》，载郭绍虞主编：《中国历代文论选》（第二册），上海古籍出版社 1979 年版，第 179 页。

③ 沈从文：《习作选集代序》，《沈从文全集》第 9 卷，北岳文艺出版社 2002 年版，第 6 页。

邃、悲郁的哲学意蕴与美学风格，二者缺一不可地复原或者说是建构了诗意、健康的生命存在方式。而且因了《边城》，"美令人忧愁"这一曾经中断了的诗学传统，在沈从文手里得以重新弥合，焕发出更加夺目的现代光彩。而在这其中所依稀昭示出的沈从文的精神波动以及作家审美追求的整体旨向，更令我们为之动容。

第三章　富有才华的世界性对话

第一节　"天真的失落"：沈从文与福克纳

在中西方文学史上，有很多作家都曾以地域文化为"支点"，转动着自己的文学世界，但他们最终都不会拘泥于地域，而是把目光投向更宽阔的世界，表现出关注人类文明进程的共同文化旨向，从而获得超越自身、超越地域、走向世界的巨大成功，同时代的沈从文与福克纳就是其中以自身独特的文化（文学）视角注视人类文明走向且值得比较的两位作家。

一、"天真的失落"与人的命运

20世纪初是人类社会各方面发生深刻变化的世纪。在西方，工业文明正以锐不可当的势头推进到每一个角落。在美国则主要表现在北方工业文明对古老南方的侵入。同时代的中国，由于西方列强坚船利炮的侵犯和随之而来的文化输入，正面临着巨大的质变。"五四"新文化的启蒙，使古老大地上一切也无可逃避地面临着深刻的变革，偏远的湘西也不能幸免。在那个瞬息万变的时代，古老土地上的人该发生怎样的变化，这是作为文学家的福克纳和沈从文关注的中心。对人的命运的关注和思索，贯穿于沈从文和福克纳创作的始终。

　　沈从文对人的命运的思索，主要体现在对人的命运随时代之变而发生变异的考察中。在神巫（《神巫之爱》）、龙朱（《龙朱》）、媚金（《媚金·豹子·与那羊》）、五明和阿黑（《阿黑小史》）等人身上体现着一种原始生命状态。他们生存在一种原始环境中，其生活方式、喜怒哀乐与周围的大自然相契：无私、率真、不做作，一切都极单纯、自然、简单。这是"外面世界"侵入之前"湘西人"生命的自在状态，虽然极美，然而能永存吗？在麻木、安于现状的萧萧（《萧萧》）身上，在满足于用几个月挣来的血汗钱和吊脚楼的妓女相欢一夜的水手柏子（《柏子》）身上，在麻木到让妻子去卖淫挣钱的丈夫（《丈夫》）身上，沈从文给我们展示的是乡村灵魂在变化世界里的浮沉。普通的湘西人是怎样不适应变化的世界，怎样地安于各种恶势力的欺压，听天由命，对于自己的命运，又是怎样地无能为力。还有《牛》中的牛伯，《长河》中的滕长顺、老水手，《边城》中的老船工……他们尽管"忠实庄严"地活着，"并不缺少欢乐的承受"，然而这些历史、现实的"局外人"与历史、现实的反差使他们一旦卷入时代大潮中时，就如一叶孤舟，任风漂荡，要么是历史的"看客"，要么就堕入毁灭。何况，湘西古老土壤里本来就存在着野蛮的道德观念、宗法制度和原始的封闭、排外心理呢！在沈从文看来，乡下人在变动的城市中无力把握自身的命运，只能随波逐流，向一个"不可知的地方去"。

　　如果说沈从文对"湘西人"的未来命运还处于一种忧虑阶段的话，那么在福克纳的"约克纳帕塔法"中，这种忧虑已成为现实。这无疑是中西方历史文化进程的落差在作家艺术世界中的反映。在福克纳的整个创作中，贯穿的是代表南方传统的沙多里斯和代表北方工业文明的斯诺普斯的斗争。而前者和沈从文的"湘西人"有着许多共通之处。在沈从文笔下，都市文明没有完全侵入古老的湘西世界，"湘西人"和"城里人"基本上是生存在两个不同的世界里。而在福克纳的"约克纳帕塔法"版图中，北方工业文明已经踏遍南方每一寸土地，沙多里斯和斯诺普斯以及他们代表的两种价值观已展开面对面的交锋。在这场斗争中失败的总是沙多里斯们。在福克纳的短篇小说《纪念艾米丽的一朵玫瑰花》中，作为象征传统、义务与责任化身的艾米丽"终于倒下了"，她"可亲可爱，无法摆脱，无动于衷，安详宁静，执拗怪诞"，正如南方的传统。南方代表着沙多里斯们的衰落，具体体现在长篇小说《喧哗与骚动》中，这部长篇小说是代表南方的康普生家族兴盛、衰落、灭亡的历史记录。外面喧哗的世界是斯诺普斯们的世界，在这个世界的进攻下，康普生家族如夕阳西下，日落黄昏，已经无力拯救。他们或采取逃避态度（老康普生、康普生夫人），或作无意义的反抗（昆丁），或堕落（凯蒂），或屈从于对手（杰生）。最后昆丁的自杀和杰生的背叛象征着康普生家族的最终毁灭。在福克纳的另一部长篇小说《押沙龙，押沙龙》中，沙多里斯的兴起和衰亡得到了更充分的体现。主人公托马斯·塞德潘从山上（指传统世界）到山下（斯诺普斯的世界）的过程就是他逐渐向斯诺普斯认同的过程。他逐渐采取斯诺普斯的行为方式（抛弃有黑人血统的妻子和女儿，诱奸无辜的姑娘），最终成为斯诺普斯中的一员。最后的结局是塞德潘被杀，其家族的遗产在一场大火中毁于一烬。

　　如沈从文笔下的"湘西人"一样，沙多里斯们因为无法应付瞬息变幻的"喧哗世界"而无可避免地走向毁灭的结局。福克纳说他的《喧哗与骚动》表现的是一个"天真的失落"的故事，这话用在沈从文身上也很恰当。生活在单纯、原始自然环境中的"湘西人"，因为外面世界的侵入，"失去了原来的朴质，勤俭，和平，正直……变成了如何穷困与懒惰"[1]，并慢慢培养起一种"唯实唯利"的人生观。而

---

[1]　沈从文：《边城·题记》，《沈从文全集》第 8 卷，北岳文艺出版社 2002 年版，第 59 页。

塞德潘从山上到山下并逐渐抛弃传统价值、认同斯诺普斯价值观的过程，就是一个"天真的失落"的过程。"天真"，可以说是沈从文笔下的"湘西人"和福克纳笔下的沙多里斯们赖以存在的土壤和行事的标准。"天真的失落"意味着"湘西人"和沙多里斯们的失落及自身悲剧性命运的开始。

与湘西世界和沙多里斯世界对立的是"都市世界"和"斯诺普斯世界"。对于后者，沈从文与福克纳都同样是站在"乡下人"的立场上，展开了清醒而深刻的批判。

都市上流社会在沈从文笔下是一幅庸俗、浅薄、腐化堕落的群丑图。《八骏图》中有学问的人却有着肮脏的内心世界；绅士的太太们（《绅士的太太》）精神空虚、生活糜烂；大阮（《大小阮》）的稳健之下是庸俗与卑鄙。这些所谓"社会的中坚"，在他们言与行、表与里的分裂里，聪明中见出怯懦，稳重中见出庸鄙。在这些人身上，"天真"早已失落，古老的价值与道德已消失无踪，有的只是对金钱、物欲的膜拜。

与沈从文的"城里人"相似，福克纳的斯诺普斯们代表了一种工业文明的价值标准，尽管他们"战胜"了沙多里斯们，然而并不能成为新世界的主人。他们抛弃了南方传统中的古老价值，唯钱至上，对故乡本土、家庭、乡情毫不在乎，成了一群贪婪、无根、无基的人。他们在从外面摧毁沙多里斯世界的同时，又从内部毁灭其代表的传统世界。卑鄙狡诈、手段残忍的马贩艾·斯诺普斯（《不败者》，又译《未被征服者》）是"斯诺普斯世界"中的代表，是自然主义和兽性的代名词。

"城里人"和斯诺普斯们，分别在沈从文和福克纳看来，丧失了人的本质，成为物质和金钱的奴隶。他们抛弃了人类永恒的价值观念，用福克纳的话来说就是丧失了"脊梁骨"，为一种本能所驱使，无法把握自己的命运，更谈不上有什么未来和发展。

　　尽管沈从文是"怀着一种不可言说的温爱"来写湘西的"'过去''当前'与那个发展中的'未来'，以及"无从中和那点沉痛感慨"；① 尽管福克纳对他的沙里多斯们有着一种复杂、爱怜又无可奈何的感情，尽管他们都不愿意看到"乡下人"和沙多里斯走向悲惨的结局而时时为一种历史主义和伦理主义的矛盾所困扰，然而，总体上看，这一切并没有妨碍两位作家用一种清醒的双重批判的眼光来审视"乡下人"和沙多里斯们，这使他们对变革时代人的命运的考察显得丰富而深刻。

　　但这还只是两位作家对人的命运在走向现代社会时的迁徙沉浮表现出的一种"不谋而合"的焦虑。沈从文身处的现代中国社会毕竟与福克纳所处的美国南方存在着较大的时空距离。如果说福克纳注意的焦点是对资本主义机械文明的侵入表现出一个现代人的极大恐惧和忧虑，而不遗余力地呼唤一种建立在古老文明根基上的新文明的诞生，塑造一种健全的现代人格——福克纳理想中的人性；那么，沈从文注意的焦点仍在于诊治"中国人的病"，他的思路仍然延续着"五四"新文化所张扬的思想启蒙——即通过对中国人"精神的疗治"，使他们从"旧的毒素"（指封建文化）和"新的不良习气"（指现代文明）的"混合物"② 中解放出来。而在现代文明不可以逆转的历史潮动中，沈从文力图将湘西自然形态的文化注入病相丛生的都市文明之中，以实现自己心目中理想的人性。正是在这一点上，构成了沈从文与福克纳对"人的命运"的关注的差异。而这一点，又恰恰是中西方两位作家由于自身国度的不同历史文化的落差

① 参见沈从文：《长河·题记》，《沈从文全集》第 10 卷，北岳文艺出版社 2002 年版，第 7 页。

② 沈从文：《〈看虹摘星录〉后记》，《沈从文全集》第 16 卷，北岳文艺出版社 2002 年版，第 345 页。

所决定的。

二、文化的焦虑

人是文化的主体。在对人的命运考察的基础上，沈从文和福克纳展开了对文化的相关批判。当然，作为文学家的沈从文和福克纳不可能以理性的姿态对文化的变异提出系统的看法，然而在他们各自的文学世界里，在他们作品浓厚的文化气氛中，我们看到了这种批判的旨归。这也正是沈从文和福克纳得以超越一般"乡土作家"的重要原因。

如上所述，沈从文和福克纳笔下的人物在变动的时代里都经历了一个"天真的失落"的过程，这些人赖以生存的文化土壤也必然有一个相应的变异过程。在文化构成的四个层次，即物质、制度、风俗习惯、思想价值中，最关键的是思想价值层次。在前三个层次上沈从文和福克纳都做了生动而深刻的反映，但最能体现他们对文化的思索和批判的，还是在作为文化核心层次的思想价值上。

在沈从文眼里，都市文明患着一种"生命力阳痿症"。人类古老永恒的价值被抛弃，金钱、物欲占据了核心。这种文化产生的只有像《八骏图》中的教授、《绅士的太太》中的"绅士淑女"和大阮（《大小阮》）等被异化了的人。这种文化犹如一池"泥潭"（《如蕤》），一旦有人陷进去，就很难自拔。它与乡村世界中那种雄强、劲健、向上、乐观、负责、信义的传统道德观和人生观形成鲜明的对照。用沈从文的话来说，都市文化的产生预示着"神的解体"，"神性"已被兽性代替，无疑，这种文化产生不出健全的人类，当然也就谈不上健全的人性。如果我们注意沈从文笔下的都市文明，严格地讲还只是一种"前现代文明"——都市表面上的物质繁华与都市"前现代"思想存于一身，都市人表面的"现代"与骨子里的"封建"融于一体，我们就不会轻易责备沈从文对都市文明持有的一种褊狭的执着，而只能认为从乡土社会走向都市的沈从文对这种畸形文明保持着清醒的认识，并深刻地揭露了这种文明的弊病，这也正是"乡下人"的可贵和独特之处。

对与都市文化相对立的乡土文化，沈从文在情感上更多地表示认同，但他绝非主张回到过去。且不说"过去"本来就不那么完美，如《萧萧》中扼杀萧萧追求的野蛮风俗，《巧秀》中导致巧秀妈被沉潭而死的封建宗法制，也不说湘西文化中伴着"尚武"而来的无节制的屠杀和被杀，湘西人安于现状的愚昧、麻木和本能的排外……这一切不能不让我们追问，即使这种文化十全十美，它能经得住"外面世界"的冲击吗？

对湘西文化的热爱并没有使沈从文躲在象牙塔里大唱其赞歌。他清醒地看到湘西珍贵的乡土人情在"外面世界"的冲击下正慢慢丧失。无情的现实使他不能安于古老湘西的理想世界，遁入"世外桃源"，而是力求通过对现实的批判，为湘西文化和中国文化寻找一条出路。所以他在对湘西风土人情、价值观和那种雄强、劲健、乐观、厚朴的人生形式赞美的同时并没有忘记对湘西的野蛮、落后、无动、麻木以及缺少自省意识的反省和批判。沈从文是在对"都市文化"与"乡土文化"进行双重批判的基础上重构着他新的文化观的。

福克纳对他的南方文化和沈从文一样是既热爱又无可奈何，而且他所面对的是比沈从文更残酷的现实。康普生家族、塞德潘家族以及沙多里斯们，不能抵制自身内部的罪恶，更难阻挡斯诺普斯、"金鱼眼"（《圣殿》）们的进攻，无法逃脱毁灭的命运。南方文化，包含着人类的永恒观念如勇气、荣誉、希望、自豪、同情、怜悯心和牺牲精神，这一切在北方工业文明的进攻下，成了"人类昔日的荣耀"。福克纳为古老的南方唱了一曲挽歌。

福克纳对工业文明的批判与沈从文一样不遗余力。"乡下人"福克纳也有自己的"一杆秤一把尺"（沈从文语）。工业文明伴随着铁路和机械，不仅摧毁了森林，占据了农场，污染着大自然，而且，由于北方工业文明的一套价值观念的侵入，南方的精神开始崩溃。工业文明崇尚金钱、强力、物欲，蔑视人的感情和道德需要，变得无根无基，冷冷冰冰。这种文化只能产生像弗·斯诺普斯和"金鱼眼"一类卑鄙狡诈、不择手段、目光短浅、冷酷无情的人。在福克纳看来，工业文明根本不能把人类引上未来的道路。

福克纳在审视沙多里斯、斯诺普斯的命运浮沉时，对其赖以生长的文化土壤进行了双重的批判，正是在这种双重批判中隐含着福克纳对重建人类文化的希望。在这点上，中西两位作家表现出一种不同寻常的"默契"。

如同对"人的命运"的关注一样，沈从文和福克纳对"文化的命运"的注视，同样也有各自不同的发现。沈从文的湘西之于都市，与福克纳的南方之于工业文明，也是有明显差异的。现代中国的乡村与都市，从表面上看似乎是两种世界，然而在更深处（骨子里）仿佛仍处于同一文化的深井之中。现代中国都市实际上是"现代性"和"封建性"的混合体。更可怕的是，都市"文明病"侵染、阻滞着这个社会的发展，沈从文始终不遗余力地批判这一点。他企图把乡村的清新空气吹入奄奄一息的都市躯体中，然而"湘西之梦"已成为遥远的过去，要复燃是根本不可能的。因此沈从文总是困扰于乡村与都市之间。这恰恰反映出中国现代作家的文化特征：他们总是在过去与现代（情感与理性）之间痛苦地思考，艰难地搏战。福克纳的南方没有巨大的文化阴影（封建主义）的笼罩，工业文明的入侵已将其推向大规模现代社会的征程。福克纳恐慌的是被金钱窒息了的人性的沦落，商业的膨胀会导致人性恶的滋长，这使福克纳把南方固有的美好人性视为与人性恶相抗衡的文化价值判断，并以此来唤醒南方的迷梦，把人们从道德的误途中拯救出来。尽管沈从文和福克纳思考的都是人类在进入 20 世纪现代社会时所遇到的共同难题：文明与传统的交战，都同样寻找现代人在文化困境中的出路，并达到高度的同步，但由于中西方历史文化的落差，沈从文更偏重于对封建文化（对都市也一样）的批判。而福克纳更偏重于对现代文明的批判。这种差异明显地反映在他们各自整体的艺术世界中。

三、人与文化：未来的凝眸

怀着对人类深深的爱意和强烈的责任感，沈从文和福克纳在各自的文学世界里把歌颂人类心灵深处亘古至今的永恒价值——情感道德、重造人性和民族品德、重建现代人的精神根基作为各自毕生的使命并贯穿其整个创作生涯中。

福克纳在接受诺贝尔文学奖时的演说中说，"我相信人类不但会苟且生存下去，他们还能蓬勃发展"，"人是不朽的"。[1]沈从文则始终抱着"重造民族品德的希望"，希望"能在一种新的条件下，使民族的热情、品德，那点正直朴素的人情美能够得到新的发展"[2]。如果说福克纳的叙事主题表现出对人类前景确定不移的信心，那么沈从文则致力于使"现代文明"与"古典文明"重新融汇，力图使民族命运获得一种新的生机，并"对人类明日未来向上合理的一切设计，都能产生一种崇高庄严感情"[3]。在这两位作家的重要作品中，我们可以鲜明地看到这种对"人类远景"和"未来的凝眸"。[4]

沈从文的希望更多地得之于由原始走向现代的湘西世界。在神

---

① 刘硕良主编：《诺贝尔文学奖授奖词和获奖演说》（上），漓江出版社 2013 年版，第 248 页。

② 汪曾祺：《沈从文的寂寞——浅谈他的散文》，《汪曾祺全集》第 3 卷，北京师范大学出版社 1998 年版，第 258 页。

③ 参见沈从文：《美与爱》，《沈从文全集》第 17 卷，北岳文艺出版社 2002 年版，第 362 页。

④ 沈从文：《给一个青年作家》，《沈从文全集》第 17 卷，北岳文艺出版社 2002 年版，第 320 页。

巫、龙朱、傩佑和他的情人、阿黑、五明和四狗等人身上，沈从文发现了一种雄强、单纯、自然的人生形式，这正是都市文明所缺少的。在三三、贤贤、翠翠、夭夭、媚金等一系列湘西女子身上，他发现了与城里"绅士淑女"形成决然对照的天真、纯朴、聪慧、善良、热情的生命活力。正是在这种优美、健康、自然而又不悖乎人性的人生形式中，沈从文看到了重造民族精神的希望。即使在他极力批判的"城里人"如蕤（《如蕤》）、萝（《一个女剧员的生活》）等身上，我们不也看到一种新的力量正试图挣扎出都市的"泥淖"？在那些都市普通人身上，我们也时时发现泥潭里的道德光辉。

民族品德的重造首先是人的重造。沈从文在对湘西生命的人性挖掘和对城里人的批判中，提炼出一种契合自然又超越自然原始状态的生命形式。生命，在沈从文看来，是人性由自由自在状态通过升华达到自为状态的阶段。它排除了"偶然"和"原始情感"对理性的干扰，摆脱了物欲的束缚，保有纯朴的人性，对自身的命运具有合乎理性的自我认识和自觉驾驭。人的"重造"也就是人对"生命"的看齐。沈从文笔下的"乡下人"更多地具有这种"生命"的属性。

此外，"生命的自觉"首先是人必须作为一个独立的个体而存在，不成为别人或某个集团的依附和工具，只有先摆脱外在的束缚才谈到思想、精神的进步。沈从文的这一观点应成为其生命观中核心价值取向之一。因此，生命阶段意味着人的双重解放（外在和内在），而这种解放乃是"人的重造"条件和目的，文化的"重造"又是以"人的重造"为先决条件的。

沈从文正是在湘西文化崇尚道德、重视乡土人情、信奉人与自然的契合、正直朴素的做人标准、优美健康的人生形式中发现了重建民族文化的基因。他提炼出来的生命观，本质上已包含了一种现代意识，又融合了汉文化、苗文化的精华，这种集三种文化于一体的新文化将带着中华民族向着一个确定的未来行进。

在对文化的省察中，福克纳比沈从文更加清醒和现实。这或许是因为福克纳眼里的南方的一切正在全面崩溃，而沈从文的湘西，现代文明还没有完全侵入。作为南方代言人的福克纳，并没有停留在哀悼、悲痛的绝望上，我们在那些卑微的黑人和穷苦的白人身上看到了代表南方传统的人类永恒价值的闪光。黑人女仆迪尔西（《喧哗与骚动》）仁慈、善良，代表了"沙多里斯世界"的忍耐、毅力、怜悯等道德观念，是福克纳拯救南方的寓意性象征；《我弥留之际》中安·本德伦仅仅为了实现一个诺言，不惜艰辛地完成了一种道德的洗礼；《老人》中的囚犯通过临危救难而履行了自己道德上的责任；在其许多长短篇小说中出现过的穷白人拉特里夫，代表了南方一切重要美德：聪明、有智慧，其道德观念、乡土人情等自始至终未被斯诺普斯们同化。即使是行将毁灭的沙多里斯们，尽管有时行事愚蠢乃至邪恶，可是他们绝不犹豫，明知要毁灭也力求不失尊严地毁灭。这令人想起海明威笔下的人格信念：一个人做什么无关紧要，关键是看他做的时候留给别人的印象。福克纳笔下的许多人物正像《老人与海》中的老渔夫桑提亚哥那样：你尽可以消灭他，但你永远打不败他。沈从文笔下的"湘西人"身上，我们也常能看到这种精神。

我们正是从黑人、穷白人和沙多里斯们身上，看到了南方传统的延续，看到了新文明的希望。正如福克纳所言："我们已经失去了脊梁骨……不过从前长脊梁骨的槽沟还在……有朝一日我们又会有脊梁骨的。"[1]

在两位作家各自最重要的作品《边城》和《熊》中，我们看到了这种希望的形象表述。天真、善良的翠翠无疑是沈从文理想中新文化

---

① 〔美〕福克纳：《高大的人们》，转引自李萌羽：《多维视野中的沈从文和福克纳小说》，齐鲁书社 2009 年版，第 66 页。

的代表，她继承了爷爷身上的一切优秀品格并渴望一个新的世界，然而，翠翠、傩送们能在外面"喧哗"的世界中免于毁灭或堕落的命运而走向未来吗？这是沈从文所担忧的。但在他们身上，毕竟寄托了作者目睹古老湘西人性逐渐丧失时仍抱有的希望和理想，象征着在古老的土壤里一种崭新的民族文化因素将要经过无数艰难曲折的挣扎才能成长起来。《边城》是一曲深含"忧郁"的"希望之歌"。

而《熊》中，那个在大自然中洗礼、成熟、再生的男孩艾·麦卡斯林则是福克纳塑捏的南方文化的化身，他谦恭、勇敢、自信、坚忍，体现着人类永恒价值的衍生。他的狩猎过程也就是他对南方传统认同的过程，同时，他又拒绝了南方一切罪恶的历史，最终走入了森林。艾·麦卡斯林在对南方传统的回归和否定中走向彻底的新生。很显然，艾·麦卡斯林和翠翠在精神上有着明显的相似之处。翠翠寄托着沈从文的生命理想，而在艾·麦卡斯林身上，则寄托着福克纳重建新文化的希望。

宗教集中反映了文化的核心价值。由于中西文化上的差异，两位作家在这个问题上的差异也是明显的。沈从文提倡的是"爱与美"的宗教，并以此去摧毁"由庸俗腐败小气自私市侩人生观建筑的有形社会和无形观念"[1]。显然，这并不是一种严格的宗教观，而是一种宗教精神。当沈从文怀着一种对家乡山水、故乡人情的热爱，多次目睹人类的互相残杀，目睹暴力对人性的残酷践踏而发出内心呼喊时，我们会觉得沈从文在当时呼唤这种"爱与美"的宗教确实有点"不合时宜"。但在现在看来，我们是不是同时忽略了它的深刻独到之处和更恒长的价值呢？无疑，沈从文这样做并非像有些人认为的那样是"幼稚"和"不现实"，相反，这是沈从文在其坎坷的人生途中经验和理智思考的独特结晶，是一个真诚的作家面对人性的被

---

[1]　沈从文：《长庚》，《沈从文全集》第 12 卷，北岳文艺出版社 2002 年版，第 39 页。

扭曲、人生苦难的被漠视而发出的痛苦的呐喊，这难道不足以令我们现代人深思吗？

如果进一步从理论上探视，沈从文的选择本身又是他的审美观的结晶。对人类文化前景的凝眸，使他的美学观具有明显的审美超越性，这不仅在现代作家群中是卓然独步的，而且与西方一大批作家相共鸣。这种审美"超越性"使他把文化的目光投向人类文明进程的未来，追求具有人类恒长意义的价值，这是沈从文得以从本土走向世界的重要原因。

与中国不同，美国是个基督教国家。且不说福克纳提倡的那些古老价值如忍耐、怜悯、牺牲精神本来就契合基督教精神，在艾·麦卡斯林身上就似乎有着耶稣基督的影子。《熊》里的主人公艾·麦卡斯林说："上帝创造了人……（人）应以四海之内皆兄弟的信念让土地为整个人类所共有；上帝对此所要求的代价是怜悯、恭谦、宽容、忍让和为谋食而流汗。"福克纳通过孩子的获救和新生说明，人类只有像艾·麦卡斯林一样重新拾起基督教精神，才能拯救自身并免于被毁灭的命运。T. S. 艾略特在《基督教与文化》一书中说道："我们正日益认识到，建立在私人利益原则和破坏公众原则之上的社会组织，由于毫无节制地实行工业化，正在导致人性的扭曲和自然资源的匮乏……长期以来，我们相信的只是在机械化、商业化和都市化的生活方式中产生的种种价值，我们也应该面对那些永恒的条件了……我们必须学会用基督教先辈们的眼光去看待世界，而追本溯源的目的，在于我们能够带着更多的精神认识返回到自己的处境。我们需要恢复宗教畏惧之感。"[1]福克纳的整个作品贯穿的正是这种对人性扭曲的工业化的批判和对"永恒价值"的呼唤。在这点上，他和沈从文有着更多的内在契合

---

[1] 〔英〕T. S. 艾略特：《基督教与文化》，杨民生、陈常锦译，汪涤校，四川人民出版社1989年版，第46—47页。

之处。更重要的是，福克纳的审美选择与沈从文同样有着"不谋而合"的情致，他的审美超越本身并不着眼于对美国南方文化现状的维系，而是通过对南方本土的批判，在对行将崩溃的南方文化的沉痛哀婉中，追求人类文明的永恒价值——一种至善至美的人类共同需求的文化。因此，在20世纪人类面临精神困境时，沈从文、福克纳的呼唤将唤起现代人对自己的过去、现在的深刻反思和对"未来的凝眸"。

在西方，对工业文明的批判几乎是和工业文明的兴起同时而来。这种批判，历经叶芝、乔治·桑、卢梭、劳伦斯、哈代、弗罗斯特、T. S. 艾略特而形成一股对人类旧有文化的憧憬的回归潮流。福克纳的时代，两次世界大战几乎彻底摧毁了人类的自信心和对未来的希望，人类再一次面临空旷的精神荒原。在众多有识之士焦灼地为人类寻找出路的同时，作为文学家的福克纳以"约克纳帕塔法"这块邮票大的地方为支点，忠实地记录了南方的兴起、危机、衰落和灭亡。南方的古老价值呈现了"人类昔日的荣耀"，它们在福克纳衰变中的南方正变成一种希望、一种梦想。它唤起了南方的过去，观照着世界的未来。这使得"乡下人"福克纳大大超越了他的南方和他的时代。

沈从文则在对乡土、都市两个世界的刻意书写和批判中表达了对中国人民和民族品德重建的希望。他对湘西美好生命形式的挖掘和对都市畸形文明的批判，使他与世界现代潮流有了内在的相通。在中国，沈从文的这种努力比福克纳在西方显得更加独特，并与鲁迅、老舍等作家殊途同归。沈从文通过"一角小隅"——湘西的过去、现在和未来观照着中国乃至人类的过去、现在和未来，从边城走向了世界。

历史证明，沈从文和福克纳的影响是长远的。中国当代文坛大量的"寻根"作品和沈从文的作品有着千丝万缕的联系。在阿城、莫言、贾平凹、张承志、韩少功等人的作品中，我们感受到了和沈从文同样的忧虑，同样的追求与同样的"瞩望"。在美国，当代文坛最具影响的"南方文学"和福克纳更有着直接的联系。在尤朵拉·韦尔蒂、安·波特等人的作品里，我们经常会发现福克纳作品中的主题。

人们或许要问，为什么沈从文和福克纳这两位身处不同国度、不同文化环境中的作家会在中西方现当代文坛上产生如此巨大的影响？笔者以为，如果说上述论述仅仅是一种启示的话，那么，这种启示已经证实了它的存在——一种带有文学规律以及它的普遍意义的存在：任何一位天才作家的诞生，并不在于他所揭示了怎样的地域文化本身，更不在于他追逐时代潮流所产生的一定影响，而在于他对本民族文化的深入开掘，并经过自己独立的思考、独特的发现，才能使他走出特定地域而面向人类，创造出人类所需求的共同文化财富。沈从文和福克纳的价值正在于此。

只要现代人还继续为工业文明的弊病所困扰，只要现代人还不得不继续面对人类的"永恒条件"，只要现代人还想走向希望的未来，那么，沈从文和福克纳作品的价值对我们现代人来说就不会过时，不会失去其令人深思的意义。

第二节　东方的悲郁：沈从文与川端康成

20 世纪 30 年代，正值川端康成和沈从文创作的旺季。作为同属东方之日本和中国的两位文学巨子，在他们营建的文学世界中，都不约而同地表现出惊人的审美追求的相似之处，这在中外文学史上还是不多见的。

一、忧郁感伤的审美情调

日本是一个美丽的岛国。在日本文学传统中，格外珍视自然风物与人情交织的描绘。川端小时与祖父相伴，后又寄居于舅父家，寂寞的心让他格外亲近自然。他常常独处山陬，或高声朗读《源氏物语》等古典名篇，或观日出看芳草露珠，倾听大自然美妙的语言。生机勃勃的自然景象给了他无穷的想象力，加之传统日本文学的浸润，川端创作上对自然的偏爱就在情理之中了。京都的历史变迁、时令风物、各种季节性节日盛会等尽显独特风韵（《古都》），夜雨、群山、风光（《伊豆的舞女》），冬秋春季的雪（《雪国》），无不在川端的笔下生趣盎然。但他小说的景物描写并不是孤立存在的，而是和人物、情节紧紧交融为一体，"一切景语皆情语"。秋虫的挣扎与驹子生活的坎坷艰难相映衬，雪夜的宁静应和了驹子的天真纯朴（《雪国》）；"我"对舞女真切爱恋的情思和骤雨相合拍，银月的皎洁和"我"担心舞女被玷污的心境相映照（《伊豆的舞女》）；紫花地丁的盛衰变化与孪生姐妹的离合悲欢完美糅合，客观景物已超脱其本身，与人物主观情态妙合无垠（《古都》）。这一切，都是为突出人物的心理流程和哀伤孤寂之心绪。川端曾说，在"万物之中，注入主观，万物就具有精灵"，就成为"自他一如，万物一如，主客一如"的一元世界。① 由此可看出，川端对客观事物的体察不是理性的思辨，而是直觉的感悟、性灵的点化，是自然景物的描绘与人的内在情感抒发的有机融合。

　　总是以"乡下人"自诩的沈从文，故土幽美的自然环境滋养了他创作的灵性。他迷恋那里的乡村野趣，向往那里的牧歌情调，铭记那里人民的淳厚朴实，这一切自觉不自觉地流淌于他的笔端。在自然与人情的描画中，沈从文与川端体现出了共振点。富有田园诗意的菜园是玉家生活自由和谐的绝好写照，它和母子的高洁风度相和谐（《菜园》）；边城的风光水色锤炼出纯朴的老船工，陶冶了美丽单纯的翠翠，

---

① 〔日〕川端康成：《新进作家的新倾向解说》，《美的存在与发现》，叶渭渠等译，漓江出版社1998年版，第247页。

天上细雨云烟也让长大了的翠翠心事重重，有人做媒，心中烦乱，像不安分的鸟雀（《边城》）；在这里，人物纤细的内心世界与外部环境碰撞出心灵的感应，南瓜、枣子和萧萧一同成熟，同样可人（《萧萧》）。沈从文是在多色调背景的人物生活中，以充满着对湘西的万般柔情，把人物的古朴之美与其活动的天地合而为一，在变化多端的自然中找到与之和谐的人物性格和心绪。

　　当然不能就此认为，川端和沈从文仅是醉心于牧歌式的"采菊东篱下"的生活，二者的作品都有不约而同的"风土之音"的特色。同时可以感受到，忧郁、感伤是二者作品所共有的审美情调。

　　从作家风土人情的描写中，可以感受到社会世态人情的沿革变迁。川端喜欢"穷街陋巷"，熟悉下层民众生活，他极其重视展现日本传统的风情美。千只鹤的图饰是"日本美的象征"；菊治家的茶室，有蕨菜图案的茶碗，都是日本茶道风情的再现（《千只鹤》）。而地方色彩浓厚的生活环境，又是川端人物活动的重要场景。《浅草红团》里，人物群像通过苦苦挣扎于底层的少女们的生活，再现了"大疯人院"的情景。扮演成男孩的弓子仍不免被无数男人欺凌，浅草寺的菩萨也不能给她心灵安慰；春子被欺骗而甘于堕落，一群乞丐流浪街头等，无不是浅草生动的速写，是社会的轮廓。一切人、事、景都活生生地呈现在浅草面前，人间的各种欲望都赤裸裸地舞蹈着，形成一股混杂所有阶级、人种的大潮流，喧嚣且混杂不堪。浅草的美丽，也正是它的悲哀。而素有"日本历史的缩影"的伊豆半岛，更给川端带来鲜活的灵感，带来心澜起伏的辛酸回忆。沉沦底层的备受冷落歧视的舞女，便是伊豆生活的一角。川端对舞女流露的情感、悲哀是直率的，没有一丝虚假和伪善。

　　对乡土风情民俗的描绘，也是沈从文所追求的。渡口边的翠翠唱着巫师十二月里还愿迎神的歌、秋末酬神还愿时田坪中的火燎同角

鼓、迷信又古朴中夹杂着单纯少女的忧郁、具有扑面怡人的乡野之风
（《边城》），这是免受现代文明侵扰的乐土；这里的人们遵循世代沿
袭的传统，惊蛰节做荞巴、腊八日煮腊八豆（《腊八粥》），让人耳热
心跳却又亲切自然的情歌（《萧萧》）；吊脚楼碾坊舞龙耍狮子放烟火
的景象，无不尽情展现了湘西地域文化的情调。《龙朱》、《巫神之爱》
等作品更为湘西古老文化涂上一层瑰丽奇异的光彩。即使那些粗野的
水手，卖身的妓女，也让人从他们粗犷的不拘礼俗的行为中发现美好
的一面。这一切，无不体现着湘西浓郁的原始民风。但沈从文并不是
一味沉浸在爱的童话中，在他描绘的风土人情美好的背面同时也可看
到让人心痛的愚昧落后的一面：活鲜鲜的肉体被沉潭的陋习（《巧秀
与冬生》）；丈夫眼睁睁看妻子做妓女的无奈（《丈夫》）；刽子手杀人
的愚昧和心理扭曲（《新与旧》）；等等，这些病态社会的畸形人生同
样是湘西风土的组成部分，正如川端在伊豆浅草所发现的美景中包藏
着的堕落一样。

　　寄人篱下的孤寂、恋情的波折、生活的穷困，培植了川端敏感
脆弱、多愁善感的性格，自幼以来所经受的丧事、寂寥、落寞、失
恋，种种人生的创伤，看似偶然，凑到一起，形成一股无法抗拒的力
量，决定着川端康成性格的形成，"影响了我对世事的看法"，[①]造就
了他悲观虚无的人生态度。他执拗地沉湎于哀婉凄美的情怀中，为生
命和创作投下孤独的阴影，在他大量的作品中反复营造着孤寂伤感的
世界。川端的哀伤思绪一方面是通过世事变迁、民族衰亡来表现的。
痛苦使人向善，坎坷生活赋予川端以博大的爱心，揭示当时日本窘困
的社会世相。战争导致国人心态失衡和精神麻木，信吾不清楚一家不
幸之根源，自己日渐衰老，从而陷入孤寂虚幻中（《山音》）。对那些

---

① 　黄卓越、叶廷芳主编：《二十世纪艺术精神》，河南人民出版社1992年版，第373页。

生活在社会底层的小人物，川端也给予热切关注：童工悲惨的劳动生活（《玻璃》），烧炭工的女儿为父亲治病偷茱萸（《偷茱萸的人》），小保姆为母亲治病而偷钱（《母亲的眼睛》），母亲为生活而出卖自己的女儿（《谢谢》）等。另一方面，川端的悲郁思绪更多是通过爱情生活的描写来表现的。他以犀利的目光看到战后日本国内封建势力仍然盘踞在人们的思想意识和日常生活中。波子（《舞姬》）这个传统中带现代意识的日本妇女贤淑又柔弱善感，她为婚外恋而徘徊不安，为没有爱情的婚姻而痛苦伤怀。社会底层的驹子（《雪国》）对岛村发生酸涩而不切实际的恋情，她集乡村少女和艺妓双重生活于一身——她的悲哀、忧伤，带有沉痛的愁思和咏叹。川端曾说："驹子的情感，主要就是我的悲伤情绪。"[①] 无论是对下层生活的观照，还是对不幸婚恋的揭示，川端的笔端总回响着哀伤的旋律，带着悲郁时代的足音，把一个痛苦"诗人"的心怀展露出来。

　　无独有偶，来自偏僻湘西的沈从文是带着一身"土气"辗转到北京的。开阔繁华的大都市使他在思想行为、生活方式、价值观念等多方面难以与周围环境相融洽，加上他个性气质的敏感、多思以及生活的贫困，使沈从文自然产生自卑感，心生孤独寂寞之情。在这种情感支配下，用笔来表达自己的苦闷和对湘西人民朴实粗犷的生活的追忆，以及对城里人虚伪做作、缺少温情的情感世界的描述便成为自然而然的事情了。《边城》中的乡村儿女们，一代代沿袭着凄怆的人生，在湘西这充满自然与人性美的土地上，却不能把握自己也不能把握别人的命运。《柏子》中，物质和精神贫乏的水手与受玩弄、侮辱的妓女心灵上都相互得到慰藉，但这种生活显示的并不都是壮美，而是潜藏着忧伤和悲怆。《湘行散记》、《湘西》等系列散文，在山川秀丽古

---

①　〔日〕川端康成：《独影自命·六》，《美的存在与发现》，叶渭渠等译，漓江出版社1998年版，第336页。

朴民风的描述中更是触及社会的黑暗腐败和人民的悲惨命运。"最明显的事，即农村社会所保有那点正直素朴人情美，几几乎快要消失无余，代替而来的却是近二十年实际社会培养成功的一种唯实唯利庸俗人生观。"[①] 如果说川端的伤情和哀怨是对当时日本民族文化心理的深深悲叹，那么沈从文却为这古老又涂抹上一层现代气息的中国土地表现出深深的忧虑，为边城优美人性的逝去唱了一曲凄美哀伤的挽歌。

上述不难发现，川端和沈从文相似的个性气质、性格特点，共同的爱的关怀，以及对自身民族文化性格和艺术审美情趣的深层把握，使他们找到了情感抒发的切入点，因而作品的基调——忧伤、凄婉，成为他们共同的审美追求。

川端的创作常常伴随着一种忧伤和凄楚的情调，表现出一种"川端式"的感伤抒情的倾向，在作家心底里潜流着一种孤独、寂寞、忧郁、多愁善感和神经质。他忧虑伤感的情绪，不是大起大落地倾泻出来的，而是在平淡的叙事写情中尽情渲染，在清清淡淡、朦朦胧胧的点划下给人似幻实真、如梦如烟之感，使他幽怨的思绪罩上脉脉的轻纱般氤氲并融入景物中。伊豆给川端留下了永恒的忆念，每每提笔写伊豆，川端激荡的心海便奔涌不息，那美丽与悲哀的情景一齐浮现在他的眼前，饶有兴趣地咀嚼着淡雅的诗意和难以割舍的情恋。《伊豆的舞女》中，对伊豆的姑娘，"我"的忧伤情怀"犹如站在黄昏笼罩下的山上"。川端以素朴的笔触表达对伊豆姑娘的深深悲悯，用朦胧的色调衬托淡淡的美的孤独。"我"和舞女彼此的心灵沟通，不着眼于对白而多在神态的含蓄表达上。这种优雅朦胧的情愫本来就是平淡的美，在平淡中又裹挟着一层淡淡的忧伤。《温泉通信》、《南伊豆纪行》中春雨、月光、雾霭构成平和淡雅的氛围，勾起作家对曾邂逅的

---

① 沈从文：《长河·题记》，《沈从文全集》第 10 卷，北岳文艺出版社 2002 年版，第 3 页。

舞女的遐想；就连除夕夜赏月也带着惦念故人的凄恻哀婉的心绪。可以说，川端一遇舞女，以后的创作就再也与她分不开了。美丽的舞女"像一颗彗星的尾巴，一直在我的记忆中不停地内流"（《汤岛的回忆》）。川端沉迷于伊豆的想象中，这想象是美丽而忧伤的，它构成了川端特有的"伊豆情结"。正如沈从文的"湘西情结"那样，一提起湘西，作家便有永远说不完的话题。

　　沈从文对美的追求似乎永远都那么平静，然而他的情感之河总是裹挟着忧伤的思绪在静默地流淌。《边城》中，翠翠傍着祖父听她母亲少年时的美丽而凄楚的故事，月色的寂寞陪衬着人物忧寂的心理，那悲哀是从心底里流出来的，它比任何一种悲苦的诉说都更具有心灵的震撼力。而祖父平淡的回忆和孙女无言静听的心灵融合，使人物越发纯净，越发惹人爱怜。在这里，忧伤成了美丽最出色的伴侣。沈从文所追求的，是赋予种种生命、生活形式以一种忧愁的美或美的悲哀的心绪。《贵生》中，一切都是平和静美的，一把小镰刀、土坎上开着白色的芭茅草、透亮溪水中快活的小虾、山上的野生瓜果、杂货铺及主人们、围子里的鸭毛伯伯和城中的老厨子舅舅……处处皆有生机和温情，仿佛生命原当如此，又仿佛生命的一个幻美。然而文明演进的代价之一即是人性的丑恶对善美的无情的掠夺，张家四爷五爷凭借其不公平得来的财富而获得了对于贵生们的剥夺权利，美的生命最终只能陷进那种关于"命定"的凄凉又无可奈何的不能究解的情绪里。在这一点上，沈从文对生命理解的忧伤悲情比川端更深了一层。

　　川端作品中忧郁感伤的底色总是难以抹去。他说："可能由于我是一个孤儿，是个无家可归的孩子，哀伤的、漂泊的思绪缠绵不断。"[1]这位身心伤痕累累的作家，不仅毫不掩饰地袒露自己在生活中

---

① 〔日〕川端康成：《文学自叙传》，《美的存在与发现》，叶渭渠等译，漓江出版社1998年版，第283页。

为孤独苦闷侵扰而产生的忧郁的感伤的情绪，而且十分注重揭示被损害、被侮辱的艺妓、女侍者、女艺人等的悲惨命运的感伤情怀。这些人物有的为受凌辱而悲哀，有的因生活重压而忧悒，也有的为失去爱情而痛苦，她们都共同含着苦闷、忧郁和率真的情愫。作家着力去捕捉她、挖掘她，借以渲染一种悲哀的艺术氛围，从而增浓了感伤的抒情倾向，这或许就是川端康成所极力追求的"忧郁美"和"悲哀美"吧。《雪国》中，岛村对浮生若梦的喟叹，驹子爱而不得所爱的怨怼，叶子对意中人生死两茫茫的意念，再辅以雪国山村的清寒景色，使小说流溢着悲凉的基调。至于纤细的心理刻画，灵动的自由联想，跳跃的文本结构，意在言外的象征，简约含蓄的语言，加之略涉官能的性爱描写，使小说恰似一幅情境朦胧、色彩绚丽的"浮世绘"。

　　川端擅长写爱情，但他所描写的爱情生活，很少有欢乐和甘美，更多的是眼泪和辛酸，哀怨和凄婉，尤其是作家自己所经历的泛起过情感波澜的爱情生活故事，往往写得特别凄怆、哀伤和委婉动人，因为这种爱情的痛苦是最个人的，也是最强烈的。他以浓重的笔墨描写人物对爱情从执着到失望的心理历程，揭示他们内心世界的痛苦、忧郁，间或带有几许绝望的感伤。然而这种感伤的色彩，又蕴含着对社会、人生的怀疑、厌倦、苦闷、惆怅，使他产生了一种空漠感，一种要求解脱退避而又无法解脱退避的、对整个社会人生的厌倦和感伤。因此可以说，川端的忧伤悲哀在一定意义上不仅是个人的，同时又是时代的感伤和民族情绪的表现。川端给野上彰、藤田圭雄两个人的童谣集《云和郁金香》写的序文中，有这样的话："悲怆的摇篮曲渗透了我的灵魂。永恒的儿歌维护了我的心。日本连军歌也带着哀调。古歌的音调是堆砌哀愁的形骸。新诗人的声音也立即融入风土的湿气之中。"这几句话，可视为川端创作中所具有的悲哀美的抒情性的极好注解。

　　和川端康成相呼应，同属内向型气质的沈从文，在他的创作中也处处流动着忧伤悲哀的抒情特质。《菜园》是一首无声的悲歌，是一支轻巧地奏出的感伤的乐曲。似梦非梦的田园风光突然被一股无形的寒气卷破，创造美的人死于刽子手的刀下，而阔人们却享受着田园情趣。沈从文即使是在最悲痛的时候，依然不放弃从美的净土中释放出纯情的、至美的、真人性的东西。他的文体是含蓄的，疏淡中透出令人难以排遣的抑郁和忧伤，明与暗、清与浊、甜与涩，浑然交织在一起。沈从文的哀伤思绪不仅是通过对他所熟晓的湘西儿女的生存方式来表现的，而且往往融合着对自身民族的历史境遇及其命运的深深忧思，寄予着作家难以言状的悲悯情怀。《边城》中，表层的爱情悲剧的背后，仍遮掩不住沈从文对湘西少数民族历史命运多蹇的深深伤悲和哀叹。翠翠的爱情期盼和等待，实际上象征着湘西少数民族对能够自主自由地把握自身命运的期盼和等待。在这一点上，沈从文比川端康成更多了一层忧伤悲哀的意蕴。

如果说在川端的创作中，过浓的伤悲和凄恻情绪淹没了作家内心的愤慨，那么在沈从文的创作中，"美型的塑捏，与悲愤的摆布"[1]总是紧紧交融在一起，沈从文说他的"作品一例浸透了一种'乡土性抒情诗'气氛，而带着一分淡淡的孤独悲哀，仿佛所接触到的种种，常具有一种'悲悯'感"[2]。岂止"悲悯"，他常常是在"美型"的图景中混合着愤激。《柏子》中，作家要完成的是对他毕生都很倾心的一类悲苦人物的生存状态的描写，他是借一个人的丑的努力与神圣的愤怒来表达他对水手这类底层劳动者人性受压抑的吁叹与同情。这里，一切展现通过灵巧文字慢慢织成画图，犹如我们见到过的珂勒惠支或蒙克的某些作品：是

---

① 沈从文：《〈阿丽思中国游记〉第二卷的序》，《沈从文全集》第3卷，北岳文艺出版社2002年版，第146页。
② 沈从文：《〈湘西散记〉序》，《沈从文全集》第16卷，北岳文艺出版社2002年版，第394页。

一种丑的美、变形扭曲的美。因为这种美丽表达的不是别的，正是卑贱生命的努力挣扎。那悲伤中的快乐同重负中的轻松，使作品充满了一种诗意的情愫。但沈从文是要让人们在这美的图画之外倾听到岩缝中生灵的叹息，表达他对这不公平人世的愤怒与谴责。而表达的方式却是"沈从文式"的，就是将激怒与谴责化为诗意的描述，使作者的情绪沉潜在文字画面的背后，使生命之重化为让人一唱三叹的忧伤之轻，使悲啸的大号化为一支悠远的洞箫，更给人一种深深的悲悯感。

上述可以看出，川端与沈从文对忧伤的悲哀美的青睐，由于注入了对各自民族的文化性格、精神气质、心理素质的独特体验与思考，在他们的创作中表现出不同的格调，但他们的审美追求却达到了高度的默契，有着异曲同工的审美效果。

二、相异的审美格调

孤僻忧郁的精神气质是川端康成人格建构中的有机组成部分。他的性格与日本中世的幽玄、近世的好色美学倾向的契合，产生了他的一些性爱小说，《千只鹤》、《睡美人》、《一只手臂》、《山音》、《湖》等便是这方面的代表性作品。它们绝不是纯粹意义上的性本能的宣泄。《千只鹤》中，排除道德与非道德的区分，菊治与太田夫人的爱情是自然的、真诚的；菊治与文子的感情，没有细节刻画更显含蓄委婉。在川端看来，这种不受道德规范约束的"爱情"是美的情感，它不是人的原始欲望的冲动，而是值得抒写的"爱情"。小说改编成电影时，川端怕对人物的心理"搞不好的话，可能把它露骨地表现出来"[1]。可见，川端绝非是低品位的性小说作者，而是对性爱有着独特

---

[1]　〔日〕川端康成：《作为〈千只鹤〉的原作者》，《川端康成全集》第 33 卷，新潮社 1981—1984 年版，第 196 页，转引自叶渭渠：《冷艳文士川端康成传》（增订版），中国社会科学出版社 1996 年版，第 215 页。

理解与表现的日本"新感觉派"的代表作家。在他略略涉及性爱官能的《雪国》中，朦胧中见真爱，缥缈中见真情，不愧是文学中的珍品。川端极力让人物冲破社会传统观念的樊篱，追求宽松心理环境的性满足，从而在一定程度上展示出人物对"性美"的膜拜。至于江口老人以欣赏女体满足欲望（《睡美人》），银平跟踪美貌的女子（《湖》），"我"以女人手臂来幻想性满足（《一只手臂》），都是人性的受压抑导致的人性的变态，是颓废的性心理的反映。

不难发现，川端作品中表现的性与爱，不是单纯靠性结合来完成的，而是通过"肉"写"灵"，通过"欲"写"情"，而且他非常注重精神的、肉体的与美的契合，注重性爱与人性的精神性的联系，从性的侧面肯定人的自然的生理的欲求，以及展现隐秘的人间爱与性的悲哀、风雅，甚或风流的美。他是以美作为最优先的审美价值取向，也就是将"好色"作为一种美的理念。

与川端比较，沈从文作品中的情爱描写要热烈、奔放、洒脱得多。尽管他们都认为性爱是人性的有机表现方式，是人性美不可缺少的，但因来自湘西一隅，沈从文更带有一股少数民族血液的雄强与健朗。在沈从文眼里，自然的、纯真的、朴野的性爱才是人的真性情、真生命的体现，它是美的表现形式；而人的自我情感的抑制，其本身就是人性的变异，生命的扭曲，也是最不道德的。想爱就爱，想恨就恨，爱得狂热，恨得切齿，感情毫不矫饰，方式毫不做作，是沈从文笔下湘西儿女的情感特征。他们以充满元气的强健的身躯，富有力度的情欲交流，单纯奔放的生命激情，甚至原始生命力的奔突，与在精神和肉体上被"阉寺"的城里人形成了强烈的对照。在这一方面，沈从文笔下的"性爱"描述要比川端式的性朦胧性变态更富有生命的自然和壮美。柏子将积蓄一个月的精力、钱物花在吊脚楼相好的妇人身上，这热情粗野的爱抵得上一切劳苦损失（《柏子》）；黑猫从不掩饰那"突起不端方的欲望"，她需求的是"暴风雨后"的酣畅（《野店》）；不懂诗书礼仪的四狗让青年女子"所读的书全忘掉了"（《雨后》）；健壮的王五奔十里外与情人幽会（《参军》）；还有那媚金与豹子，可以为爱的执着双双拔刀殉情（《媚金·豹子·与那羊》），等等，都使我们看到的是性的美好与活力，是自在人性所泼出的美画。这些男女的情爱贯通着"庄严"，涌动着生命的欲望和激情，他们身上体现的是一种"不悖乎人性的人生形式"①。

显然，就追求"性美"的样式与格调来说，沈从文比川端来得更率真，更富有活力和情趣，而川端作品中挟带的颓废变态性心理远不及沈从文作品中对人性的充分张扬给人以纯美的遐想来得更健康活泼。

20 世纪 30 年代以后，日本文坛盛行新心理主义。川端力图把弗洛伊德的精神分析学说融入自己的创作中，表现人的精神失落、苦闷和压抑。《水晶幻想》用内心独白式的抒写，揭示雄狗不与母狗的交配而引发的主人公的幻想和生殖意识。这是川端早期接受精神分析、意识流时创作上的尝试。女人和已死去的男人精神心灵的交流（《抒情歌》），"他"乐与禽兽为伴，祈望禽兽般的人性美（《禽兽》），都紧紧抓住人物意识情感的流动，强化了人物内心世界的空间。意识流的运用与小说情节、人物性格自然吻合，更显示出川端长于人物内心伤感孤寂心绪的审美表现，这在《雪国》中尤其成功：

> 穿过县界上长长的隧道，便是雪国。夜空下一片白茫茫。
>
> …………
>
> 镜子的衬底，是流动着的黄昏景色，就是说，镜面的映像同镜底的景物，恰似电影上的叠影一般，不断变换。出场人物与背

---

① 沈从文：《习作选集代序》，《沈从文全集》第 9 卷，北岳文艺出版社 2002 年版，第 5 页。

> 景之间毫无关系，人物是透明的幻影，背景则是朦胧逝去的日暮
> 野景，两者融合在一起，构成一幅不似人间的象征世界。尤其姑
> 娘的脸庞上，叠现出寒山灯火的一刹那间，真是美得无可形容，
> 岛村的心都为之震颤。[1]

暮景中火车玻璃窗和化妆镜于不同情境下在岛村虚实相间的幻境中闪
回跳跃，朦胧又遥远真切；复杂伤感的恋情随着人物的意识流动波澜
起伏，更增强了悲哀的抒情氛围，充分表现了川端康成式的意识流的
独特日本风格。不难看出，"川端尤具极强的艺术敏感，擅长捕捉外
界事物给他的一刹那间的感觉或意象，哪怕是细微之至的感触都能生
发成一个有声有色的艺术世界"[2]。川端对西方艺术精神的汲取，极大
地丰富了日本文学的表现领域，拓宽了人物的心理空间，也为他搜索
瞬间虚幻的美感，慰藉消极心灵提供了繁殖的温床。

　　同样，在沈从文建造的"人性神庙"中，弗洛伊德主义对他的
影响也是显而易见的。当沈从文自觉地接受了西方的性心理学说，并
有意识地以弗洛伊德的精神分析学说展开对都市文明的批判时，他
更加注重开掘湘西世界与都市对立的文化选择批判。沈从文认为都
市文明是压抑人的感情的，而湘西土著民族的生活恰恰与都市人相
反，他们的感情是自发的、健康的、生机勃勃的。基于这种认识，沈
从文尽情地展示出由"文明病"引起的中国知识者的"人格分裂"现
象。《八骏图》可称这方面的代表性作品。沈从文从性心理学的角度
切入，揭示了"八骏"对情欲无法遏制的渴求心理以及他们灵魂的变
异：他们都是所谓的"文明人"，他们温文尔雅、仪态体面，具有高
贵的身份。然而这一切恰恰都成了他们伪饰自己的面纱，成了他们不

---

① 〔日〕川端康成：《雪国》，叶渭渠、唐月梅译，南海出版社 2013 年版，第 17 页。
② 黄卓越、叶廷芳主编：《二十世纪艺术精神》，河南人民出版社 1992 年版，第 380 页。

能表达正常人性的羁绊。他们心灵深处的性欲望，都被"文明人"的身份抑制着、堵塞着；他们的行为、心理以至潜意识，都表现出一种与真切的人生、真实的人性相背离的状态，而这一切，都集中体现在一个"病"字上——完全扭曲了个性的、被文明异化了的生命表现形式。与此相对立的是，沈从文要用"粗野"对抗"文明"的堕落。这种审美倾向将作家带进乡土风貌更丰富多彩的世界：山寨、兵营、沅水边的码头、河边的吊脚楼……带到粗俗的乡下人中间。这使他的文学世界，不仅具有浓郁的乡土中国的特色，而且具有一种率真感和亲切感。

　　川端与沈从文对西方思潮的借鉴，并不能就此认为他们是属于西方的。更为明显的是，民族传统文化对他们的熏染远比对西方文化的吸收来得更深。他们对本国的传统都是极珍爱的。提起川端，大都知道他与新感觉派的关系，可如果稍加考察他的创作，就会发现川端骨子里"传统"的质素。川端自己也说："我接受西方近代文学的洗礼，自己也进行过模仿的尝试，但我的根基是东方人，从十五年前开始，我就没有迷失过自己的方向。"[①] 尽管他和横光利一等新感觉派作家被视为日本第一代现代派作家，曾激烈批评日本旧有的文学"缺乏激动现代情绪的力量"[②]，但日本文学传统及总的审美情趣，如上古时代的万叶诗歌的朴直壮美，中古时代以《源氏物语》为代表的散文的秾纤哀婉，中世和歌的幽玄妖艳，近世俳句的古雅闲寂等形成的日本文学的三大美学理念：真诚、"物哀"、幽玄，无不在川端这里得到继承和发扬。而他所继承的传统美，更主要的是以《源氏物语》为中心的优

① 〔日〕川端康成：《文学自叙传》，《美的存在与发现》，叶渭渠等译，漓江出版社 1998 年版，第 227 页。

② 〔日〕川端康成：《等待明天的文艺》，《川端康成全集》第 32 卷，新潮社 1981—1984 年版，第 422 页，转引自叶廷芳、黄卓越主编：《从颠覆到经典：现代主义文学大家群像》，商务印书馆 2007 年版，第 435 页。

美纤细、情境朦胧、多愁善感、凄恻哀婉的贵族美学，同时又糅进中世幽玄妖艳的象征美。这使他的创作有着浓郁的日本民族风情和日本文学特质。"我觉得在我身上还是日本的东西多"①，作为新感觉派有影响的人物，川端的这句自我评价是中肯的。

如果说，川端的审美追求得自于日本传统文化和美学思想的浸润；那么，沈从文的根就是深深地扎在中国传统文化的土壤中。古典文化增加了"他个人生命的深度"和"他作品的深度"②。儒家的积极入世精神和庄子哲学的相对自由的思想观念，无不对沈从文的审美意识产生深入肌理的影响。他的"人性神庙"的善、美选择，是以儒家理想的道德意识作为基本的审美判断和价值取向的；而庄子哲学中所强化的自然观念。达观的人生态度和精神自由思想，又熏染了沈从文看人论世的心灵品格，培植了他崇尚自然的人性、自然的生命、与大自然和谐共处的审美情趣。特别是中国传统美学感时忧世的情怀，讲求意境的旨趣，注重人、情、景、境交融的诗学追求以及民间传说、神话、风俗民情的有机融合，使沈从文的创作透射出浓郁的传统中国美学的神韵。

川端与沈从文尽管都不同程度地受到西方美学思潮的影响，但他们毕竟是属于东方的，更是属于自己民族的。

---

① 〔日〕川端康成：《作家谈》，《川端康成谈创作》，叶渭渠译，生活·读书·新知三联书店 1988 年版，第 131 页。

② 沈从文：《短篇小说》，《沈从文全集》第 16 卷，北岳文艺出版社 2002 年版，第 503 页。

第四章　乡村中国的"生命"样态与文明反思

第一节　乡土"生命"主题的开掘

一、鲁迅式的启蒙

在 20 世纪中国文学的整体格局中，对乡土中国的文学叙事及想象无疑占据着最显眼最重要的位置，而对乡土"生命"样态的持续兴趣与强烈关注又构成了 20 世纪中国文学最重大最深刻的主题。中国现代作家对乡土"生命"样态的探掘，使得 20 世纪中国文学在与世界文学的汇流中，显示出空前的深度和广度。尤其在鲁迅小说和 20 世纪 20 年代乡土文学中，更显示出独特的审美价值。从鲁迅的第一声呐喊《狂人日记》到乡土作家群表现"生命"主题的小说，乡土文学呈现着一条清晰可寻的艺术脉流。这条艺术脉流的开拓者是鲁迅，承继者为乡土作家群与沈从文。

如果说"中国现代小说从鲁迅手中开始，又在鲁迅手中成熟，这种现象文学史上极为少见"的话[①]，那么，鲁迅文学的"开始"与"成熟"都是从他对乡土中国的深刻认识和启蒙展开的；也就是说，鲁迅的文学表达和启蒙首先是从农民与"乡村问题"入手的。乡土中国是鲁迅展开国民性探讨的基点，是他文化启蒙的切入点，也是他小

[①]　严家炎主编：《二十世纪中国文学史》（上册），高等教育出版社 2010 年版，第 180 页。

说创作的着眼点，这不仅使鲁迅成了中国现代乡土文学的开山，也使鲁迅成为极具现代性的、对农业中国文明最富有深度的书写者和批判者。《呐喊》、《彷徨》中的多数小说，在发表的当时已被人视为杰出的乡土作品。有人在评论鲁迅的《呐喊》时说："他的作品满熏着中国的土气，他可以说是眼前我们唯一的乡土艺术家。"[①] 的确，鲁迅笔下的乡土，是地道的 20 世纪上半叶中国东南沿海的农村生活。"鲁镇—未庄"那套古老的、缺少变化的生活模式，那种在"乡场文明"中一个个鲜活的、哀哀无告的同时又是在别人笔底不可复制的生命样态，那种乡土社会特有的风俗民情：咸亨酒店、曲尺形的柜台、过年祝福祭祖的风习、临河空地上的社戏、活动其间的形形色色的人物……这一切无不充满着浙东水乡浓郁的乡土味，读起来令人心醉，又让人沉闷得喘不过气来。

　　乡土，是一个民族文化心理素质之根本。从这一点看，抓住了乡土，也就是抓住了一种文化存在的根基。鲁迅正是以乡土中国透视中国文化的。在狼子村（《狂人日记》）这个小小的村落，古久先生的"陈年流水簿子"的老谱就是一切；这狼子村的历史上"满本都写着两个字是'吃人'！"狼子村的历史文化，就是中国"乡场文明"的绝妙象征。"救救孩子"的呼声则是鲁迅对现代文明的深情呼唤，也是鲁迅启蒙思想的重要表征。《明天》所描写的鲁镇，是"僻静地方，还有些古风"；单四嫂子为宝儿治病的绝招儿是求于何小仙阴阳五行一番，结果只能让"宝儿的呼吸从平稳变到没有"。鲁镇人信奉"人血馒头"（《药》）比"阴阳五行"更令人战栗，更何况这"人血馒头"是以革命者的血为代价的。《头发的故事》、《风波》描写鲁镇的"习惯"和"特别"，在这村庄当然不存在任何现代理性，唯一维系这一

① 张定璜：《鲁迅先生》，《现代评论》1925 年 1 月。

社区群体延续生存的便只有那些不知何以由来的习惯与风俗。"祝福"是"鲁镇年终的大典，致敬尽礼，迎接福神，拜求来年中的好运气"①。祥林嫂"祭祀时候可用不着她沾手"，因为在鲁镇"最重大的事件是祭祀"②。祥林嫂的生命悲剧正发生在这个由原始祭祀、禁忌、鬼神统治的野蛮社区中。长明灯（《长明灯》）是一个象征——维系着吉光屯乡民的生命承传的，是那只据说燃起于梁武帝时的庙里的长明灯——这灯被视为他们的命，"疯子"偏要熄了这灯，当然就要引起乡民的大惶恐。吕纬甫——这个先前有勇气拔掉城隍庙神像胡子的叛逆者，最终像苍蝇似的"飞了一个小圈子，便又回来停在原地点"③。魏连殳也曾是个新人物，但"全山村中，只有连殳是外出游学的学生，所以从全村人看来，他确是一个异类"④。在这个以族长们的意志为全村民意志的偏陋山村，魏连殳当然是受到群体排斥的一个。《阿 Q 正传》所要展示的是"未庄文化"的野蛮与滑稽，"未庄文化"正是中国文化的缩影和象征。正如鲁迅在小说中所言，它"是中国精神文明冠于全球的一个证据"。滑稽的阿 Q 精神活画出"现代的我们中国人的灵魂来"⑤。《阿 Q 正传》不仅是对于"未庄文化"与生活的凌厉审视与批判，当然也是对中国文化与国人生存相的总审视与总批判。

如果从宏观上考察鲁迅的全部小说创作，我们则可以发现他的笔下是一组完整的乡土生命交响曲。在这组交响曲中，鲁迅对生命倾注了全部热和爱、血和泪、憎和恨。这里，有在封建黑暗大力巨压下对生命复苏的奋身呐喊；有对封建社会摧残戕害生命的强烈控诉和谴

---

① 鲁迅：《祝福》，《鲁迅全集》第 2 卷，人民文学出版社 1981 年版，第 5 页。
② 鲁迅：《祝福》，《鲁迅全集》第 2 卷，人民文学出版社 1981 年版，第 16 页。
③ 鲁迅：《在酒楼上》，《鲁迅全集》第 2 卷，人民文学出版社 1981 年版，第 27 页。
④ 鲁迅：《孤独者》，《鲁迅全集》第 2 卷，人民文学出版社 1981 年版，第 88 页。
⑤ 鲁迅：《俄文译本〈阿 Q 正传〉序及著者自叙传略》，《鲁迅全集》第 7 卷，人民文学出版社 1981 年版，第 81 页。

责；有对生命被压扁、灵魂被扭曲的国民的悲哀与叹息；有对"肉食者"们的无情揭露和鞭挞；也有对美好生命的同情与赞美。《狂人日记》就是这"生命交响曲"中的第一声呐喊。狂人——这个被封建家族制度逼成精神病患的疯子，他的所有直觉和幻觉的焦点，就是自己的生命时时有被吃掉的危险。这正表现了受到极度压抑时，正常人会变疯的特征：他必须时时保持高度的警觉，以防生命被吞噬；又不得不时时胡言乱语，释放生命痛苦的郁积。狂人"救救孩子"的呼声，代表了长期受封建主义迫害和压抑的广大民众对生命的大恐慌、大忧患，以及对作为人的基本欲求的渴求。《狂人日记》不仅闪烁着鲁迅现代性思想的光彩，更表现着鲁迅的现代启蒙思想在特定的中国语境中极富个性的表达方式与先锋姿态。狂人怀疑一切、批判一切的决绝精神不仅是当时鲁迅个人心理郁结的总喷发，更代表着一大批鲁迅同代人的反叛呼声；《狂人日记》的价值首先并不在于艺术上"格式的特别"，而在于以狂人特有的心理大躁动深刻地揭示出觉醒者向封建文化的宣战，亦即"表现的深切"。同样在震慑人心的《药》中，华、夏两家的不幸遭遇，便是中华民族生命历程不幸的缩影。在这里，革命者壮烈的死，愚昧者麻木的存，不幸者糊涂的死，交织成一幅令人战栗的生命浮沉图。它深深地凝聚着鲁迅对中华民族历史命运的忧患和悲哀。

为了更深刻地挖掘中华民族悲剧命运的历史渊源，鲁迅的视角不是停留在一般的对生命价值的探讨和揭示上，而是以一个现代知识者所独具的思想意识，从农业国度的文化深层以及它的体现者农民身上开刀，首先表现他们的命运和生存方式。正是在这一意义上，鲁迅小说中对乡土"生命"样态的开拓性书写在现代文学史乃至整个中国文学史上占有突出的地位。

在这些乡民身上，鲁迅重在揭示他们在封建统治重压和封建思想毒害下灵魂的扭曲，精神的愚昧，生命的痛苦与麻木。阿Q是"未庄文化"的体现者和牺牲者，在阿Q身上，折射着中国文化的愚昧、荒唐与悲凉。阿Q的生命完全被扭曲和变形了，他不能把自己所受的痛苦深记心头，使生命振作自强，他永远不知道自己精神的扭曲和变形，至死不觉悟，这是他最可悲之处。阿Q身上有着作为一个人的各种欲望——吃、穿、性欲，甚至爱美（顾及自己头上的癞疮疤），但统统都被罩上了阿Q式的精神怪圈儿，变成了一个对自己的生命无法自主的畸形儿，变成了一个精神自恋者，一个永远处于不败之地的精神胜利者。阿Q的悲惨遭遇是现实的，阿Q的灵魂又是变态的，甚至是"悲者"的"虚幻主义"，"悲者"的"欢天喜地"。阿Q的精神是压抑的，压抑中还在时时寻求释放，阿Q的不自知在于他永远处于荒唐的梦幻之中，他的梦是典型的永不自知永不觉悟的国人之梦，尽管阿Q偶尔也闪念出一丝清醒，但却是如此不堪一击又如此脆弱，他永远处于浑浑噩噩之中。阿Q究竟是个什么东西？——他连姓名也没有，竟然还要炫耀"自造"的赵氏，他在如牛马般的生活中照样"兴奋"地度日，他在受尽凌辱后却心安理得，他在清醒地画了押后却糊涂地死去。正是这个阿Q，深深地触动了国人的灵魂，引起国人的躁动，触发着每个国人的神经，使人们再也坐卧不宁。鲁迅对阿Q的塑形，正是对我们民族文化心理中消极、愚昧、虚妄、无动、麻木等病象文化心理特征的无情暴露，这比从一般意义上揭示阿Q个人的悲苦命运具有更深广的历史内容。在鲁迅的阿Q身上，我们看到了中国文化彻骨的荒寒与悲哀、虚无与滑稽。而《阿Q正传》所具有的持久不衰的艺术魅力，正在于鲁迅塑造了阿Q这样一个既荒诞而又绝对真实的艺术形象，也让我们体味到西方现代主义对鲁迅的影响是独特的、深刻的。鲁迅在《祝福》中对祥林嫂生命毁灭的展示，并非仅仅从一般意义上揭出"病苦"，以昭示中国劳动妇女的悲苦命运，更凝重的一面在于鲁迅从哲学的高度揭示生命受压抑的惊人程度以及对整个人类命运的愤怒质问：人死了究竟有没有灵魂？这一巨大的震撼世界的质问，把我们引向哲学反思的高度，透过祥林嫂的命运历程，看到生命在地狱中如何被毁灭，以及毁灭后仍不得安宁的疑惧和恐怖。而《故乡》中，鲁迅通过闰土的命运，深刻地揭示出生命从外貌到内心的变化过程。闰土身上反映出生命由自在状态到自为而不可得的命运的沦落过程，闰土的一生，正是老中国的儿女们生命历程的真实缩影。

对中国农民生命样态的历史展现，凝聚着鲁迅作为一个现代文化主将对中国农民问题的深沉思考。正是在鲁迅的开拓和引领下，影响了中国现代文学书写的基本走向。从此，现代文坛上出现了一列长长的反映农民生命样态的人物谱系。

二、乡土作家群笔下的生命形式

20世纪20年代中期以后，乡场"生命"样态的主题叙事尤令人瞩目。乡土作家群在挖掘中国乡土社会的生命形态时，对中国农民历史命运的深切关注，是其作品的共同基调。透过他们的作品，可清晰地看到受封建主义压迫的中国农民是怎样在历史的大泽中苦斗、挣扎、哀号、沉沦的，从乡土作家群书写的生命形式中，不由得让我们为整个民族的不幸而深深悲哀。乡土作家群以鲜明的现代意识，揭示出封建主义对人的摧残，主张人与人之间的平等，显示出现代人的审美眼光。

乡土作家群重在展现"老中国的儿女们"的生存形式，他们将笔触伸向乡土社会的底层，描写农民的种种不幸和痛苦，这同鲁迅反映农民问题的小说主调是一脉相承的。潘训的小说《乡心》、《晚上》、《人间》、《牧生和他的笛》就是一组集中描写"在物质生活的鞭迫下，被'命生定的'一句格言所卖，单独地艰难地挣扎着"[1]的农村儿女

---

① 潘训：《两点集·序》，《小说月报》1923年8月第14卷第8号。

们命运的作品。《乡心》表现了农村两代人的命运：一代是"命生定"论者的父母，一代是与"生定"的命抗争的阿贵。在时代的大力挤压下，老一代的生命被压垮了，新一代生命又循着老一代的脚印往前走。《人间》中的火吒司，是"命生定"论者的代表，他用全部生命热烈地追求着人间的爱，但奴隶的地位使他连爱的权利也不可得。许钦文的《疯妇》直接控诉了在封建家族制度的迫害下一个年轻少妇被逼发疯的不幸，从字里行间我们看到生命在精神折磨中的痛苦与委屈。而"将乡间的死生，泥土的气息，移在纸面上的，也没有更多，更勤于这作家的"①，在《新坟》里，台静农以不可遏止的愤怒描写了一个被不幸的遭遇折磨发疯的老婆子，比这更悲哀的是这生命在疯癫中仍憧憬着女儿出嫁，儿子娶亲的热闹场面，最后一把火将儿子的浮厝连同自己一起烧掉。从鲁迅笔下的狂人、"精神胜利病"患者阿Q、近乎疯了的祥林嫂，到许钦文《疯妇》中的疯子双喜媳妇，再到台静农《新坟》里的疯老太婆，这一系列疯子形象，构成了现代文学史上揭示"生命"主题最撕人心肺的一页。在这里，我们仿佛听到这些疯子们为自己命运的不平在泣诉，在屈叫，在呼救！

受鲁迅影响，揭示农民在封建社会的时代氛围中的思想愚昧与麻木，精神变态与堕落，在乡土文学中占有很多篇幅。台静农的《天二哥》写一个乡间酒徒看似英雄豪爽，实际上愚昧无聊的死。小说渲染着那些看客们的闲谈，有人说他的死是难逃的天数，有人说他死后会变成鬼吓人，有人则虔诚地为他撕纸钱招魂祷告。实际上，酒徒的死是愚昧乡风的必然产物，也在这种愚昧乡风中衡量了它的价值。《红灯》描写寡妇丧子的悲哀，这个命运偃蹇的寡妇自己不能超度人间苦海，只好希望儿子超度人间苦海了。许钦文的《鼻涕阿二》模仿《阿

---

① 鲁迅：《〈小说二集〉导言》，载刘运峰编：《1917～1927中国新文学大系导言集》，天津人民出版社2009年版，第84—85页。

Q 正传》的写法，叙写一个农村妇女阿二深受封建思想毒害又毫无觉悟的一生。从最卑贱的奴隶一举成了主子的阿二，其愚昧与堕落的程度固然不能与阿 Q 的命运相比，作品虽缺少《阿 Q 正传》的思想广度与深度，但却从另一方面揭示出农民在封建思想毒害下的变态与扭曲。王鲁彦《阿长贱骨头》显然也受《阿 Q 正传》的影响写成。由于家境的贫困和封建世袭势力的压榨，阿长变成了"贱骨头"，总无法改变偷的劣根性。如果说阿长在偷的路途上奔命，而蹇先艾的《水葬》中的小偷骆毛却被野蛮习俗活活水葬了。可悲的是同阿 Q 一样，骆毛也盼望再过几十年"又是一条好汉"，便糊里糊涂地在看客们的笑声中做了示众的材料。而这些看客们，正和鲁迅在《孔乙己》、《药》、《示众》、《阿 Q 正传》里那些麻木的人群一样。更令人心颤的是，在王鲁彦的《菊英的出嫁》中，那原始荒诞的冥婚习俗，其野蛮的程度是现代文明社会中的人们所难以理解的。祥林嫂是带着人死了后究竟有没有灵魂的恐惧和疑问离开人间的，而在这里，人死后不仅有魂灵，而且确实在生存，乡民们在异常热闹的气氛中为死去的女儿举办婚礼。请看菊英"出嫁"的场面：

> 吉期近了……菊英的娘愈加一天比一天忙碌起来。……菊英的娘不是一个没有福气的人！
>
> …………
>
> 音乐热闹地奏着，渐渐由远而近了。住在街上的人家都晓得菊英的轿子出了门。菊英的出嫁比别人要热闹，要阔绰，他们都知道。他们都预先扶老携幼的在街上等候着观看。
>
> 最先走过的是两个送嫂。她们的背上各斜披着一幅大红绫子，送嫂约过去有半里远近，队伍就到了。为首的是两盏红字的大灯笼。灯笼后八面旗子，八个吹手。随后便是一长排精制的，

逼真的，各色纸童，纸婢，纸马，纸轿，纸桌，纸椅，纸箱，纸屋，以及许多纸做的器具。后面一顶鼓阁两杠纸铺陈，两杠真铺陈。铺陈后一顶香亭，香亭后才是菊英的轿子，这轿子与平常的花轿不同，不是红色，却是青色，四维着彩。轿后十几个人抬着一口十分沉重的棺材，这就是菊英的灵柩。棺材在一套呆大的格子架中，架上盖着红色的绒毡，四面结着彩，后面跟送着两个坐轿的，和许多预备在中途折回的，步行的孩子。

看的人都说菊英的娘办得好，称赞她平日能吃苦耐劳。她们又谈到菊英的聪明和新郎生前的漂亮，都说配合得得当。①

在这里，王鲁彦呈现了人死而为鬼隆重婚配的东方文化奇观，那些参加"婚礼"的人们的真诚，又是何等令人惊叹。这场面的背后隐含着难以言说的巨大悲哀，更勾画出那些"老中国的儿女们"的生命意识和生存观念。他们在极度的愚昧和麻木中，在"真与幻混成了不可分的一片"混沌世界中，"点缀着这枯寂灰色的人生，使它稍觉可爱可亲"。② 同样，在乡土作家群中，以喜写悲，为生命的不幸深为悲悯的《喜期》和《喜讯》（彭家煌），更见出艺术上的功力。《喜期》写农村妇女静姑被迫嫁给一个跛足的"傻老"，绝食数日，以示反抗。她勉强出嫁，又被闯进洞房的大兵奸污，终于沉塘自尽。小说以对比手法，写静姑梦境中的温暖和现实中的冷酷，喜期的吉庆变成了乱兵的凶残。《喜讯》中贫苦老农把全部希望寄托在即将毕业的儿子身上，他冬夜久坐，等待儿子的喜讯，然而，一纸家书捎来的喜讯却是儿子被判了十年徒刑。在这枯寂灰色的人生旅途中，在极度的生活磨难和

---

① 雷达、赵学勇主编，黄薇初选：《现代中国文学精品文库》（短篇小说选·上），河南文艺出版社 2004 年版，第 169—170 页。

② 茅盾：《王鲁彦论》，《茅盾全集》第 19 卷，人民文学出版社 1991 年版，第 166、173 页。

悲哀的呻吟中，乡民们终于萌发出对命运的怀疑，开始抗争了。《疲惫者》（王任叔）中的运秧，辛苦一生，只落得个驼背和乞丐的下场，穷困中又飞来横祸，他被诬陷偷钱关进了大牢。在百般凌辱中，他终于悲惨地叫道：我辛苦一辈子，"我的钱，可是谁偷了？"运秧"他已经没有悲哀，他有的是冷笑"，有的是对那些"趋炎附势者的憎恨与蔑视"。①

乡土作家群的贡献是多方面的。首先，这个群体在近代以来的小说史上第一次提供了中国乡土社会宗法形态和半殖民地形态的宽广而真实的图画。初期乡土小说相当真切地反映了辛亥革命前后到北伐战争时期中国农村的现实生活，表现了农村在长期封建统治下形成的惊人的闭塞、落后、野蛮、衰败以及乡民们极其悲惨的处境。从彭家煌的《喜期》、台静农的《新坟》、徐玉诺的《一只破鞋》等作品中，我们看到了半殖民地半封建社会的中国所特有的兵灾带给人民的巨大痛苦。从许杰的《赌徒吉顺》、彭家煌的《怂恿》、许钦文的《疯妇》等作品中，我们看到了农村妇女的奴隶面影。从彭家煌的《陈四爹的牛》、台静农的《天二哥》等作品中，我们又看到了乡民们被迫离开土地，过着牛马不如、愚昧到难以想象的生活。如同鲁迅通过剖析阿Q病相从而发现了"未庄文化"一样，大批乡土小说写出了"松村文化"（许钦文《鼻涕阿二》）、"桐村文明"（蹇先艾《水葬》）、"陈四桥道德"（王鲁彦《黄金》）、"林家塘规矩"（王鲁彦《一个危险的人物》）……这些作品加在一起，简直就是一部当时乡土中国社会经济、政治、思想、文化各方面状况的最宝贵的形象史料。

乡土作家群为新文学提供了色彩斑斓、包罗万象的地域文化镜

---

① 刘运峰编：《1917～1927中国新文学大系导言集》，天津人民出版社2009年版，第74页。

像。在中国文学史上，大面积地以地域文化为支点，书写国人的生存相，是乡土作家群创作的突出特点。在他们的笔下，地域风俗诸如水葬、冥婚、典妻、偷汉、村仇械斗、鬼节超度……一幕幕向我们走来，让我们真切地感受到远离现代文明的乡场社会数千年遗留下来的无动、不变的生存方式，乡民们落后、愚昧的生活样态。蹇先艾的《水葬》向我们展现了贵州乡间古已有之的水葬习俗。千百年来停滞的小农生活方式不仅使"桐村人"对于水葬表现出一种文化认同，而且，这原始野蛮的乡俗始终是"桐村人"生活的必然组成部分。许杰的《惨雾》所叙述的械斗景象更为野蛮惨烈。械斗双方所为只是"希求有最好的上风的名誉"——那毫无价值的、老中国的儿女们所注重的面子。更为可悲的是，这乡俗作为人们生活的一部分，已渗入乡民的心里，把这野蛮的行径视为天经地义的事情，听到锣声，人们"如同着了魔一般"，一个个表现出病态的亢奋。[1]"这种失掉尊严的、停滞的、苟安的生活，这种消极的生产方式，在另一方面反而产生了野性的、盲目的、放纵的破坏力量"，"它们使人屈服于环境而不是把人提升为环境的主宰；它们把自动发展的社会状况变成了一成不变的由自然预定的命运，因而造成了野蛮的崇拜自然的迷信……从这个事实就可以看出这种迷信是多么糟蹋人了"。[2]封闭的乡村文化最终导致了乡民作为人的生命的退化，导致了文化的不断轮回以致"返祖"。透过乡民这一幕幕"集体心象"，我们看到乡土中国远离现代文明的原始和闭锁。风俗的描写对于文学，绝不是可有可无的。风俗是民族历史、文化心理的重要组成部分。真正记录了风俗史的常常不是历史学

---

[1]　参见陈继会：《拯救与重建——20世纪中国小说文化精神》，河南人民出版社1991年版，第144页。

[2]　马克思：《不列颠在印度的统治》，载中共中央马克思恩格斯列宁斯大林著作编译局编：《马克思恩格斯选集》第2卷，人民出版社1972年版，第67—68页。

家，更不是社会学家，而是文学家。乡土小说作家的书写不仅在于自觉地开拓了风俗这一前所未有的新的审美领域，显示了新文学的民族风格；而且，乡土作家群在对风俗的描绘中，以其深刻的思考昭示人们，对民族文化心理结构的改造，如果没有开放的、健全的文化心态，任何进步的异质文化都将在这染缸中失色变质，中国传统文化的"鬼气"便将永无止境地轮回。

在"五四"乡土小说中，乡情与理性的冲突最为明显与普遍。乡土作家对于古老乡村文化的批判是峻切的、尖锐的。但是，即使在做着这种激烈的批判时，在乡土作家的心灵深处，他们仍难以适应浮躁喧哗的都市生活，他们灵魂的另一半仍一往情深地眷恋着那曾长时间生活过、如今却疏离的故土。像童年和少年时代都在乡村度过的王鲁彦，留在他脑海的是冬日落雪的旷野，春天繁花似锦的山梁，农家孩童质朴的兄弟般的情谊……这一幅幅充满诗意的印象。从偏远荒蛮的贵州跑到北京的蹇先艾，在灰雾中彷徨，童年的影子渐渐消淡，他所感受到的只是"空虚与寂寞"，只有以创作"纪念从此阔别的可爱的童年"（《朝雾》）。许钦文痛悼失去了"父亲的花园"。无限惆怅的乡村是那样难以割舍。"父亲的花园"作为一种文化心理在这里获得了广阔的象征意义。

更值得注意的是，乡土作家群丰富和拓宽了现代小说的艺术表现领域。废名抒写乡村生活的小说以其田园牧歌般的情趣，吸引着人们关注。他的《浣衣母》、《河上柳》、《桥》等堪称"废名式"的作品，把古朴的乡风浪漫化，浪漫得把带有浓厚封建印痕的旧式婚姻也予以诗化的表现，在乡土作品中别具情致。如果说鲁迅以冷峻的笔调，将火一样的激情凝聚在他的人物的刻画上，废名则是以诗性的笔调去抒写，使他的作品充满着一种奇特而又自然的诗的情趣。《竹林的故事》可以说是现代小说初期最富有诗情和青春气息的作品之一。在这里，竹林、茅舍、菜园、少女之美融为一体，自然美和人性美以生命的自在形式淡淡地显现出来。作者把自然景物灵化，把世间人物雅化，消融彼此间的界限，从而塑捏出生长于宁静的宗法制农村中的天真未凿、白璧无瑕的劳动少女三姑娘的形象。这里虽然没有愚昧和麻木，没有弥漫于旧农村乡土社会的悲郁、沉闷、隔膜的气氛，但却以一支凝练而有才情的笔，在古朴纯洁的乡间翁媪男女中间，描绘出生命的另一种形式，给充满苦闷和感伤的乡土"生命场"吹进了一股清新的空气。《桥》更反映出作家的理想世界，这里是一幅幅山水画，在自然之中有人情，人心中有自然。《河上柳》中的陈老爹、《桃园》中的阿毛、《浣衣母》中的李妈等人物，都是旧中国农村中安贫乐道、心境善良，尚未被现代文明所侵袭的地道的下层平凡百姓，在他们身上，处处闪现着人性美的光彩。废名的作品明显地带有英国作家哈代和乔治·艾略特把景物人化、情景交融，类似17世纪荷兰写生画的精妙细致的写意手法，又在精神气质上深受陶渊明田园诗的熏染，在具体笔法的描绘中又得之于古代山水散文，尤其是晚明小品之长。在乡土作家群中，废名别具一格，有意追求人性美和自然美，在表现手法上，又有意识吸收西方现代主义意识流等艺术观念，丰富了现代小说的审美情趣及审美内涵，不仅在乡土文学创作中别开生面，而且为中国现代抒情小说开了先河。

　　整体上看，这时的乡土文学是作者来到城市后的产物。从写作意向看，明显带有城市知识青年反视乡土的特征。从审美角度看，文学创作总要与实际生活有点距离，有距离才能唤醒作者的审美感情，建立作者的审美视角，触发作者的审美灵感。所以，乡土文学的题材虽是乡村，视角却属于城市——鲁迅甚至称之为"侨寓文学"，无不有其特殊的含义。

第二节　沈从文塑捏的"生命"世界

当鲁迅以全副精力配合现实斗争，从事杂文创作时，青年沈从文刚步入文坛。这位来自中国"一角小隅"的湘西作家，以他作品中特异的题材亦即对乡土的蛮荒、原始、闭锁却又绮丽、新颖和富有生命活力的乡民自然生存方式的展现，给文坛吹进了一股清新的气息。对乡土中国生命形式的书写是沈从文审美观的总特征，也是他全部创作的核心。他从事小说创作的动机，就是想通过文学，"从社会那本大书上来好好地学一学人生，看看生命有多少形式，生活有多少形式"①，"并从这种人生景象中有所启示。对人生或生命能作更深一层的理解"②，"或思索生命什么是更深的意义，或追究生命存在是否还可能产生一点意义"③。于是，他开始"用文字，在一切有生陆续失去意义，本身亦因死亡毫无意义时，使生命之光，熠熠照人，如烛如金"④。

新文学的文化怀乡，集中呈现为对都市的异己感和对乡土的情感回归。守望乡土，把自己的情思系于故土的童年，沉浸于乡土的忆念中，是现代知识分子最为熟悉的作为普遍经验的乡思。在这种意义上，沈从文可称为新文学史上拥有最大怀乡之作的小说家，他的湘西作品是严格合于鲁迅所厘定的"乡土文学"的范畴的。而对城市文化

---

① 沈从文：《学习写作》，《沈从文全集》第 17 卷，北岳文艺出版社 2002 年版，第 331 页。
② 沈从文：《小说作者和读者》，《沈从文全集》第 12 卷，北岳文艺出版社 2002 年版，第 66 页。
③ 沈从文：《小说作者和读者》，《沈从文全集》第 12 卷，北岳文艺出版社 2002 年版，第 75 页。
④ 沈从文：《烛虚》，《沈从文全集》第 12 卷，北岳文艺出版社 2002 年版，第 10 页。

的难以认同和批判，也以沈从文作品为突出。这使人们在看惯了 20 世纪 30 年代文学叙事中豪华堕落的都市面影和动荡分解的沿海乡镇之时，能够一睹湘西千里沅水和武陵山系这"化外之地"的山寨、码头上宁静秀美而又古朴奇幻的风俗画，不能不使人为之诧异。沈从文始终是一个以"对政治无信仰对生命极关心的乡下人"[①] 自居的作家，他以人类的童心和现代人的眼光悠然神往地注视着乡土的童年，兴趣多集于远离时代漩涡的汉苗杂居边远山区的乡民生活，这一特异的地域环境带有浓郁的中古遗风的人情世态，衬托着自然环境的优美，这一切，最大限度地调动了沈从文的文学想象力，激活着他不断发掘未经"城市病"、"文明病"、"知识病"的羁束和污染的边地区社的生命形式，在山灵水秀、人性淳朴中散发着悠远的忧郁、沉痛的伤感，把一切消融在静观淡泊的超越之中，让人回味遐想。而最属沈从文自己的，是《雨后》、《山鬼》、《龙朱》、《月下小景》、《边城》等描写湘西古老习俗和原始生命的作品，在以"理想化"了的乡土和人际关系中幻化出自在状态的纯人性和牧歌情调的纯艺术，以寄托自己别有见地的社会、伦理观念和审美理想。对乡土的价值判断中，"沈从文的人性选择有两条基本思路：扬卑贱而抑豪绅；非都市而颂乡野"[②]。这使他在都市文化圈中发现了表面雍容尔雅的衣冠人物庸俗虚伪地在繁缛的"文明"中作茧自缚，使泼辣辣的人性患了贫血症（《八骏图》的"病马"，在于揭示文明与道德的二律背反引起的人类的焦虑）；从而在谛视被压在社会底层的抹布阶级之时，发现了未被"文明"阉割的生命强力（《在别一国度里》、《生》、《柏子》等作品）。而他的乡土情愫，又融汇着理性选择和浪漫情调。他发掘乡土，旨在"以他的文字，来替他所见到的这个民族较高的智慧，完美的品德，以及其特

① 沈从文：《水云》，《沈从文全集》第 12 卷，北岳文艺出版社 2002 年版，第 127 页。
② 杨义：《中国现代小说史》第 2 卷，人民文学出版社 1988 年版，第 610 页。

殊社会组织，试作一种善意的记录"①。而这"善意的记录"是与他目睹、体验的半殖民地半封建的都市社会中人性的异化和沉沦相对立的。他从由乡及城的人生轨迹中，惊醒并痛感"血管里流着你们民族健康的血液的我……有一半为都市生活所吞噬，中着在道德下所变成虚伪庸懦的大毒，所有值得成为高贵的性格，如像那热情，与勇敢，与诚实，早已完全消失殆尽"②。这种惊呼及理性思考"不无现实性和合理性，因为他描写的湘西，是汉、苗、土家族杂居之地，存在着一种特殊的、保留了浓郁的氏族制度遗风的宗法制社会"③。他将这一切赋以浪漫气息和古典情调，令人思慕和神往（《龙朱》、《会明》、《灯》、《山鬼》、《边城》等作品），从而最大限度地描绘了湘西的生命形式，获得了湘西生命的永久性意义。"美在自然"作为一个为不同国度、不同民族、不同时期的人们用不同语种重复着的古老命题，一直表现在文学艺术中。而随着现代文明的进程，人与自然相渗透、相转化、相依存的巨大课题，更显得迫切而严峻。沈从文的湘西世界为这一命题的开掘，使他笔下那种未被开发、未经过污染的大自然，潜藏着一种关于生命自然存在的合理愿望，寄寓着一种乡土化的审美理想。当然，沈从文对自然的倾倒，是基于由中国传统哲学（老庄哲学）所培养的审美感情，而醉心于大自然中所包含的一种有如音乐般的和谐。而他又把这种和谐从文化意识的角度导向了另一种和谐——人作为生物体的自然存在和它的心理感受、需要、能力等的和谐。沈从文关心的焦点，主要是社会生活，是人的生存状态、生命的诸种形式、人际关系的自然，是与大自然的和谐相对应的和谐的人的

---

① 沈从文：《凤子·题记》，《沈从文全集》第 7 卷，北岳文艺出版社 2002 年版，第 79 页。
② 沈从文：《写在"龙朱"一文之前》，《沈从文全集》第 5 卷，北岳文艺出版社 2002 年版，第 323 页。
③ 杨义：《中国现代小说史》第 2 卷，人民文学出版社 1988 年版，第 616 页。

社会形态。而这一切在其代表作《边城》里得到了审美的极致体现。

一个作家在作品中所体现的思想意识的一贯性，往往与他的个性紧密地联系在一起。鲁迅的生活道路决定了他特有的个性，即持重、峻切和沉郁的特点，这种个性又折射于他的作品中，便以忧愤深广而见长。与鲁迅不同，沈从文生长在景色奇丽的湘西，大自然的熏陶和独特的社会环境赋予他明朗、乐观、豁达、向上而又不失忧郁的个性气质。独特的生活道路、个性气质和生存体验往往左右着各人看人论世的态度，于是，在同样是表现乡土生命形式的小说中，却又以不同的特色凸显出来。如果粗略地考察沈从文的小说创作，便可明显地看出他生命美学观的特征。

在时代的大力挤压下，对现实极为不满，但又找不到解脱的途径，于是，寻求生命的自身强力，任其天性，任其本能，任其自然自由地生存发展，是沈从文表现生命形式的一个重要特征。《柏子》里柏子生活的全部乐趣是同他心爱的女人邂逅。《雨后》中一对青年男女对爱的饥渴，只表现为一瞬间的两性张力的快慰。《野店》里的布商，只是处于生命的自然要求跟一个苗妇苟合。《旅店》里的黑猫没有寡妇的道德约束力，她需求的是另一种力——"一种圆满健全的、而带有顽固的攻击，一种蠢的变动，一种暴风雨后的休息"①。《夫妇》中的夫妇在行路间，也全不在乎过路人的注意干那种事，于是才引起一场轩然大波。沈从文笔下的这类人物身上，大多充满着一种原始的野性，生命表现出一种本能的需求和自然人性的满足。这是一种原始生命形式。在这里，爱情、婚姻具有充分的自由。其中，没有封建宗法社会及封建文化规约的有形秩序和无形观念的束缚。这些作品里的青年男女单纯、朴质、爱得真挚、热烈、活泼，跳动着原始的生命活

---

① 沈从文：《旅店》，《沈从文全集》第 4 卷，北岳文艺出版社 2002 年版，第 232 页。

力，洋溢着一种生命的自然之趣。在沈从文描绘的乡村世界画廊里，
与这些作品相联系的还有《神巫之爱》、《龙朱》、《媚金·豹子·与
那羊》、《月下小景》、《阿黑小史》等，它们构成了一个系列，完成
着沈从文对生命原生态的想象性抒写。这些作品没有故事发生的年
代，生命存在没有确定的时间界定，有的只是生命在自然空间中存
在的某种形式。沈从文是循着湘西边地依然保持着的原始部落氏族
制度与风俗习惯，依照这地方"人人各安其生业，无匪患无兵灾，
革命也不到这地方来"① 的特异文化环境，有意提取并幻化出一种原
始的生命形态。这些生命的精灵，在爱与恨、喜与怨之间，一切都
极单纯、自然、简单。如《龙朱》里的男女，"抓住自己的心，放在
爱人面前，方法不是钱，不是貌，不是门阀也不是假装的一切，只
有真实热情的歌"②。这种爱消融了人物气质上的差别，诚如《雨后》
中的青年女子虽因所喜欢的四狗不识字而感到一种轻微的惆怅，仿
佛"总有什么不够"，但这并没有成为他们爱的障碍。他们在"深深
的爱"的陶醉中，把"所读的书全忘掉了"。这种爱甚至逾越了生与
死的界限，为着信守爱的选择，维护爱的尊严，《媚金·豹子·与那
羊》中的媚金与豹子，《月下小景》中的傩佑与他的情人，心甘情愿
双双殉情，或"向那个只能走去不再回来的地方旅行"③。在这种情
形下，"爱与死为邻"④。

　　将笔触伸向湘西的"童年"时代，并从爱情、婚姻及两性关系
的存在样式这一特定角度出发，发掘自然的或原始的生命形态，并非
沈从文的目的。他曾说过："请你试从我的作品里找出两个短篇对照

① 沈从文：《油坊》，《沈从文全集》第 7 卷，北岳文艺出版社 2002 年版，第 232 页。
② 沈从文：《龙朱》，《沈从文全集》第 5 卷，北岳文艺出版社 2002 年版，第 327 页。
③ 沈从文：《月下小景》，《沈从文全集》第 9 卷，北岳文艺出版社 2002 年版，第 230 页。
④ 沈从文：《烛虚·生命》，《沈从文全集》第 12 卷，北岳文艺出版社 2002 年版，第 43 页。

看看，从《柏子》同《八骏图》看看，就可明白对于道德的态度，城市与乡村的好恶，知识分子与抹布阶级的爱憎，一个乡下人之所以为乡下人，如何显明具体反映在作品里。"[1] 在沈从文眼里，柏子（《柏子》）是自然之子，他们"日里爬桅子唱歌，不知疲倦，到夜来，还依然不知道疲倦，所以如其他许多水手一样，在腰边板带中塞满了铜钱……他们把自己沉浸在这欢乐空气中，忘了世界，也忘了自己的过去与未来。女人则帮助这些可怜人，把一切穷苦一切期望从这些人身上挪去。放进的是类乎烟酒的兴奋和醉麻。在每一个妇人身上，一群水手同样做着那顶切实的顶勇敢的好梦，预备将这一月的储蓄的金钱与精力，全倾之于妇人身上，他们却不曾预备要人怜悯，也不知道可怜自己。……这些人，虽然缺少眼泪，却并不缺少欢乐的承受"[2]。柏子的生命形式简单而粗陋，有的只是人性的单纯与诚实，是生命的自然存在。他们尽管贫苦劳顿，但却不失尊严和欢乐。沈从文对生命形式的原始及自然样态的表现，含有一种"沈从文式"的文化意向，即从道德重建的层面，以乡土人性的价值取向来看待现代社会的人的生命表现形态，意在同现代文明冲击下的上流社会的虚伪道德形成鲜明的对照。作者并不是有意欣赏乡土社会生命的自然原始形态以及赤裸裸的两性关系，而是以一种燃烧的感情，用单纯质朴的人生形式与城市中绅士太太们的做作多情相抗衡。从道德层面上思考中国问题，力图为中国文化注入活力，使得沈从文的文化重建理想及其书写方式尽管与当时的左翼文学主潮格格不入，但作为别一思路的中国文化的建设问题，作为现代中国作家独特的文学的文化创造的思维方式，沈从文的存在及其创作价值就不完全属于他那个时

---

[1]　沈从文：《习作选集代序》，《沈从文全集》第 9 卷，北岳文艺出版社 2002 年版，第 4 页。

[2]　沈从文：《柏子》，《沈从文全集》第 9 卷，北岳文艺出版社 2002 年版，第 41—42 页。

代了，或许也是至今仍然受到当代作家赞扬和追从的重要原因之一。沈从文的这些作品的意义在于它的文化反思，这种文化反思表现了一个现代人对人类文明历史走向过程中的深深疑惧和担忧。在表现形式上，又分明烙印着西方现代主义对人类文明进程中人性变异的思考，使他与一大批西方作家相共振。

　　湘西本土并非世外桃源，现代性与传统性、文明与野蛮的交战使得这位作家并没有把笔仅仅停留在对自然生命形式的赞颂上，他亦将目光投向现实社会的另一面，从正面揭示黑暗社会对生命的践踏与摧残，这类作品与鲁迅笔下那些下层人物命运相共振，"是血管里流淌着农民的血"[①]的声诉文本。这些作品中的人物，大都是挣扎在社会底层的农人、士兵、小贩、水手、乞丐、寡妇、妓女、童养媳等，他们的生命和血、泪、痛苦、死亡连在一起，构成了生命世界的另一方。《丈夫》中那个为生计所迫出卖妻子肉体的丈夫，在一夜间受尽凌辱，生命在这里受到的压抑是惊人的。《萧萧》里的萧萧不但自己要遭受命运的摆布，就连将要入门的媳妇——又一代萧萧，也重复着上一代的命运。萧萧的精神世界始终是一片荒原，她的情感被深深压抑着，理智被蒙蔽着，就像山里的芭茅地，原始、蒙茸，生命处于被动的自在状态。她没有、也不曾想到如何自主地把握自己的人生命运，她的愚昧和麻木以及对世界的未知是乡土社会特殊的文化现象之一。正如费孝通所说："农业社会的文化充满着植物性，连续替作用都会发生植物的特征。"[②]《萧萧》的文化意识在于揭示农业文化的凝固性、无生机性；萧萧的个人命运并不是偶然的喜剧结局，而是几千年来封建礼教束缚下的中国农村妇女共同的归宿。正是在封建文化的包围中，萧萧完全失去了作为一个人的起码标准，而充当着"植物性"的生儿育

---

①　沈从文：《习作选集代序》，《沈从文全集》第 9 卷，北岳文艺出版社 2002 年版，第 6 页。

②　费孝通：《生育制度》，天津人民出版社 1981 年版，第 147 页。

女的工具。《三个男人和一个女人》在平淡的叙事中，充分揭示了触目惊心的人物心理的变形：女人在传统心理的封锁中因不能自择恋人而吞金身亡；更令人难以承受的是，作家的笔触伸向那个与女尸共枕的男人，伸向他被封建文化压抑所扭曲的灵魂深处，使我们在平淡的文字背后深深地感受到湘西并非一片净土，封建文化对人性压抑的程度更可怕，更令人心悸。文字背面所隐含的悲剧，比表面所显现的美丽更深沉、更撼人灵魂。《菜园》里那对令人羡慕的年轻夫妇在一夜之间陈尸校场，美的生命遭到杀戮，作者多次以菊花象征生命，然而这菊花再也不会开了。沈从文对下层社会人生命运的揭示，倾注着强烈的悲愤之情。如果说鲁迅以主要的笔力挖掘农民和知识分子的生命形式，那么沈从文则在一种更宽泛的书写视野内，显现中国社会各阶层各种人物的生存形式。在《大小阮》中，作家有意识地将大阮和小阮叔侄相对照，揭示出他们对生活、对生命意义和价值的不同理解。沈从文有意撕毁着大阮这种人的假象，在挥霍了小阮的"经费"，爬到了上层社会以后，大阮怡然自得，他活得"很幸福"，尤其是"这古怪时代，许多人为多数人找寻幸福，都在沉默里倒下，完事了。另外一种活着的人，却照例以为活得很幸福，生儿育女，还是社会中坚，社会上少不得他们"①。字里行间，深含着沈从文对生命的凄然和愤激。《过岭者》中的游击队交通员，在时时都有生命危险的境遇中，仍充满着坚强的乐观精神。这些作品，凝聚着沈从文对生命意义和价值的独特思考，他笔下的这类人物，都有鲜明的精神支柱和意识力量。他认为："人生应当还有个较高尚的标准，也能够达到那个标准，至少还容许在文学艺术上创造几个标准，希望能从更年青一代中去实现那个标准。"②因为

---

① 沈从文：《大小阮》，《沈从文全集》第 8 卷，北岳文艺出版社 2002 年版，第 406 页。
② 沈从文：《看虹摘星录·后记》，《沈从文全集》第 16 卷，北岳文艺出版社 2002 年版，第 343 页。

"爱国也需要生命，生命力充溢者方能爱国"①。这里，沈从文对于生命的意义和价值的理解，又同爱国主义精神交织在一起。沈从文对在现代文明冲击下的人性的种种恶德——生命的畸形、灵魂的堕落、道德的沦丧深恶痛绝，这类人物同那些挣扎在社会底层的人们形成了强烈的对照。在《用 A 字记下来的事》中，他把那些绅士和太太们轻蔑地称作"肉"，他们的生命只不过是用"肉"组成的"肉群"和"肉阵"。从顾问官（《顾问官》）身上，我们看到那些搜刮乡民百姓的大小官吏们人性已丧失净尽。《绅士的太太》中那绅士和自己的太太在温情脉脉的面纱后面是虚伪和哄骗。在这里，丈夫背着妻子去会见情人，妻子瞒着丈夫与人偷情，姨太太与少爷通奸……而在表面上，一个个风度翩翩，信誓旦旦，毫无惭色地相互欺骗与敷衍，混合着哭声与笑声，安慰与解释，调情与戏谑，矫饰与假意，在自欺欺人、醉生梦死里讨生活。在这些"上流人"身上，生命的延续除了相互间的欺骗瞒哄以外，剩下的只是浸透着金钱物欲和肉欲的满足。《八骏图》中那些教授们专以论女人来填补精神的乏味，生命外表的庄严、老成，"同人性有点冲突，不大自然"，"一切所为，所成就，无一不表示对于'自然'之违反，见出社会的拙象和人的愚心"，无一不表现出"生物学上的退化现象"，"类型的特点是生命无性格，生活无目的，生存无幻想"。②沈从文对上流社会这些人物的揭露和抨击，是他生命审美观在艺术上的重要体现。在中国现代文学史上，如果说鲁迅第一次用他辛辣无情的笔触，将整个上流社会堕落的历史面纱撕下给人们看；那么沈从文则是继鲁迅之后，以轻松嘲讽的笔调，将上流社会虚伪、腐朽，在骨子里沦丧的全过程撕破给人们看。从鲁迅笔下的四铭、高尔础到沈从文笔下的顾问官、教授、绅士和太太，构成了现

---

① 沈从文：《烛虚·生命》，《沈从文全集》第 12 卷，北岳文艺出版社 2002 年版，第 43 页。
② 参见沈从文：《烛虚》，《沈从文全集》第 12 卷，北岳文艺出版社 2002 年版，第 4 页。

代文学史上独特的人物形象系列。

热爱生命、赞美生命是沈从文审美理想的又一重要特征。在作家眼里，"一切美物，美行，美事，美观念"都是"因生命本身，从阳光雨露而来，即如火焰，有热有光"。[1]于是，用炽热的感情，"对于人类智慧与美丽永远的倾心，康健诚实的赞颂，以及对于愚蠢自私极端憎恶的感情"[2]，构成了沈从文生命审美观的独特意蕴。《龙朱》、《月下小景》、《边城》、《长河》等作品就从正面寄托了作者的这种审美理想。在这些作品中，景美、人美、情美、歌美，一切人和事的美交织在一起，一切生命充满着元气和强力，散发着生命的能量。在龙朱身上，作家赋予生命以理想色彩；就连《月下小景》这类批判封建婚姻陋习的悲剧题材，也因着力渲染青年男女的纯真爱情而成了一曲真诚的生命的颂歌。而《边城》，更准确地说，应该是一首讴歌生命的赞美诗。在作家看来，老船夫、翠翠、天保、傩送、顺顺以至渡船的过客之间的真挚情谊，才是生命体现于人类的本来面貌。在他们之间，没有邪恶、贪欲、嫉妒，人人都那么和善、诚挚、自足、豪侠、重义气和互相尊重，在他们身上，生命得到了净化。沈从文对生命美的追求到这里达到了极致。正是在这诸种层面上对乡土中国"生命"样态的独特抒写和艺术表现，使沈从文的文学世界具有深长的文化底蕴，并使他具备了与中外众多作家比较的可比性。

第三节　传统与现代：沈从文与贾平凹

同社会、文化的历史发展一样，文学的历史也往往呈现出惊人的

---

① 沈从文：《烛虚·潜渊》，《沈从文全集》第12卷，北岳文艺出版社2002年版，第33页。
② 沈从文：《习作选集代序》，《沈从文全集》第9卷，北岳文艺出版社2002年版，第6页。

相似之处，尤其是在那些具有共同审美追求的作家笔底，你会不难发现他们所共有的相当深刻的心灵的"默契"。当我们把视野投向新文学运行的历史轨迹中时，沈从文与贾平凹也同时自然"默契"地进入我们的视线。吸引我们注意力的，倒不是因为他们有着"多产作家"、"文体作家"、"乡土作家"的共同称誉，而是他们在有声有色地拓垦地域性文化，营建自己的文学世界时自然形成的那份亲近缘分，那种在各自的"湘西世界"和"商州世界"中所表现的自然生态中人的生态和心态，以及渗透于其中的文化价值取向与相近的审美追求。

在此，如果以沈从文的湘西世界与贾平凹早期的商州系列小说作一比较探视，可以从一个侧面看到中国现当代作家在文化视域内对乡土中国文明进程的文学想象的持续性思考与批判。

一、地域景观与乡俗风情

沈从文在 1931 年写的《甲辰闲话》里曾对自己的创作拟定了一个宏大的规划，其中之一是要为他的湘西写出"故乡的民族性与风俗及特殊组织"[①]。事实也证明他的作品中写得最多最有魅力的是有关湘西的那一部分，如《湘行散记》、《湘西》、《入伍后》、《黔小景》、《雨后》、《三三》、《萧萧》、《贵生》、《龙朱》、《边城》……都是对故乡湘西风土人情的绝妙写照。贾平凹对故乡的追忆和迷恋并不亚于沈从文。他说过："慰藉这个灵魂安宁的，在其漫长的二十年里是门前那重重叠叠的山石和山石上圆圆的明月，这是我那时读得有滋味的两本书，好多人情世态的妙事都是从那儿获得的。山石和明月一直影响我的生活，在我舞笔弄墨、挤在文学这个小道上，它又在左右我的

---

① 沈从文：《甲辰闲话》，《沈从文全集》第 14 卷，北岳文艺出版社 2002 年版，第 48 页。

创作。"①"我甚至觉得，我的生命，我的笔命，就是那山溪哩。"②他的商州系列，浸润着对故土的感情，《鸡窝洼人家》、《腊月·正月》、《小月前本》、《天狗》、《火纸》、《满月儿》、《商州》、《浮躁》、《远山野情》等，都是系念故土的感情流泻。故乡的山山水水，风俗人情，都跃动着商州特异的情趣。

　　"仁者乐山、智者乐水"，这是中国人自古以来对自然、对生命自在状态的某种审美态度甚或价值选择的一种精神取向。沈从文生活在水边，贾平凹依赖着大山，对他们来说，山和水与他们的生活不可分，更与他们的生命不可分。沈从文描摹的湘西景物千姿百态：如远山，积翠堆茵，烟云变幻；如悬崖，面壁翘首，夹江矗立，被夕阳映炙，成为五彩屏障；如狮子洞，宏敞深幽，四壁光润如玉，洞中泉水，夏盈冬暖，鱼虾随水戏游终日不绝；如溪流，两岸芷草飘拂，谷生幽香；如飞禽，野鸳画眉，鸣声婉转悠扬，神鸦则红嘴红脚成千累万，迎送船只，宛如神兵护航；如走兽，野狗长嚎于荒坟林莽之间，虎豹闯入猪舍觅食；如街市，傍山造屋，临水建楼，重重叠叠，朴野别致；如村舍，屋宇祠堂，隐没在丛林修竹中，各有格局，与峻拔不群的枫杉相衬，有南国的清秀，兼有北国的厚重。这一切都呈现着湘西天然的地域风韵。贾平凹对商州的描绘，则形神兼备：如那蛮荒野地，乱崖裂空，古木参天，野兽出没于其间；那山村屯落，古塔山溪，茂林修竹，神秘莫测；那山间小径，条条交错，纷乱中又见出规律；那山里人家，屋舍俨然，溪水绕旁，鸡鸣狗吠，炊烟孤直，粮草俨实，农具齐整，犹如桃源之境；那山间云雾如烟如尘，像一群绒嘟嘟的羊羔，一伙胖乎乎的顽童，如扯不开的棉絮，虚无缥缈，把商山

①　贾平凹：《山石、明月和美中的我（创作谈）》，《钟山》1983 年第 5 期。
②　贾平凹：《溪流——不是序的序》，《贾平凹小说新作集》，中国青年出版社 1981 年版，第 4 页。

点缀得只是水中的一个倒影，淹没得城镇只是一个轮廓；那河水，七拐八弯，时而山穷水尽，时而柳暗花明；那山泉，挤出石缝、崖壁，滴滴咚咚，夏凉冬暖，永不涸溢。这一切有着西北的朴野，兼有江南的秀丽，呈现着商州天然的地域色调。

沈从文与贾平凹不仅对地域景观的描绘独到而传神，对人文环境的描写更充满生活的情趣。《边城》中对小城人家的速写明快洗练：攀缘的缆索，终年来往的渡船；泥墙黑瓦，桃花丛里的屋舍；临河的小饭店，浅口钵里煎得焦黄的鲤鱼豆腐；勤快的男人，一边聊天一边做事的女人，一切极自然、极和谐。《鸡窝洼人家》里，贾平凹把我们带进古朴静谧的"鸡窝洼"生活氛围中：黎明山林的响声，山溪的咕咕声，男人的鼾声，孩子的啼叫和女人的安抚声；古塔山溪，茂林庙宇，纷乱中规律的山间小径；厚实本分的山里人家，女人手里世代转动的纺车，男人嘴里祖辈传袭的丈二烟杆，还有不知点了多少岁月的煤油等，这是西部小农人家殷实富足的写实图。

沈从文是一个紧紧拥抱着故土不放的作家，他对湘西特有的世态人情、民习风俗的描写，充满着原始神秘的恐怖，交织着野蛮与优美。这里有宗族之间的世代相分，流血械斗的阴影，有头缠细巾的苗巫如痴如醉的跑神场面，有无知受惑而被"沉潭"的女人或发卖的童养媳，有小男孩娶大媳妇的"喜剧"情景。这一切，笼罩着浓烈的边地湘西多民族杂居特有的古民遗风，不乏楚文化的浓郁韵致。贾平凹长于选取富有传奇色彩的人物和故事，来描写商州的风物、人情和古老的生活情调。那深藏历史传说的商山四皓墓，那脊雕五禽六兽，俨若庙宇的古老宅邸，那命运多蹇不入时调充满灵气而又染上世间风霜的商州山村女子，那老诚厚道、善良愚昧、朴拙木讷的男人，传统而又保守顽固的老者，这一切被作家涂上一层浓厚的商州文化的色彩。他和沈从文一样，作品中交织着野性与优美，这里有宗族间的钩心斗角；有山野巫婆的跳人神；有对"求儿洞"的崇拜；有对"夜哭郎"符贴的笃信；有嫁女"送路"，招婿养夫、换老婆的陋习；有乡村正月闹社火的热烈情景，这些又都体现着秦汉文化遗风。

《边城》中沈从文描写了"龙舟竞渡"的场面：那些雄健的桨手与鼓手，在雷鸣般的鼓声中有节奏地挥舞着桨板，犹如水中绿头长颈大雄鸭散布在河面，互相追逐争竞，这幅笔墨浓烈的风俗画，渲染出湘西古老的生活习俗和淳厚朴实的民风。《腊月·正月》中贾平凹给我们展现了舞龙的场景：红白两条龙翻飞滚动，起劲的舞龙人，紧密的锣鼓声，妙龄少女装扮的"魔女"，男扮女装的高跷队，展现着商州特有的文化习俗和山民的雄健朴实。

不论是沈从文还是贾平凹，他们在对乡俗风情的描写中，更关注的是人。沈从文说："我对于湘西的认识，自然较偏于人事方面。活在这片土地上的老幼贵贱、生死哀乐种种状况，我因性之所近，注意较多……我心想：这些人被历史习惯所范围，所形成的一切若写它出来，当不是一种徒劳！"[①]因而在他笔下，可以看到各种各样的有着湘西地方色彩和民族特征的人物。湘西与川贵接壤，由于经济、文化、历史、地理的种种原因，这里是多民族聚居之地，各民族习性的相互渗透使得湘西的社会风俗和道德形态与其他地方有明显的差异。沈从文笔下的人物多是慷慨好义、豪气任侠之徒，他们重义轻利守信自约，天性中带有那份与人为善的秉性。如船户是"欣赏湘西地方民族特殊性"的"最有价值材料之一种"[②]，他们豪爽大方，因行驶于不同的江河，经历不同性格各异，有吃酒骂粗话的沅江的油船主和麻阳船

① 沈从文：《湘西·题记》，《沈从文全集》第11卷，北岳文艺出版社2002年版，第329—330页。

② 沈从文：《常德的船》，《沈从文全集》第11卷，北岳文艺出版社2002年版，第339页。

主，有勇敢灵活的白河船主，也有"白天弄船晚上便靠灯"①的桃源划子船主。贾平凹不仅着力表现了商州的地域性与风俗习惯，更着重表现了生存于这个环境中的人。商州历史悠久，深受秦汉关中文化熏陶，社会风俗和道德观念都具有浓厚的儒汉文化色彩。这里的山民遵从一种秦汉文化本意上的"礼"，既是古老文化的体现者又是现代文明的阻碍者——有知识而又顽固的韩玄子（《腊月·正月》），热情呼唤现代文明而又无力抛弃传统束缚的金狗（《浮躁》），憨直又不失狡黠、自私又不失善良、偏狭又带着一点有自省诚实心的回回（《鸡窝洼人家》），对师娘产生纯真爱情却又以道德规范约束、压抑自己的天狗（《天狗》）。

　　把地域风俗的描绘与人文心态的展示融为一体，这是沈从文与贾平凹的共同追求。他们意识到乡俗特有的文化属性，并以此为背景把它嵌入人物的性格、命运历程中，融进人物的精神世界中，写出他们具有丰厚文化底蕴的情趣。对此，沈从文曾有独到的解释："美固无所不在，凡属造形，如用泛神情感去接近，即无不可以见出其精巧处和完整处。生命之最大意义，能用于对自然或人工巧妙完美而倾心，人之所同。"②其至高之境即"神在生命本体中"③。这里所说的"泛神情感"的内核与老庄的"适性自然"的观点是一致的，都是指人与自然、情与景的和谐统一。如他的《月下小景》、《雨后》等作品都是以自然为背景，把人物融化于自然的怀抱中，风俗风景的场面既是故事发生的特定环境，又是故事情节的一部分，是风俗画也是抒情精品。而人物又往往与特定的物象相照映，《边城》中写翠翠对爷爷去世的悲恸心情是以夜莺的啼叫来烘托的；老船夫的死是以小山上的白塔倒

---

① 沈从文：《常德的船》，《沈从文全集》第11卷，北岳文艺出版社2002年版，第345页。
② 沈从文：《潜渊》，《沈从文全集》第12卷，北岳文艺出版社2002年版，第32页。
③ 沈从文：《学习写作》，《沈从文全集》第17卷，北岳文艺出版社2002年版，第332页。

塌作陪衬的，这里的自然景物也有了灵性，可以感知人物的命运。对于这一点贾平凹也曾说过："在一部作品中描绘这一切（风景风俗）并不是一种装饰，一种人为的附加，一种卖弄，它应是直接表现主题的，是渗透，流动于一切事件，一切人物之中的。"[1] 像《鸡窝洼人家》中写"整酒夸富"的习俗是极精彩的一笔，淋漓尽致地描写出回回心盛而又目光短浅、易于满足、虚荣心中透着憨厚的农民形象。

沈从文和贾平凹的小说是风俗画，也是地方志，他们对湘西、商州的地域景观与乡俗民情的发掘垫高了各自文学领地的文化品位。

二、现代与传统的冲突

沈从文和贾平凹都有着从乡村到都市的经历，对乡村种种他们迷恋和赞美，对都市种种他们蔑视和拒斥。沈从文认为，那些生活虽然"愚暗"、"粗鄙"，然而"冰冷的枪"与"新犁过的土地"[2]却使生活充满生气，而"在城市中活下来的我，生命俨然只淘剩一个空壳"[3]。贾平凹也曾真诚地告诉读者："我喜欢农村，喜欢农村的自然、单纯和朴素，我讨厌城市的杂乱、拥挤和喧嚣。"[4] 这种"乡下人"的秉性使他们始终以忧虑的目光注视着都市文明的历史进程，并以此与湘西、商州进行比照，形成一种乡村文化与都市文明尖锐冲突的两个相互对立的人生领域和文化环境。

沈从文在他的"都市系列"里一再描写作为都市文明的毫无血性、毫无生命活力的"阳痿"特性，造成这种"文明病"的文化积淀

---

[1] 贾平凹：《答〈文学家〉问》，《文学家》1986 年第 1 期。
[2] 沈从文：《〈生命的沫〉题记》，《沈从文全集》第 16 卷，北岳文艺出版社 2002 年版，第 306 页。
[3] 沈从文：《烛虚》，《沈从文全集》第 12 卷，北岳文艺出版社 2002 年版，第 23 页。
[4] 贾平凹：《答〈文学家〉问》，《文学家》1986 年第 1 期。

是现代文明与封建文化汇成的一种"虚伪和呆板的混合物"①，侵蚀着中国人的肌体，腐蚀着人们的灵魂。而沈从文特别关注的是，在这种"混合物"的浸淫下，导致的中国都市各阶层伦理道德的沉沦。《怯汉》、《诱——拒》、《一件心的罪孽》、《中年》、《春》、《来客》、《记一个大学生》等大量作品，都在揭示现代都市人的灵肉的扭曲和变形，这是被所谓的"文明"挤碎了的一代，他们虚浮、胆怯、懦弱、虚妄，在他们身上体现着"种的退化"和精神的变异。而在这方面具有更深刻意蕴的一批作品如《八骏图》、《绅士的太太》、《有学问的人》、《薄寒》、《大小阮》等，都在于揭示所谓"文明人"（知识者）的"野蛮"行径，他们在文明的压抑下，在伪饰的道德羁绊中，犹如一群"阉鸡"，完全丧失了正常的人性。沈从文甚至认为是知识把这些人变得如此可怜，如此无血性，如此虚伪。《如蕤》中那个城市女子，表现出对城市文明的极大反感：都市中人是完全为一种都市教育与都市趣味所同化，"一切女子的灵魂，皆从一个模子里印就，一切男子的灵魂，又皆从另一模子里印就"②，个性与特性全不存在了，恋爱变成了商品形式，如同"在商人手中转着，千篇一律，毫不出奇"③。《八骏图》中"八骏"的行为、心理以至潜意识，都表现出一种与真切的人生、真实的人性分裂的状态：知识者地位与自己人格的分离，"文明人"身份与自然人性的分离，道德标准与真实情感的分离，都集中体现在一个"病"字上——完全扭曲了个性的、已无力自拔的生命表现形式。

与此相对照，沈从文为他的湘西世界灌注了全部的热情。在

---

① 沈从文：《〈看虹摘星录〉后记》，《沈从文全集》第 16 卷，北岳文艺出版社 2002 年版，第 345 页。

② 沈从文：《如蕤》，《沈从文全集》第 7 卷，北岳文艺出版社 2002 年版，第 337 页。

③ 沈从文：《如蕤》，《沈从文全集》第 7 卷，北岳文艺出版社 2002 年版，第 337 页。

贯穿都市人生与乡土回忆这交叉进行的作品中，对乡土种种，他的回忆是甜蜜的，仿佛过去那种噩梦般的经历里也有欢乐；对都市的形形色色，却只有厌倦、憎恶和轻蔑的嘲讽。这种感情倾向将沈从文带进乡土风貌丰富多彩的世界：家庭、山村、兵营、沅水边的码头，直到边陲苗寨、河边的吊脚楼……带到粗俗的乡下人中间。当我们走进沈从文为我们设置的湘西世界，首先是那歌声以及为这歌声打拍子的宏壮沉重的打油声翻过一个个山头传过来，然后进入我们眼帘的是一伙身上满是油污的邋遢汉子赤露着双膊，挥舞着一双双强健有力的手在空中摆动（《阿黑小史》）。我们又看到那些在河里船上的毛手毛脚的无数黑汉子，以及那个被妇人称为"一只公牛"的永远不知疲倦的柏子（《柏子》）；那身体强壮如豹子的四狗（《雨后》）；那具有结实光滑的身体、长长的臂，充满了不可抑制的情欲，在"一种力，一种圆满健全的而带有顽固的攻击，一种蠢的变动，一种暴风雨后的休息"①中酣荡的黑猫（《旅店》）；那无视过路行人，在蓝蓝的苍穹下野合撒欢的夫妇（《夫妇》）；还有那个有着最"武勇的力，最纯洁的血"、周身散发着光与力，本身就是一头狮子的龙朱（《龙朱》）……他们都是自然之子，身上有着人所本有的强力与情欲的激荡。这些活鲜鲜的自然之子与萎缩的都市"文明人"形成了强有力的对照。沈从文几乎是用"野蛮"（特定意义上的）构筑他的人性世界的，当我们从这世界走出时，一股澎湃的生命之流涌灌全身。它将引导人们对属于生命本真的原有自我的唤醒，对传统文化和都市"文明"束缚人性的超越与反思。

贾平凹虽然没有像沈从文那样有意识地构建乡村与都市互相对立的两个世界，但我们可以透过他的作品窥测到作家对都市文明的反拨

---

① 沈从文：《旅店》，《沈从文全集》第 4 卷，北岳文艺出版社 2002 年版，第 177 页。

意向。在《商州》中，作家塑造了这样一个叙述人，他出身农家，幼通文墨，长大后终于在城市中大显才能。但终年的城市生活使他感到疲倦和困乏，生命力自感枯竭，但一旦离开城市再次置身于自然的怀抱里，顿觉如"鸟儿冲出樊笼"。他跋山涉水，遍游商州的村村寨寨，见闻了无数异人趣事，重返城市时脸色红润，精神饱满，仿佛找到了失落已久的灵魂。在这个叙述人身上，无疑潜伏着"返璞归真"的审美理想：一方面是城市与乡村本身存在的生活方式所具有的现实意义的不同；另一方面是作家依据自己的审美理想所赋予的文本意义。这使人们自然而然地随着对乡村自在生命形式的向往进而产生对都市生活的厌倦情绪，并用怀疑的眼光再度审视现代文明与自然人性的背离现象。

从《远山野情》、《天狗》、《商州初录》、《商州又录》到《火纸》、《黑氏》系列作品中，贾平凹差不多都是以同一种意图，思考着现代文明与原始感情之间的关系。在这两者之间，他的兴趣几乎全部集中在对穷乡僻野的人道遗风的描绘上，这里的乡风民情被写得如牧歌般令人流连忘返，让人品尝到古老文明本身的生活魅力。他笔下的商州生活情调、人际关系、道德风尚也同样具有那种自由实在和质朴的意蕴，在很大程度上保留着 19 世纪以前中国自然经济形态下的小农社会的某些风貌。正由于贾平凹对这一社会形态的挽留，使他塑捏出许多敢爱、敢恨、大胆、能干而又泼辣的山乡女子，如姻峰、小月、香香等；有着大山一样的性格的充满原始人性的山民农夫，如回回、禾禾、吴三达等。在他们身上所体现出的人性美、人情美和道德美，不正是作者对都市文明的一种强有力的反拨吗？

乡村与城市的对立只是沈从文、贾平凹笔下两种文明冲突的一部分，而更能体现其精神内含的是由人性决定了的人的行为与伦理道德之间的冲突。无论是湘西还是商州，都是中国乡土社会被古老文明浸透的地方。由于长期自耕农业自然经济的历史沿革，农民形成了恋土乐耕、务实守成、重血亲人伦以及看取族群和谐并以道德为准则的文化心理结构，尽管他们保守、愚昧，遵循天伦之礼、道德至上，然而直率、醇厚、朴实，有一套成规的做人范式。当现代文明的飓风刮向乡土社会时，即便是湘西、商州这种最偏僻、荒野之地也会受到文明的侵袭，20世纪30年代的湘西和80年代的商州在这一点上几乎是同样的，即使已经走过了半个世纪。在现代文明与乡村文化的冲突中，最显眼的莫过于现代文明影响下的人的行为与传统道德观念之间的冲突。无论是沈从文还是贾平凹都以忧郁的目光和困惑的心理展露了这种冲突。

在沈从文眼里，现代文明破坏了中国乡村固有的和谐。人性恶代替了人性美，人与人之间的朴素的感情纽带正在瓦解，传统的道德观念正在崩溃。在《湘西》、《湘行散记》、《丈夫》、《七个野人和最后一个迎春节》、《长河》等系列作品里，沈从文表现的是湘西社会在现代文明冲击下急剧动荡中衍生的后果，特别是人的行为观念的演变。这里我们可以听到"时代的锣鼓"，看到"毁灭的哀怨"。《丈夫》中畸形的商业文明迫使丈夫出卖妻子的肉体，时代大力的挤压使得他们丧失了"人生权力"。《七个野人与最后一个迎春节》更显明地揭示出现代文明作为装饰品点缀着人们的外表，而人的情感与道德却在迅速崩溃，向不可救药的方向堕落。《长河》中，沈从文力图全景式地展示这种历史发展的趋向，处于传统文化与现代文明冲撞中的中国农村呈现着从"表现上看来，事事物物自然都有了极大进步，试仔细注意注意，便见出在变化中那点堕落趋势。最明显的事，即农村社会所保有那点正直素朴人情美，几乎快要消失无余，代替而来的却是近二十年实际社会培养成功的一种唯实唯利庸俗人生观。……'现代'二字已到了湘西，可是具体的东西，不过是点缀都市文明的奢侈品，大量输入"①，沈从文清醒地意识到湘西的历史正经受着时代变革前夜的巨大阵痛，那忆往中的童年的梦将随着"长河"流水即逝而去。

对现代文明，贾平凹是热诚呼唤的，但同时他又常常困惑和担忧。他说："历史的进步是否会带来人的道德水准的下降，而浮虚之风的繁衍呢？诚挚的人情是否还适应于闭塞的自然经济环境呢？社会朝现代的推行，是否会导致古老而美好的伦理观念的体解或趋向实利世风的萌芽呢？"② 因此，他的作品在开掘历史发展的同时，又想尽力挽留传统文明中古朴醇厚的美德。对商州的一切，他一方面是一种生命之根维系于此的挚念，他本身就直接生活在它们里面，吸收它们，回忆他们，而不仅仅是冷眼旁观一番；他尊重这里所有的智慧和感情，因为凡此种种都培养和激发了他自身感悟的心理主要机能。这使他对世风和时尚的大幅度变迁，有时会身不由己地采取一种谨慎的态度，担心衍化流贯在这块山地上的人的纯真厚道、韧性的信念和诚实的生活态度以及充满生命原始本性的民俗风物，会在现代社会进程中分解消融，或者会被外来力量冲撞得不伦不类、支离破碎。可以看到，贾平凹在他的商州系列中汇聚起他心智和感情的绝大部分，向世人表明，传统生活秩序中所有有价值的东西，只有在被人们自觉地吸纳、整合到新的生活结构中，才能不断地保有它的美质，并继续发展它的内在机能。而这只有当商州顺应山地以外的现代社会进程，物质上摆脱了贫困落后和宗法观念以及旧有伦理道德的束缚之后才可望做到。

正因为如此，《山城》中的小说家对背倚着古朴文化传统的商州山镇女子和来自现代社会省城女子在感情趋向上，回环逡巡、目光游移得相当厉害的情形，正是贾平凹商州小说思维格局的一种张力结

---

① 沈从文：《长河·题记》，《沈从文全集》第 10 卷，北岳文艺出版社 2002 年版，第 3 页。

② 贾平凹：《答〈文学家〉问》，《文学家》1986 年第 1 期。

构。他的《鸡窝洼人家》、《腊月·正月》等更是以强烈的性格反差来体现民族传统的伦理道德在物质文明中逐渐崩溃瓦解、迁移变位的事实。那种美与丑的观念的易位，确实是每一个从传统文化氛围中生活过来的人所不能容忍和接受的，然而这种易位绝不是以传统意志为转移的。《鸡窝洼人家》表面上是在叙述一古老的易妻故事，然而，这两个家庭的重新组合正象征着农村中两种生活方式和思想观念在互相撞击过程中的错位，他们各自的选择正清晰地传达出新的文化心理在渐变的母胎中躁动的足音。而在《腊月·正月》中，那传统文化心理的对应物也是一尊偶像韩玄子的精神衰败，以及人们崇拜偶像的易位，不正是农村中现代商品经济观念压倒小农经济观念的绝妙象征吗？

　　与沈从文一样，贾平凹的"商州世界"对传统伦理道德美好的方面既作了赞美与肯定，又对其束缚人性的糟粕方面进行了批判与扬弃；既有对冲破伦理道德束缚大胆行为的颂扬与欣赏，又有对陈腐伦理扼杀人性罪恶的控诉。在《古堡》中他把光大与小梅的"换亲"看作是一种文化，不作现有道德的价值判断，而是从中表现了纯朴和高尚。《天狗》中的主人公始终是传统观念的奴隶。天狗与师娘虽有了纯真的爱情，先前双方的克制是合于道德的，但李正伤残后天狗和师娘仍然遵循陈腐的伦理观念，不去采撷爱情之果，不能不说是一种悲剧。

　　无论是20世纪30年代的湘西还是80年代的商州，现代文明与传统文明的冲突并没有因时代的变迁而淡化，沈从文与贾平凹也正是在这一独特的领域开掘出乡土中国文明进程的历史趋向，并试图为民族寻求一种融传统文明与现代文明于一体的崭新的文化心理结构。湘西世界与商州世界也正是在这种宽阔的文化视野内增加了中国现当代文学的深度。

三、文化意识与价值取向

如上面所探讨的，沈从文的湘西世界与贾平凹的商州世界在作家的艺术领域是作为与另一世界（现代或当代都市）的对立面被构筑并获得生命元气的。两个彼此参照着的世界，以交替互补的存在方式，显示着对峙两端的文化价值取向。中国的城市本来就是从乡村中分化出来的较为聚集和发达的文化区域，这种历史模式使得城市文化能够昭示湘西、商州某种前景图式——即它们迟早会逐渐趋向于城市文明的生存方式；而湘西、商州则反照出现存城市文化的某些弊病对人性的扭曲，以此确证自身拥有的某种文化优势以及并不能泯灭的魅力永存的文化价值，并且提醒现存的城市文化应当考虑把这些人类无法抛弃的生命之根，重新整合进历史的进程，使之成为高层次社会生态中的自觉韵律，使人类的每一种进程都能与人类普遍的生存经验汇通，矫正现存城市文化在急剧推进中难免的疏漏与片面。

中国知识分子的审美理想很难完全超越乡土中国这一现实，何况还有强大的极富诱惑力的文化传统，但无论如何，取得与自然之美的和谐，至今仍然是他们普遍的审美追求。沈从文与贾平凹也不能例外，他们的审美意向也正是投向这诱人的乡土中国的世界的。

沈从文处于古老中国向现代社会迈进的交替阶段，中国文化对他渗入肌理的影响远比西方文化的吸收来得更深。他的人生形式、文化性格、审美意识，更多地带有中国农业文化的内涵。湘西世界的构筑是他审美理想的总体象征。善、美的审美选择是湘西世界文化判断的重要价值取向。

综观沈从文构筑的湘西世界，无不深深地表现着作家的这种审美态度和文化价值取向。与现代文明的大都市相比，边城如一潭清水，自然的美景、古朴的习俗、善良的百姓、纯洁的心灵浑然一体，构成了一个令人神往和思慕的境界。翠翠是作家理想人格的化身，在她身上，集中体现了沈从文理想中的生命与人性：美丽、淳朴、善良、勤劳、重感情、尊道义；在她生命之光的映照下，城市中人的生命形态是多么苍白无力。沈从文的理想人格不是只通过翠翠个人来体现的，而是以身处边城的所有人和事的交融来映现的。在满蕴着人性美和诗化了的"乡下人"世界中，沈从文发现了中国文化的前景，并赋予它以理想化了的意义。在与《边城》相呼应的系列作品诸如《三三》、《贤贤》、《月下小景》、《龙朱》、《灯》、《媚金·豹子·与那羊》、《长河》中，无不倾注着沈从文审美理想中的文化价值取向：以现代思想意识择取农业文化中的积极因素，并输入现代社会，作为同封建文化和现代资本主义文明造成的弊端相抗衡的新文化观念。

　　这里须进一步指出，像《边城》这类以构织美型为特征的作品，更多地与中国农业文化有深切的联姻。农业文化的经济结构是以小农经济为主要形式的自然经济形态，而"直接靠农业谋生的人是粘着在土地上的"①。加之封建主义的长期稳定统治，以儒家为主的儒、释、道三家思想对人们心理潜移默化的影响，造成了与西方诸民族不同的民族性格及文化心理特征：内向、平稳、务实、谐和、保守等。从积极方面而言，生命意识中融合了浓厚的崇尚自然、眷恋乡土，看重人与人之间的血亲关系，善于协调人与人之间的情感平衡等农业文化意识。反映到艺术追求、审美情趣、欣赏习惯和接受心理等方面，都体现出与农业文化相谐和的美学特征：含蓄、朴素、情景交融、淡化情绪、创造意境等。沈从文的精神品格具有较深厚的中国农业文化的价值取向，这不仅无碍于他作为一个现代作家的条件依据，而且表现在现代，恰恰反映出了处于传统文化与现代文化冲突之间的中国知识分

---

① 费孝通：《乡土中国　生育制度》，北京大学出版社 2012 年版，第 11 页。

子的思想、感情、文化心理特征。他们是介于现代与传统的"中间物"。正是这种与农业文化和民族性格及审美习惯割舍不断的感情纽带，使沈从文在同所谓都市"现代人"文化心理的演变对照中，构筑起了他的湘西世界的人性大厦，并以此与都市文明相映衬、相抗衡。而他的审美选择在更多意义上适应了我们民族传统性的欣赏习惯和接受心理，并以民族性的审美价值为标准，这使他特别擅长描绘地域性的世态人情、乡野风俗美：别致诱人的水乡吊脚楼，多情粗野的妓女和水手，苗寨山乡缭绕的缕缕炊烟，厚道诚实的老者和孩童，神秘静穆的原始森林，健美善媚的苗乡女人……就连鸡鸣、狗吠、牛叫的声音都无不浓浓地涂上了乡土文化的情致和生趣。用现代人的意识展现民族传统的文化形态，根据自己民族的心理习惯，体现民族独特的文化个性和理想追求，并将它融化于审美情感思绪中，达到一种理想化的境界，就更能引起不同民族的共鸣，这或许是沈从文得以从边城走向世界的最重要原因。

与沈从文相比较，贾平凹笔下的商州古地是美丽、富饶而又充满着野情野味的地方，这里的人们勤劳又多情善良。这里又是偏僻闭塞的山地，中国农业文化后期的封闭、保守、落后等也在此得到了充分表现，在这里的民情风俗中沉积下来，中国农民的特性和农业文化的特征从历史一直延续到今天。贾平凹描绘的商州也是一个体现着浓厚的农业文化意识形态的自足"文化圈"，这里的一切都十足地符合着古老中国的传统文明的要求，只不过比之现代湘西，在历史的转折中，在变革的声浪中，这一切因素都因受到冲击而波动，由隐形变为显形，由内在变为外化，构成一幅纷纭复杂的现实图画。贾平凹正是在这样一个封闭自足的"文化圈"经历着时代变革的颠簸中，表现着与沈从文相似的审美追求和文化理想，并从中体现着相似的文化价值取向。

　　贾平凹的审美追求和人格理想深深地涵化着农业文化的内蕴，他从一开始创作就默默地体察着一种平静的生活氛围，追求着一种静穆、清朗的意境。其中虽然不乏对时代律动的描摹速写，但更多的还是在平和旷远之中积淀了富于传统意韵的日常情趣。"拙厚、古朴、旷远"是他的审美追求，这种审美追求无疑是沈从文的湘西世界审美意蕴的发展与延续，因为他把这种"拙厚、古朴、旷远"的美学追求与中国传统农业文化的优美之处紧密地联系起来，表现了对乡民习俗的挚爱和对纯朴人性的赞美，由此给人以强烈的情感熏染和浓郁的乡土生活气息。从《浮躁》中，我们已经习惯瞧见他笔下淌出的那条河，那河从秦岭上蹦跶下来，淌出一片滞重幽远或是平和宁静的忧伤和快乐。而生活在这里的人，他们的心理结构是稳固的，从相沿成习的乡俗民风中，他们建立起自己的行为准则、伦理规范。他们并不孤独也无所谓孤独，他们自信仍然拥有广袤的空间和众多的人口，他们也许不无麻木、不无迟钝、不无愚昧，但对任何异己的新的事物却抱有让人诧异的敏感。如果说"浮躁"的精神实质是面对一个日益开放的世界持一种开放的姿态，表现出巨大的受容力的话，那么他们稳固而滞重的心理结构和心理内涵则刚好相反，以一种封闭的姿态保存自身，表现出巨大的排他力量。正是他们的呈静态的稳固性提供了一种参照，反衬出浮躁的精神内涵所具有的动态价值：变革因素的活力与跃动，如同静态的原野反衬出高速行驶的列车。在此意义上，浮躁本身的价值内涵构成了这片土地上变革的历史进程的价值尺度。而这一切正是贾平凹所追求的，在一种静态的文化氛围中挖掘出动态的时代流向，并昭示出他审美的价值取向。

　　如果说沈从文的湘西世界呈现的美学境界如水样的清澈、明净、透亮、秀逸，那么贾平凹的商州世界却凝重、浑厚、拙朴，这正是由于两位作家身处不同的地域而显示出的不同美学境界。厚拙、古朴、旷远是商州最为鲜明的地域色彩，相应地也成为作家的审美追求。《商州》、《商州初录》中除了色彩浓郁的民俗活动外，还有因人迹罕至而保留着原始形态的山岩林水，以及叫人摸不透的古老宗教意识，这使商州的厚重、朴拙更显其特异。在《古堡》、《天狗》等作品中，作者描写了大量的古老的物象，大量的未经开垦的原始地貌，仿佛使人回到某一个古老的年代。《浮躁》中的那群男人，他们日出而作，日落而息，褐黄色的肤色如同褐黄色的土地。他们恪守祖宗的遗训，骨子里是重农主义；信奉传统的人伦，崇尚薄利厚义的古风；既膜拜权力又痛恨权力，既眷恋家园又厌恶家园，既信命又反抗着命。还有那群女人，她们姣好善良，却须在生理上、更得在心理上承受比男人重得多的负荷，在封建性的、以小生产方式为特征的农业文化中，她们处在最底层。贾平凹笔下的他们，不愿跪着但又在无意识（或者说是"集体无意识"）中双膝磕地，而作者正是从这块土地发掘出古朴、凝重、淳厚、善良的人性美。

　　然而，时代毕竟不同了，商州古地和古老而又年轻的中华一样，正在经历着一场艰难的蜕变，正如沈从文的湘西世界已成为遥远的过去一样，商州也正在慢慢地脱去它古老的外衣，在这里，历史的、现实的、固有的、外来的种种因素，使这个角落里农业文化与现代文化杂陈，乡土意识与开放观念并存，自然经济向商品经济过渡，单一的农业生产正改变为农业、手工业、社队企业、个体商贩、国营和集体商业等多种经济因素互相制约、互相促进的局面。构成这些变动中心的，是人的价值观念的改变。新的生活气息扑面而来，那大山外面的世界，忽隐忽现地闪烁着、诱惑着人们。小月和烟峰以她们女性特有的敏感，捕捉到了新的气息。曾经为世世代代庄稼人所向往的夫耕妇织、丰衣足食的生活模式，忽然在她们眼中失去了迷人的色彩，传统生活的价值观念由此而贬值了。她们把自己的命运与新出现的、挣脱土地和自然经济的束缚而发展商品生产的新型农民门门和禾禾联系在一起。而文化内涵更为丰富的《远山野情》、《天狗》、《冰炭》等，作者把考察的视点由两种生产方式和生活方式所代表的不同价值观移向对于人性和道德观念的思考，由此而加深了贾平凹文化价值取向和审美判断的深度——古老的商州正在艰难地走着由外在向内在的深层变化，昭示着它未来的令商州人希望的文化前景。

无论是沈从文还是贾平凹，他们以"乡下人"的眼光对民族文化的审视，对乡土中国在现代化历史进程中的忧思，以及所表现的作家文学世界的独特性，都足以说明他们是真正属于本土的、民族的，更不乏以现当代人的思想意识和忧患精神注视着民族命运的走向；与其说他们是出于对湘西、商州故土的眷恋和偏爱，倒不如说是倾注着对民族文化心理、人类文明前景的关注与思考。正是在这一点上，"乡下人"沈从文与贾平凹的追求在 20 世纪中国文学发展的链条中具有别人无法替代的作用与意义。

第五章　生命的浮沉与"抽象的抒情"

　　这里，我们重点探讨作为文学家的沈从文在 20 世纪 40 年代及其以后的生命轨迹与文学情思，以便更深入地了解沈从文的创作道路及心路历程。

　　20 世纪 40 年代初，沈从文在散文《长庚》中写道："由于外来现象的困缚，与一己信心的固持，我无一时不在战争中，无一时不在抽象与实际的战争中，推挽撑拒，总不休息。"① 类似的表达在散文集《烛虚》和《七色魇集》中还有很多，可以说，这些话较为准确形象地道出了沈从文在 20 世纪 40 年代的心理情绪及精神状态。那么，沈从文所谓的外来现象是指什么，所谓的一己信心又是什么呢？翻阅他那时的大量文论，就知道外来现象就是他所揭露的黑暗腐朽的社会现实。他所构建的"湘西世界"已然成为作家忆念中的过去，成为遥远的梦的回响，而外来所谓"文明"对都市肌体的浸淫又是触目惊心的。特别是在沈从文看来，城市中以知识阶层为代表的中产阶级，只知道追求吃喝享乐和金钱权力，生活毫无理想，平庸度日，生命如同动物一般。文学与政治联姻，文学已经沦为政治的奴仆。许多作家忙于应酬各种各样的官僚会议，写作也是追逐潮流，完全失去了作为一个作家应该有的信仰与追求。在这样一种文坛氛围的雾霾之中，作为

① 沈从文：《长庚》，《沈从文全集》第 12 卷，北岳文艺出版社 2002 年版，第 39 页。

祖国未来的青年学生也只知道追求金钱和享受，失了应有的任何理想
与抱负。这种种情形，让沈从文感到深深的忧虑与疑惧，所以他要
发声，要呼吁。

> 现在应当怎么样使大家不再“玩”文学，所以凡是与“白相
> 文学态度”相反而前的，都值得我们十分注意。文学的功利主义
> 已成为一句拖文学到卑俗里的言语，不过，这功利若指的是可以
> 使我们软弱的变成健康，坏的变好，不美的变美，就让我们从事
> 于文学的人，全在这样同清高相反的情形下努力，学用行商的眼
> 注意这社会，较之在朦胡里唱唱迷人的情歌，功利也仍然还有些
> 功利的好处。
>
> ……　……
>
> 一个唯美诗人，能懂得美就很不容易了，一个进步的诗人，
> 能使用简单的字，画出一些欲望的轮廓，也就很费事了。我们应
> 当等候带着一点儿稚气或痴处的作家出来作这件事，上海目下的
> 作家，虽然没有了北京绅士自得其乐的味儿，却太富于上海商人
> 沾沾自喜的习气，去呆头呆脑地干，都相差很远。我想，从另外
> 一方面去找寻，从另外一方面去期待，会有人愿意在那个并不
> 时髦的主张上努力，却同时能在那种较寂寞的工作上维持他的
> 信心的。
>
> 应该有那么一批人，注重文学的功利主义，却并不混合到商
> 人市侩赚钱蚀本的纠纷里去。[①]

尽管这是沈从文在 30 年代就忧虑和批评的文坛现状，但现在这

---

① 沈从文：《窄而霉斋闲话》，《沈从文全集》第 17 卷，北岳文艺出版社 2002 年版，第
40—41 页。

种种情形不但没有改变却越来越浮华，而他所期待的"那种较寂寞"脚踏实地工作的作家并没有出现。如果看一看40年代沈从文所写的大量文论，完全可以感受到沈从文迫切想要挽救和改变这种状况的急切心情。也是同一时期，在沈从文的另一部分文论中，又持续表达着他对生命的真正意义的思索。他在追寻所谓生命的"神性"，思考"抽象的美"，寻觅上帝造物主所遗留的"形与线"，有时甚至不能自拔，完全陷于抽象的形而上的思索之中。沈从文曾发出过这样的感慨："在一堆具体的事实和无数抽象的法则上，我不免有点茫然自失，有点疲倦，有点不知如何是好。"[1]确实，那时的沈从文，一直在过去与当前、现实与理想、生活与生命、感性与理性之间苦苦冥思，努力寻求精神的平衡，使自己陷于生命的大忧患、大彷徨、大顿悟之中。

第一节　创作的式微与生命意义的探寻

众所周知，早在20世纪30年代初，沈从文就已经是蜚声文坛的著名作家了，他是公认的京派文学的大家。1934年，由于母亲病重，沈从文坐船回到自己的故乡。期间，他的《边城》正连载于《大公报·文艺副刊》。之后，沈从文在总结自己创作的散文《水云》（笔者以为，《水云》也可作为作者的创作随笔来读）中曾说，在创作《边城》以后，"秋天的感觉"[2]出现了："这件事[3]在我生命中究竟已经成为一个问题。庭院中枣子成熟时，眼看着缀系在细碎枝叶间被太阳晒得透红的小小果实，心中不免有一丝儿对时序迁移的悲伤。一切生

---

① 沈从文：《绿魇》，《沈从文全集》第 12 卷，北岳文艺出版社 2002 年版，第 150 页。
② 沈从文：《水云》，《沈从文全集》第 12 卷，北岳文艺出版社 2002 年版，第 113 页。
③ 指《边城》的发表。

命都有个秋天，来到我身边首先却是那个'秋天的感觉'。这种感觉可以使一个浪子缩手皈心……"①沈从文所谓的"秋天的感觉"，显而易见就是创作旺期后对人性、对生命形式的再沉思，抑或对自己创作的难以超越，所以在创作了《边城》之后，他沉默了两年。在这两年中，他说"我不写作，却在思索写作对于我们生命的意义"②。显然，他并没有停止对于文学的思考。经过那次回乡途中的所见所闻，沈从文已经意识到现实的湘西早已不是过去的自己忆念中的湘西，湘西在变，世界在变，对于敏感的沈从文来说，不会没注意到这种变化，既然现实的湘西和自己一直孜孜不倦所要建构的湘西世界存在着巨大的差异，那么，这就需要时间来重新思索、调整自己的创作。

1937年7月7日，卢沟桥事变爆发，北平沦陷。沈从文在南下途中，又一次回到故乡，住在大哥的芸庐。这个时候的他，已经拥有一定的社会地位，期间，他参加了很多会谈，和政界、军界、商界、学界的许多人谈论当时的战局。沈从文见到自己的六弟沈荃，从他口中得知许多前线的事情。国家发生了这样巨大的变化，在民族危难之际，沈从文不得不正视和面对现实的世界，并思考国家的未来。

这个时期的沈从文是苦闷而踌躇的，在《水云》中，他诉说了自己情感与理性的矛盾与困顿。情感所代表的是"过去"，是自己乡下人的信念；理性所代表的是"现在"，是自己在城市生活的收获。时光荏苒，沈从文这个时候已经在城市生活了二十多年，他再也不是真正意义上的"乡下人"，而是转变成为一个城里的"土绅士"，他"不但十多年以前就已经在生活方式上逐渐绅士化，现在连心理状态都明显地绅士化了。他刚刚被那个都市的高等知识分子阶层接纳的时候，还不得不矜持地捧着反进化的历史观当护身符，现在却已经习惯于以

① 沈从文：《水云》，《沈从文全集》第12卷，北岳文艺出版社2002年版，第113页。
② 沈从文：《沉默》，《沈从文全集》第14卷，北岳文艺出版社2002年版，第105页。

这阶层的眼光来看世界，连那'秋天的感觉'都所剩无几了"。^①但是，"绅士化"并没有抽干沈从文的乡土情结，他的内心仍留恋着过去的乡土，所以称呼他为"土绅士"是最为恰当的。沈从文在看到自己赞美和歌颂的田园诗性般的湘西受到外来文明的侵扰，变得堕落而一去不复返时，内心的痛苦是不言而喻的，就像他在《边城》中所预知的那样"那个人也许永远不回来了"——他心目中的湘西成为一生中忧伤的过去，一直依靠着的精神支柱因此坍塌，所以他要寻找新的创作方向。当时，他创作涉及现实的《芸庐纪事》和《长河》被国民党出版当局扣押，遭到大幅度的删改，其创作之心受到极大伤害。其实沈从文在创作这两部小说时，依照他创作的一贯风格，根本就没有办法完全如实地叙说现实，描述湘西的变化，因此在写作《长河》时才会特意加上一些牧歌的趣味，以此来减缓现实带给人们的痛苦的感觉。沈从文自己内心其实是抗拒接受湘西的"变"的现实的，他要逃避被历史的浪头推动的难以言说的湘西的现实，沉浸在自己塑造的美好湘西之中。因此他开始向内转，写作了诸如《烛虚》、《水云》、《七色魇》这类散文，在这些散文的字里行间，他一方面述说自己心境的苦闷、无力与无奈，另一方面又不愿舍弃自己挚爱的文学，陷于苦思冥想之中，在抽象的抒情中驰骋，想象生命与生活、历史与现实、理性与情感、存在与虚无、自然与人性等诸多抽象又具体、清晰又模糊的困扰人的精神的种种问题。沈从文说自己一生的弱点就是只信仰生命，他明白当前的社会现实是将人类的命运交给"伟人"和"宿命"，所以他更应该用自己手中的笔来保留和重现"最后一个浪漫派在二十世纪生命挥霍的形式"^②，记叙"一种人我关系的

---

① 王晓明：《"乡下人"的文体与"土绅士"的理想——沈从文的小说文体》，载王晓明主编：《二十世纪中国文学史论》（修订版）上卷，东方出版中心1997年版，第385—386页。
② 沈从文：《水云》，《沈从文全集》第12卷，北岳文艺出版社2002年版，第127页。

情绪历史"①。另一方面，城市的生活已经将那颗能感受跳跃的心变得迟钝甚至有些麻木了，自己也已经不太认识自己了，无法给自己的生命一个明确的定位，自己究竟是乡下人还是城里人？"情感发炎"将其带向过去，肯定自己信仰生命的努力，但是理性又将他带回现实，明白当前已不再需要传奇，自己存在的价值就没有了，社会不再需要自己的创作，自己的作品只会招来嘲笑与批评。在这样一种心理情绪的支配下，沈从文就一直在过去和现实、情感和理性之间徘徊不定。

一、创作的式微

纵览沈从文 20 世纪 40 年代的小说，其数量是无法和 30 年代相比的，尤其是以湘西为背景的小说更是寥寥无几。最引人注目的是那部只创作了一卷的《长河》，这部小说的出版经受重重拦阻，后经多方交涉，在大量删减下才与读者见面。其次就是以沈从文在南下途中经过故乡沅陵，以大哥住处芸庐居住时所见所闻为基础创作的小说《芸庐纪事》、《动静》，这两部小说也曾因为某些原因被禁止刊载。还有就是回到北平之后创作的《雪晴》系列。20 世纪 40 年代沈从文湘西世界小说的一大特点：不再是自己构想出来的理想湘西，而是当下的湘西现实，那个曾经最能代表沈从文个人叙事的湘西世界正在逐渐隐去。有人指出："当他在 1934 年重返湘西，眼见湘西在'常'与'变'中所表现出来的衰颓的时候，自己一手塑造起来的湘西神庙顿时轰然倒塌……他必须要面对现实……也许因为这次返乡的现实思索，再也不能使他以'幻想'来治疗自己内心的创伤，面对湘西他再也不能超然物外。"②是的，尽管沈从文多么不愿承认湘西变化的现实，他也再无法沉浸在自己构织的美好幻想中，他只能选择面对，用自己

---

① 沈从文：《水云》，《沈从文全集》第 12 卷，北岳文艺出版社 2002 年版，第 127 页。

② 魏巍：《抵制记忆与遗忘书写：沈从文创作心理论》，《文学评论》2014 年第 3 期。

的笔来剖析湘西，为其找寻出路。

　　1937 年抗日战争全面爆发，那次南下途中的所见所闻更是让沈从文痛下决心要直面湘西。正如他在《长河·题记》中所说的，这篇小说的目的在于"将'过去'和'当前'对照，所谓民族品德的消失与重造，可能从什么方面着手。《边城》中人物的正直和热情，虽然已经成为过去了，应当还保留些本质在年青人的血里或梦里，相宜环境中，即可重新燃起年青人的自尊心和自信心"①。因此到达昆明后，沈从文开始着手创作长篇小说《长河》。这部小说"用辰河流域一个小小水码头作背景，就我所熟习的人事作题材，来写写这个地方一些平凡人物生活上的'常'与'变'，以及在两相乘除中所有的哀乐"②，并且"把最近二十年来当地农民性格灵魂被时代大力压扁扭曲失去了原有的素朴所表现的式样，加以解剖与描绘"③，而且"作品设计注重在将常与变错综，写出'过去''当前'与那个发展中的'未来'"。④显然，沈从文已经在转变之中，他开始用笔剖析湘西的社会现实，开始写农民在时代环境之下发生的种种变化，他的人物不再单纯的只是勤劳、正直、善良、勇敢的"美型"（朱自清语）人物，他所描写的乡村也不再是和平宁静充满大自然情趣的传统农业村社。尽管《长河》是沈从文力图转变的一大力作，但可惜只完成了一卷。既然沈从文要在《长河》这部小说中对国家民族的"过去"、"当前"、"未来"作属于自己的思考，那么在《长河》以及这一时期的其他作品中，沈从文思考的是什么呢？

　　沈从文认为的"过去"是指古老的农业宗祠社会。在这样一个社

---

①　沈从文：《长河·题记》，《沈从文全集》第 10 卷，北岳文艺出版社 2002 年版，第 5 页。

②　沈从文：《长河·题记》，《沈从文全集》第 10 卷，北岳文艺出版社 2002 年版，第 6 页。

③　沈从文：《长河·题记》，《沈从文全集》第 10 卷，北岳文艺出版社 2002 年版，第 5 页。

④　沈从文：《长河·题记》，《沈从文全集》第 10 卷，北岳文艺出版社 2002 年版，第 7 页。

会中，民众信奉的是神，他们手足贴地地辛勤劳作，有属于自己的一套处世哲学。《长河》中的滕长顺、商会会长和老水手，《王嫂》中奉行"生死有命富贵在天"之人生哲学的帮工王嫂，《乡城》中不关心世事、把全部心思放在自己的鸡和棺材上的王老太太，《赤魇》、《雪晴》、《巧秀和冬生》、《传奇不奇》中善良素朴传统的满老太太等，都属于这一类农业村社中最广大的民众。沈从文认为的"现在"是指有权有势、横行霸道的地方势力所在的乡村社会，以及他们的所为所引起的乡村社会伦理道德的变化。《长河》中的保安队长和人们口中不断提及的从城里下来的委员；《乡城》中的建设局长和保安队长；《雪晴》系列中的满大队长等都无一例外，他们是乡村中新起的一股强劲势力，他们根据自己的意愿强买强卖，甚至勒索别人的东西，为了一己私利可以肆意杀人害命。但这些人在沈从文笔下似乎也有他们的无奈，他们的位置很尴尬，在他们的上面还有大城市中的长官对他们的压迫和制衡。而代表"未来"的显然就是《长河》中的夭夭、三黑子以及田六喜（着墨很少，但却是唯一一个知识分子，接受新式教育），《动静》中的青年学生，《雪晴》系列中的巧秀和冬生，《笨人》中的那个诚实的乡下人。在此，我们以《长河》为例来简要分析一下这三类人物之间的矛盾冲突。

　　《长河》讲述的故事主要发生在下面两种环境：一个是萝卜溪，一个是吕家坪镇。沈从文刻意把萝卜溪和吕家坪对立起来进行描述。萝卜溪把一切乡村景象都好好地保留下来，在这里，萝卜溪代表的就是古老的农业乡村社区；吕家坪虽然也只是一个小镇，却俨然一副繁荣热闹的商埠场景，是受到外来影响极深的一个地方。这两个地方的人情风俗也大不相同，比如在萝卜溪，过路人感到口渴吃橘子是不必花钱的，并且随便吃；如果在吕家坪镇上，即使是极酸的狗矢柑，也是需要花钱买的。如果把上述三类人物放置于这样对比鲜明的文化环境下，矛盾冲突是必然存在的。保安队长强行向商会会长索要枪款而不给任何凭证，会长也无计可施，只好认命。保安队长因橘子收成有利可图，强行要买滕长顺一船橘子到下游去贩卖，滕长顺不卖，保安队长便扬言要将橘子树全部砍掉，幸好会长从中协调，最后保安队长收到滕长顺送来的几担橘子而宣告买橘子计划的失败。从这两场交锋中，看出他们算是打了个平手。保安队长垂涎夭夭的美貌而对其进行调戏，结果并未明确写出，只写到队长知道夭夭已经许了人家。还有一个小的冲突是三黑子在吕家坪码头因不满水上警察的敲诈，私自冒险行船，被警察强行扣押的事，最后还是靠老一辈人从中协调才得以解决。老一辈人采取委曲求全的态度来应对保安队长的敲诈勒索、骗吃骗喝。而夭夭和三黑子等年轻一辈不会逆来顺受，他们要反抗，要追寻属于自己的权利。夭夭、三黑子才是作者真正寄予希望的未来，他们身上不仅有纯朴、勤劳、勇敢、正直的品性，而且还勇于反抗恶势力，对未来有自己的期许。其中对夭夭的描写是很成功的，向读者呈现出一个聪明、善良、活泼、可爱的女孩形象，但是对三黑子、田六喜等年轻人的描写实在不够充分。可以看到，沈从文20世纪40年代的小说创作的转向显然是不成功的。

　　另外，代表着"城市文明"的是一直贯穿于小说的"新生活运动"，然而"新生活"的一些实质性要求显然很难在萝卜溪推行。作品一开始就给"新生活运动"蒙上一层神秘的面纱，因为不了解，老水手对其充满了深深的恐惧，借他人之口道出了"新生活"在常德府推行时的种种情况，后得出这样一个结论：常德府西门城外办不通的事，吕家坪乡下就更行不通了。至此"新生活运动"不再是恐惧的来源，只是一个笑料而已。对外来城市文明的叙述，沈从文显然只是以戏谑的口吻带过，并没有深入其内核，这与沈从文向来对于城市的叙事是一致的。沈从文对于外来城市文明给予湘西的"入侵"是相当排斥的，他渴望回归到那种简单、淳朴的自然生活当中。他认为老一辈人生活已经成为习惯，很难改变，国家民族的未来在青年身上。

可以看到，《长河》中，沈从文一直用"过去、现在、未来"的模式构思人物形象。"因此前一部分所能见到的，除了自然景物的明朗，和生长于这个环境中几个小儿女性情上的天真纯粹还可见出一点希望，其余笔下所涉及的人和事，自然便不免黯淡无光。尤其是叙述到地方特权者时，一支笔即再残忍也不能写下去，有意作成的乡村幽默，终无从中和那点沉痛感慨。"① 这一对自身创作的评价是中肯的。这个时期，沈从文一直用这种模式来创作小说，在这些作品中，老一辈人和有权的地方势力，同《长河》中的人物类型基本一致。然而，《动静》中的青年学生、《雪晴》系列中的巧秀和冬生，又同《长河》中的夭夭及三黑子不尽相同了。《长河》中的夭夭以及三黑子是沈从文寄予厚望的青年人。《动静》中的青年学生是盲目地随波逐流的，却自以为是，他们受当时趋势的影响，自以为受过教育就高人一等，对战争已经了解得非常透彻，其实，他们对战争的认识是相当肤浅的。作品中，沈从文借青年军官之口道出："从不离开学校的青年学生，很容易把'战争'二字看成一个极其抽象的名词……至于一个身经百战的军人呢，战争不过一种'事实'而已，完全是一种十分困难而又极其简单的事实。"② 作品中，还有一个值得琢磨的情节，年轻军官收下了大哥准备的枪和子弹，却没有接受学生们的鞭炮送行。学生在面对军人的时候，只能为其献上盛大而空洞的欢送仪式，可是这个仪式对战争和军人能起到什么作用，谁又真正思考过。青年学生在动荡社会的潮流下，毫无自己的思想，只是一个木偶而已——沈从文

---

① 沈从文：《长河·题记》，《沈从文全集》第 10 卷，北岳文艺出版社 2002 年版，第 7 页。
② 沈从文：《动静》，《沈从文全集》第 10 卷，北岳文艺出版社 2002 年版，第 257 页。

对他们是持批判态度的。而作者对于巧秀和冬生的态度则有些游离不定。在作品中，关于巧秀为什么出走就没有交代清楚，只是呈现了这样一种事实。接下来就是冬生在护送人员的途中被人掳走，最终导致了那场流血冲突。在这里巧秀和冬生都不是地道的农民，他们依附于有权有势的满家，但是他们的身上依然保留着善良、勤劳的美好品质。他们的命运并不掌握在自己的手里，经过那场流血冲突，两个人依旧处于原来的位置，这也许是沈从文所能想到的最好的结局，因为作家还想不出他们的真正出路是什么。沈从文要在小说中思考民族的未来，但是民族的未来究竟是什么，出路在哪里，也还是未知数。整体上看，这一时期如果以《长河》作为收获最好的一部作品，实际上却已显露出沈从文的文学创造生命开始走向式微。

二、生命意义的探寻

早在 20 世纪二三十年代，沈从文就以创构的湘西世界而蜚声文坛，他在自己的创作中全力塑捏湘西纯美的人性，歌颂善良、纯朴、健康、原始的生命形态，讲述湘西与城市的悖逆故事，深得文坛青睐。40 年代，湘西因战事与"现代"的侵扰，处处见出"堕落"趋势，长期居于城市的沈从文对世界、对生活、对生命无不有了新的体验，对于生命的思考也上升到一个新的高度，他在时时反观自身，思索生命的意义，又在时时探寻宇宙，追问存在的价值。这时的沈从文尽管已经在大都市有了一定的名誉和地位，但作为文化人的沈从文又不能无视处于兵荒马乱之中的中国大地，用他的话讲，每个人都在追求自保，社会在"堕落"，就连偏远的山村也不能免于"现代"二字的侵扰，自己所追求的理想在这样的社会状况中，有些"站不住脚"了。在这个时候，自己究竟该何去何从，沈从文的内心是相当困惑的："我必须同外物完全隔绝，方能同'自己'重新接近……我却明白了自己，始终还是个乡下人。但与乡村已经离得很远很远了。"① 困惑、不安、焦灼的心境与忧郁的精神气质使得此时的沈从文更加走向自己的内心，他将自己的内心独白以散文体的形式结集为《烛虚》和《七色魇集》②。对于这两部散文集，并不能单纯把它当作散文来读，在很大程度上，我们可以把它当作是"沈从文式"的抒情文论。沈从文用自己独特的抒情方式，来表达自己对于人生、自然和社会的理解。有学者认为"沈从文二十世纪四十年代的精神挣扎和文本上的实验是同一的"，此时的沈从文"是要通过一种独立的诗意的致思在个人与世界的烦乱以及时代的重压之间建立联系，这种致思必然是无法采用任何现成的说辞而必须通过自己内心的痛苦折磨来获得的"，③ 显然，这些散文很好地表达了沈从文此期的内心苦痛。

这个时期，沈从文的思想是极其驳杂的，他既接受古老中国儒、释、道三家的哺乳，又受到西方外来美学思潮和生命哲学的滋养。沈从文的思想内涵中兼具"传统儒家的那种积极入世、修身立人的精神，庄子哲学当中的相对自由观念和豁达向上的人生态度"④，以及西方哲学倡导的个人意志、自我表现的人生价值取向。正是儒家积极入世的思想观念，促使沈从文在战乱的现实中，仍然坚持一个纯文学家的立场，以现代知识分子的良知，思考和批判当下社会病象和文坛乱状，孜孜以求依靠文学启迪社会、重塑民族精神。应该看到，40 年

---

① 沈从文：《烛虚》，《沈从文全集》第 12 卷，北岳文艺出版社 2002 年版，第 22 页。

② 1949 年，沈从文曾以《七色魇集》为书名，编成一部作品集，未曾付印。其中包括《水云》及沈从文以"魇"为题的六篇作品，即《绿魇》、《黑魇》、《白魇》、《赤魇》、《青色魇》与《橙魇》。北岳文艺出版社 2002 年版《沈从文全集》第 12 卷收录《水云》、《绿魇》、《白魇》、《黑魇》、《青色魇》。

③ 参见刘志荣：《狂人康复的精神历程——20 世纪 40 ～ 70 年代沈从文的心灵线索》，载陈思和主编，张新颖分册主编：《一江柔情流不尽——复旦师生论沈从文》，安徽教育出版社 2008 年版，第 244 页。

④ 吴小美等：《中国现代作家与东西文化》，兰州大学出版社 1990 年版，第 187 页。

代的沈从文依然背负着强烈的"五四"遗风，他的文学观念并没有多大的改变，既依然看重文学的社会功能和教育作用，又特别重视和遵从文学本身的独立性，这在当时的文坛上是难能可贵的。在沈从文看来，文学有激励民众向上的力量，是塑造民族性格的重要精神基因，要通过文学激励青年一代，这也许是我们这个民族的希望。也正由于如此，他反对文学依附于政治，成为政治的奴仆，也抵制文学陷于商业的泥淖，成为商业的附庸。所以，沈从文才会在许多文字中言辞激烈地批判当时文坛种种与他心目中的文学相悖逆的乱象。比如，他认为写作是"一种违反动物原则"的行为，写作的动力来源于人类的"永生愿望"。[1] 作家把自己追求的理想"从肉体分离"，用"更坚固的材料和更完美的形式保留下来"[2]，才成为作品。在他看来，这样创作出来的作品才会百年长青。但是他同时也意识到，能够欣赏这样伟大作品的人实在是寥寥无几，尤其是在这样一个动荡不安、追求眼前实际利益的社会当中。沈从文这个时期创作的饱含自己对生命意义思考的小说《看虹录》，就给他招致了许多批评。

与自然的倾心对话，是沈从文一生所追求的。在同自然相处时，他可以感受到片刻的宁静，从中体会到完整的生命形式。他也毫不讳言在散文中处处表达自己片刻的感悟，"于是我会从这个绿色次第与变化中，发现象征生命所表现的种种意志"[3]，"目光所及到处是一片银灰。这个灰色且把远近土地的界限，和草木色泽的等级，全失去了意义……因为这个灰色正像一个人生命的形式。一个人使用他的手有

---

① 参见沈从文：《小说作者和读者》，《沈从文全集》第 12 卷，北岳文艺出版社 2002 年版，第 71 页。

② 沈从文：《小说作者和读者》，《沈从文全集》第 12 卷，北岳文艺出版社 2002 年版，第 71 页。

③ 沈从文：《绿魇》，《沈从文全集》第 12 卷，北岳文艺出版社 2002 年版，第 138 页。

所写作时，从文字中所表现的形式"①。沈从文追求与思索的是生命的真正意义，并且在这个过程当中，提出了许多概念：生命与生活，神与人、动物和人性、自然和人事、抽象与具体等。其中"生命与生活"是最重要的一组概念，其他概念皆可视为为解释生命和生活这组概念才涉及的。在沈从文看来，宇宙万物皆是上帝按照一定的规则创造出来，并按照固定计划向着同一个目的进行，即追寻"生命的永生"。自然界按照四季轮回，草木荣枯，一切皆有定数。人和动物都属于自然界，也要遵循相应的规则。动物的本能就是吃好喝好，繁衍后代。人一方面具有动物性，即追求吃喝和繁衍后代，但是人也有属于自己的精神追求。在这里，沈从文并不要求人脱离动物性，但是他厌恶并抨击人活得"俨然动物一般"。在他眼里，人身处社会之中，受社会风气的影响，只知道追求金钱、名誉和地位，人们已经被懒惰的本性所吞噬。沈从文看到这些甚是无奈，他强烈要求改变这种现状。因此他提出要用文学来重塑人们的观念，激发人们向上的精神追求。但是展现在沈从文面前的文坛现状却令他失望至极！文学已经沦为商业和政治的奴仆，失去了自身拥有的光彩和力量。好的作品可以激发人脱离动物般的人生，唤起人们向上向善的力量，这也是当时中国文坛迫切需要的。在沈从文的思想意识中，只有充分体验和实现生命的价值和意义，才会具备生命的"神性"。而动物追求的只是生活，即只知道填饱肚子，繁育后代。人一方面具有动物性，但另一方面，人不同于动物是因为人有自己的理想与追求。沈从文追求的是生命的"神性"，是"造物所遗留之一种光与影，形与线"②，"那本身形与线即代表一种最高的德性……它或者是一个人，一件物，一种抽象符号

① 沈从文：《绿魇》，《沈从文全集》第 12 卷，北岳文艺出版社 2002 年版，第 154 页。
② 沈从文：《潜渊》，《沈从文全集》第 12 卷，北岳文艺出版社 2002 年版，第 31 页。

的结集排比，令人都只想低首表示虔敬"①。显然，沈从文追求的是一种形而上的生命形式，具体来说就是他所谓的生命的美，这种生命的美具"神性"，它无处不在——存在于人的手足眉发之间，存在于星光虹影之中，存在于阳光雨露之中。一个人如果用"泛神情感"去看待这个世界，便处处可看到这种生命的"精巧处和完整处"。②但是另一方面，真正意义上的生命之美，在现实世界中又是不存在的，"我看到一些符号，一片形，一把线，一种无声的音乐，无文字的诗歌。我看到生命一种最完整的形式，这一切都在抽象中好好存在，在事实前反而消灭"③。而沈从文所看到的现实世界是怎样的呢？是"中国人的病"④。特别是都市知识者生活如动物一般，只知道好吃好喝、生儿育女、打牌下棋、追求金钱名誉地位，所愿获得满足之后，即愉快地生存下去，获得了所谓的自己的幸福美满。而这在沈从文看来就是生活。显然，沈从文眼中的生命是神圣的、美好的、理想的，而生活是世俗的、庸常的、琐碎的。对于世俗的生活状态沈从文是持批判态度的，他渴望唤醒人们，让他们脱离那种庸庸碌碌、浑浑噩噩的生活。生命是美的，是抽象的，沈从文的爱就是"建筑在一抽象的'美'上，结果自然到处见出缺陷和不幸。因美与'神'近，即与'人'远。生命具"神性"，生活在人间，两相对峙，纠纷随来。情感可轻翥高飞，翱翔天外，肉体实呆滞沉重，不离泥土"⑤。其实，不难理解沈从文追求的理想生命形态只是一种抽象的存在，这对于一个作家的思考来说无论如何都是可以理解的，因为作家对自己人格的要求以及情感的追求无疑应该朝着这样的高度瞩目。然而，现实中的人当然也

---

①　沈从文：《烛虚》，《沈从文全集》第 12 卷，北岳文艺出版社 2002 年版，第 23 页。

②　参见沈从文：《潜渊》，《沈从文全集》第 12 卷，北岳文艺出版社 2002 年版，第 32 页。

③　沈从文：《生命》，《沈从文全集》第 12 卷，北岳文艺出版社 2002 年版，第 43 页。

④　沈从文：《中国人的病》，《沈从文全集》第 14 卷，北岳文艺出版社 2002 年版，第 86 页。

⑤　沈从文：《潜渊》，《沈从文全集》第 12 卷，北岳文艺出版社 2002 年版，第 34 页。

包括自己又是具体的，是仍然"脱离不了的肉体"的存在，也脱离不了普通人的生活，即"极少人能违反生物原则，换言之，便是极少人能避免自然所派定的义务"①，于是，"生命"和"生活"两者之间便产生了对立甚至冲撞。这又使沈从文陷入深深的困惑与矛盾之中：人一方面需要生活，一方面也追求生命，其悖论就在于生命和生活在一个人身上很难同时兼具，这是人类的一种悲剧。沈从文追求生命的真意义、真价值，沉迷于这种思索，并时时被这种思索所困扰、纠缠。

　　20世纪40年代是沈从文的思想意识最复杂矛盾的时期，他似乎一时间飘摇在动荡不定的大时代浪潮中，找不到自己的准确位置。

> 我好像为什么事情很悲哀……
>
> 我正在发疯。为抽象而发疯。我看到一些符号，一片形，一把线，一种无声的音乐，无文字的诗歌。我看到生命一种最完整的形式，这一切都在抽象中好好存在，在事实前反而消灭。②

　　在此前的二三十年代，他依凭自己对"乡下人"信念的执着，不遗余力地建构起属于自己的湘西神话，可是这美丽的神话不断在解体，他又不得不正视湘西的堕落与变异。因此，他要重新调整自己的心态，寻求自己写作的方向。《水云》不妨看作是沈从文述说自己创作心路历程的一篇优美散文，在这里，他把自己拆成了两个人——一个相信理性的我和一个被情感支配的我。沈从文通过两个"我"之间的辩论，道出了自己内心的真实想法，其实他自己又何尝不是一直处于这样的纠结之中呢？他常常极力想躲到自己幻想的过去当中，靠温习过去给自己增添力量，但是他又不得不面对当时的现实，一直处于

---

① 沈从文：《烛虚》，《沈从文全集》第12卷，北岳文艺出版社2002年版，第27页。

② 沈从文：《生命》，《沈从文全集》第12卷，北岳文艺出版社2002年版，第43页。

这种心理的"战争"之中。这个时候沈从文已经再也不能依靠写作来平衡自己的内心，现实的残酷要求他必须做出选择。乡村与城市、过去与现在、情感与理性这些概念纠结错杂地盘踞在沈从文此时的精神世界里。过去的乡村，好似如"从前般熟悉"，可是仔细思量才"觉出陌生"。尽管自己在城市生活将近二十年，但是"乡下人"的价值观又使他和城市有种疏离感。"'吾丧我'，我恰如在找寻中。生命或灵魂，都已破破碎碎，得重新用一种带胶性观念把它粘合起来，或用别一种人格的光和热照耀烘炙，方能有一个新生的我"①，这时的他已经无法在过去的边城一隅田园世界中找到心灵的栖息所，也无法在城市生活中找到一个稳固的价值支撑点，因此他才会重新给自己寻找精神支撑或者说文化支撑。对于一个在文学创作上既排斥政治干预又极力反对文学"商业化"的作家来说，当还寻求不到真正属于自己的文化精神支点的时候，把目光转向自然就成为一种不难理解的选择了。这个时期，沈从文再次强调要"回归自然"，同时要回归人的自然本性，打破虚伪的道德约束，以抵御世俗的以及被所谓文明所戕害的人性，使人回到人本身。而顽固的"乡下人"的德行又让他再次反观自身："所谓'乡下人'，特点或弱点也正在此。见事少，反应强。孩心与稚气与沉默自然对面时，如从自然领受许多无言的教训，调整到生命，不知不觉化成自然一部分。"②他在自然当中获得领悟，用以排解自身的纠结与矛盾，在与自然相处中获得精神的自由与沉静。但是沈从文毕竟是一个追求思想自由的现代知识分子，他不可能自己拔着自己的头发离开地球，完全沉溺在自然之中。用他自己的话来说，一个人活在社会当中，就不可能完全"脱离人事"，所以现实依然需要面对，可是究竟该如何面对？此时，沈从文想到屈原和庄子，似乎自己

① 沈从文：《烛虚》，《沈从文全集》第 12 卷，北岳文艺出版社 2002 年版，第 27 页。

② 沈从文：《潜渊（第二节）》，《沈从文全集》第 12 卷，北岳文艺出版社 2002 年版，第 87 页。

的生命也同几千年前的屈子和庄生共振，然而他既不能决绝到屈原的地步，也无法苟同庄子的选择，沈从文骨子里湘西人的执拗与固执再次凸显出来，而现代知识分子的"不甘寂寞"也促使他要抗争，要靠自己的力量来对抗社会的堕落与腐败，要在文学作品中移植健康的人生观唤醒青年，他呼吁回到"五四"时代，靠文学重造社会观念及文化理想。1946 年 8 月，当沈从文从大西南重返北平之后，他便积极投身于自己理想中的文化重建工作之中，他不但出任北京大学教授，还一人身兼数家报刊的编辑（或主编），积极宣传自己的文学观念，热情扶持和帮助文学青年。但是历史并没有给沈从文一个继续展示自己文化理想的舞台，随着中国形势的巨变，沈从文又一次面临着空前的困惑和选择。

第二节　命运的沉浮与转折

对于沈从文来说，上述如果说还多是"文学焦虑"的话（文学创作走向衰微所引起的内心焦虑），那么，更大的精神恐慌还来自于对时代大变动的无所适从及心理抑郁。

随着解放战争的节节胜利，北平的形势发生了激变，文坛也开启了新的局面。1948 年出现了所谓的大批文人"北上"与"南下"的状况，左翼文坛阵营开始树立自己的权威，发起了一系列的论争。

1948 年 11 月 7 日晚上，北京大学的"方向社"在蔡孑民先生纪念堂召开了一场文学座谈会，出席者有朱光潜、沈从文、冯至、废名、钱学熙、常风、沈自敏、汪曾祺、金隄、江泽垓、叶汝琏、马逢华、萧离、高庆琪、袁可嘉等人，会上主要就文学与社会的关系探讨了"今日文学的方向"这一问题。试看沈从文的发言：

　　沈：驾车者须受警察指导，他能不顾红绿灯吗？

　　沈：如有人要操控红绿灯，又如何？

　　沈：也许有人以为不要红绿灯，走得更好呢？

　　沈：文学自然受政治的限制，但是否能保留一点批评、修正的权利呢？

　　沈：我的意思是文学是否在接受政治的影响以外，还可以修正政治，是否只是单方面的守规矩而已？

　　沈：一方面有红绿灯的限制，一方面自己还想走路。 ①

　　不难看出，沈从文在这次座谈会上的发言集中于文学和政治之间的关系上，当时他认为文学不仅受政治的限制，还要"批评和修正政治"。显然，沈从文这个时候已经感觉到政治对文学的支配和导向作用，而文学不能脱离政治，要守政治的"规矩"。但是，沈从文一贯坚持的是用文学来改造社会、塑造民心，文学要坚持纯正的个人的立场的观念，因此，这与文学要批评政治、守政治的"规矩"的左翼阵营再次发生了激烈的冲突。这个时候沈从文仍然要固执地给文学争取一份属于自己的权利，他在给一位青年的信中写道："中国行将进入一新时代……传统写作方式态度，恐都得决心放弃，从新起始来学习从事。人近中年，观念凝固，用笔习惯已不容易扭转，加之误解重重，过不多久即未被迫搁笔，亦终得搁笔。这是我们年龄的人必然结果。" ② 后面又写道："人近中年，情绪凝固，又或因性情内向，缺少社交适应能力，用笔方式，二十年三十年统统由一个'思'字出发，此时却必须用'信'字起步，或不容易扭转，过不多久，即未被迫搁

---

① 沈从文：《今日文学的方向——"方向社"第一次座谈会纪录》，《沈从文全集》第27卷，北岳文艺出版社2002年版，第290—291页。

② 沈从文：《致季陆》，《沈从文全集》第18卷，北岳文艺出版社2002年版，第517页。

笔，亦终得把笔搁下。这是我们一代若干人必然结果。"[①] 此时此刻，沈从文已经强烈地意识到新时代的来临，这样的时代要求显然对像他这样的一贯持守自由主义立场而反对文学与政治联姻并从事创作的人来讲是很不利的。他已经预感到自己不能再继续进行文学创作，因为自己的创作理念和这个时代的要求是格格不入的，即使他要为自己心目中的文学作最后的辩解，但又显得无力而无奈。多年积累并已经凝固化了的自己的思想既然很难改变，又要固守自己的信念，那么，就得被迫放弃写作，"把笔搁下"，这不能不成为沈从文最痛苦的选择，也预示着沈从文前半生文学生涯的终结。

在 1949 年 1 月上旬，冷落了较长时日的北京大学"民主墙"又热闹起来，贴出一批声讨"打到新月派、现代评论派、第三条路线的沈从文"的标语和全文抄录郭沫若《斥反动文艺》的壁报，上面明确写道："特别是沈从文，他一直有意识地作为反动派而活动着……"此时，对于北平附近解放的炮声，沈从文倒不在意，"但是对这颗出自左翼文坛大权威之手的无声政治炮弹，他可掂得出其中的分量。看这架势，不仅前些时的新账，而且还有二十多年前的旧账，要加在一起算了"[②]。据说之后沈从文还收到恐吓信。如果看沈从文在 1949 年 1 月左右写于《绿魇》文末"我应当休息了，神经已发展到一个我能适应的最高点上。我不毁也会疯去"[③]，就可体察沈从文当时的压抑而紧张的精神状态。

在长时间的抑郁情绪中，沈从文从 1949 年初开始有些精神失常，他经常胡言乱语，总觉得有人在监视他，要清算他。可是家人却没有

---

① 沈从文：《致吉六——给一个写文章的青年》，《沈从文全集》第 18 卷，北岳文艺出版社 2002 年版，第 519 页。

② 吴立昌：《人性的治疗者：沈从文传》，百花文艺出版社 2013 年版，第 273 页。

③ 沈从文：《题〈绿魇〉文旁》，《沈从文全集》第 14 卷，北岳文艺出版社 2002 年版，第 456 页。

一个人能真正理解他，他的内心非常孤独。清华大学的一些朋友对他甚是关心，曾邀请他去清华园调养了一个多星期。期间他受到梁思成、林徽因夫妇和金岳霖、程应荃等朋友的悉心照料，并且在那儿写下了《一个人的自白》、《关于西南漆器及其他》以及《一点记录——给几个熟人》三篇文章。在前两篇中，沈从文重在梳理自己的人生经历，讲述自己在残酷现实的教育下，如何形成内向的性格，写自己在"否定"和"幻想"之中找到了依靠的精神支柱并生存下来，还谈到自己对于文物的浓厚兴趣。沈从文还回忆自己受音乐和美术的莫大影响，正是用"作曲的方法"来写文学作品，将自己的生命情感、愿望、信念注入作品之中，自己笔下的人生是"综合再现"的。

而在《一点记录——给几个熟人》这篇文章中，沈从文更多的是对自身处境的思考。他意识到社会将要发生改变，自己的写作方式和新生政权的要求相冲突，所以他才会询问"我还能写什么"，"我的笔已经冻住，生命也被冻住了"[1]。但是紧接着又说一切待解放，待改造，是不是还有希望让自己跨过"复杂和阴晦"，重新回复到"单纯和晴明"的阶段。他要重新梳理自己的生命脉络，这样方能"得到结果"。[2] 沈从文责备自己在这样一个新生国家中，在这样一个全国人民忘我为国家作贡献的时刻，自己却纠结于个人问题："你想的却是'你'，为什么不用笔写写'人'，写一个新的人的生长，和人民时代的史诗？你的笔难道当真已呆住、冻住，失去了一切本来？你有权利可以在这个时候死去？"[3] 显然，理性告诉沈从文，既然没有权利在这样一个时代死去，那么，还要用自己的笔为新时代的人民写作，而这种写作又谈何容易。这时的沈从文就处于这样一种既想为时代做些什

---

① 沈从文遗稿、沈虎雏整理：《一点记录——给几个熟人》，《新文学史料》2014年第4期。
② 沈从文遗稿、沈虎雏整理：《一点记录——给几个熟人》，《新文学史料》2014年第4期。
③ 沈从文遗稿、沈虎雏整理：《一点记录——给几个熟人》，《新文学史料》2014年第4期。

么，但又无法彻底摆脱生命痛苦的矛盾纠结当中。他力图给自己寻找重新写作的路子，但最终占据上风的还是难以摆脱的惶恐与失败感，"一种深深的疲惫浸透了生命每一部门细胞。我的甲胄和武器，我的水壶和粮袋，一个战士应有的全份携带，都已失去了意义。一切河流都干涸了，只剩余一片荒芜"①。既然他没有办法依靠自己的力量战胜这种精神的惶恐和心灵的刺痛，那么从周围的朋友身上能否得到一丝宽慰与理解呢？也不能！沈从文觉得自己是孤立的，不被人理解，在给妻子张兆和的信中，他诉说这种孤立感："没有人肯明白，都支吾开去。完全在孤立中。孤立而绝望，我本不具生存的幻望。我应当那么休息了！"②另一方面，妻子给予的安慰与支持也在促使着沈从文抗争，"小妈妈，你的爱，你的对我一切善意，都无从挽救我不受损害。这是夙命。我终得牺牲。我不向南行，留下在这里，本来即是为孩子在新环境中受教育，自己决心作牺牲的！应当放弃对于一只沉舟的希望，将爱给予下一代。"③妻子张兆和的爱无疑是支撑沈从文继续活下去的一股外部力量。当时，在给侄女张以瑛的信中，他也诉说了自己游离于群体之外，处于孤立的境地，他以为自己已经到了难以支撑的地步，本来"平时就难以支持"，更何况又处于现在这种动荡的环境中。当北平已经和平解放，中国即将进入一个新的历史纪元的重大变革时期，沈从文的内心深处是忐忑不宁的，一方面，他不愿意随着一个腐败无望的政府去台湾，另一方面，他对新生的政权又缺乏深入了解。在过去的岁月里，他毕竟是一个对政治不感兴趣又在政治面前十分幼稚的自由主义知识分子，这个时候，他总以为自己以及视创

---

① 沈从文遗稿、沈虎雏整理：《一点记录——给几个熟人》，《新文学史料》2014 年第 4 期。
② 沈从文：《张兆和致沈从文暨沈从文批语·复张兆和，19490130 北平清华园》，《沈从文全集》第 19 卷，北岳文艺出版社 2002 年版，第 10—11 页。
③ 沈从文：《复张兆和（19490202〔1〕，清华园）》，《沈从文全集》第 19 卷，北岳文艺出版社 2002 年版，第 17 页。

作为生命的自己的作品都将随着新时代的到来而终结。在他的人生经历中，还从来没有过像现在这样的精神困顿，恐惧、忧郁、疑虑、绝望等种种精神症候都在迫使着他做出最后的选择，当他对自己痛苦地剖析后，最终得出的结果就是一个字：死。所以沈从文才会在《关于西南漆器及其他》的手稿的末页注明："解放前最后一个文件。"在这里，"解放"完全可以理解为解脱。"灯息了，罡风吹着，出自本身内部的旋风也吹着，于是息了。一切如自然也如夙命。"[1]——这是沈从文在 1949 年 3 月题于《灯》这篇文末后的一段话。看来，经过长时间痛苦的思索，沈从文已经完全意识到自己在现实世界中早就没有了立足之地，反抗绝望的唯一办法就是告别生命，于是，他选择了在 1949 年 3 月 28 日的上午自杀。

选择以自杀的方式结束自己的生命，对一个作家来说无疑是极度恐慌、极度痛苦、极度压抑的表现，而这种选择，在现代中国作家中极富典型性：在时代的变动中，他（他们）既不能适从随波逐流又不能放弃自身的追求，坚守内心的精神纯洁的心理特征。但也应该看到，这种以死抗争也明显带有沈从文因个人创作衰微所渗入其中的心理抑郁的爆发，一旦这种心理抑郁与时代的变迁所碰撞，就会以一种极端的方式结束自己的生命。

幸运的是，沈从文自杀及时被发现，送到医院抢救了过来，后来送到精神病院进行疗治。在其住院休养的时间内，许多亲朋好友都去看望他，并对他进行思想开导。在住院期间，沈从文仍然在思索自己的出路，他从报纸中看到了国家发生的种种新变化，感叹在新的时代中竟然没有自己的一席之地。他意识到自己不应该继续游离于新时代之外了，应该学着了解、认识这个新时代，意识到自己离群太久，要

---

① 沈从文：《题〈沈从文子集〉书内》，《沈从文全集》第 14 卷，北岳文艺出版社 2002 年版，第 458 页。

试着走进"群",追求新生。但是究竟如何新生,他仍然是模糊的。在这一期间的日记和书信中,沈从文总是说自己这时"心中十分柔和",意识到"离群的错误",渴望获得新生,为国家贡献自己的一份力量。这样的叙述非常多,它们也从另一方面反映出沈从文在努力调整自己的心态,力图适应新时代,追寻新生活的迫切心情。我们可以从他在1949年4月6号的日记中找到多处文字来体现他渴望新生的迫切愿望:

> 给我一个新生的机会,我要从泥沼中爬出……留下余生为新的国家服务。①

> 我要新生,为的是我还能在新的时代中作一点事。②

> 我觉得我对一切,只有接受,别无要求了。③

> 我要新生,在一切毁谤和侮辱打击与斗争中,得到我应得的新生。④

4月的一天,沈从文出院了。这时,他在北京大学的课程已经停上,他自愿要求参加北京大学博物馆的搬迁工作。出院之后,尽管沈

---

① 沈从文:《四月六日(19490406)》,《沈从文全集》第19卷,北岳文艺出版社2002年版,第25—26页。
② 沈从文:《四月六日(19490406)》,《沈从文全集》第19卷,北岳文艺出版社2002年版,第26页。
③ 沈从文:《四月六日(19490406)》,《沈从文全集》第19卷,北岳文艺出版社2002年版,第27页。
④ 沈从文:《四月六日(19490406)》,《沈从文全集》第19卷,北岳文艺出版社2002年版,第32页。

从文的精神状态基本正常了，但是他自杀前所缠绕于心间的一系列问题仍然困扰着他，无法减轻他沉重的精神负担。有一天，沈从文的学生马逢华来探望他，绝望中的老师痛苦地对学生说："叫我怎么弄得懂？那些自幼养尊处优，在温室中长大，并且有钱出国留学的作家们，从前他们活动在社会的上层，今天为这个大官做寿，明天去参加那一个要人的宴会。现在共产党来了，他们仍活动在社会的上层，毫无问题。我这个当过多年小兵的乡下人，就算是过去认识不清，落在队伍后面了吧，现在为什么连个归队的机会也没有？我究竟犯了什么罪过？共产党究竟要想怎样处置我？只要他们明白地告诉我，我一定遵命，死无怨言，为什么老是不明不白地让手下人对我冷嘲热讽，漫骂恫吓？共产党里面，有不少我的老朋友，比如丁玲，也有不少我的学生，比如何其芳，要他们来告诉我共产党对我的意见也好呀，——到现在都不让他们和我见面。"[①] 在 5 月 30 号的日记中，沈从文再一次述说了自己的迷茫与困惑。他在追问自己的处境，家庭表面上照旧，可是自己却孤立无援，想不明白自己为什么会这样。"我在毁灭自己。什么是我？我在何处？我要什么？我有什么不愉快？我碰着什么事？想不清楚。"[②] 在自己极端痛苦的情况下，他想到的是《边城》中的翠翠，和自己一样处境的翠翠，翠翠的爷爷去世了，白塔倒了，翠翠心爱的男人也一去不复返。而自己呢，家人对自己不理解，张兆和也去华北大学学习了，自己挚爱的文学创作也要画上句号。此时沈从文的内心是清楚明了的，知道自己的处境，自己所能做的无非就是等待，等待新社会对自己的"宣判"。但是他已经是死过一次的人了，既然这种精神的痛苦无法结束，何不试着来了解一下当下的社会，试着给

① 马逢华：《怀念沈从文教授》，《传记文学》1957 年第 2 卷第 1 期。
② 沈从文：《五月卅下十点北平宿舍（19490530）》，《沈从文全集》第 19 卷，北岳文艺出版社 2002 年版，第 43 页。

自己一次新生的机会。

> 是不是还有一种机会，使我重新加入群里，不必要名利，不必要其他特权，惟得群承认是其中一员，来重新生活下去？……在我明白离群错误以后，是不是还能有新的生活可以重造自己？①

> 我正在悄然归队。我仿佛已入队中。……我失去了我，剩下的是一个无知而愚，愚而自恃的破碎的生命。虽有了新生，实十分软弱。②

> 唯如何用生命从新学，从新作，为多数人有益，为新社会有益，实茫然不知从何作去。③

可从上述引文感知到，在极度的精神压抑中，这段时间沈从文的内心还一直充斥着难以排遣的"自高与自卑"的矛盾纠葛，这两种心态折磨、撞击着这个从旧中国走来的知识分子，正如他自己所说："自高与自卑心理相互纠缠不清时，即必然会有这个发展。我如今恰恰就在一种神经混乱中。"④ "或许它⑤作成的，还是一种疯狂，提到

① 沈从文：《致刘子衡（194907 左右）》，《沈从文全集》第 19 卷，北岳文艺出版社 2002 年版，第 47 页。
② 沈从文：《日记四则（19491113 ～ 22）》，《沈从文全集》第 19 卷，北岳文艺出版社 2002 年版，第 58 页。
③ 沈从文：《日记四则（19491113 ～ 22）》，《沈从文全集》第 19 卷，北岳文艺出版社 2002 年版，第 61 页。
④ 沈从文：《四月六日（19490406）》，《沈从文全集》第 19 卷，北岳文艺出版社 2002 年版，第 31—32 页。
⑤ 指"自高与自卑"两种心态的混合。

自大和自卑作成暂时的综合或调和，得到的一种状态。"[1] "即由于自大和自卑矛盾，终于毁去，成于思复毁于思。"[2] 不可否认，沈从文的文学成就在他自己看来是满意且值得自豪的，他对自己的作品是非常珍视的，他的文学创作中饱含着他对人生的理解，对于人性、生命的感悟，对于湘西世界的全部情感与认知。沈从文早年的从军经历，让他看到了这个世界上人与人之间关系的丑恶，人性的堕落与沦丧，也认识到所谓军人对于社会的罪恶。特别是乡村简单朴实的农人生活和自然景物深深地养育了这个湘西之子，传奇般的生活磨砺、丰富的人生经历，培育了他独特的看人论世的思想意识和文学观念，他不仅努力构建属于自己的"人性神庙"，而且他要以微笑来面对和表现整个世界，就像他所认为的："神圣伟大的悲哀不一定有一摊血一把眼泪，一个聪明作家写人类痛苦或许是用微笑表现的。"[3] 因此，他的作品总是在微笑的暖流中浸润着淡淡的忧伤，形成了只属于沈从文的个人风格。然而，大时代的浪潮却无情地撞击着一个纯文学家的心灵，他的作品没有得到客观公正的评价，而又将他定性为"桃红色作家"，沈从文当然难以面对也不能接受。当沈从文被拒于第一次中华全国文学艺术工作者代表大会之外，就已经宣告了他的文学是难以被那个时代所容纳接受的。如果我们将1949年沈从文精神失常期间的信件和20世纪40年代寓居昆明期间的散文创作联系起来看，就不难发现这二者之间内在精神的相通之处。在昆明期间，沈从文就意识到了现代知识分子阵营的分化，甚至坦诚指出在他眼里被视为"堕落"的某

---

① 沈从文：《致张兆和（19490920，北平）》，《沈从文全集》第19卷，北岳文艺出版社2002年版，第56页。

② 沈从文：《日记四则（19491113～22）》，《沈从文全集》第19卷，北岳文艺出版社2002年版，第61页。

③ 沈从文：《给一个写诗的》，《沈从文全集》第17卷，北岳文艺出版社2002年版，第186页。

些知识者以及给文坛带来的不利局面，却招致了许多不必要的批评。如果说那时候沈从文还更多的是耽于自己内在思想的纠结甚或对于世事的"玄思"之中，无法找到自己创作的新的精神支点的话，那么在 1949 年，沈从文面对的是社会发生了巨变，他的创作被完全否定，他的文学生命连同他的作品行将被历史淘汰，尽管他曾以自杀方式来表明自己对于文学的挚爱，表明自己对于文学独立性的坚守，但仍然难以获得精神上的救赎，他此时要选择的是如何在新的时代中生存、立足，并且这个新时代正是他原来预料之中的没有"传奇故事"但却需要完全"实际事业"的社会。经过长时间的痛苦思考，沈从文最终选择了要真切了解和认识这个社会，尽管他的认识还有些被动，但他还是从内心深处祈求尝试和努力认识这个新社会，并追索自己如何在这个时代中立足以求得新生——这是一个"向死求生"的痛苦的精神裂变过程。

第三节　精神自由的持守

中华人民共和国成立后，沈从文迫于外界形势的变化，又无力于自身精神的解脱，怀着哀哀无告的心灵的创伤，终于放弃了文学创作。其实，应该看到，沈从文放弃文学创作的心理动机的内在因素是多方面的：首先，不可否认，左翼文学阵营对沈从文的歧见是由来已久的，沈从文放弃文学并不再与左翼阵营发生对抗和冲突，显然是明智的，因为在他看来，他的文学已经和这个时代格格不入，"湘西世界"已经成为遥远的过去，他和他的文学即将逝去。其次，就沈从文创作的自身因素来看，他似乎已经写尽了他所谓的"现实"与"梦境"的全部，完成了一个"乡下人"文学创作的生命之路的全过程，

"对于沈从文自己来说，这一转身倒可能是顺势而为、未必遗憾的选择——其实，作为一个作家，沈从文已经写出了也写完了他想写和能写的一切"①。这也可以从沈从文20世纪40年代以后每况愈下的创作趋向中看出端倪，尽管读者极不情愿和这位现代中国最富才情的"最后一个浪漫派"②作家告别，但对于沈从文来说未尝不是一件好事。再次，既然文坛已经难以滞留，但仍然要面对现实生存下去，在生活中不断平复破碎的心灵，坚持活下去并探索如何活下去：

> 生命在发展中，变化是常态，矛盾是常态，毁灭是常态。生命本身不能凝固，凝固即近于死亡或真正死亡……可望将生命某一种形式，某一种状态，凝固下来，形成生命另外一种存在和延续，通过长长的时间，通过遥遥的空间……追求生活完美的努力，以及一切文化出于劳动的认识，种种意识形态，通过各种材料、各种形式，产生创造的东东西西，都在社会发展（同时也是人类生命发展）过程中，得到认可、证实，甚至于得到鼓舞。③

看得出来，沈从文在努力从忧郁孤独中挣脱出来，通过自己的学术研究，创造一种不同于文学创作的另一种形式的文化成果。他的愿望得以实现，终于被安排到自己所擅长的又十分感兴趣的历史博物馆工作。现代中国文坛从此失去了一位极富才情的浪漫抒情的优秀作家沈从文，却多了一位举世瞩目的中国学者。

沈从文决定要以实际行动来了解和认识这个新社会。1950年初春，

---

① 解志熙：《文学史的"诗与真"——中国现代文学文献校读论集》，北京大学出版社2013年版，第106页。

② 沈从文：《水云》，《沈从文全集》第12卷，北岳文艺出版社2002年版，第127页。

③ 沈从文：《抽象的抒情》，《沈从文全集》第16卷，北岳文艺出版社2002年版，第527页。

他被历史博物馆安排去华北人民革命大学（以下简称"革命大学"）学习，这无疑是他认识新时代的第一步。对这样一次学习机会，他表现出由衷的乐意，半年以后，他在给友人的信中形象生动地描述了在革命大学学习的情景：

> 在革大学习半年，由于政治水平过低，和老少同学比，事事都显得十分落后，理论测验则在丙丁之间，且不会扭秧歌，又不会唱歌，也不能在下棋、玩牌、跳舞等等群的生活上走走群众路线，打成一片。换言之，也就是毫无进步表现。在此半年唯一感到爱和友谊，相契于无言，倒是大厨房中八位炊事员，终日忙个不息，极少说话，那种实事求是朴素工作态度，使人爱敬。中国之所以能在一切困难中还站得住，在任何不利环境条件下，许多工作还能有点成绩，就全亏得这种"临事庄肃"、"为而不有"工作态度。学习既大部分时间都用到空谈上，所以学实践，别的事既做不了，也无可做，我就只有打扫打扫茅房尿池，可说是在学习为人民服务。如果不怕人说"个人英雄主义"，经常还可去把许多其他宿舍毛房收拾收拾，一定对人多些实益，而于己也是一种教育，且可说材当其用。比过去胡乱写文章再尽人来胡乱称引，切实具体多矣。也比在此每天早五时到下十时一部分抽象讨论有意义得多。①

这一段话有趣而实际，它既反映了沈从文在革命大学的学习和劳动的情况，又再一次表现出沈从文这个"书生"难以在短时间内彻底摆脱他看人论世的一贯姿态以及做人处世的原则，他对新环境的初步

---

① 沈从文：《复萧离（19500802，革命大学）》，《沈从文全集》第19卷，北岳文艺出版社2002年版，第71—72页。

认识是犀利而中肯的。

但也不可否认，革命大学的学习毕竟让沈从文有了一些触及灵魂的想法，不管这种"触及"是否带有违心的意愿，但以文字的形式很快发表的确是让人回味的：

> 过去二十年来，个人即不曾透彻文字的本质，因此涉及文学艺术和政治关系时，就始终用的是一个旧知识分子的自由主义观点立场，认为文学从属于政治不可能，不要，不应该。且以为必争取写作上的充分自由，始能对强权政治有所怀疑否定，得到健全发展和进步的。即因此孤立的、凝固的用笔方式，对旧政治虽少妥协，但和人民革命的要求，不免日益游离，二十年来写过许多文章，犯过不少错误。①

> 由于缺少对政治和文学联系有深一层认识，我的阶级立场自始即是模糊的。我的工作的积累，于是成了伪自由主义者群的一个装璜工具，点缀着旧民主自由要求二十年。而我也即在这个位置上胡写了二十年。大革命，九一八，……社会新旧斗争一系列的发展，我都一一见到，越来越复杂尖锐，我却俨然游离于纠纷以外。生活依存于伪自由主义者群，思想情感反映于工作中却孤立而偏左。但是社会斗争的复杂我难于把握，而斗争流血我受不了，一个罗亭和吉诃德混合型的人格，和一堆杂书相结合，加上小农性的自私，小商人性的谨慎怕事，由于主观无知而来的对工作的深深自恃心，相纠相混，于是形成一种对世事旁观轻忽态度，即把种种看成是社会分解过程中一些矛盾的必然，无可避

---

① 沈从文：《我的学习》，《沈从文全集》第 12 卷，北岳文艺出版社 2002 年版，第 361 页。

免，个人却守住一个尼采式的夸大而孤立的原则，即"脆弱文字
将动摇这个虽若十分顽固其实并不坚固的旧世界，更能鼓励年青
一代重造一个完满合理的新世界。"至于旧世界是什么，我知道
的即有限，而新世界又应当是什么，我更缺少明确概念。对现实
政治，因掌握不住问题，只觉得社会革命去成熟条件还远，且可
能方式有问题。国家历史负担过于沉重，求一摔而脱势不可能。
文学本身实不能解决社会问题，但是却能够为年青一代提出更多
问题。作品的多样性，也由于这个认识而产生。作品的无原则性
和阶级立场，是显而易见的。①

　　革命大学的这份"学习总结"，对于沈从文来说是发自肺腑的，
也是深刻的。他还认识到，在向现实学习中，"我起始理解了万千人
从一种先进政治哲学，和一国政治斗争经验结合，形成的发展观念和
实际情形，以及坚持立场观点、掌握方法对于新国家的重造，对于人
民在教育下的觉醒与解放，具有何等重要意义"②。他进而表示："而
格外重要，即个人和国家在有组织有计划中的发展，……这种种，无
不得通过中国共产党的领导，通过毛泽东的思想和领导实践方法，才
有可能实现一个伟大美丽新中国。这点新认识使我只觉得不仅过去对
政治为无知，糊涂舞文弄墨了几十年，生命为无多意义。现在对政治
也还是少知，重新进入人民队伍，学习再学习，还不过是小学生第一
课的开端。"③ 在这里，如果把沈从文对于自己思想的初步清算、对政
治和新中国的认识放在当时的语境中来看，应该说是坦诚且符合自己

①　沈从文：《我的学习》，《沈从文全集》第 12 卷，北岳文艺出版社 2002 年版，第 366—
　　367 页。
②　沈从文：《我的学习》，《沈从文全集》第 12 卷，北岳文艺出版社 2002 年版，第 370 页。
③　沈从文：《我的学习》，《沈从文全集》第 12 卷，北岳文艺出版社 2002 年版，第 370 页。

的文学创作道路的，他的希望也是真挚而美好的。

革命大学学习后，沈从文回到历史博物馆上班，不到半年，他又被安排去参加"土改"运动。此前，1951年9月2号，沈从文在给一位青年记者的废邮残稿里说："特别是要告你，我拟十月中旬去参加土改，跟人民学习几个月……更重要是学习明白人民如何处理历史中这个大事情，如何生长，如何生产。也只有从这种学习中把我认识清楚些，再进而学忘我，来学习为人民服务。或用笔，用到这个国家一切生长方面，或不在用笔，即在一种极平凡工作中作公务员到老。"[1]看来，参加"土改"的想法他早已有了。1951年10月，沈从文选择去四川内江参加农村土地改革运动，这次经历，对沈从文有着莫大的影响。这是沈从文真真切切地参加到新社会的土地改革的实践当中，丰富自己对于新社会的认识，了解新时代人民的生活。

沈从文这次去四川参加"土改"运动，一方面是去现实中学习，一方面也是去寻找创作素材，力图找回自己业已失去了的写作欲望，想用自己的一支笔来好好地为国家再写几年，贡献自己的一份力量，"希望从这个历史大变中学习靠拢人民，从工作上，得到一种新的勇气，来谨谨慎慎老老实实为国家做几年事情，再学习，再用笔，写一两本新的时代新的人民作品，补一补二十年来关在书房中胡写之失"[2]。"这回下乡去是我一生极大事件，因为可以补正过去和人民群众脱离过误。二十多年来只知道这样那样的写，写了许许多多文章，全不得用。如能在乡下恢复了用笔能力，再来写，一定和过去要大不相同了。因为基本上已变更。你们都欢喜赵树理，看爸爸为你们写出更

---

① 沈从文：《凡事从理解和爱出发（19510902，北京）》，《沈从文全集》第19卷，北岳文艺出版社2002年版，第119—120页。

② 沈从文：《致张兆和（19511025，北京）》，《沈从文全集》第19卷，北岳文艺出版社2002年版，第121页。

多的李有才吧。"①

　　沈从文反复表示："我一定要为你们用四川土改事写些东西，和《李有才板话》一样的来为人民翻身好好服点务！"②在前往四川内江的路途中，沈从文陶醉于熟悉的江边景色中，那些游荡于江上的船只和水手唤起了他久违了的亲切感。在给妻儿的信中描述自己船上的见闻感受，他领略的是江边秀丽的景色和村镇的静谧，目光所及的是街边的各种摊贩和店铺的繁闹景象。但他关注最多的还是普普通通的民众的生活。

　　在四川短短的三个多月时间，沈从文的家书数量之多令人吃惊。这很容易让人想到，沈从文在1934年回家探望母亲的途中，给妻子张兆和所写的许多家书。到达四川内江后，他在给夫人的信中也情不自禁地写道"这么学习下去，三个月结果，大致可以写一厚本五十个川行散记故事。有好几个已在印象之中有了轮廓"③。如此看来，这次赴内江途中的所见所闻再一次激发了沈从文强烈的创作欲望。在这样风景秀丽的农村中，沈从文内心是非常安然放松的，他同样是怀着一个小学生看世界的心情来认识和了解新中国的"土改"运动的。沈从文到达四川内江后，看到了人民群众新的精神面貌，也看到了人民在新的社会变动中的巨大热情，他在和当地群众的生活相处当中，接触到了一个单纯善良的小女孩，她自己生活困难却将亲手养大的一只兔子捐献给朝鲜的志愿军战士。他听到妇女在牛棚倾诉本地土财主的苛刻和家庭婆媳之间的相处产生的矛盾，也和当地上了年龄的老太太聊

①　沈从文：《致沈龙朱、沈虎雏（19511028，华源轮 汉口）》，《沈从文全集》第19卷，北岳文艺出版社2002年版，第126页。
②　沈从文：《致沈龙朱、沈虎雏（19511028，华源轮 汉口）》，《沈从文全集》第19卷，北岳文艺出版社2002年版，第134页。
③　沈从文：《致张兆和（19511108，内江）》，《沈从文全集》第19卷，北岳文艺出版社2002年版，第156页。

天，了解他们的生活方式……他所关注的这些人，并不为当时的小说家所注意，而沈从文天性就喜欢和这些下层民众亲近，他通过和他们的相处，体悟到这些乡民们静默的生命形式，感受到他们的喜怒哀乐。他在信中多次表达自己要了为他们重新拿起手中的笔，让他们活在他的笔下。

沈从文一方面被在社会大变革中的人民群众的那种积极参与的热情所感染，想要用自己的笔记下这一伟大时代的变革；另一方面，又感叹当时的文艺政策限制了作家的自由，多数文艺工作者忙于国家的行政职务，根本没有时间去农村真正了解和认识"土改"运动和人民群众的精神面貌。在四川内江期间，他读《毛泽东选集》，看加里宁，也看《人民日报》，关心时事趋向，注视文坛创作现状，感慨从报纸上看到的新闻和报道根本没有在农村参加"土改"所见到的深刻，小说创作也没有达到应有的水平。这个时候，沈从文可以说一定程度上认同了文学创作要为工农兵服务，要描写他们的生活。四川内江秀丽的风景，轰轰烈烈的"土改"运动，处于这样的环境之中，沈从文的创作之心再次被唤醒是自然而然的，所以他在信中多次谈论自己对创作的想法。他认为创作小说，一定要将人事放在相应的自然背景之中，让自然环境的"静"和人事的"动"相互映照。

> 背景中的雄秀和人事对照，使人事在这个背景中进行，一定会完全成功的。写土改也得要有一个自然背景！……不知道一切人事的发展，都得有个自然背景相衬，而自然景物也即是作品一部分！①

---

① 沈从文：《致张兆和（19511101，华源轮 巫山）》，《沈从文全集》第19卷，北岳文艺出版社2002年版，第139页。

　　人事的动和自然的静相互映照，人在其间，实在离奇。尤其
是我身处其间，创造心的逐渐回复，十分离奇。①

　　把自然景物的沉静和人事的动结合起来，成功是必然的。②

　　用把人事的变动，历史的变动，安置到一个特别平静的自然
背景中，景物与人事一错综，更是容易动人也。③

　　沈从文在信中多次表达自己这样的文学观念，不由得让人再次回
味以《边城》为代表的最具沈从文韵致的系列小说的创制，都是在自
然风光中将人事凸显，在动与静的融合中体现出沈从文特有的叙事样
式，那就是在一种静谧的自然背景中衬托着极富生命质感的鲜活的人
物形象，从而给人以深刻的印象。

　　但是，沈从文也清楚地意识到自己的思想意识以及所追求的创作
是和当时的文学观念相抵触的，他谈道："真正农民文学的兴起，可
能和小资产阶级文学有个基本不同，即只有故事，绝无风景背景的
动人描写。因为自然景物的爱好，实在不是农民情感。也不是工人
情感，只是小资情感。将来的新兴农民小说，可能只写故事，不写
背景。"④沈从文的小说当中，一定要有和人事相应的自然环境的描
写，但是新兴文学只要故事，不要背景描写的要求，沈从文是没有办

①　沈从文：《致张兆和（19511119，内江）》，《沈从文全集》第 19 卷，北岳文艺出版社
　　2002 年版，第 177 页。
②　沈从文：《致金野（19511202，内江）》，《沈从文全集》第 19 卷，北岳文艺出版社 2002
　　年版，第 194 页。
③　沈从文：《致金野（19511202，内江）》，《沈从文全集》第 19 卷，北岳文艺出版社 2002
　　年版，第 197 页。
④　沈从文：《致沈龙朱、沈虎雏（19511226，内江）》，《沈从文全集》第 19 卷，北岳文艺
　　出版社 2002 年版，第 246 页。

法达到的。"小说创造之不同于其他，也就在此。要生命中一种燃烧般的情绪集中，一种高度的集中，和细密的分工处理，在一定工作过程中，即等于将个人生命努力转移到另一种形式里去，而十分生动的存在。"[1]沈从文认为小说创作需要的不仅仅是故事，还需要作者投入情感。小说创作实则是作者情感郁积之后的一种宣泄和升华（抒情），是"情绪的体操"，作家将自己的感情和生命体验投射到小说中人物的身上，人物是作者的代言。这就很明显地道出了沈从文所持守的创作观念与当时文坛要求的格格不入。

第四节　"有情"的独钓者

对于一个极富情感的小说家沈从文来说，即使是在"土改"运动中，他观察生活的角度也是有别于其他人的。他在给夫人张兆和及儿子的信中总是提到这样一件有趣的事：

> 一面这种堡砦中日长如小年的有人钓鱼，一面是山脚下每一处，都在进行历史上史无前例的阶级斗争，动静两相对照，给人一个离奇的印象。[2]

> 几天前，到一个山顶砦子里去，在一个孤立的四围是绝壁悬崖的山顶上，且见到一个老头子在小水塘中钓鱼……这个砦子只

---

[1]　沈从文：《致张兆和、沈龙朱、沈虎雏（19511212，内江）》，《沈从文全集》第19卷，北岳文艺出版社2002年版，第220页。

[2]　沈从文：《致张北和、沈龙朱、沈虎雏（19511212，内江）》，《沈从文全集》第19卷，北岳文艺出版社2002年版，第220页。

十多户人家，也有许多会在开，男女日夜都开会，这个老人却像是和这个动荡的社会完全不相关，在山顶上钓鱼，多奇怪！[①]

在历史变革的这一刻，沈从文竟然能注意到一个处于骚动环境中孤寂、安静的独钓老者。这不仅折射出他内心难以摆脱的落寞孤独的心境以及对于安静的偏爱，也反映出小说家沈从文的敏感。沈从文本来就亲近自然，热爱自然，喜欢在自然环境中遐思幻想。当他在山顶砦子独处时，再次融入大自然的怀抱中，感悟到了自然的宁静，此情此景，难免会将现实和自然进行比较，这种比较促使他进一步思考究竟哪种生命的存在方式是可取的、合理的。既然沈从文能注意到那样一个安静独处的垂钓老者，那么就再也遮掩不住他的内心深处是向往那位老者的生活方式的，他希冀从这位老者身上学到一些东西，体悟一种为人处世的哲学。不难看出，沈从文这个时候仍然是游离于时代之外的，他的内心仍然是向往和追求自由的。

其实，这种"自由垂钓"的追求与向往一直隐藏在沈从文的内心深处。1957 年 4 月 12 日，他参加全国政协安排的视察活动，借此机会在上海度过了"五一"国际劳动节。那天，上海热闹非凡，到处洋溢着一派节日的喜庆景象。身处这样一种环境中，沈从文却把目光集中在黄浦江上一只艒艒船上。这天，沈从文画了三幅速写，画面都是从住处窗口望出去见到的景致，并且每幅画的下面也有相应的文字描述：

第一幅，五一节五点半外白渡桥所见：江潮在下落，慢慢的。桥上走着红旗队伍。艒艒船还在睡着，和小婴孩睡在摇篮

---

① 沈从文：《致沈虎雏（19511216，内江）》，《沈从文全集》第 19 卷，北岳文艺出版社 2002 年版，第 236 页。

中，听着母亲唱摇篮曲一样，声音越高越安静，因为知道妈妈在身边。

第二幅，六点钟所见：艒艒船还在做梦，在大海中飘动。原来是红旗的海，歌声的海，锣鼓的海。（总而言之不醒。）

第三幅：声音太热闹，船上人居然醒了。一个人拿着网兜捞鱼虾。网兜不过如草帽大小，除了虾子谁也不会入网。奇怪的是他依旧捞着。[①]

我们再注意一下这个特定的时间和地点，它是"五一"国际劳动节这一天和上海外滩的外白渡桥和黄浦江。"五一"国际劳动节是属于劳动人民的节日，是国家要隆重庆祝的节日，到处是庆祝的队伍，人们外出游行，锣鼓和歌声中满怀着兴奋和喜悦。可是沈从文的速写和附上去的文字呈现的却是一种热闹和安静的鲜明对比。

第一幅速写，桥上车水马龙般行走的红旗队伍和艒艒船的睡眠形成强烈的对比；第二幅，依然是做梦的艒艒船和外界热闹喧嚣的歌声锣鼓声的鲜明互照，虽然外界声音嘈杂，但是艒艒船就是不醒；第三幅，外界声音太嘈杂热闹，船上的人似乎被唤醒，可醒来之后，丝毫没有被桥上的热闹场景所吸引，只是自己一个人拿着网兜在捞鱼虾，明知虾子不会入网，仍然在捞着。这三幅速写不妨看作是沈从文自我心理的外化反映。如果将沈从文看作是艒艒船中的那个人，那么我们就可以顺理成章地认为沈从文仍然固执地在选择和这个时代相处的一种方式：他要沉浸于自己的追求当中，对于外界的任何事情都不参与。当天晚上，在给妻子张兆和的信中，沈从文仍然在思考着艒艒船，他的心情难以平静，夜晚所有的一切都安静下来了，唯独能听到

---

① 沈从文：《致张兆和（19570502，上海）》，《沈从文全集》第 20 卷，北岳文艺出版社 2002 年版，第 177—178 页。

腼腼船的摇橹荡桨的声音。沈从文猜想那一叶小舟上的老者是不是也和自己一样在空想，猜想腼腼船是怎样在大风大浪中存活下来的。他在这里给出了一个结论，就是腼腼船能经得住大风大浪的侵袭。腼腼船是远离时代的，他自有一套为人处世的哲学，不受外界干扰。其实沈从文在这里也是给自己一个早已潜存的心理暗示，给自己找一份精神支持。同时这也透露出一种讯息，即沈从文固有的对独立精神的追求并没有改变。独钓者在钓鱼，腼腼船上的老者在捕虾子，而沈从文在其以后的人生途中，依然要坚守独立自由不与世俗同流的人格精神，他是不由自主地要坚守这"热闹中的孤独"。

接近旧历年关时节，沈从文更是思绪万千。夜中常常因隔壁老妇人的咒骂声而无法入睡，沈从文因此翻阅起《史记》列传选本，并引发了一系列的思考和感慨。他将中国的历史文化分为"有情"和"事功"两种传统，认为代表"有情"的是屈原、贾谊、杜甫、曹雪芹等诸如此类的文人，代表"事功"的是历史上的管仲、窦婴、张良、萧何、卫青、霍去病等诸如此类的政治家和将军。他着力探讨了这两类人在文化性格之间的关系，认为：

> 中国历史一部分，属于情绪一部分的发展史，如从历史人物作较深入分析，我们会明白，它的成长大多就是和寂寞分不开的。东方思想的唯心倾向和有情也分隔不开！这种'有情'和'事功'有时合而为一，居多却相对存在，形成一种矛盾的对峙。对人生'有情'，就常和在社会中'事功'相背斥，易顾此失彼。管晏为事功，屈贾则为有情。因之有情也常是'无能'。现在说，且不免为'无知'！说来似奇怪，可并不奇怪！忽略了这个历史现实，另有所解释，解释得即圆到周至，依然非本来。必肯定不

同，再求所以同，才会有结果。①

在沈从文看来，"有情"和"事功"在多数情况下是彼此矛盾的。"有情"是对人生而言的，"事功"是对社会而言的。社会的发展和进步离不开"事功"的传统，但是更打动沈从文内心的却是文人的"有情"。特别是沈从文觉得自己喜欢《史记》，并不单单是因为《史记》的写作方法和表现手法，而是深受司马迁的为人为文的影响。

> 过去我受《史记》影响深，先还是以为从文笔方面，从所叙人物方法方面，有启发，现在才明白主要还是作者本身种种影响多。《史记》列传中写人，着笔不多，二千年来还如一幅幅肖像画，个性鲜明，神情逼真。重要处且常是三言两语即交代清楚毫不粘滞，而得到准确生动效果，所谓大手笔是也。《史记》这种长处，从来都以为近于奇迹，不可学，不可解。试为分析一下，也还是可作分别看待，诸书诸表属事功，诸传诸记则近于有情。事功为可学，有情则难知！②

沈从文通过分析《史记》，认为"年表"诸书为"事功"，只要掌握材料便可以写作出来，而列传却需要一种态度，这种态度的养成和作者生命的经历有着莫大的联系。"列传却需要作者生命中一些特别东西。我们说得粗些，即必由痛苦方能成熟积聚的情——这个情即深入的体会，深至的爱，以及透过事功以上的理解与认识。"③纵观沈

---

① 沈从文：《致张兆和、沈龙朱、沈虎雏（19520125 左右，内江）》，《沈从文全集》第 19 卷，北岳文艺出版社 2002 年版，第 317—318 页。

② 沈从文：《致张兆和、沈龙朱、沈虎雏（19520125 左右，内江）》，《沈从文全集》第 19 卷，北岳文艺出版社 2002 年版，第 318 页。

③ 沈从文：《致张兆和、沈龙朱、沈虎雏（19520125 左右，内江）》，《沈从文全集》第 19 卷，北岳文艺出版社 2002 年版，第 319 页。

从文的文学创作道路，他所追求的文学高度就是"有情"的文学，这是文学的生命所在。他自己创作小说，对笔下的人和物都是充满感情的，是"有情"高于"事功"的。在他眼里，"有情"比"事功"更重要。那么，沈从文为何在这个时候通过对历史文化的认识谈论"事功"和"有情"呢？现在看来，他的思考绝不是无端而起的，而是他表达自己思想困境的一种方式。在当时国家主流意识形态大力倡导"事功"的文化语境中，要"有情"为"事功"作出巨大的牺牲，显然是不可能甚或被迫性的。"有情"已经成为无用的不合时宜的东西，因为"有情"是属于个人性的，它与激情洋溢的集体狂欢年代是格格不入的。但是沈从文也认识到："国家在崭新情况中发展，万千种事都从摸索中推进。到另外一时，人的功能从种种旧的或过时了的因袭成见观念束缚中脱出，在一个更新关系上，会得到充分地解放。到那时，"有情"的长处与"事功"的好处，将一致成为促进社会向前发展的动力，再无丝毫龃龉。这种情形是必然会实现的，可是也和其他许多事情一样，是要经过一些错误的选择和重新努力才有可能的。"[1] 难能可贵的是，沈从文在当时就已经意识到了社会片面追求"事功"的限制性，他坚信经过错误的洗礼，人们最终能体认到"有情"的作用。显然，沈从文这个时候是用一分为二的观点来看待历史和现实的。但无论如何，他的内心深处向往的还是"有情"的文学。在当时那个追求"事功"的时代大背景下，尽管沈从文的个人体察显得微不足道，但是他通过阅读《史记》感悟司马迁坎坷的一生及其作品蕴含的"有情"和"爱"，不放弃文学本质思考的执着信念仍值得重视。

沈从文在川行"土改"期间，能敏感地注意到一个自由的垂钓者，并且在夜读《史记》中，提出"有情"的文学传统，我们就应该

---

① 沈从文：《致张兆和（19520129〔2〕）》，《沈从文全集》第19卷，北岳文艺出版社2002年版，第335—336页。

能看出真正能让沈从文有会于心的、引起沈从文共鸣的还是饱含自由及其"有情"的文学精神。他推崇的是屈原、司马迁、杜甫、曹雪芹、鲁迅等伟大作家因对人生和存在有了相当深入的生命体验及理会之后创作的作品。在时代的大潮流中，沈从文甘做腼腆船上的独钓老者，自顾自地捞虾子，而那"捞虾子"就是沈从文此后多年用力最勤的文物研究，尽管他的文物研究注重的是实物，但他在研究文物的过程中除实物考证外，充分运用的是自己的想象和联想，体味的是文物背后呈现的人文精神。汪曾祺曾将老师沈从文的文物研究定义为"抒情考古学"。其实，沈从文的文物研究和他的文学创作于内在精神上是相通的。沈从文对文物同样"有情"，他认为"物和人事"是相通的，他可以从诸多文物中看到普通平凡的生命，还有那从中映衬出的不同人格，这与他文学世界里的人是相通的。沈从文"爱好的不仅仅是美术，还更爱那个产生动人作品的性格的心，一种真正'人'的素朴的心"[1]，他通过对件件文物的清理就能体会到制作者融会于作品中的勤劳、愿望、热情的那颗心，并将自己在文学创作中执着于表现普通人物的感情转移到文物研究当中，这不仅在一定程度上弥补了自己内心的缺憾，同时也满足了他自由创作的意愿和追求。若干年后，沈从文动情地回忆自己的文物研究工作时说：

> 一般人总认为，一个人进了历史博物馆，那就算完了。可是一深入工作，就会明白历史博物馆是一座中华民族悠久历史和灿烂文化的宝库。馆内各种文物却引起了我的浓厚兴趣。按规定，当时历史博物馆不许生火，冬天，摄氏零下二十八度，我就穿件大棉袄，在灰尘扑扑的文物仓库里登记、抄录、鉴定、研究，常

---

① 沈从文：《关于西南漆器及其他》，《沈从文全集》第 27 卷，北岳文艺出版社 2002 年版，第 23 页。

常到了下班时间也不觉得，被工作人员反锁在仓库里也不知道。仅五十年代初期，由我经手过目的瓷器、铜器、玉器、漆器、绘画、家具、钱币、绸缎、地毯等文物，就不下一百万件。我一面学习，一面就担任讲解员。我先后接待、交谈过的一般或特殊观众，总计下来，可能达二三十万人次。这真可说是给了我向社会学习一种很好机会。①

正是在这样一种"有情"的精神投射中，沈从文不断地在文物研究中践行着"在破碎中黏合自己"②的诺言，以自己的智慧编撰了《唐宋铜镜》、《中国丝绸图案》、《明锦》、《战国漆器》、《龙凤艺术》及后来产生世界影响的《中国古代服饰研究》等著作，为当代中国的物质文化史研究作出了开拓性的贡献。

第五节　"抽象的抒情"

1959 年 10 月，沈从文在《我怎么就写起小说来》中写道："'跛者不忘履'这是一句中国老话，意思是这个人本来如果会走路，即或因故不良于行时，在梦中或日常生活中，还是会常常要想起过去一时健步如飞的情形，且乐于在一些新的努力中，试图恢复他的本来。"③这句话清楚地表明，沈从文的文学之心并没有消隐，他希望能在"新的努力中"，恢复他创作的"本来"。这里，再一次表白了他对文学创

① 贾树枚：《永远地拥抱自己的工作不放——访著名文学家、古文学家沈从文》，《光明日报》1980 年 11 月 7 日。
② 吴立昌：《人性的治疗者：沈从文传》，百花文艺出版社 2013 年版，第 271 页。
③ 沈从文：《我怎么就写起小说来》，《沈从文全集》第 12 卷，北岳文艺出版社 2002 年版，第 424 页。

作的挚爱。诚然，沈从文在 1949 年后也多次试笔，希望找回自己的文学感觉和写作才能，但由于自身对新时代的陌生与难以适应，对文学的自由理想的持守与时代语境的不统一，他的努力最后都以失败告终。

这种努力的"失败"明显地可以从他在 20 世纪 50 年代初期的创作中略窥一斑。其中，《老同志》① 是七易其稿的一个短篇小说，按常理说，对一个短篇小说的七次修改，应该是精打细磨了，但这篇作品仍然没有任何吸人眼球的人物刻画和情节铺叙。小说描写的人物是大厨房的一个炊事员，他"年纪五十七岁，身材瘦而高，头大额角宽，下巴尖长。有一双茧节多筋真正劳动人民的大手。眼睛因上了年纪，瞳孔缩小，且常年被灶火熏灼，有点儿发红，常是湿濛濛的，但是皱起眉毛向人凝望时，却充满一派忠诚无邪的干净气，而且十分亲和。因为年纪长，同学都叫他'老同志'，一成习惯，本来姓名就忽略了。"② 这应该是作品中对"老同志"交代得比较好的一段文字，但是沈从文刻画的"老同志"这个人物形象并不能给人留下深刻的印象，没有让人记忆深刻的细节或情节。沈从文本来是个很擅长讲故事的人，可是这篇小说整篇都是在絮絮叨叨地诉说一些无关紧要的事情。再联系一下他在进行《老同志》创作时，身处四川内江农村，曾在信中一再强调人事的"动"要和自然环境的"静"相互映衬，这样方能创作出好小说来，可是当自己动手进行写作时，却做不到，这又是为什么？《老同志》开篇就借教育长的致辞点明知识分子是到革命大学学习马克思列宁主义改造思想的，并且号召他们向一字不识的炊事员

---

① 小说初稿写于 1950 年沈从文在革命大学政治研究院学习期间，是自 1949 年病后，沈从文为恢复用笔能力而作的一次努力。离开革命大学后，沈从文又曾多次修改，并于 1951 年冬带着文稿到川南内江地区参加土地改革。从目前保存下来的手稿看，注明 1951 年 11 月 12 日的第四稿和 1952 年 1 月 14 日的第七稿比较完整。本书依据的是第七稿。

② 沈从文：《老同志》，《沈从文全集》第 27 卷，北岳文艺出版社 2002 年版，第 464 页。

学习。接下来写到吃饭时间到了，自然而然地引出对老同志的介绍，在讲述其人生经历时显得混乱，一会儿用"解放前"，一会儿"十几年前"，显然，沈从文是想讲述老同志在辛亥革命后到中华人民共和国成立前的悲惨遭遇。接下来简单叙述老同志在中华人民共和国成立之后生活的变化，两相对照方可体现老同志现在生活的幸福。老同志的日常生活很单调，做饭时负责烧火，吃饭时端盆拿碗，饭后洗碗收拾桌面，起早贪黑地给大家烧水喝，想尽一切办法来节省煤炭，他变着花样给学员做饭，满足学员的要求。这样简单的叙述之后，沈从文就开始进行宣教解说，将老同志的行为上升到学习榜样的高度。"老同志的日常工作，就是照着这个标语指示的最高原则，用一个新国家主人翁态度，长年不变的为在改造中的知识分子学习示范。"[①] 特别是作品结尾处，说教式话语更加浓厚：

> 在一个崭新的光荣伟大时代中，为了完成中国历史任务，要求于万万人民对于劳动热情的新道德品质，老同志所保有的，恰是一个全份。这种优秀的伟大的劳动道德品质，在阶级社会里，历来都被统治阶级所忽视轻视，由压迫剥削转成为奴隶屈辱和永久苦难。虽创造了历史文化，可从不曾在历史文化中得到应有位置。现在觉醒了，明白的意识到自己作了主人，而且和万万人民来共同创造一个崭新的既属于民族也属于世界的文化。老同志虽不识字，可完全明白这个道理，深信这个道理。因此话虽说得极少，事情总作得极多。而且是永远十分谦虚诚恳的，和万万翻身劳动人民一样，在沉默里工作，把时代推进。中国能够站起来，战胜一切困难，取得胜利和成功，就是因为在任何地方，在一切

---

① 沈从文：《老同志》，《沈从文全集》第 27 卷，北岳文艺出版社 2002 年版，第 473 页。

平凡单调艰难烦琐工作中，在一切创始的生产战线和建设工程中，在朝鲜战场，和西藏冰雪沙漠里，都有和老同志一样的劳动人民，在无私无我的为建设国家而努力。①

另一篇《中队部——川南土改杂记一》，应该也是在四川参加"土改"期间创作的。这篇小说五千多字，选取电话汇报工作这样一个独特的视角，讲述了驻守在中队部的一名"土改"干部与上级的七次电话汇报工作，始于中队部搬迁驻地，止于"土改"工作完成即将撤离。作品中的七次通话，第一次和最后一次写得很简略，只是交代工作性质，中间五次是主体部分，依次是向上级汇报新搬迁的驻地情况、住户的阶级成分划分、家畜的养殖、斗争大会开展的情形、当地人民积极参与"土改"的热情等，简洁完整地勾勒出了当地"土改"从开始到结束的大致过程。全篇用口语化的语言娓娓道来，让人觉得很亲切。作品介绍驻地情况时，花了较多的笔墨来写自然环境；汇报住户的阶级成分时，写到老夫妇对骂，很有画面感；介绍家畜养殖时，将它们写得甚是惹人喜爱；最后写"土改"情况及元宵的联欢大会。在这个短篇中，沈从文写出了他所谓的自然环境的"静"，体现了他写作的一贯追求，那么他所谓的历史的"动"又是怎样体现的呢？我们看到，作品中人物每次通话的最后，作者都是用肯定性的语句来结束的。沈从文在叙述历史的"动"时，显然是用一种乐观的态度一带而过。诸如："上级决定是对的。……事情大家做，容易办。困难？不什么困难的。有办法，放心，保证到时完成！"②"……

---

① 沈从文：《老同志》，《沈从文全集》第27卷，北岳文艺出版社2002年版，第477—478页。
② 沈从文：《中队部——川南土改杂记一》，《沈从文全集》第27卷，北岳文艺出版社2002年版，第479页。

可是，这是斗争！纠正过来了，放心，放心！"①这种简捷的"汇报语"
又无疑过于单调化了当时基层工作的复杂性。

创作这两篇作品时，沈从文的创作心态是不一样的。《老同志》
本来是要赞美"老同志"，但是由于自己仍然在恢复用笔期间，同时
又要随时代之风，还要考虑读者的接受程度，这种种因素导致作品掺
杂了诸多的解释与说教，这与沈从文小说的一贯风格是很不一样的。
尽管在创作《中队部——川南土改杂记一》时，沈从文试图在作品中
体现自己的所长，即要将历史的"动"和自然环境的"静"融合一起
付诸创作实践，并且他对于"土改"的经过还是有一定了解的，但是
由于他对"动"的观察与理解实在过于肤浅，其描述不仅流于浮泛，
且很难抵达历史的某些深处。

1957 年 8 月，沈从文去青岛海边休养。在这期间写作了一篇以
反对玩扑克牌为题材的小说，却没有得到妻子张兆和的认可。在青岛
的海边，沈从文给张兆和的信中多次表达自己在海边的写作能力的恢
复。"简直下笔如有神，头脑似乎又恢复了写《月下小景》时代，情
形和近几年全不相同了。如一年有一半时间这么来使用，不知有多
少东西可以写出。"②"还写成了篇文章，再抄一次即可脱稿了，字约
三千多一点，还有内容。在这里住下，写什么似乎亦落笔，易设想，
脑子也似乎恢复了过去二十多年前写《月下小景》情形，人比较聪敏
了好些。如写中篇，易构思。"③但是在给大哥沈云麓的信中，沈从文
的说法却不一样了。"在写作上也还有些空洞自大处。其实年青时一

---

① 沈从文：《中队部——川南土改杂记一》，《沈从文全集》第 27 卷，北岳文艺出版社 2002
　　年版，第 483 页。

② 沈从文：《致张兆和（19570813，青岛）》，《沈从文全集》第 20 卷，北岳文艺出版社
　　2002 年版，第 185 页。

③ 沈从文：《致张兆和（19570826，青岛）》，《沈从文全集》第 20 卷，北岳文艺出版社
　　2002 年版，第 208 页。

点驾驭文字的长处，随同年事增长，已经早已衰退消失了，新的事物，新的问题又多不熟习，做作家也近于一个空有其名，赶不上许多年青到处跑的记者或工作干部。"[①] "小说可并不怎么好写，批评一来，受不了。"[②] 沈从文对这样亲密的两个人的说法为什么会有如此大的反差呢？究竟哪种说法是沈从文真正的想法呢？1958 年 6 月，沈从文参加了文联组织的访问十三陵水库的第三次活动，随后他被安排到北京市郊八大处的长安寺，按照访问要求来写作纪实散文《管木料场的几个青年》，期间他给张兆和的信中说，"目下写作方法似乎缚住了手中这只笔，不大好使用……写的方法得重新研究一下，不然又会要在大编辑法眼中报废。读者和编者要求支配作者浅处写，一时还不能习惯"[③]。显然，沈从文对于自己熟悉和习惯的小说、散文创作已经相当生疏，更何况当时流行的文学观念要求他随时代潮流而创作，显然是不可能的。

1960 年 4 月 28 日，沈从文在给大哥沈云麓的信中写道，"不过今年让我一年创作假，是写小说，试就三姐家堂兄鼎和一生发展，写大地主家庭腐败、分解和大革命后种种。……因为是抗战那一段到解放。只能当小说写不作传记写，所以如何着手还是费周章。也有可能写出来不怎么有读者的，因为本领有限，工具已旧，现在人乐意要一点浪漫夸张叙述法，我就不会"[④]。1960 年 9 月 18 日又在给沈云麓的信中

① 沈从文：《复沈云麓（19570822，青岛）》，《沈从文全集》第 20 卷，北岳文艺出版社 2002 年版，第 196 页。
② 沈从文：《复沈云麓（195711103，青岛）》，《沈从文全集》第 20 卷，北岳文艺出版社 2002 年版，第 220 页。
③ 沈从文：《致张兆和（195806〔1〕，八大处）》，《沈从文全集》第 20 卷，北岳文艺出版社 2002 年版，第 243—244 页。
④ 沈从文：《复沈云麓（19600428，北京）》，《沈从文全集》第 20 卷，北岳文艺出版社 2002 年版，第 406—407 页。

说道：

> 我近来正在起始整理小说材料，已收集了七八万字，如能
> 写出来，初步估计将会有二十五万字。目前还不决定用什么方法
> 来下笔。因为照旧方法字斟句酌，集中精力过大，怕体力支持不
> 住……如照普通章回小说写……将只是近于说故事，没有多大意
> 思，一般读者可能易满意，自己却又不易通过。……近来写作不
> 比过去，批评来自各方面，要求不一致，又常有变动，怕错误似
> 乎是共通心理，这也是好些作家都不再写小说原因，因为写成一
> 个短篇非常费事，否定它却极容易，费力难见好。①

从这些话中我们可以看出沈从文对于自己写作方法选择上的游离
不定，也能感觉到他对于自由文学创作的怀恋以及对当时文坛气候的
心有余悸。

1961 年 1 月初，沈从文因高血压到北京阜外医院进行救治，期间
他再次阅读了《安娜·卡列尼娜》、《父与子》等。沈从文经常提到自
己的写作是要把屠格涅夫、契诃夫等当作竞争对象，是为了和他们一
较高低。他将《战争与和平》与《红旗飘飘》当中对战争的描写进行
对比，肯定了前者的侧面烘托，而对后者的多写战争过程有所质疑。
从他这样一些简短的回忆文字中，就可以看出沈从文的文学追求的一
贯性。他一直都在关注着文坛，也经常阅读新出版的小说，发表自己
的评价。在他的内心深处，一直钟情于文学，向往自由主义文学创作
之境。

1961 年 6 月底，沈从文又去青岛休养了一个多月，于 8 月初回到

---

① 　沈从文：《致沈云麓（19600918）》，《沈从文全集》第 20 卷，北岳文艺出版社 2002 年
版，第 465 页。

北京。期间写作了《抽象的抒情》这篇终未完成的文论随笔和《青岛游记》。在《抽象的抒情》这篇文章中，沈从文再一次谈到自己对于文学艺术本质的看法：

生命在发展中，变化是常态，矛盾是常态，毁灭是常态。生命本身不凝固，凝固即近于死亡或真正死亡。惟转化为文字，为形象，为音符，为节奏，可望将生命某一种形式，某一种状态，凝固下来，形成生命另外一种存在和延续，通过长长的时间，通过遥遥的空间，让另外一时另一地生存的人，彼此生命流注，无有阻隔。文学艺术的可贵在此。文学艺术的形成，本身也可说即充满了一种生命延长扩大的愿望。至少人类数千年来，这种挣扎方式已经成为一种习惯，得到认可。凡是人类对于生命青春的颂歌，向上的理想，追求生活完美的努力，以及一切文化出于劳动的认识，种种意识形态，通过各种材料、各种形式，产生创造的东东西西，都在社会发展（同时也是人类生命发展）过程中，得到认可、证实，甚至于得到鼓舞。因此，凡是有健康生命所在处，和求个体及群体生存一样，都必然有伟大文学艺术产生存在，反映生命的发展，变化，矛盾，以及无可奈何的毁灭（对这种成熟良好生命毁灭的不屈、感慨或分析）。文学艺术本身也因之不断的在发展，变化，矛盾和毁灭。但是也必然有人的想象以内或想象以外的新生，也即是艺术家生命愿望最基本的希望，或下意识的追求。而且这个影响，并不是特殊的，也是常态的。……两千年前文学艺术形成的种种观念，或部分、或全部在支配我们的个人的哀乐爱恶情感，事不足奇。约束限制或鼓舞刺激到某一民族的发展，也是常有的。正因为这样，也必然会产生否认反抗这个势力的一种努力，或从文学艺术形式上作种种挣扎，或从其他方面强力制约，要求文学艺术为之服务。①

《抽象的抒情》一文尽管没有完成，但仍不失为一篇难得的颇有深度的文学随想录，特别是在当时"险恶"的文学环境中，它以沈从文独特的思考问题的方式，表达了沈长期以来被压抑的心绪同时又是难以割舍的对于文学的生命体验、领悟及热爱，它以"抽象的抒情"文字释放出沈从文郁积多年又难于付诸创作实践的对于文学本质的深思，也再一次传递出一个天才作家创作生命的枯竭和对于文学的恋恋不舍。之后的沈从文将他的文学追求永远留在了"抽象的抒情"之中，和属于他的文学时代一同逝去。

经过《抽象的抒情》的思考与总结之后，沈从文把更多的精力放到文物研究上。"文化大革命"爆发后，沈从文被下放到湖北咸宁的"五七"干校。1971 年 6 月 8 日，他给身处河北磁县的表侄黄永玉的信，竟然是一封八千余字的小说《来的是谁？》，这篇小说三十多年后于2007 年 1 月发表在《吉首大学学报》（社会科学版）上，其格调和沈从文原来的抒情风格截然不同。据刘一友在《孤寂中的思亲奏鸣——读〈来的是谁？〉》一文中说，这篇作品的远因是"一份深厚的亲情积淀"，近因是"文革期间下放咸宁双溪乡下的孤寂心情"。② 但是如果我们从沈从文的文学创作之路来看，会有另一番发现。《来的是谁？》仅仅是沈从文谋划创作"家族史兼地方史"的一个楔子，后续的部分并未创作出来。通读这篇小说，故事很简单：一个从南方来的小老头到北京寻找一位叫张永玉的亲戚，找到住址，但是姓氏对不上，

---

① 沈从文：《抽象的抒情》，《沈从文全集》第 16 卷，北岳文艺出版社 2002 年版，第 527—528 页。

② 参见刘一友：《孤寂中的思亲奏鸣——读〈来的是谁？〉》，《吉首大学学报》（社会科学版）2007 年第 1 期。

被妮妮误认为是骗子，他无奈只好乘火车返回。父母回来之后，妮妮将这件事告诉他们，经大家讨论仍然无法确定那个小老头是谁，但是怀疑是去世的爷爷，所以赶到车站寻找那个小老头，无果。最后大家回到家，一致认为那就是爷爷，确定爷爷并未去世，这是爷爷在逗妮妮。沈从文讲这个故事的时候，掺杂着《聊斋》之趣，感觉很魔幻，明明爷爷已经去世，可是那个老头的一切又那么像去世的爷爷。

小说开篇描写的是"文化大革命"期间的社会景象，用笔很是细致，出站后的行人，通过他们的穿戴和口音可以辨别是哪里人，透过他们的神态可以知道他们是否有人接站。沈从文花了大量笔墨来描写车站的行人，然后慢慢聚焦到一个小老头的身上：他的身材估量是南方人，可是打扮又像是个老北京。接下来写到一位青壮年将小老头撞了一下这件事。本来该道歉的青壮年在听到小老头的道歉之后竟然趾高气扬，那神情那做派威风得很。沈从文写这样一件事，褒贬之意完全寓于那句"少年有为撞劲足"之中。接着写妮妮以非常谨慎的态度应对小老头，反复提到妮妮因出演《沙家浜》里面的阿庆嫂而受到影响，警惕性非常强，因此才会将小老头想成骗子，将他拒之门外。妮妮那样可爱的一个小女孩竟然在《沙家浜》、《智取威虎山》和"阶级斗争"路线的熏染之下，也变得非常的警惕，脑子里紧绷着一根弦，阶级斗争的思想深深地烙印在她年轻幼小的心灵里。作品后面对小老头究竟是谁的讨论中，一直提到家人最近在看《聊斋》，可能是因为看这本书让他们分不清现实和梦幻，受《聊斋》的影响，认为那个小老头是爷爷的鬼魂。故事的结尾并未道出那个小老头究竟是谁，只是以"等着瞧"来暂时结束争论。

这篇小说和沈从文原来的风格迥异，它带有魔幻主义的色彩，而且采用的是中国古代的章回体。读这样的作品，可以再次感觉到，沈从文的文学创作生命的确已经走到了尽头，这或许是沈从文最后的一篇小说作品。有人认为，沈从文放弃文学创作的原因主要是"他擅长的带有牧歌情调的文体，难以适应'时代的抒情'的'革命史诗'文体"①。沈从文在20世纪40年代就尝试要开创新的文体，《七色魇集》就是一大例证。《长河》也是他转变的一大尝试，最终也是失败的。20世纪40年代以后，沈从文就已经意识到自己无法越过《边城》这座高峰。难以超越自己，这对于一个作家来说是异常痛苦的。而时代的浪潮，又将一个信奉自由主义的浪漫抒情作家推向了与自己的理想难以适应的新的文化环境之中，加之他毕竟是"书生"以及远离政治的个性气质，在痛苦挣扎中最终放弃文学创作，陷于"抽象的抒情"甚或"抒情的抽象"之中，是自然而然的事了。而独自"在百丈高楼一切现代化的某一间小小房子里，还有人读荷马或庄子，得到极大的快乐，极多的启发"②的精神慰藉，不妨看作是沈从文个人难以释怀的文学情愫的表征，以及对于文学精神之于人的生命浸染的深切领悟，对此，也将始终留存在沈从文的生命深处。

---

① 王鹏程：《沈从文的文体困境——从新近发现的长篇残稿〈来的是谁？〉谈起》，《湘潭大学学报》（社会科学版）2010年第4期。

② 沈从文：《抽象的抒情》，《沈从文全集》第16卷，北岳文艺出版社2002年版，第528页。

第六章　印象式的文学批评

在中国现代文学批评史上，沈从文是一位很独特的批评家，他的文学批评显示出极富个性化的审美特点。从整体上看，沈从文所从事的文学批评活动，大体是以一个作家而非理论家的方式进行的。他的文学批评更多地吸取和借鉴了中国文学批评传统中"以诗解诗"式的基本批评方法，蕴含着传统美学的审美准则和价值追求。他是一位将传统的批评理念纳入现代文学批评视阈的为数不多的中国批评家之一。

第一节　"中和"与"恰当"

文学创作和文学批评活动都是人类生活的有机组成部分，也是一个民族文化心理的重要反映。《论语》载有一段饱含着中国人生存哲理的话："'师也过，商也不及'。曰：'然则师愈与？'子曰：'过犹不及。'""过犹不及"是孔子中庸哲学的基本原则，也是他的美学批评尺度。中国古典美学极为深刻地意识到，要把互相排斥的对立因素恰当地统一起来，这是渗透在一切美和艺术现象中的一个根本性、普遍性的东西。《左传·昭公二十年》记载，晏婴认为音乐要美，就必须把音的"清浊、小大、短长、疾徐、哀乐、刚柔、迟速、高下、出入、周疏"这些互相对立的因素恰当地统一起来。实际上不只音乐如此，诗歌、书法、绘画、舞蹈等各类艺术也无不如此，只不过在这些艺术中，清浊、小大、疾徐、刚柔等对立因素的表现和处理有所不同罢了。而唐代皎然论诗，更主张"至险而不僻，至奇而不差，至丽而自然，至苦而无迹，至近而意远，至放而不迂，至难而状易"①，其根本的精神都是要求诗的匀称、均衡、适中、和谐，反对片面地突出和发展其中任何一方。至现代，作为反传统猛士的鲁迅也不乏对这种传统美学思想的独到理解，如他在评论十月革命后的苏联版画时就指出："它真挚，却非固执，美丽，却非淫艳，愉快，却非狂欢，有力，却非粗暴。"②这种评价方式，反映了鲁迅对中国古典主义美学传统辩证的深刻认识。

　　"过犹不及"是中国农业文明孕育出来的带有普遍性的人生处世法则。"过犹不及"的中庸思想，渗透在中国社会、文化的各个领域。在审美上，它形成了中国人具有代表性的与之相联系的"中和"的审美心理，自然也在中国文学批评中打上深深的烙印。沈从文的审美情趣就明显地表现出传统审美心理的潜在影响。在文学观念中，他提出并反复强调"恰当"的审美原则，以追求恰当为自己文学创作和批评的最重要的尺度。请看他为"恰当"所作的注解：

　　　　个人只把小说看成是"用文字很恰当记录下来的人事"，这定义说它简单也并不十分简单。因为既然是人事，就容许包含了两个部分：一是社会现象，即是说人与人相互之间的种种关系；

① （唐）皎然：《诗式》，载郭绍虞主编：《中国历代文论选》（第二册），上海古籍出版社1979年版，第75页。

② 鲁迅：《记苏联版画展览会》，《鲁迅全集》第6卷，人民文学出版社1982年版，第483页。

二是梦的现象，即是说人的心或意识的单独种种活动。单是第一部分不大够，它太容易成为日常报纸记事。单是第二部分也不够，它又容易成为诗歌。必需把"现实"和"梦"两种成分相混合，用语言文字来好好装饰、剪裁，处理得极其恰当，方可望成为一个小说。①

我们甚至可以把这段话视为小说家沈从文"浓缩的文学概论"。"如果朱光潜寻求布洛'距离说'与民族传统的耦合，那么，沈从文则带着他的人生经验真诚宣叙着他的理想。"②沈从文所谓的"恰当"的精神内核，就是要求作家和批评家做到"恰到好处"，就是既不能过，也不能不及，一切以适中为原则。这显然与中国文学批评传统中"中和"的审美内涵有相通之处。

检视沈从文对文学创作的理解和认识，可看到很明显的"中和"的印记。尽管沈从文也说过，文学艺术的创造，在于作家的"独断"，需要作家艺术家具有"上帝造物的大胆与自由"③。他这里强调的是作为创作主体的自主作用，要求作家的艺术创造要有一种自由的创作气氛。作家的最可贵处就在于他不被功名利禄所障目，不为时事政治等一切非艺术创造规律的外在因素所左右。否则，艺术就会被世俗的东西所吞没，艺术家就不会创造出有艺术价值的精品。但沈从文更注重文学创作中的精神和情感因素，极为推崇情绪的作用。这种情绪是一种"使情感'凝聚成为渊潭，平铺成为湖泊'的体操"④，是一种能够在创作中控驭感情、运用感情，静动相融、冷热相兼的"情绪的体

---

① 沈从文：《小说作者和读者》，《沈从文全集》第12卷，北岳文艺出版社2002年版，第65页。
② 许道明：《中国现代文学批评史新编》，复旦大学出版社2002年版，第184页。
③ 沈从文：《短篇小说》，《沈从文全集》第16卷，北岳文艺出版社2002年版，第504页。
④ 沈从文：《情绪的体操》，《沈从文全集》第17卷，北岳文艺出版社2002年版，第216页。

操"。一个作家，"所有的只是对人事严密的思索，对文字保持精微的敏感，追求的只是那个'恰当'"①。沈从文正是带着这样的创作体验和审美观，去观照自己的批评对象，他的文学批评更侧重于艺术标准。其文学批评的审美原则便是他反复强调的"求恰当"，安排的"恰到好处"②。

"恰到好处"无疑是中国文学批评中最重要的一条审美标准。在中国历代的文学批评中，批评者品评作家作品的着眼点不尽相同，但他们要求作家的创作态度、作品所表现的内容既不能"过"，也不能"不及"的标准则是大体趋于一致的，历史上关于屈原的评价最能说明这一点。历代对屈原的评价常常是相互矛盾的，如王逸认为屈原"其词温而雅，其义皎而朗，凡百君子，莫不慕其清高，嘉其文采"③，"温而雅"、"皎而朗"是说屈原其人品、文品符合"中和"的审美标准，达到了"乐而不淫，哀而不伤"的境地，而班固和扬雄对屈原的评价则不无微词。在他们看来，屈原是"贬絜狂狷景行之士"，而《离骚》则是"露才扬己"④。结论截然相反，但透过这相反的评价去看本质，他们所采用的审美准则只有一个——"中和"。"中和"的审美准则贯穿于中国的整个艺术批评史。可见，中国文学批评中的"中和"原则，既是指文学创作的思想原则，也是要求作家创作过程中应掌握的一个艺术尺度的问题。沈从文自己的创作，便是追求"恰当"、"中和"的范本。

---

① 沈从文：《小说作者和读者》，《沈从文全集》第 12 卷，北岳文艺出版社 2002 年版，第 69 页。
② 沈从文：《论技巧》，《沈从文全集》第 16 卷，北岳文艺出版社 2002 年版，第 471 页。
③ （汉）王逸：《离骚经序》，载郭绍虞主编：《中国历代文论选》（第一册），上海古籍出版社 1979 年版，第 155 页。
④ （汉）班固：《离骚序》，载郭绍虞主编：《中国历代文论选》（第一册），上海古籍出版社 1979 年版，第 89 页。

　　沈从文非常重视作家创作时的艺术尺度的把握。文学是语言的艺术，文学作品的最终得失，几乎都在于语言的表现上。沈从文深深地领悟到了这一点，在他的文学批评中，非常重视所论对象的语言技能。他在总结新文学创作经验时极推崇周作人，特意指出："从五四以来，以清淡朴讷文字，原始的单纯，素描的美，支配了一时代一些人的文学趣味，直到现在还有不可动摇的势力，且俨然成一特殊风格的提倡者与拥护者，是周作人先生。"[1] 他为了强调文学创作的文字表达，进而指出："你明白了如何吝惜文字，还应当明白如何找寻那些增加效果的文字。"[2] 既要"吝惜文字"而又不失"效果"，其实质就是创作主体所要把握的一个尺度问题。成功的作品，大都得益于运用文字的恰当，沈从文又说："一个作家对文字的性能了解得越多，使用它作为工具时也就越加见得'恰当'。"[3] "这恰当意义，在使用文字的量与质上，就容许不必怕数量的浪费，也不必对于辞藻过分吝啬。故事内容发展呢，无所谓'真'，也无所谓'伪'，要的只是恰当。全篇分配要恰当，描写分析要恰当，甚至于一句话、一个字，也要它在可能情形下用得不多不少，妥贴恰当。文字作品上的真善美条件，便完全从这种恰当产生。"[4] 可见，沈从文所反复论及的，就是要在文字的表现上，于平淡中见新奇，于朴素中见清新，于貌似朴讷中见灵气，总之，就是以表情达意的适度为标准。也正是从这个标准出发，沈从文对一些作家展开了批评。

---

① 沈从文：《论冯文炳》，《沈从文全集》第 16 卷，北岳文艺出版社 2002 年版，第 145 页。

② 沈从文：《新废邮存底·十五》，《沈从文文集》第 12 卷，花城出版社、生活·读书·新知三联书店香港分店 1984 年版，第 47 页。

③ 沈从文：《一般或特殊》，《沈从文全集》第 17 卷，北岳文艺出版社 2002 年版，第 261 页。

④ 沈从文：《小说作者和读者》，《沈从文全集》第 12 卷，北岳文艺出版社 2002 年版，第 65—66 页。

在对现代中国作家的批评中，沈从文颇赞赏冯文炳（废名），从他对冯文炳的评价中，也最能见出他倾心古典主义美学对情感"适度"要求的这一特点。他认为，冯文炳的创作中，很善于把握表达情感的"度"，无论是小品文、散文诗，都能精雕细刻，但又全然显不出斧凿的人工气。用他的话来讲，就是冯文炳"通通把文字发展到'单纯的完全'中，彻底的把文字从藻饰空虚上转到实质言语来，那么非常切贴人类的情感"①。

> 冯文炳君所显示的是最小一片的完全，部分的细微雕刻，给农村写照，其基础，其作品显出的人格，是在各样题目下皆建筑到"平静"上面的。有一点忧郁，一点向知与未知的欲望，有对宇宙光色的眩目，有爱，有憎，——但日光下或黑夜，这些灵魂，仍然不会骚动，一切与自然谐和，非常宁静，缺少冲突。作者是诗人（诚如周作人所说），在作者笔下，一切皆由最纯粹农村散文诗形式下出现，作者文章所表现的性格，与作者所表现的人物性格，皆柔和具母性，作者特点在此。②

冯文炳笔底的村舍乡场、少女动人清朗的笑声、聪明可掬的姿态、小小的一条河、破庙、塔、老者、村妇、孩童……无不透出江南水乡农村生活的土气息、泥滋味，令读者倍感亲切自然，同时也透出令人难忘的灵气。沈从文指出冯文炳的成功之处就在于——"最能在节制中见出可以说是悭吝文字的习气的"③，又能作"近于废话而又是

①　沈从文：《论冯文炳》，《沈从文全集》第 16 卷，北岳文艺出版社 2002 年版，第 145 页。

②　沈从文：《论冯文炳》，《沈从文全集》第 16 卷，北岳文艺出版社 2002 年版，第 149—150 页。

③　沈从文：《论冯文炳》，《沈从文全集》第 16 卷，北岳文艺出版社 2002 年版，第 147 页。

不可少的说明"①。由此可看出，沈从文之所以用十分欣赏的眼光去品评冯文炳的创作，就是因为冯文炳在语言艺术的驾驭上，既有惜墨如金的凝练传神，又有用墨如泼的裕如自由，即冯文炳很好地掌握了"中和"的审美原则。以同样的标准，当冯文炳遇到这样的批评——"冯文炳……风格不同处在他的文字文法不通"②——时，沈从文设身处地地指出了这种批评"使人惊讶的简陋"，但同时也指出了冯文炳"把文字转到一个嘲弄意味中发展也很有过，如像在最近一个长篇（《莫须有先生传》——《骆驼草》），把文字发展到不庄重的放肆情形下，是完全失败了的一个创作"③。对冯文炳全面的评价集中地体现了沈从文的美学观——适度，也就是"中和"。

　　关于"度"的问题，是沈从文所反复强调的，他甚至把对"度"的把握看成是一个诗人或小说家成败的重要依据。在对中国现代第一个十年新诗人的评价中，他看重郭沫若、朱湘、徐志摩、闻一多，认为这批人最重要的努力是把新诗革命推向了"建设"，而"建设"的中心又表现在语言的精选与安排上，在辞藻形式上。特别是闻一多，"火气比较少，感情比较静，写作中最先能节制文字，把握语言，组织篇章，毫不儿戏的在韵、调子、境界上作诗，态度的认真处使新诗成为一种严重事件，对以后作者有极好影响"④。沈从文还认为，上述诗人，在文字上极重经济，讲限制，用辞藻与形式来完成诗的"效果"⑤，这是他对新诗人创作成就极简练的评价

---

① 沈从文：《论冯文炳》，《沈从文全集》第16卷，北岳文艺出版社2002年版，第149页。

② 转引自沈从文：《论冯文炳》，《沈从文全集》第16卷，北岳文艺出版社2002年版，第147页。

③ 沈从文：《论冯文炳》，《沈从文全集》第16卷，北岳文艺出版社2002年版，第147页。

④ 沈从文：《新诗的旧账——并介绍诗刊》，《沈从文全集》第17卷，北岳文艺出版社2002年版，第96页。

⑤ 参见沈从文：《新诗的旧账——并介绍诗刊》，《沈从文全集》第17卷，北岳文艺出版社2002年版，第94页。

描述。

对于小说创作的"度"，沈从文更不乏卓识："我并不说小说须很'美丽'的来处理一切，因为美丽是在文字辞藻以外可以求得的东西。我也不说小说需要很'经济'的来处理一切，即或是一个短篇，文字经济依然不是这个作品成功的唯一条件。我只说要很'恰当'。这恰当意义，在使用文字的量与质上，就容许不必怕数量的浪费，也不必对于辞藻过分吝啬。"① 依照既不铺张也不经济，既允许浪费又不吝啬的审美尺度，沈从文对 20 世纪 20 至 30 年代的诸多重要小说家作了这样的评价：

> 同样在文字上都见出细雕的努力，施蛰存君作品中人物展开时，仿佛作者是含着笑那样谦虚，而同时，还能有那种暇裕，为作品中人物刷刷鞋子同调理一下嗓子。就是言语，行动，作者也是按照自己所要求的形式出场的。罗黑芷君这方面有了疏忽，比许多中国作者都大。许钦文能在一支笔随便的挥洒下，把眼底人物轮廓浮出，似乎极不费事。冯文炳小气似的用他那干净的笔写五句话，一个人物也就跃到纸上了。罗黑芷是不会做这个工作的。他努了力还是失败，这是什么理由？在这方面，作者是过分为所要写的感到的愤怒，又缺乏鲁迅的冷静，所以失败了。能用不大节制的笔，反复或大方的写，不吝惜到文字的耗费，在中国现代作家中，茅盾是一个，另外是丁玲，郁达夫等等。茅盾在男女情欲动摇上，能作详细的注解。丁玲能以进步的女子知识阶级身分，写男女在恋爱互相影响上细微的感想和反应。郁达夫，则人皆承认其一枝奔放的笔，在欲望上加以分析，病的柔弱感情，

---

① 沈从文：《小说作者和读者》，《沈从文全集》第 12 卷，北岳文艺出版社 2002 年版，第 65—66 页。

因体质衰弱，一切观念的动摇，恣肆的写来，得了年青人无今无古的同情。①

　　沈从文对小说结构的安排，人物性格的刻画，故事情节的发展，同样贯彻了他的"恰当"的审美原则。他认为小说结构的安排，必须符合生活的内在逻辑，既不夸张虚设，也不做作卖弄。正如他所指出的："好的小说在一切俨然如真，不在有头有尾。就效果言，也用不着那种大团圆或角色死亡的悲惨作结束。"② 总之是合乎情理，合乎人性的自在，合乎生命的真实原则。在这里他既继承了中国传统的审美心理，同时也突破了儒家中庸思想的陈规陋习、清规戒律，表现出了具有现代审美意识的开放心态。从这里入手，他极力反对毫无艺术价值和生命真实内涵的"血和泪"的空喊，同样也不赞成将文学当作游戏人生，毫无节制地堕入油滑。既重视文学的社会功能、教育作用，反对以营利为目的的"商性"的迎合媚俗，又不赞成文学与政治纠缠在一起。他强调文学家要远离政治，文学创作要将"道理包含在现象中"③，通过艺术形象反映生活。在谈到凌叔华的小说时，认为这位女作家的《花之寺》和《女人》之所以使人无从忘却，是因为她"把创作在一个艺术的作品上去努力写作，忽略了世俗对女子作品所要求的标准，忽略了社会的趣味，以明慧的笔，去在自己所见及一个世界里，发现一切，温柔的也是诚恳的写到那各样人物姿态"④。凌叔华作品的感人之处就在于，她能通过习以为常的人，司空见惯的事，无时无地

① 沈从文：《论施蛰存与罗黑芷》，《沈从文全集》第 16 卷，北岳文艺出版社 2002 年版，第 174 页。
② 沈从文：《答辞八》，《沈从文全集》第 17 卷，北岳文艺出版社 2002 年版，第 405 页。
③ 沈从文：《女难》，《沈从文全集》第 13 卷，北岳文艺出版社 2002 年版，第 323 页。
④ 沈从文：《论中国创作小说》，《沈从文全集》第 16 卷，北岳文艺出版社 2002 年版，第 211 页。

不发生的纠纷，用她那女性细腻的柔婉心境，宁静地观察，平淡地写去，在描写而非分析中写出人物"心灵的悲剧"或"心灵的战争"①。

> 作者在自己所生活的一个平静世界里，看到的悲剧，是人生的琐碎的纠葛，是平凡现象中的动静这悲剧不喊叫，不呻吟，却只是"沉默"。……作者的描画，疏忽到通俗的所谓"美"，却从稍稍近于朴素的文字里，保持到静谧，毫不夸张地使角色出场，使故事从容的走到所要走到的高点去。每一个故事，在组织方面，皆有缜密的注意，每一篇作品，皆在合理的情形中"发展"与"结束"。在所写及的人事上，作者的笔却不为故事中卑微人事失去明快，总能保持一个作家的平静。淡淡的讽刺里，却常常有一个悲悯的微笑影子存在。②

依照同样的标准，他斥责张资平的媚俗，虽然懂"大众"，"把握大众"，而且知道"大众要什么"，但却是在为文艺创造一个"低级的趣味标准"③。运用恰当的审美原则，他肯定了施蛰存用"柔和的线，画出一切人与物，同时能以安详的态度，把故事补充成为动人的故事"④。王鲁彦则因过于冲动，缺少冷静的思考，"感慨的气氛包围及作者甚深生活的动摇影响及于作品的倾向"，使他的创作"变成无

---

① 沈从文：《论中国创作小说》，《沈从文全集》第16卷，北岳文艺出版社2002年版，第212页。
② 沈从文：《论中国创作小说》，《沈从文全集》第16卷，北岳文艺出版社2002年版，第212页。
③ 沈从文：《郁达夫张资平及其影响》，《沈从文全集》第16卷，北岳文艺出版社2002年版，第190页。
④ 沈从文：《论施蛰存与罗黑芷》，《沈从文全集》第16卷，北岳文艺出版社2002年版，第172页。

慈悲的讽刺与愤怒"[①]，影响了他的形象的塑造和艺术感染力。而穆时英的大部分作品，又在"无节制的浪费文字"，虽然"所长在创新句，新腔，新境"，却"时时见出装模作样的做作"，其结果，"作品于人生隔了一层"，归于"邪僻"。[②]这些见解，仍然是值得珍视的。

第二节　感觉与启悟

由沈从文所遵循的批评原则可看出，而且更需要强调的是，他首先是一位作家，其次才是一位批评家。他的文学批评，明显地表现出与理论型批评家不同的特点。沈从文不是把文学批评当作理性的科学活动，而是视之为审美的再创造活动。这种独特的认识方式和思维个性，使他在文学批评活动中，更多地汲取了中国传统诗学的批评优势。

按照著名文学史家郑振铎的说法，中国古代诗学中，几乎缺少严格意义上的文学批评。诚然，与西方文学批评相比较，中国诗学传统虽博大精深，却没有西方文学批评那样具有严谨的、系统的科学体系，但这并不意味着传统批评就不注重作品的审美特征。中国文学批评重在强调批评主体的自我审美过程，也就是说批评主体只是表达自我感受。他至多指出这种美的感受与美的印象是如何产生的，是在何种条件下被感受和捕捉到的，并通过这种感受达到审美主体及审美对象之间的沟通与融合，以启悟读者的思绪和认同。中国文学批评这种直感启悟式的批评方法最显著的特点之一，就是批评主体以自己再创

---

① 沈从文：《论冯文炳》，《沈从文全集》第 16 卷，北岳文艺出版社 2002 年版，第 149 页。
② 参见沈从文：《论穆时英》，《沈从文全集》第 16 卷，北岳文艺出版社 2002 年版，第 233 页。

造的形象来解释作品的形象，用形象思维去品评形象思维，而从不阻断、破坏作品形象的整体性，不用抽象的逻辑思维去演绎、归纳、推理、阐释作品形象的内在含义。批评者在进行批评的过程中，往往抓住阅读作品所得来的瞬间感觉和印象，去作丰富的联想，借以"点"、"悟"作品的精神要义。中国传统批评一般要经过"观、品、感、悟"四个阶段，每个阶段都不相互拆离，更离不开形象思维，离不开作家所创造的艺术形象。即便是那些总结文学创作经验的理论著作，也都闪现着形象思维的特征。以司空图《二十四诗品》之一为例："俯拾即是，不取诸邻。俱道适往，着手成春。如逢花开，如瞻岁新。真与不夺，强得易贫。幽人空山，过雨采蘋。薄言情语，悠悠天钧。"[1] 这里，司空图是在讨论文学的创作方法，虽然也是在指出文学创作中的取材、立意、开掘诸问题，但其言说的过程却没有一句具体的分析、例证，只有经验。他的思维全用一连串的意象、生动的妙喻和富于形象特征的诗性语言表达出来，借以启悟诗的创造，接近诗人的"机心"。

中国传统批评注重实用性（实践性）的审美特点，显然在沈从文这里得到了发扬光大。沈从文继承了传统批评的审美意识和思维方式，在他的文学批评中，对象感显得格外强烈而且明达。他的目标指向非常明确，始终把批评思维的光束直射具体的作家作品，使他的批评文字显得生动而贴切。因为他在考察作家创作的艺术表现特征时，常常紧扣着文体的评析，通过文体分析捕捉作家的风格。在沈从文看来，文体是不能有意为之的，只能用其得当；技巧作为文体的重要因素，也须适合作者情性的发挥，不能过分与勉强。他看周作人的文体是：

---

[1] （唐）司空图：《二十四诗品》，载郭绍虞主编：《中国历代文论选》（第二册），上海古籍出版社 1979 年版，第 205 页。

无论自己的小品，散文诗，介绍评论，通通把文字发展到"单纯的完全"中，彻底的把文字从藻饰空虚上转到实质言语来，那么非常贴切人类的情感，就是翻译日本小品文，及古希腊故事，与其他弱小民族卑微文学，也仍然是用同样调子介绍与中国青年读者晤面。因为文体的美丽，最纯粹的散文，时代虽在向前，将仍然不会容易使世人忘却，而成为历史的一种原型，那是无疑的。①

而文体风格的形成则需符合自然、适度、和谐，关键是随性自在，不做作，不矫情。例如，沈从文指出施蛰存初期的小说如《上元灯》等，自有一种比较适合作者才情发挥的文体。那是"在描写上能尽其笔之所诣"，"略近于纤细"，"清白而优美"，线条柔和，气氛安详，通篇交织着"诗的和谐"，②技巧圆熟不露的文体。这种文体所达致的风格，正好能体现施蛰存那"自然诗人"的禀赋，适于对"过去一时代虹光与星光作低徊的回忆"③。但随着作者的"意识转换"，施蛰存在他稍后所作的一些小说（如《追》）中，改变了宜于自己的那种纤细而从容的文体，勉强自己去写不熟悉的"新时代的纠纷，各个人物的矛盾与冲突，野蛮的灵魂，单纯的概念，叫喊，流血，作者生活无从体会得到"，纵然有技巧翻新，终究还是"失败"。④ 显然，沈

---

①　沈从文：《论冯文炳》，《沈从文全集》第16卷，北岳文艺出版社2002年版，第145页。

②　沈从文：《论施蛰存与罗黑芷》，《沈从文全集》第16卷，北岳文艺出版社2002年版，第172页。

③　沈从文：《论施蛰存与罗黑芷》，《沈从文全集》第16卷，北岳文艺出版社2002年版，第173页。

④　参见沈从文：《论施蛰存与罗黑芷》，《沈从文全集》第16卷，北岳文艺出版社2002年版，第172—173页。

从文的评论标准带有古典主义的倾向，他所欣赏的作品大都是有匀称和谐风格的。沈从文"格外注重文体与作者艺术个性的适合程度，并由此评判其风格的成就缺失，这种批评的角度自有独到的地方"①。在这一点上，他与追求"公正"的现代著名印象批评家李健吾有相同之处，但沈从文不局限于作家作品，对整体性的文坛风貌也给予了广泛的关注。比如他的《论中国创作小说》就对20世纪20至30年代这一时期的文学风尚、代表作家及创作趋向作出过较为中肯的评价。就是这些宏观性的评论文章，也较多地借鉴了传统诗学的批评方式。诚如有学者指出：

> 从批评体式上看，民族传统批评对沈从文有着天生的亲和力。《论中国现代创作小说》②论及新文学第一个十年的小说作家，范围和识见不同于鲁迅的《中国新文学大系小说二集导言》，但它们有两大相同处。其一，论列作家的人数都是四十六人，这或许是巧合，不值得深究；其二，两文在批评体式上都属传统的"评点式"，从容安详，薄言情语，悠悠天韵。这在沈从文是相当明智的，凝聚批评统合力，借着他的直感式的体悟予以提拔飙发，是他区别于朱光潜、李长之、梁宗岱，甚至李健吾的地方。竭力排斥切割分析的机制而又不排斥分析本身，反映了他对传统批评的借鉴，也反映了一个中国现代文学批评家对西方批评用理性的先验尺度析离对象有机性的警惕。③

正是与传统美学的天然联系，使沈从文的文学批评明显带有"启

---

① 温儒敏：《中国现代文学批评史》，北京大学出版社1993年版，第277页。
② 即《沈从文全集》中收录的《论中国创作小说》。
③ 许道明：《中国现代文学批评史新编》，复旦大学出版社2002年版，第189页。

悟式"的审美特点：即注重对作家灵魂的探险，深入领悟文本世界的生命体验，以及由此而生发的与艺术家的心灵的对话。他的批评多数不是在铺叙、论证、判断，不是作理性的启迪，而是在感觉、印象、体会、顿悟中对对象和作品的精神内涵作启悟式的把捉，以直接揭示对象的艺术特质，达到接近对象"机心"的目的。

　　如果把沈从文与茅盾稍作比较即可看出，同是现代文学批评家，茅盾更多地借鉴了西方文学批评的经验，他的批评实践明显应和着"五四"后的现代风尚，以独具的社会科学家的气质和姿态，试图建构中国现代文学批评的系统的理论模式。如果说沈从文是印象式、感觉型的批评家，茅盾则属于理论型的批评家。茅盾似乎有意要与印象式的批评拉开距离，放逐传统主观的"点悟式"批评，他甚至不惜抹去批评中的个人情思与爱好的色彩。尽管他也不乏艺术家敏锐的感受和想象，对象感也比较突出，但他从不循着自己的印象与感悟，去追索作家的审美意趣，而是以感受和印象作为切入点，以思辨的方式分析、判断对象及作品世界的社会意义，揭示作家主体对人生、社会价值的理解。比如他对许地山的评价，不只是把自己的目光聚集在作品上，而是先从许地山的笔名"落花生"谈起，由此推断和归纳出许地山的价值观，进而又由许地山的价值观和人生观步入许地山的文本世界，由此分析许地山作品形象的社会意义和价值，指出："他的小说里的人物都是很能'奋斗'的……到了《春桃》，那简直是要用自己的意志去支配'命运'了……从惜官、尚洁到麟趾、春桃，中间隔了一个很大的变动，正像我们这社会一般！"① 从整体上看，沈从文在文学批评上取得的成就没有茅盾突出，他没有茅盾那样较完整的理论体系，但通过对二者的比较，沈从文独特的批评魅力及个性特征却尽

———————————

① 茅盾：《落华生论》，《茅盾全集》第 20 卷，人民文学出版社 1990 年版，第 234—235 页。

显出来。如对同一个作家的批评，沈从文由于重实践的批评而显示出与茅盾重价值的判断不同的特质。沈从文批评的笔力主要是集中于许地山的文本世界中，他将自己融入许地山营造的艺术情境和氛围中，以自身心灵与作品接触，经过一番心灵的神游之后，再说出神游的感受。他对许地山的评价不像茅盾那样靠分析、推理、论断，而是借助丰富的想象力，以凝练又富于色彩的形象语汇，表达出他对许地山艺术世界的独特感受与理解。沈从文这样说："在中国，以异教特殊民族生活作为创作基本，以佛经中邃智明辨笔墨，显示散文的美与光，色香中不缺少诗，落华生为最本质的使散文发展到一个和谐的境界的作者之一。"[①] 许地山是用"中国的乐器"，奏出"异国的调子"。[②]"那声音，那永远是东方的，静的，微带厌世倾向的，柔软忧郁的调子，使我们读到它时，不知不觉发生悲哀了。"[③] 这里，沈从文是在指出许地山创作的题材特征、艺术风格及美学趣味，但他却没有付之于细密的逻辑思维，而是运用了富于启悟色彩的"异教特殊民族生活"，"佛经中的邃智明辨"，"散文的光与美"，"色香中不缺少诗"的形象化概念，但这些概念的具体含义是什么？读者对沈从文的批评及许地山的作品，也许只有意会而不能言传，而这似乎也不是沈从文需要解释的问题。实际上读者已悟出了批评家运思的精妙及目的，并随其批评文字同时步入作家的艺术世界，与批评家一起感悟作家作品，进而投向更丰富的艺术想象空间。在此，沈从文所要做的就是说出对许地山作品世界的感受与了悟，他并不是要把自己的感受和理解强加于批评对象与接受者，这正是沈从文的文学批评显示的个性特征。

　　"启悟式"批评是沈从文最擅长的，在对中国现代第一个十年诸

---

① 沈从文：《论落华生》，《沈从文全集》第 16 卷，北岳文艺出版社 2002 年版，第 161 页。

② 沈从文：《论落华生》，《沈从文全集》第 16 卷，北岳文艺出版社 2002 年版，第 162 页。

③ 沈从文：《论落华生》，《沈从文全集》第 16 卷，北岳文艺出版社 2002 年版，第 162 页。

多诗人评价中，他显示了卓然超拔的批评眼光。他评说《山花》的作者刘廷蔚，是在"用透明的情感"，"明慧的心，在自然里凝眸，轻轻的歌唱爱和美"。[①] 他的那些即便是"断语式"的批评文字，也不乏形象化启悟的特点。他说朱湘的诗的风度在于"显着平湖的微波那种小小的皱纹，然而却因这微皱，更见出寂静"[②]；朱湘的诗，"保留的是'中国旧词韵律节奏的魂灵'"[③]，"代表了中国十年来诗歌一个方向，是自然诗人用农民感情从容歌咏而成的从容方向"[④]。他品评徐志摩的诗，是在"以洪流的生命，作无往不及的悬注，文字游泳在星光里，永远流动不息，与一切音籁的综合，乃成为自然的音乐。一切的动，一切的静，青天，白水，一声佛号，一声钟"[⑤]，都寄托了徐志摩的一颗跳荡不已的青春心。他看创造社诸君的小说创作，也是以"感悟"见长：

> 　　从微温的、细腻的、惑疑的、淡淡寂寞的憧憬里离开，以夸大的、英雄的、粗率的、无忌无畏的气势，为中国文学拓一新地，是创造社几个作者的作品。郭沫若、郁达夫、张资平，使创作无道德要求，为坦白自白，这几个作者，在作品方向上，影响较后的中国作者写作的兴味实在太大。同时，解放了读者兴味，也是这几个人。但三人中郭沫若，创作方面是无多大成就的。在作品中必不可少的文字组织与作品组织，皆为所要写到的"生活

---

① 参见沈从文：《〈山花集〉介绍》，《沈从文全集》第16卷，北岳文艺出版社2002年版，第223页。
② 沈从文：《论朱湘的诗》，《沈从文全集》第16卷，北岳文艺出版社2002年版，第130页。
③ 沈从文：《论朱湘的诗》，《沈从文全集》第16卷，北岳文艺出版社2002年版，第135页。
④ 沈从文：《论朱湘的诗》，《沈从文全集》第16卷，北岳文艺出版社2002年版，第130页。
⑤ 沈从文：《论徐志摩的诗》，《沈从文全集》第16卷，北岳文艺出版社2002年版，第101页。

愤懑"所毁坏，每一个创作，在一个生活片段上成立，郭沫若的
小说是失败了的。为生活缺憾夸张的描画，却无从使自己影子离
开，文字不乏热情，却缺少亲切的美。在作品对谈上，在人物事
件展开与缩小的构成上，却缺少必需的节制与注意。从作者的作
品上，寻找一个完美的篇章，不是杂记，不是感想，是一篇有组
织的故事，实成为一个奢侈的企图。郭沫若的成就，是以他那英
雄的气度写诗，在诗中，融化旧的辞藻与新的名词，虽泥沙杂
下，在形式的成就上毫无可言，调子的强悍，才情的横溢，或者
写美的抒情散文，却自有它的高点。但创作小说，三人中却为最
坏的一个。①

　　这里，沈从文对对象的评价独到而闪烁着真知灼见，但这见解
却是通过他再创造的形象而表现的。他的批评完全除去了理性的
分析、论证和判断，而是用自己的全部心灵去感受批评对象的艺
术世界。他整个批评的过程哪怕是批评活动才刚刚开始，总不像
理论型批评家那样，先有一个明晰的指导思想、价值标准，而自
始至终都是以欣赏者的眼光，去体验作家创造的艺术世界，并同
作家一起创造。

　　由于沈从文的文学批评借鉴了中国传统诗学的思维方式，极力
采用传统"启悟式"批评，所以他的文学批评文体也表现出独有的风
格。他曾说："写评论的文章本身得像篇文章。"②他不赞成批评家板起
面孔，大有欲取代作品而喧宾夺主的作风。他认为评论性的文章必须

① 沈从文：《论中国创作小说》，《沈从文全集》第16卷，北岳文艺出版社2002年版，第204—205页。
② 沈从文：《〈现代中国作家评论选〉题记》，《沈从文全集》第16卷，北岳文艺出版社2002年版，第327页。

具有文学色彩，文章本身就应该是一篇好的艺术作品，并非一定具备"始、叙、证、辨、结"①那样的严密逻辑体系不可。沈从文的评论文章，随手拈来，在散文化的富有诗性的艺术感受中顿悟出批评对象的艺术感知，这倒非常接近于传统的"诗话"、"词话"一类。他时而也运用了历史定位的方法，对批评对象力图作出客观的评价，有类似逻辑思维的特点，但在具体分析中，他则是采用"画龙点睛"的方法，直接点出对象的艺术世界的主要特征，使读者自己从中再感受、再明悟。他的批评从不分解作品及艺术形象的整体性，这样写来，评论文章倒像美文，本身就创造出了美的形象。

　　总之，在众多的中国现代批评家中，沈从文是一位属于东方的，尤其是体现了我国文学批评传统的批评家。他的文学批评是一笔斑驳奇诡的遗产。"批评之于他，或许还不是充分自觉的事业，表现出许多经验主义的色彩。他坚持的标准，在现代中国自有其迂阔的气息，但他有一个特别值得注意的倾向：他不是为了玉成自己的批评家声名而从事批评，而始终为着创作，为着创作的健全发展，并且始终带着对于创作的深刻体验来议论创作，树立了中国现代文学批评的一则优良传统。"②尽管他的某些批评也不无偏见，但他是真诚的，透明的。因此，沈从文成为中国现代文学批评史上自成一格的出色批评家。

---

① 〔美〕叶维廉：《中国诗学》，人民文学出版社 2006 年版，第 3 页。
② 许道明：《中国现代文学批评史新编》，复旦大学出版社 2002 年版，第 189 页。

第七章 "沈研"的几个关键词

新时期以来，在众多的现代作家研究中，持续升温的"沈从文热"显得格外引人注目，据中国期刊网数据库 (CNKI) 显示，沈从文研究的论文数达三万五千余篇（至 2015 年），其并不包括已经出版的大量"沈研"著作以及难以计数的博硕学位论文，真可谓成果累累，目不暇接。与此同时，在几乎所有公认的权威性文学史著作中，沈从文一跃而上升为中国现代一流作家之列，在文学史上占有了相当重要的位置。文学史的"重写"及其面目的改观再一次证明，一个作家的创作，往往是由其卓然独步的丰富的文化内涵和美学力量吸引着史家、批评家和读者的持续关注和反复解读，特别是对于像沈从文这样的曾经在现代文学史上"浮沉"多年的作家，一旦进入多元文化的研究视域，其文学魅力的阐释可以不断滋生新的价值和意义。综观三十多年来的沈从文研究，不难发现，研究者所着力探掘的是沈从文生命主体与文学精神蕴涵的几个关键词，如"牧歌情调"、"人性"、"生命观"、"文体作家"，以及"乡下人"与"现代性"等，这些关键词几乎贯穿了沈从文研究的始终，且构成了"沈研"现在的整体模态和基本走势，也形成了挥之不去的"沈研"情结。这些"关键词"，促就了人们反复研究的内在张力。在此，为了能够在浩繁的研究史料中清晰勾勒沈从文研究的主要成果，我们试图通过对这些关键词的考察来梳理沈从文研究的基本脉络与走势，并作出必要的反思，以期能够为今后的沈从文研究提供新的契机。

第一节　牧歌情调

"牧歌"是来自于西方的一个诗学术语，它往往和"情调"、"气息"一类词搭配，是对那些独具审美格调的、抒情气息浓郁的乡土文学作品所作的诗性界说。由于"牧歌"与"田园"风味息息相关，所以本书也用"牧歌"来概指学界一切与田园相关的研究。在中国现代文学史上，还没有哪一位作家像沈从文那样与"牧歌（情调）"糅合得如此紧密，以至于成为"沈研"中频频呈示和析解的关键词之一。

早在 1934 年汪伟的《读〈边城〉》中，就提出了沈从文创作的"牧歌情调"，他认为"《边城》整个的调子颇类牧歌，可以说是近于'风'的，然而又觉得章法尚严，针线尚密，换言之，犹嫌雅多于风"①。这种看法一年后得到了刘西渭（李健吾的笔名）的认可，他在《〈边城〉与〈八骏图〉》中认为，"《边城》便是这样一部 idyllic 杰作。这里一切谐和，光与形适度配置，什么样人生活在什么样空气里，一件艺术作品，正要叫人看不出是艺术的。一切准乎自然"②。刘西渭所指的牧歌重在自然和谐，他以其敏锐的审美感觉，对沈从文的代表作作出了令人耳目一新的艺术判断。

夏志清在《中国现代小说史》中则认为"玲珑剔透牧歌式的文体"，是"沈从文最拿手的文体，而《边城》是最完善的代表

---

① 汪伟：《读〈边城〉》，载刘洪涛、杨瑞仁编：《沈从文研究资料》（上），天津人民出版社2006 年版，第 179 页。

② 刘西渭：《〈边城〉与〈八骏图〉》，载刘洪涛、杨瑞仁编：《沈从文研究资料》（上），天津人民出版社 2006 年版，第 202 页。

作"。① 他同时认为"《长河》是沈从文较长作品中最佳的一本,因为这是他才华的集中表现。在这本书里,他综合了田园风味、喜趣和社会批判"②。夏志清之所以认为《长河》优于《边城》,是因为"《边城》自始至终停留在田园风味里",而《长河》却超越了"大多数现代中国一般的乡土作品,它们充其量只是表现了忧伤和暴力,缺乏可以相提并论的严肃'视景'"。③ 夏志清偏爱《长河》,在于它比《边城》更多点"喜趣和社会批判",看来这本在中国"有相当影响"④ 的小说史也不失偏陋,仍然是把思想放在首要位置来衡量一部作品的。异域视界或语境影响下的类文学史写作,多少因缺乏对沈从文文本的审美阅读以及置身于其时的文学场的切身体验,而造成思想批评的放大,以致形成了对沈从文文化背景与文学精神的某种隔膜。或许,在"田园风味"这个问题上,我们应该听听沈从文自己是怎么说的:"你们能欣赏我故事的清新,照例那作品背后蕴藏的热情却忽略了,你们能欣赏我文字的朴实,照例那作品背后隐伏的悲痛也忽略了。"⑤ 显然,这些研究者都是把"牧歌"作为一种文体来讨论的,也正是仅仅把田园气息的牧歌作为一种文体来看,才使得他们忽略了沈从文的牧歌中"隐伏的悲痛"的民族文化精神内涵。

就沈从文的创作来看,湘西世界无疑是他以牧歌情调着力建构的意义世界,也是沈从文期待的理想精神家园。对此,并没有引起学界的足够重视,在探讨沈从文的湘西世界时,仅将沈从文的"牧歌"归

---

① 参见〔美〕夏志清:《中国现代小说史》,刘绍铭等译,复旦大学出版社2005年版,第146页。

② 〔美〕夏志清:《中国现代小说史》,刘绍铭等译,复旦大学出版社2005年版,第227页。

③ 参见〔美〕夏志清:《中国现代小说史》,刘绍铭等译,复旦大学出版社2005年版,第237页。

④ 〔美〕夏志清:《中国现代小说史·出版前言》,刘绍铭等译,复旦大学出版社2005年版。

⑤ 沈从文:《习作选集代序》,《沈从文全集》第9卷,北岳文艺出版社2002年版,第4页。

为和谐自然，在赵园的《沈从文构筑的"湘西世界"》一文中，作者认为，和谐自然的审美心境，既成就了沈从文，同时也造成了他创作中的某些缺陷，"沈从文作品中和谐之美达于极致，纯净到无可挑剔如《边城》者，因其太合于中国式的田园诗境，太合于'美'的目的，反而少了一点泼辣辣的生气，使人另有一种轻微的'缺憾感'"，因为作品缺少了"隐在这诗境背后的道德批判、人性探寻的内容（更富于现实感的内容）"。① 这样的批评策略，在 20 世纪 80 年代的文学语境和批评语境中，自然更多了一些对作家的道德要求和现实期待，而这一向度的观照，在后来的"沈研"中流布甚广。

从文化批判的角度看，虽然沈从文以"牧歌"笔调创构的"湘西世界"是为了对抗他眼中的都市世界，但是，这种对抗都市的创作心理的深层究竟来自何处，又是如何得以实现的？这的确是一个很有意义的话题。对此，王晓明给我们提供了一个独特的探究视角，他认为，沈从文的家乡记忆是他"牧歌"的精神支柱，"只有从湘西的风土人情当中，他才能提取出与都市生活风尚截然不同的道德范畴。他那渲染牧歌情致的热情，主要正是发源于这样的隐秘心理"，然而，"他越是虔诚地描绘牧歌图，就越说明他对这图景信心并不牢固"。② 美国学者金介甫对沈从文的评价也与之具有异曲同工之妙，认为"沈从文后期小说的田园风格掩饰了他对中国前途的失望"③。显然，他们都注意到了沈从文笔下田园牧歌的末世性，也正如沈从文自己在《〈看虹摘星录〉后记》里所说的那样，"美丽总令人忧愁"。

---

① 参见赵园：《沈从文构筑的"湘西世界"》，《论小说十家》，浙江文艺出版社 1987 年版，第 139 页。

② 参见王晓明：《"乡下人"的文体和城里人的理想——论沈从文的小说创作》，《文学评论》1988 年第 3 期。

③ 〔美〕金介甫：《沈从文笔下的中国社会与文化》，虞建华、邵华强译，华东师范大学出版社 1994 年版，第 92 页。

与国内学者不同，金介甫认为，沈从文笔下的田园诗特色不是出自文本本身，而是被人为建构起来的。"从牵强附会的城市人观点来看，他们对世界的理解非常片面，对新生社会力量的了解更显得不够。乡下人曲解城市人的放任自流，说农村也有这种'不听话的汉子'。他们对世界的看法很天真，把日常现象都赋予不同的，颇富新意的内容。这种新的富于诗意的形象，城里人不能理解。这就形成了沈从文写地区作品的田园诗特色。"① 沈从文作品的田园诗特色是否就是因为"城市人不能理解"所造成，这当然是一个值得商榷的问题，但是，不可否认，这样的认知也为我们解读沈从文的田园牧歌提供了另外一种切入点。

陶渊明笔下的桃花源无疑是人类社会的一个避难所，也是现代乡土作家们寄寓理想的一块精神栖息地，在牧歌情调的别一世界里，"沈从文更是极大地拓展了乡土小说的田园视景，强化了乡土小说的牧歌音响"②。在《二三十年代乡土小说中的乡土意识》一文中，凌宇认为存在着三种"不同形态的乡土影像：一是已成过去的、现时已不复存在美丽、值得留恋的故乡；一是现时的'到处是黑暗'，令人厌憎的故乡；一是想望中的未来故乡——王鲁彦式的'离开了的天上的自由乐土'，不能不是作者渴望重返的家园"③。正是在这三种时态的故乡所引发的乡愁中，凸显了一种"乡土乐园——失乐园——重返乐园历时思辨的潜逻辑"，而在作家的具体创作过程中，则出现"桃源寻梦——梦断桃园——桃源重构"的精神历程。④ 凌宇不仅形象地揭示了现代乡土小说的整体影像，而且更富有启示地凸显出沈从文牧歌的审美特性。

---

① 〔美〕金介甫：《沈从文传》，符家钦译，时事出版社 1990 年版，第 166 页。
② 凌宇：《二三十年代乡土小说中的乡土意识》，《文学评论》2000 年第 4 期。
③ 凌宇：《二三十年代乡土小说中的乡土意识》，《文学评论》2000 年第 4 期。
④ 参见凌宇：《二三十年代乡土小说中的乡土意识》，《文学评论》2000 年第 4 期。

应该特别提到的是，对"牧歌"内涵作出较为充分的界定和理论阐释的是刘洪涛，他在《〈边城〉：牧歌与中国形象》的论文中，通过对中西文论的辨析尤其是中国现代抒情类作品的质地特征的分析，揭示了牧歌作品的综合素质，认为牧歌的本质因素是它的"抒情倾向和品格"。"牧歌又不限于文学作品的某个特定方面，它综合了文体、风格、氛围、结构、题材等多种艺术成分，具有整体性、弥漫性的特点。"① 刘洪涛在考察了中西方"牧歌"的发展历程之后进一步指出："在中国现代文学范围内，'田园小说'和'牧歌'的内涵和外延上虽有交叉，但又有很大不同。'田园小说'用来描述文学类型。这是一个带有浓烈本土承传色彩的术语，它的意义主要在文类的甄别和划定，并修复与本土文学传统的关系。'牧歌'特指以理想化笔墨处理乡土题材的各类作品中能够反映其本质因素的抒情倾向和品格，它在田园小说中有突出表现，但又不受此文类的限制。由于牧歌是一个有深厚西方背景、丰富内涵和广泛的跨文化实践经历的诗学概念，它比田园小说更能反映中国现代文学中乡土抒情的本质，揭示这种抒情品格的源泉和意义。"② 刘洪涛的论述不仅从学理层面厘定了"牧歌"在现代文学中的含义问题，更为重要的是，它拓展了人们认识问题的视界，深刻地揭示出了沈从文作为一个现代作家所有别于传统的本质属性，亦即现代人具有的抒情品格，以及这种品格的丰富内涵及意义。在此，刘洪涛提出了解读沈从文的另外一种方式，把"田园牧歌"作为沈从文诗化中国的一种想象途径，从而打通了在"沈研"中文体和文本内蕴之间无法割裂的联系。

① 刘洪涛：《〈边城〉：牧歌与中国形象》，《文学评论》2002 年第 1 期。
② 刘洪涛：《沈从文小说新论》，北京师范大学出版社 2005 年版，第 124 页。

第二节 人性神庙

在"沈研"中，理解作家主体精神的另一个关键词就是他的"生命观"，而"人性"问题又是他生命观的核心，也是他创作的基点和标识，因此，要识解沈从文的生命观，则必须对他笔下的人性表达作出充分的析解与判断。"人性探索，是沈从文在动荡不安的政治社会环境中，以宁静的，或超脱的态度坚持纯艺术道路的思想中轴。"[①]

早在20世纪30年代，沈从文就因其孜孜以求的文学"希腊小庙"所供奉的人性而受到左翼作家的挞伐，在民族解放和阶级斗争的腥风血雨时代，沈从文的人性追求显然有些不合时宜，致使这位执着追求理想人性的作家在中华人民共和国成立后一直备受冷落甚至批判。在新时期以来的"沈研"中，人性问题"首当其冲"，它不仅是认识沈从文的最为重要的切入点，而且也是关涉如何认识中国现代文学（作家）的一个重大理论命题，也正是在对这一问题的反复深化研究中，沈从文研究不仅具有了现代作家研究的示范价值和意义，而且有了巨大的突破。

首先对沈从文创作的"人性"内涵给予肯定的是凌宇，他在《沈从文小说的倾向性和艺术特色》一文中，从人性的共通性上着眼，鲜明指出，"沈从文反映下层人民对生存权利和人生尊严的要求，植根于他对下层人民作为人，具有同别人一样的人性的认识"[②]。此文产生于20世纪80年代最初的文化语境中，虽然仍是社会学角度的分析与判断，但它正是这样的稳步推进，为后来持续讨论沈从文生命观中的人性问题扫清了政治上的障碍。其后，对沈从文笔下的人性内涵作出

① 杨义：《中国现代小说史》第2卷，人民出版社1988年版，第606页。

② 凌宇：《沈从文小说的倾向性和艺术特色》，《中国现代文学研究丛刊》1980年第3期。

系统解读的是吴立昌，在 20 世纪 80 年代末到 20 世纪 90 年代初吴立昌出版的三部"沈研"著作里，作者都紧扣沈从文笔下的人性问题，作了深入研讨。在吴立昌看来，"沈从文那么多不同的文体的创作是'磨盘'，而'人性'则是它的轴心；他创造的形形色色故事和人物，都可以说是从人性轴心向四面八方辐射出来的"[①]。吴立昌进一步指出，沈从文构筑的"人性神庙"包括两方面的内容："一方面是对人性美的歌颂和讴歌，一方面是对摧残、破坏人性美的种种社会阴暗面的罪恶势力的揭露和鞭挞。"[②] "他赞美的是人性的美——淳朴、正直、善良、勤劳、忠贞、粗犷等等，他忧虑的是人性的扭曲和变形，他憎恨的是对人性的戕贼。""在沈从文心目中，人性的发展，应该顺其自然之道，包括灵与肉的个性，应该能够自由地张扬。"[③]值得注意的是，在吴立昌的"沈研"系列论著中，对沈从文创作中人性表现的复杂性的探视，都是从作家具体的文本中生发、辨析并作出了有说服力的价值判断，它同时显示了论者执意于"美学的——历史的"研究准则及所达到的积极效应。

　　沈从文笔下的"人性"作为一种"顺应自然"的表现被认同，成为后来学界流行的一个趋势。"连最刻板的操练也辉映着人性的光芒，显示了某种超拔现实的力量"[④]，一度成为学界的共识。甚至在"恋尸"（《三个男子和一个女人》）这种别样的叙事（有人认为是极不道德的）中也发现了人性，"这种结合表面看似肮脏、猥亵、违反人性的，但在事实上却是对扭曲自然人性的社会制度所规定的人物命运的真正超越，是爱与美在畸形状态下的实现"[⑤]。毫无疑问，这些讨论人

---

① 　吴立昌：《沈从文作品欣赏》，广西教育出版社 1988 年版，第 7 页。

② 　吴立昌：《沈从文：建筑人性神庙》，复旦大学出版社 1991 年版，第 115 页。

③ 　吴立昌：《人性的治疗者：沈从文传》，上海文艺出版社 1993 年版，第 3 页。

④ 　许道明：《插图本中国新文学史》，上海古籍出版社 2005 年版，第 351 页。

⑤ 　王继志：《沈从文论》，江苏教育出版社 1992 年版，第 227 页。

性的文章大多都是从沈从文的作品本身着眼的，也是从沈从文自身所认定的人性的情感立场来作出评价的。然而，不可否认的是在沈从文的创作过程中，他一直是以其个人化的人性观来作为评判城市与乡村的基本尺度，以自己的价值取向构筑着心目中的"人性神庙"，因而也有论者敏锐指出，这种人性观，不管是面对乡下人还是城里人，都呈现出一种静态，即便就算"是为你们高等人造一面镜子"[①]，在与湘西世界对比时，也显示出了某种一成不变的图解。在城市与乡村的比较中，"不是变动着的世界的比较，而是两种文化静态的比较，是'形态'的而非'动态'（演变过程）的比较，因而难免不是片面化了的比较"[②]。正是这种静态上的比较，使得沈从文"连同'蒙昧'一起颂扬着原始性，让和谐宁静与清静无为抱雌守虚联系在一起，把奴性的驯良与淳朴忠厚一并作为美德"[③]。这种观点之所以引起研究者的普遍注意，并成为后来研究的一种思路，是因为它的确从某一侧面揭示出了沈从文创作中经常出现的现象，于是，进入 21 世纪后，有研究者开始重新审视所谓沈从文"人性神庙"的某种虚妄。

刘永泰在《人性的贫困和简陋——重读沈从文》一文中认为："看重人的自然属性而轻视乃至排斥人的社会属性和精神属性"的做法导致了学界盲目的沈从文人性健全说，而"丰富的社会性永远是人性真正优美健全的必要条件"，以此来反观："沈从文的作品不是表现了人性的优美健全，恰恰相反，他的作品表现的是人性的贫困和简陋！"[④]诚然，人不是简单的自然存在物，人之所以为人就是因为他

① 沈从文：《绅士的太太》，《沈从文全集》第 6 卷，北岳文艺出版社 2002 年版，第 213 页。
② 赵园：《沈从文构筑的"湘西世界"》，《论小说十家》，浙江文艺出版社 1987 年版，第 145 页。
③ 赵园：《沈从文构筑的"湘西世界"》，《论小说十家》，浙江文艺出版社 1987 年版，第 140 页。
④ 刘永泰：《人性的贫困和简陋——重读沈从文》，《中国现代文学研究丛刊》2000 年第 2 期。

是社会性的存在物。人确实只有在反思到自己是作为一个社会主体存在的时候，才能与动物区别开来，以此来看，某种程度上说，沈从文笔下的湘西人物确实是生活在简单的社会性里面。但这只是问题的一个方面，而不能概括沈从文创作的全部，如果我们从真、善、美的角度来打量沈从文的湘西世界时，他笔下的人物与周围社会的联系是否简单并不能作为否定这些人物的人性简陋的根据，而武断地以"当地的社会环境无法为人们提供充分的社会性"，"湘西当地社会环境无法使当地人充分地、全面地、有效地社会化，从而无法促成主体性的高扬、创造性的生成、独立个性的出现"，[1] 就认为这些湘西人物的人性"贫困"，显然是偏颇的——不仅否定了人性普遍的丰富性，更忽略了湘西少数民族地区人性表现的特异性。另外，沈从文笔下的湘西世界的人性及其生命观的呈现往往具有原始性的一面，对此不能完全以社会性标准来衡量，看待一个作家的人性观照，重要的是应该看到他所表现的这种人性是否是善的，是否是美的，是否有善恶的区分，而不能概之以单一的庸俗社会学观点来否认，至少，不能完全以这样的尺度来衡量，否则，就有可能会落入伪命题的陷阱。

　　"'生命'是理解沈从文小说的关键字。"[2] 在谈论自己的创作时，沈从文多次提到"人性"、"生命"等抽象概念，这使得研究者总是把沈从文的文学观与人性问题联系起来加以考察，抵达他生命思考的深处，并由此而提炼出了沈从文所独有的"美在生命"的美学命题。"美不在生活，而在生命。生命的本质，首先表现为摆脱金钱、权势，符合人的自然本性，文学艺术的美，首先产生于对这种自然人性的表现。"[3] 在

---

[1]　参见刘永泰：《人性的贫困和简陋——重读沈从文》，《中国现代文学研究丛刊》2000 年第 2 期。

[2]　阎浩岗：《中国现代小说史论》，人民文学出版社 2006 年版，第 159 页。

[3]　凌宇：《从边城走向世界》，生活·读书·新知三联书店 1985 年版，第 147 页。

凌宇的研究中，对沈从文生命观的解读持续得以深化，凌宇是将沈从文的生命观与其作品所表现的现代意识高度融合，这足以引起我们的注意，他认为"沈从文的现代意识集中表现为他的以'生命'学说为核心的人生观"，"依据人与所处外部环境的关系，沈从文描述了'生命'的四种基本形态"，即"原始的生命形态"、"自在的生命形态"、"个体自为的生命形态"、"群体自为的生命形态"，"在这种以生命学说为核心的人生观的基础上，确立起沈从文的美学观"。[①] 凌宇的研究成果颇有深度地揭示出沈从文"美在生命"文学观的文化空间以及作家个人独特的文学建构能力，他认为："苗—汉文化冲突作为最活跃的因素，在沈从文'生命'哲学的建构过程中起着决定作用，而中—西文化的碰撞这一 20 世纪中国的总体文化背景，又赋予这一'生命'哲学以现代特征。《边城》中反复出现的'走车路'—'走马路'、碾坊—渡船两组对立意象，其特有的文化内涵及其内蕴的情感走向，正是这一'生命'哲学的艺术显现。"[②] 较早地将沈从文研究引向阔大的文化视域，进行多角度的文化审视，凌宇不能不说是第一人。随后，同样将沈从文"美在生命"作为一个美学命题来研究的还有向成国，在《回归自然与追寻历史——沈从文与湘西》的论著中，作者辟专节分析，为这一美学命题的深入讨论打下了坚实的基础。

中国现代文学的外来影响对于作家研究有着十分重要的意义，要深入认识沈从文的"生命美学观"，丰富的世界文化营养的吸收的研究是必不可少的。无论从哪个角度看，沈从文的文化心理及创作都体现出了一个现代作家所具有的综合素质和精神追求，他是在综合接受中西文化的给养下成长起来的，因此对他的"生命美学观"的探察，如果不从其接受的影响方面去深入挖掘，那么对于认识沈从文的"真

---

① 参见凌宇：《从苗汉文化和中西文化的撞击看沈从文》，《文艺研究》1986 年第 2 期。
② 凌宇：《沈从文研究的回顾与前瞻》，《中国现代文学研究丛刊》1995 年第 2 期。

面目"和"真价值"就会流于浅至。正是这样，在对沈从文的"生命哲学观"的研讨中，笔者的专著《沈从文与东西方文化》把作家置于东西方文化的交融中来加以考察，认为"沈从文的'生命'哲学意识，其实质是要构筑现代意义上的'人的哲学'——使人得到彻底解放的、富有创造精神的、充满勃勃生机的'人的哲学'"[①]。正是这样的现代人的生命观，立体地折射出"沈从文的'生命'哲学意识一方面与西方'生命哲学'思潮发生着强烈的共鸣；另一方面，他张扬的个人与民族'意志'又的确注入了中国农业文化的汁液"[②]。像《边城》这样的着力体现"美型塑捏"的作品，其所"揭示'生命'意识的更内在、更撼动人心的文化力量在于，沈从文是通过人生命运的'不确定性'挖掘出人性更普遍、更闪光的美——一种带有永恒价值的并永远具有'确定性'的人生内容——人性美"[③]。这种思路的研究，在诸多研究者的成果中，得到了进一步深化。

第三节　国族想象

"民族国家想象"是近年来中国现代文学研究中以现代性视域或价值坐标来观照文学现象、研究作家的一个热点议题，但实际上这种想象并不是出现在"现代性"这一概念风靡中国学界之后。早在 20 世纪 30 年代，苏雪林在其著名的《沈从文论》一文中，就提出了沈从文的创作具有"民族国家想象"的质素，他"是想借文字的力量，把野蛮人的血液注射到老迈龙钟颓废腐败的中华民族身体里去使他兴

---

① 赵学勇：《沈从文与东西方文化》（修订版），兰州大学出版社 2005 年版，第 25 页。
② 赵学勇：《沈从文与东西方文化》（修订版），兰州大学出版社 2005 年版，第 34 页。
③ 赵学勇：《沈从文与东西方文化》（修订版），兰州大学出版社 2005 年版，第 69 页。

奋起来，年青起来，好在廿世纪舞台上与别个民族争生存权利"①。虽然当年苏雪林主要是从文化层面而不是"民族国家主体"上来突出沈从文的想象的，但也初步接触到了沈从文创作中的一个现代性层面上的问题。

苏雪林的观点在新时期后得到了赓续。凌宇在《从苗汉文化和中西文化撞击中看沈从文》的论文中把沈从文放在苗汉与中西方的文化遭遇、冲突与融合中来考察，认为"在沈从文及其创作品格的塑造中，苗汉两个民族的矛盾和对立，作为最活跃的因素起着主导作用。这种矛盾与冲突，常常是以都市与乡村、'城里人'与'乡下人'对立的形式出现的"②。沈从文从湘西步入都市，使"他被卷入二三十年代发生在中国的中西文化大碰撞的漩涡中心，从中获得了现代意识，并反过来用这种现代理性精神去观照湘西本土人生"③。与苏雪林所持的"中华民族"这样一个国家认同不一样的是，凌宇注重考察的是苗汉这样的带有国内东方主义的民族"想象的建构"，所以他揭示出了在沈从文"不为人理解的孤独感里"，"并非只是沈从文个人的孤独，更是他所属的南方少数民族的民族孤独。这个民族正是在长期遭受的民族歧视里，走着自己的民族生存之路"。④凌宇的这一发现，对认识和看取像沈从文这样的具有少数民族身份的作家的文化心理构成，具有相当重要的启示性。

20世纪90年代中期以来，在"现代性"这样一个观念的统摄下，包含了学界的"国族想象"研究，其主要体现在刘洪涛、吴晓东等人对沈从文小说的"民族国家身份认同"的考察，以及逄增玉、杨联芬

---

① 苏雪林：《沈从文论》，《苏雪林选集》，安徽文艺出版社1989年版，第456页。

② 凌宇：《从苗汉文化和中西文化的撞击看沈从文》，《文艺研究》1986年第2期。

③ 凌宇：《从苗汉文化和中西文化的撞击看沈从文》，《文艺研究》1986年第2期。

④ 凌宇：《从苗汉文化和中西文化的撞击看沈从文》，《文艺研究》1986年第2期。

等人关于沈从文创作的"反现代性"的研究中。

刘洪涛在《〈边城〉：牧歌与中国形象》一文中指出："《边城》的艺术独创性表现在两个方面：它巩固、发展和深化了乡土抒情模式；继《阿Q正传》之后重塑了中国形象。《边城》的牧歌属性与中国形象互为表里，为后发国家回应被动现代化提供了经典的样式和意绪。进一步的分析还表明，《边城》作为近现代以降文化守成主义思潮在文学上的提炼，其文本存在深刻的破绽，并有移用异族文化资源等问题，这揭示了主体民族对诗意的自我想像的虚拟性和策略性，以及与西方文学中的异族想像之间的密切联系。"① 在此，不难看出，刘洪涛同时综合了自汪伟《读〈边城〉》以来提出的"牧歌情调"与苏雪林在《沈从文论》里初步提出的"民族国家想象"的见解，并发展了金介甫在《沈从文传》里提出的"沈从文写湘西人的作品在历史领域中具有广泛的象征意义，可以把作品当作整个中国民族的寓言来读"②的观点——只是两者间的想象相距甚远，金介甫认为"20世纪初，中国是一个老朽而战乱的国家，沈从文希望把它重新构想成为一个仍然具有君主诸侯和武士侠客理想的青春有活力的宗族国土"③。在这里，一个认为沈从文想象的是古代，而另外一个则认为作家想象的是现代——这样一种把沈从文的小说作为象征性的寓言文本来解读的观点，都在不同角度为我们认识沈从文提供了新的视景。在这种象征性寓言的读解中，刘洪涛的《沈从文小说新论》一书，专章探讨沈从文的"民族想象与国家认同"，以"牧歌"来"诗化"中国形象，以隐喻的方式来建构"边城"想象，其主要依据来自于湘西这样一个乡土

---

① 刘洪涛：《〈边城〉：牧歌与中国形象》，《文学评论》2002年第1期。
② 〔美〕金介甫：《沈从文传》，符家钦译，时事出版社1990年版，第6页。
③ 〔美〕金介甫：《〈有缺陷的天堂——沈从文小说集〉序》，余凤高译，《海南师院学报》（人文社会科学版）1995年第1期。

之地。可是，我们知道，沈从文的创作区域既有乡下，也有都市，从象征层面来看的话，沈从文早期的一些作品照样具有"中华民族在整体意义上对自我的看法的具象表达"①的意味。以"边城"来作为"后发国家回应被动现代化"②的依据固然不难，但当我们反观他的都市写作时，是否能够推出另外的一个"中国形象"呢？之后，刘洪涛发表了《沈从文小说价值重估——兼论80年来的沈从文研究》一文，开始了对沈从文小说价值的全面评估，文章在确认"西方现代主义文学思潮与中国现代文学几乎是同步发展"的视景下，认为："沈从文小说属于这一现代主义思潮，主要取决于他小说的思想倾向而不是艺术手段……沈从文对湘西原始性的描写与西方非理性主义思潮相应和，他小说中的苗族想象和中国想象与西方现代主义文学的异族想象之间存在着荒原—拯救的同构、呼应关系。"③这样的价值判断不乏新意，实际上，是更加强化了沈从文创作的现代性特质。然而，值得进一步探讨的是，论者似乎淡化了沈从文的少数民族血统的身份，以及作家自身的生命经验，这让我们不能不追问的是：沈从文小说中的民族身份的诉求仅仅只是犹如"西方现代主义文学的异族想象"，还是寄寓了沈从文对自身民族问题的现实思考？同时，还需要细析的是，西方现代主义文学是建立在对工业文明的反思之上的。在中国，是否存在着真正西方意义上的工业现代化？以及葆有对这种现代化下对"人的异化和精神危机"的反映？既然诚如刘洪涛所指出的现代主义"是西方社会进入垄断资本主义和现代工业社会时期的产物，是动荡不安的20世纪欧美社会的时代精神的反映"④，那么，与之对应的中国是否具

① 刘洪涛：《沈从文小说新论》，北京师范大学出版社2005年版，第136页。
② 刘洪涛：《沈从文小说新论》，北京师范大学出版社2005年版，第120页。
③ 刘洪涛：《沈从文小说价值重估——兼论80年来的沈从文研究》，《北京师范大学学报》（社会科学版）2005年第2期。
④ 刘象愚等主编：《从现代主义到后现代主义》，高等教育出版社2002年版，第25页。

有他所说的"垄断资本主义和现代工业"的特征？中西现代历史进程的巨大落差，在现代中国作家的创作中尤其明显。尽管沈从文也敏锐地发现"'现代'二字已到了湘西"，但这个"现代"并不是现代的机器大工业，而仅仅只是"点缀都市文明的奢侈品大量输入，上等纸烟和各种罐头，在各阶层间作广泛的消费"。① 尽管沈从文在自己的创作中对现代文明也表现出了深深的担忧和疑惧，并在其都市批判中揭示了文明之于都市人的病象与异化现象，但还没有达到对于现代工业文明的深度质疑与批判的高度，这是时代的限制在作家创作中的真实反映，并非沈从文的个人局限，因此，当下学界对沈从文小说人为拔高的"现代想象"的再想象，是否有着过度阐释之嫌，有待进一步探究。

本尼迪克特·安德森在《想象的共同体——民族主义的起源与散布》一书中把民族国家的想象建构在现代传媒的使用上，他认为民族是一种"现代"的想象以及政治与文化的人为建构物，"资本主义、印刷科技与人类语言宿命的多样性这三者的重合，使得一个新形式的想象的共同体成为可能，而自其基本形态观之，这种新的共同体实已为现代民族的登场预先搭好了舞台"②。而"报纸这个概念本身就隐然意味着，即使是'世界性的事件'也都会被折射到一个方言读者群的特定想象之中"③。这种观念在吴晓东关于沈从文的研究中得到了体现，他在《〈长河〉中的传媒符码——沈从文的国家想像和现代想像》中认为："《长河》最终体现出的是国家主义与地域话语之间的张力。""《长河》标志着沈从文文化理想向政治理想，从审美想像向意识形态想像的过渡，这使《长河》不同于《边城》的人类学属性，而

---

① 参见沈从文：《长河·题记》，《沈从文全集》第 10 卷，北岳文艺出版社 2002 年版，第 3 页。
② 〔美〕安德森：《想象的共同体：民族主义的起源与散布》，吴叡人译，上海世纪出版集团 2005 年版，第 45 页。
③ 〔美〕安德森：《想象的共同体：民族主义的起源与散布》，吴叡人译，上海世纪出版集团 2005 年版，第 60 页。

充分展示了意识形态特征。而《申报》所象征的现代传媒的介入，无疑更加彰显了这种意识形态属性。《长河》的意义就生成于关于传统与现代、乡土传闻与大众传媒、民族国家与区域自治、文化关怀与政治热情之间的夹缝中"，"从《边城》到《长河》，沈从文的湘西世界似乎完成了一个历史阶段的跨越，仿佛是从'前史'一下子迈进了'现代史'。这与《长河》直接处理了湘西社会是'现代'想像和'国家'想像，直接介入了'现代性'语境以及现实政治语境大有关系。而这种'现代性'和现实政治语境在相当大的程度上是通过小说中具体的传媒符码建构的"[①]。以传媒符码来看《长河》，并以此来归结沈从文的国家想象和现代想象，从理论上和文本本身的解读来说，都具有有效性。然而，吴文的立论仅是建立在"两种舆论空间——乡土传媒和现代传媒"上，并以此来反观《边城》[②]的"前史"地位，把现代性仅仅解释为传媒符号这样一种工具上，不仅一概否认了《边城》之前沈从文所有创作的现代属性，也在相当程度上封杀了沈从文绝大多数作品通往现代的出路。

在沈从文研究大量重复再生产的今天，刘洪涛、吴晓东两个人的研究不乏新意，具有重要的突破。他们把《边城》或者《长河》作为一个象征性文本的国族寓言，作为一种"民族想象"来解读，这本身就给人耳目一新的感觉，使"沈研"具有了更开阔的阐释空间及在新近理论观照下多向度研究的可能，他们的视角也可视为一种见仁见智的研究方法。问题是，如果读者把他们的观点放到一起来品味就会发现，同样出自想象，在吴文中被认为是"前史"的东西，在刘文中却具有了"现代性"，这难道仅仅是由于视角的不一样所得出的不同结

---

① 吴晓东：《〈长河〉中的传媒符码——沈从文的国家想像和现代想像》，《视界》2003 年 12 期。

② 也包括《边城》以前的作品。

论？两者间评价的差距，迫使我们要追问的是：作为现代作家的沈从文，其现代性是不是偶然获得的？或许，在对这个问题的认识上，借用鲁迅曾谈及"革命文学"的话会对我们有所启示，"我以为根本的问题是在作者可是一个'革命人'，倘是的，则无论写的什么事件，用的什么材料，即都是'革命文学'"①。如果承认沈从文作品的现代性，那么，以何种资源想象就似乎并不重要了。同时，比照现当代文学研究中对左翼文学，以及十七年文学的民族国家想象的象征寓言性解读，我们又会情不自禁地追问：沈从文的小说与左翼文学，以及十七年文学的不同究竟在哪里？在遍地都是"国族想象"的现当代学界，沈从文得以是"这一个"，即沈从文的特异性又在哪里？是不是仅仅因为沈从文想象的方式抑或他想要达到的目标不一样？如果仅仅只是方式的不一样，那么，在确认最终目的都一样的情况下，几乎没有什么文学作品不可以用来作这样的想象性解读。或许，在这个问题上，重新回到湘西独特的巫楚文化背景下，从其特有的民风民俗情境中，深入发掘沈从文的与众不同，会比民族国家想象来得更实在，更能够抵达沈从文小说的内核。

　　20 世纪 90 年代中期以来，"现代性"一词已作为一个重要的文学（文化）观念进入了现代文学研究界。十多年过去了，我们对现代文学现代性的内涵仍然莫衷一是，"至今为止，没有哪一部《中国现代文学史》的编写者，能够准确解释什么是'中国现代文学'这一最基本的学理概念"②。这是一个多元的时代，多元是好事，可是也容易造成"公说公有理，婆说婆有理"的局面，在不能达成一个统一的标准的情况下，自说自话，以一种理论来反对另一种理论，甚至在同一篇

---

① 鲁迅：《革命文学》，《鲁迅杂文全编》（二），人民文学出版社 2006 年版，第 301 页。

② 宋剑华：《现代性困惑、焦虑与质疑——三维视角中的中国现代文学史论》，载朱栋霖、范培松主编：《中国雅俗文学研究》（第二～三辑），上海三联书店 2008 年版，第 92 页。

文章里发生类似于“周伯通双手互搏”的事情也就在所难免。杨联芬在《沈从文的“反现代性”——沈从文研究》中认为：“‘沈从文’与‘湘西’这一对概念组合，已经超越通常意义上作家与地域文化联系的模式；‘湘西’与沈从文的联系，是作为一种独特的价值选择而存在的，它所具有的不仅仅是地域、风俗乃至民族等一般性文化的含义，而是沈从文特立独行且带有某种边缘性的文化价值选择，这种选择的意义是远远大于‘乡土’、‘抒情’、‘田园’、‘牧歌’的，它体现出沈从文文化观念的‘反现代性’。”文章结尾提示：“沈从文存在的意义，除了审美以外，他选择中国传统文化另一种资源——老子——而建立的与欧洲浪漫主义暗合的自然哲学精神，对以工具理性为特征的中国的现代性选择，应当是一种补充和丰富。或许应当说，沈从文选择的是另一种现代性？”[①] 文末的反问号既道出了论者本身对“现代性”内涵认识的不确定，也显出了文章内在的矛盾。“反现代性”固然是“另一种现代性”，那么，在“现代性”尚且没有一定的标准时，反的又是一种什么样的现代性？相较而言，逄增玉对沈从文所持的“反现代性”就更为坚定，在《现代性与中国现代文学》一书中，作者认为“沈从文的小说中的反现代主题和叙事，不仅在他的小说文本中‘客观’显现出来，而且在他的小说中‘乡村’与‘城市’对立性形象的设置描绘及情感价值取向上，直接、有意、主动地显现和揭示出来，在他小说文本及理论性文章中对‘传统’与‘现代’的意象和名词所作的不同安排和评价中，直接表现出来。”于是，该著确立了“沈从文是现代中国，也可以说是亚洲和东方非常杰出非常有特点的反现代性作家”[②] 的地位。

① 杨联芬：《沈从文的“反现代性”——沈从文研究》，《中国现代文学研究丛刊》2003 年第 2 期。
② 逄增玉：《现代性与中国现代文学》，东北师范大学出版社 2001 年版，第 130—131 页。

上面所引论述可看出，由于"现代性"这一概念本身存在的普泛性、模糊性及不确定性，当它在介入中国现代文学研究特别是像沈从文这样的作家研究时，就出现了既有类同又有差异甚或矛盾的判断和评价，这并不为奇，任何一种理论的观照或许都会得出这样那样的判断或结论，但无论从哪一个角度看，现代性视野观照下的沈从文及其创作也大大开阔了人们的眼界，它不仅丰富、拓宽了"沈研"格局，同时也从另一向度显现了沈从文创作的丰富性、独特性以及学界再一次激发出的沈从文创作研究的多维可能。

第四节　文体作家

沈从文最初是以"文体家"的身份称誉文坛的，"文体家"贯穿于沈从文研究的始终，成为最惹眼的关键词之一。早在 20 世纪 30 年代，韩侍桁在《一个空虚的作者——评沈从文先生及其作品》中开篇就这样评价沈从文："轻轻地以轻飘的文体遮蔽了好多人的鉴赏的眼，而最有力的诱引着读者们于低级的趣味的作者，是沈从文先生。"韩侍桁注意到，"沈从文先生的作品里，几乎没有什么形式的技巧可讲；他的文字中属于形式的一个主要特色，是在于他特有的文体上"①。在革命激扬的时代语境中，这个左翼批评家力图找到否定沈从文的理由，但也不能不承认沈从文作品的主要特色在于其文体。20 世纪 30 年代，对沈从文文体持大体相同态度的还有苏雪林。在《沈从文论》中，她称"沈从文是一个新文学界的魔术家。他能从一个空盘里倒出数不清的苹果鸡蛋；能从一方手帕里扯出许多红红绿绿的缎带

---

① 韩侍桁：《一个空虚的作者——评沈从文先生及其作品》，载刘洪涛、杨瑞仁编：《沈从文研究资料》（上），天津人民出版社 2006 年版，第 165 页。

纸条；能从一把空壶里喷出洒洒不穷的清泉；能从一方包袱下变出一盆烈焰飞腾的大火，不过观众在点头微笑和热烈鼓掌之中，心里总是'这不过玩手法'的感想"[1]。在苏雪林看来，"沈从文之所以不能如鲁迅、茅盾、叶绍均、丁玲等成为第一流作家，便是被这'玩手法'三字决定了的！"[2] 在当时，无论左翼还是右翼，都首先发现了沈从文独有的文体。

随着时间的推移，学界对沈从文文体特殊性的认识得以深化。夏志清在《中国现代小说史》里首次把沈从文的文体与牧歌结合起来，他独具慧眼地发现"沈从文的文体和他的'田园视景'是整体的，不可划分的，因为这两者同是一种高度智慧的表现，一种'静候天机、物我同心'式创造力（negative capability）之产品。"[3] 夏志清对于沈从文文体的审美感悟，对后来的大陆学界产生了广泛影响。

显然，构成"田园视景"的一个重要因素是"物我同心"式的抒情。不管是乡土乐园的桃源寻梦，还是失乐园的梦断桃源，抑或重返乐园的桃源重构，抒情都是不可或缺的一个重要成分。"沈从文被人称为'文体家'，首先是因他创造性地运用和发展了一种特殊的小说体式：可以叫做文化小说、诗小说或抒情小说。"[4] 金介甫虽然也提出过沈从文"是从多方面写乡土作品的抒情诗人"[5]，然而，在较早的现代文学史（20 世纪 80 年代以前）对这一精彩识见的书写中，学界对沈从文作为"抒情诗人"的认识以及他的文体还是没有引起足够重视。基于这样一种被忽略的现象，凌宇在《中国现代抒情小说的发展轨迹及其人生内容的审美选择》一文中，颇有眼光地梳理了中国现代

---

① 苏雪林：《沈从文论》，《苏雪林选集》，安徽文艺出版社 1989 年版，第 460 页。

② 苏雪林：《沈从文论》，《苏雪林选集》，安徽文艺出版社 1989 年版，第 461 页。

③ 〔美〕夏志清：《中国现代小说史》，刘绍铭等译，复旦大学出版社 2005 年版，第 147 页。

④ 钱理群等：《中国现代文学三十年》（修订本），北京大学出版社 1998 年版，第 283 页。

⑤ 〔美〕金介甫：《沈从文传》，符家钦译，时事出版社 1990 年版，第 118 页。

抒情小说的发展历程，凸显了沈从文创作的别样范式，"与后期郁达夫和废名相比，沈从文的小说完成了抒情小说从题材到形式的质的飞跃"。在题材上，"他摆脱了郁达夫、废名视野相对狭窄、生活经验不足的局限。青少年时期特殊的人生阅历扩大了他的生活视野，作品的审美内涵显得丰厚"；而在形式上，"沈从文注重情绪的渲染和诗的意境的创造，在貌似朴呐的叙述中实现意象的流动，却扬弃了废名晦涩的弱点。他的《边城》等以湘西社会生活为题材的小说，标志着抒情小说在艺术上的成熟"。[①] 把沈从文放在整个中国现代抒情小说的发展历程中来考察，给予史学观照，既勾勒出了抒情小说的动态发展轨迹，又突出了沈从文在这一动态发展中的历史地位和作用。这一观点得到了史家的公认，严家炎在《中国现代小说流派史》中认为："废名小说以平淡含蓄晦涩著称的，沈从文则在保持、发展这种含蓄蕴藉的同时，弃其晦涩，一变而为活泼淡远隽永。"[②] 郭志刚等主编的《中国现代文学史》则认为："（《边城》）为中国现代抒情小说提供了一种独特的境界。"[③] 而在朱栋霖等人主编的《中国现代文学史》中，这一提法再次得以确认："追求小说的抒情性，是沈从文小说的特色。"[④]

从文体的演变轨迹来分析作家的创作，进而以此反观作家的心理精神历程，在"沈研"中是引人注意的。王晓明在《"乡下人"的文体和城里人的理想——论沈从文的小说创作》一文中独到地指出："文体的变化是一个信号，它表明沈从文的整个审美感受都在发生变化。"该文通过对沈从文作品中"牧歌情致"以及沈从文地位变化的

---

① 参见凌宇：《中国现代抒情小说的发展轨迹及其人生内容的审美选择》，《中国现代文学研究丛刊》1983 年第 2 期。

② 严家炎：《中国现代小说流派史》，人民文学出版社 1989 年版，第 219 页。

③ 郭志刚、孙中田主编：《中国现代文学史》（上），高等教育出版社 1989 年版，第 406 页。

④ 朱栋霖等主编：《中国现代文学史 1917—2000》（上），北京大学出版社 2007 年版，第 196 页。

考察，解读沈从文创作历程及心理的变化："世俗生活逐步改变了他的审美趣味，成年人的理智渐渐消解了天真的童心，城里人的冷漠挤开了乡下人的热忱，总之一句话，他置身的现实环境差不多完全收服了他。"也正是因为身份地位的变化，"作为一个善于讲故事的小说家，沈从文是直到 50 年代初才最后放下笔来，可作为一个具有独特文体的小说家，他在 40 年代中期就已经从读者眼前离去了"①。这种探讨作家精神和创作心理变化的目光，不失一家之言，很大程度上，揭示出沈从文创作的变化轨迹。

同时，把叙事模式与文化研究结合起来，在很大程度上避免了把文学叙事仅仅作为一个封闭自足的实体的狭隘视野，既能够在模式之内看出作者的共性，也能够通过这种模式，看到作者文化底蕴的个性。凌宇在《沈从文小说的叙事模式及其文化意蕴》一文中有效地把这两者结合了起来，认为"沈从文小说创作的总体叙事模式，是都市人生与乡村世界的对立与互参"②。由此推进，凌宇继续深化了他的"苗汉文化冲突"说，从而为认识沈从文的"叙事策略"提供了有意义的参照。

随着西方"新批评"以及"叙事学"理论的不断译介，文学研究由传统的外部研究回到文学本身的研究日显突出，在"沈研"中，叙事理论的运用也广为流行。刘洪涛在《沈从文与现代小说的文体变革》一文中，把文体看作是一种有意味的形式，指出"沈从文小说文体与他笔下湘西世界生命形态和生活方式之间"有一种"内在同构关系"。③刘文通过沈从文小说的文体特征研究，来重新确立沈从文在

---

① 王晓明：《"乡下人"的文体和城里人的理想——论沈从文的小说创作》，《文学评论》1988 年第 3 期。

② 凌宇：《沈从文小说的叙事模式及其文化意蕴》，《中国现代文学研究丛刊》1992 年第 4 期。

③ 参见刘洪涛：《沈从文与现代小说的文体变革》，《文学评论》1995 年第 2 期。

现代小说史上的地位，认为"沈从文对文坛流行的'小说'与自己的'故事'有所甄别，他强调的是自己小说在文体上的独创性，引出的则是文学观念、叙事方法的深刻冲突"①。沈从文的小说叙事"推崇客观原则，解构启蒙话语，这作为反思'五四'的具体成果，为中国小说的进一步现代化开辟了道路"，"从文体角度看，他苦心孤诣营造的湘西世界，因讲故事而确立，也因故事的消散而解构"。②这样的判别，就沈从文创作的历程与现代小说的叙事轨迹联系来看，基本是准确的。之后，刘洪涛连续发表了《〈边城〉与牧歌情调》、《沈从文作品中的时间形式》等论文，进一步对沈从文的小说文体进行叙事学上的探讨，借助热拉尔·热奈特的叙事理论，前文提出了《边城》中的"反复叙事"的文体特征，其结果是"他通过反复叙事，把个体还原到类，从现象发现规律，把特殊提升到普遍，经验与人事通过这样的抽象，从流动时间的冲刷侵蚀中解脱出来，演化成习惯、风俗、文化，达到永恒"③；后文则重点从"叙事时间"上探讨了沈从文的叙事特征，并再次肯定了沈从文借反复叙事催生出"地志小说"的文体④。对于"沈研"来讲，这是一种新的具有深度的阐释。类似的分析，在裴春芳《同质因素的"反复"——沈从文小说的叙事话语分析》一文中有所强化，该文通过对沈从文小说的叙事分析，认为"生命和自然回圈流转的时间感觉，从根本上决定了沈从文'反复叙事'的特征，这种特征具体围绕两个主题——'爱欲'主题和'死亡'主题——来体现"。因为沈从文"'反复叙事'的真正主旨是'爱欲'，是爱欲的各种形式"，所以，"唯有从此着眼，沈从文的

① 刘洪涛：《沈从文与现代小说的文体变革》，《文学评论》1995年第2期。
② 刘洪涛：《沈从文与现代小说的文体变革》，《文学评论》1995年第2期。
③ 刘洪涛：《〈边城〉与牧歌情调》，《中国现代文学研究丛刊》2001年第1期。
④ 参见刘洪涛：《沈从文作品中的时间形成》，《海南师范学院学报》（社会科学版）2003年第3期。

'模式化'和'单调'的写法、他对妓女之爱欲的温情脉脉的展现，才可以得到较为妥当地解释"。[①]裴文的结论是否确切，还有待商榷，但无论如何，借叙事话语来阐释沈从文的小说文体，仍不失为一条可以深化的路子。

对上述"沈研"成果中几个关键词的爬梳与清理，可以看到，它们往往相互缠绕、互为补充、互相糅合，并不是能够截然分离的，这首先来自于研究对象本身的复杂性，当然也体现在研究者的阐释中。因此，本书在结构时，只能偏其一隅，作大体观之，疏漏在所难免。同时我们发现，"沈研"中也不乏大量的"重复生产"与"过度阐释"现象，此间，笔者无力一一列举，也不是本书的重心。通过"沈研"中几个关键词的勾示与评析，"沈研"的整体面目与走势已呈示出来。可以认为，理论视野的不断扩展，将会为沈从文研究带来更加广阔的前景。

---

① 裴春芳：《同质因素的"反复"——沈从文小说的叙事话语分析》，《中国现代文学研究丛刊》2004 年第 2 期。

沈从文创作年表简编

说明：

本表根据邵华强、凌宇编，广州花城出版社、生活·读书·新知三联书店香港分店 1982 年联合出版的《沈从文文集》；北岳文艺出版社 2002 年出版的《沈从文全集》；刘洪涛，杨瑞仁编，天津人民出版社 2006 年出版的《沈从文研究资料》；邵华强编，知识产权出版社 2011 年出版的《沈从文研究资料》；陈建功主编，文化艺术出版社 2011 年出版的《新文学（创作）初版本图典》整理修订而成。表中注明【新编集】皆为北岳文艺出版社 2002 年版所编辑，"编者"为《沈从文全集》编辑委员会。沈从文的书信、废邮（即信稿）和零散日记编入北岳文艺出版社 2002 年版《沈从文全集》第 18—26 卷中，本表未收入。但 1949 年前已发表的书信、废邮，则分别编入该全集的散文、杂文或文论卷。

年表主要以作品结集初版时间为序，【新编集】一类中，沈从文生前以单篇发表但并未结集出版者，按【新编集】所收录文章的截止时间为序；生前未曾发表者根据创作时间灵活排序，兼顾作品体裁与内容。

《鸭子》该集收录了戏剧《盲人》、《野店》、《赌徒》、《卖糖复卖蔗》、《霄神》、《羊羔》、《鸭子》、《蟋蟀》、《三兽窣堵波》（附文《关于〈三兽窣堵波)》);小说《雨》、《往事》、《玫瑰与九妹》、《夜渔》、《代狗》、《腊八粥》、《船上》、《占领》、《槐化镇》;散文《月下》、《小草与浮萍》、《到北海去》、《遥夜（一及二)》、《水车》、《一天》、《生之记录》;诗《残冬》、《春月》、《薄暮》、《萤火》、《我喜欢你》。北新书局 1926 年 11 月初版，为"无须社丛书"之一。

　　《公寓中》【新编集】该集收录了作者 1925 年至 1926 年间发表的 9 篇小说:《公寓中》、《绝食以后》、《莲蓬》、《第二个狒狒》、《用 A 字记录下来的事》、《白丁》、《棉鞋》、《重君》、《一个晚会》，以及戏剧《母亲》。集名为编者所拟。

　　《蜜柑》该集收录了《序》、《初八那日》、《晨》、《早餐》、《蜜柑》、《乾生的爱》、《看爱人去》、《草绳》、《猎野猪的故事》，上海新月书店 1927 年 9 月初版，并于 1928 年 5 月再版。

　　《入伍后》该集收录了小说《入伍后》、《我的小学教育》、《岚生同岚生太太》、《松子君》、《屠桌边》、《炉边》、《记陆弢》、《传事兵》，以及戏剧《过年》、《蒙恩的孩子》，上海北新书局 1928 年 2 月初版。

　　《絮絮》【新编集】该集收录了作者 1927 年 1 月至 1928 年 6 月发表的 4 篇新体诗作，集名为编者所拟。

　　《老实人》该集收录了《自序》、《船上岸上》、《雪》、《连长》、《我的邻》、《在私塾》、《老实人》、《一件心的罪孽》、《一个妇人的日记》，上海现代书局 1928 年 7 月初版，新中国书局 1932 年 11 月再次出版时书名改为《一个妇人的日记》。

　　《好管闲事的人》该集收录了《好管闲事的人》、《或人的太太》、《焕乎先生》、《喽啰》、《怯汉》、《卒伍》、《爹爹》，上海新月书店 1928 年 7 月初版。

　　《阿丽思中国游记》此系列长篇小说第一卷，包含《序》、《第一章　她同那兔子绅士是怎样的通信》、《第二章　关于约翰·傩喜先生》、《第三章　那一本中国旅行指南》、《第四章　出发的情形》、《第五章　第一天的事》、《第六章　他们怎么样一次花了三十一块小费》、《第七章　八哥博士的欢迎会》、《第八章　他们去拜访那一只灰鹳》、《第九章　灰鹳的家》、《第十章　"我一个人先转来"他同姑妈说的》，1928 年 3 月 10 日—6 月 10 日《新月》第 1 卷 1—4 号首次发表时署名沈从文，上海新月书店 1928 年 7 月初版。

《篁君日记》中篇小说，其中《记五月三日晚上》以前部分最初连载于 1927 年 7 月 13 日至 9 月 24 日的《晨报·副刊》，共分 12 次，署名璇若。北平文化学社 1928 年 9 月结集出版。

《雨后及其他》该集收录了《雨后》、《柏子》、《第一次作男人的那个人》、《有学问的人》、《诱——拒》、《某夫妇》，上海春潮书局 1928 年 10 月初版。

《山鬼》中篇小说，前三部分最初在 1927 年 7 月 16 日、23 日《现代评论》第 6 卷第 136—137 期发表，署名琳。上海光华书局于 1928 年 10 月出版单行本，上海大光书局 1936 年 1 月以《一个神秘的颠子》为篇名，将全文收入《从文小说集》。

《长夏》中篇小说，最初分 6 次于 1927 年 8 月 1 日至 6 日在《晨报副刊》第 2018—2023 号连载，署名何远驹，上海光华书局 1928 年 10 月初版单行本。

《阿丽思中国游记》此系列长篇小说第二卷，包含《序》、《第一章　那只鸭子姆姆见到她大发其脾气》、《第二章　她与她》、《第三章　她自己把话谈厌了才安然睡在抽屉匣子里》、《第四章　生着气的她却听了许多使心里舒畅的话》、《第五章　谈预备》、《第六章　先安置这一个》、《第七章　又通一次信》、《第八章　水车的谈话》、《第九章　世界上顶多儿女的干妈》、《第十章　看卖奴隶时有了感想所以预备回去》，最初在 1928 年 7 月 10 日至 10 月 10 日《新月》第 1 卷 5—

8 号发表，署名沈从文，上海新月书店 1928 年 12 月初版时是"二百零四号丛书之四"。

《不死日记》该集收录了《献辞》、《不死日记》、《中年》、《善钟里的生活》，上海人间书店 1928 年 12 月初版时是"二百零四号丛书之二"。

《梓里集》【新编集】该集收录了作者 1925 年至 1928 年间发表的 10 篇小说：《福生》、《画师家兄》、《更夫阿韩》、《瑞龙》、《赌道》、《堂兄》、《往昔之梦》、《黎明》、《哨兵》、《屠夫》，集名由编者选自作者生前所拟的一组集名中。

《呆官日记》中篇小说，上海远东图书公司 1929 年 1 月初版时是"二百零四号丛书之六"。

《男子须知》该集收录了《男子须知》、《除夕》，上海红黑出版处 1929 年 2 月初版时是"红黑丛书之二"。

《十四夜间》该集收录了小说《或人的家庭》、戏剧《刽子手》、小说《十四夜间》、戏剧《支吾》，上海光华书局 1929 年 3 月初版。

《旅店及其他》该集收录了《结婚之前》、《旅店》、《阿金》、《七个野人与最后一个迎春节》、《记一大学生》、《元宵》，中华书局 1930 年 1 月初版，并于 1932 年 12 月再版。

《一个天才的通信》该集收录了《编者序》、《一个天才的通信》，上海光华书局 1930 年 2 月初版时是"新世纪文艺丛书"。

《沈从文甲集》该集收录了《冬的空间》、《第四》、《夜》、《自杀的故事》、《牛》、《会明》、《我的教育》，神州国光社 1930 年 6 月初版。

《旧梦》最初于 1928 年 2 月 25 日至 9 月 29 日《现代评论》第 7 卷第 168 期到第 8 卷第 199 期分 28 次连载，以《旧梦——到世界上之一》为题，署名懋琳，商务印书馆 1930 年 12 月初版。

《中国小说史》由沈从文与孙俍工合著，包含《绪论》、《第一讲：神话传说》、《第二讲：汉代的小说》、《第三讲：魏晋南北朝的小说》、《第四讲：唐代的小说》、《第五讲：宋代的小说》、《第六讲：元代的小说》、《第七讲：明代的小说》、《第八讲：清代的小说》。其中沈从文撰写了《绪论》与《第一讲：神话传说》，孙俍工撰写第二讲至第八讲，上海暨南大学出版社 1930 年出版。

《新文学研究》作者 1930 年上半年在中国公学讲授"新文学"课程，以新诗发展为内容，其后在暑期课程中讲授新诗，同年 9 月到武汉大学任教时由武汉大学印行了该讲义，前半部编选了新诗分类引例，以便学生阅读参考，后半部是作者谈新诗的 6 篇论文。这 6 篇论文于讲义印后两年间陆续发表于报刊，其中 3 篇收入 1934 年 4 月出版的《沫沫集》。

《石子船》该集收录了《石子船》、《夜》、《还乡》、《渔》、《道师与道场》、《一日的故事》、《后记》，上海中华书局 1931 年 1 月初版时为新文艺丛书。

《沈从文子集》该集收录了《龙朱》、《丈夫》、《灯》、《建设》、《春天》、《绅士的太太》，新月书店 1931 年 5 月初版。

《一个女剧员的生活》中篇小说，包含《一　后台》、《二　家》、《三　一个配角》、《四　新的一幕》、《五　大家皆在分上练习一件事情》、《六　配角》、《七　一个新角》、《八　配角做的事》、《九　一个不合理的败仗》，最初于 1930 年 10 月至 1931 年 5 月的《现代学生》第 1 卷第 1 至第 6 期发表，上海大东书局 1931 年 8 月初版。

《龙朱》该集收录了《龙朱》、《参军》、《媚金·豹子·与那羊》、《阙名故事》、《说故事人的故事》，上海晓星书店 1931 年 8 月初版。

《采蕨》【新编集】该集收录了作者 1928 年至 1931 年间发表的 5 篇小说：《采蕨》、《一只船》、《逃的前一天》、《一个女人》及《一个体面的军人》，集名为编者所拟。

《遥夜集》【新编集】该集收录了作者 1931 年之前创作的散文 17 题共 26 篇，集名为编者所拟。

《虎雏》该集收录了《中年》、《三三》、《虎雏》、《医生》、《黔小景》，新中国书局 1932 年 1 月初版。

《记胡也频》为好友胡也频写作的传记，最初在 1931 年 10 月 4 日至 11 月 29 日的上海《时报》连载，共分 34 次。其中前 11 次由编者加有小标题，总题为《诗人和小说家》，自 12 次开始取消了小标题，总题改为《记胡也频》，前后均署名沈从文。正文和篇末的《从文附志》中，有关胡也频被捕杀害的部分发表时被当局删除，以"……"表示。上海光华书局 1932 年 5 月初版，同年 11 月再版，上海大光书局 1935 年 10 月依再版本纸型印行第三版，删除之处未曾补入。

《都市一妇人》该集收录了《都市一妇人》、《贤贤》、《厨子》、《静》、《春》、《若墨医生》，新中国书局 1932 年 11 月初版。

《衣冠中人》【新编集】该集收录了作者 1925 年至 1932 年间发表的 10 篇小说：《三贝先生家训》、《崖下诗人》、《副官》、《宋代表》、《菌子》、《大城中的小事情》、《血》、《微波》、《道德与知慧》、《战争到某市之后》，作者曾编过一名为《衣冠中人》的集子，由于毁于战火，并未出版，此处为编者借用该集名。

《楼居》【新编集】该集收录了 1929 年至 1932 年发表的 6 篇小说：《落伍》、《楼居》、《知己朋友》、《燥》、《懦夫》、《傩之先生传》，集名为编者所拟。

《阿黑小史》该集收录了《油坊》、《秋》、《雨》、《病》、《婚前》，新时代书局 1933 年 3 月初版。

《慷慨的王子》上海良友图书印刷公司 1933 年 3 月出版单行本，为"一角丛书"之一。

《凤子》中篇小说，包含《一、寄居某地的生活》、《二、一个黄昏》、《三、隐者朋友》、《四、某一个晚上绅士的客厅里》、《五、一个被地图所遗忘的一处被历史所遗忘的一天》、《六、矿场》、《七、去矿山的路上》、《八、在栗林中》、《九、日与夜》。最初在 1932 年 4 月 30 日、6 月 30 日《文艺月刊》第 3 卷第 4 号，第 5～6 号合刊上发表，署名沈从文，杭州苍山书店 1933 年 7 月初版。北平立达书局 1934 年再版时，增加了《〈凤子〉题记》。1937 年 7 月作者又发表了《神之再现——凤子之十》一章。

《一个母亲》中篇小说，包含《〈一个母亲〉序》，《一个母亲》，最初在 1929 年 7 月 10 日《新月》第 2 卷第 5 号上发表，署名沈从文，1933 年由合成书局初版单行本。

《游目集》该集收录了《腐烂》、《除夕》、《春天》、《夜的空间》、《三个男子和一个女人》、《平凡故事》，大东书局 1934 年 4 月初版。

《沫沫集》该集收录了《论冯文炳》、《论郭沫若》、《论落华生》、《鲁迅的战斗》、《论施蛰存与罗黑芷》、《〈轮盘〉的序》、《〈沉〉的序》、《〈阿黑小史〉序》、《论朱湘的诗》、《论焦菊隐的〈夜哭〉》、《论刘半农〈扬鞭集〉》、《我的二哥》，上海大东书店 1934 年 4 月初版。

《如蕤集》该集收录了《如蕤》、《三个女性》、《上城里来的人》、《生》、《早上——一堆土一个兵》、《泥涂》、《节日》、《白日》、《黄昏》、《黑夜》、《秋》，上海生活书店 1934 年 5 月初版。

《从文自传》传记，包含了《我所生长的地方》、《我的家庭》、《我读一本小书同时又读一本大书》、《辛亥革命的一课》、《我上许多课仍然不放下那一本大书》、《预备兵的技术班》、《一个老战兵》、《辰州》、《清乡所见》、《怀化镇》、《姓文的秘书》、《女难》、《常德》、《船上》、《保靖》、《一个大王》、《学历史的地方》、《一个转机》。上海第一出版社 1934 年 7 月初版，作者在 1941 年校改后，于 1943 年 12 月开明书店出版了改订本。1935 年以后，上海良友图书印刷公司、开明书店、上海中央书局、人民文学出版社、重庆出版社等印行过多种不同版本。并且，1936年以后，本传记被编入作者的不同文集内多次出版。1980年8月，《新文学史料》从第3期起，分三次全文发表该传记。

《记丁玲》、《记丁玲续集》传记，收录了作者1933年至1935年发表的关于丁玲的4篇作品：《〈记丁玲女士〉跋》、《丁玲女士被捕》、《丁玲女士失踪》、《"消息"》。两文最初以《记丁玲女士》为题，在1933年7月24日至12月18日的《国闻周报》第10卷29—50期连载，共分21节，前6期署名从文，自34期起署名改为沈从文。连载时已有大量文字被删削，上海良友图书印刷公司1934年9月以《记丁玲》为书名出版精装本时，连载文本的11—21节被国民党图书审查委员会禁止出版，直到上海良友复兴图书印刷公司1939年9月才以《记丁玲续集》为书名，首次出版了这一部分的普及本，并于1940年5月再版。但是，与连载文本相比，续集中又有多处文字被删去。

《边城》中篇小说，包含《题记》、《边城》。最初在1934年1月1日至21日，3月12日至4月23日的《国闻周报》第11卷第1—4期，第10—16期上发表，共分11次，署名沈从文。上海生活书店1934年10月初版，1943年9月开明书店出版改订本。

《箅人谣曲》【新编集】该集收录了作者1925年7月至1934年7月发表的9篇72首民歌体诗作。其中《箅人谣曲》和《箅人谣曲选》为作者依据家乡一带的山歌收集整理而成，集名由编者所拟。

《八骏图》该集收录了《题记》、《八骏图》、《有学问的人》、《某夫妇》、《来客》、《顾问官》、《柏子》、《雨后》、《过岭者》、《腐烂》，上海文化生活出版社1935年12月初版。

《湘行散记》散文集，该集收录了《一个戴水獭皮帽子的朋友》、《桃源与沅州》、《鸭窠围的夜》、《一九三四年一月十八》、《一个多情水手与一个多情妇人》、《辰河小船上的水手》、《箱子岩》、《五个军官与一个煤矿工人》、《老伴》、《虎雏再遇记》、《一个爱惜鼻子的朋友》，商务印书馆 1936 年 3 月初版，开明书店 1943 年 12 月出版改订本。其中，《滕回生堂的今昔——湘行散记之一》最初发表于 1935 年 1 月《国闻周报》第 12 卷第 2 期，因商务印书馆初版时将此稿件丢失，所以仅收文 11 篇，1943 年 12 月开明书店出版改订本时仍未收录《滕回生堂的今昔——湘行散记之一》。直到 1983 年 5 月，四川人民出版社出版《沈从文选集》时，始补入并改题为《滕回生堂的今昔》。

《从文小说习作选》该集收录了《习作选集代序》；短篇选（包含《三三》、《柏子》、《丈夫》、《夫妇》、《阿金》、《会明》、《黑夜》、《泥涂》、《灯》、《若墨医生》、《春》、《龙朱》、《八骏图》、《腐烂》）；《月下小景》（包含《题记》、《月下小景》、《寻觅》、《女人》、《扇陀》、《爱欲》、《猎人故事》、《一个农夫的故事》、《医生》、《慷慨的王子》）；《神巫之爱》（包含《第一天的事》、《晚上的事》、《第二天的事》、《第二天晚上的事》、《第三天的事》、《第三天晚上的事》）；《从文自传》，上海良友图书印刷公司 1936 年 5 月初版。其中，《月下小景》1933 年 11 月曾由上海现代书局出版，1936 年 5 月全书辑入《从文小说习作选》；《神巫之爱》1929 年 7 月由光华书局出版单行本，1936 年 5 月全文收入《从文小说习作选》。

《新与旧》该集收录了《萧萧》、《山道中》、《三个男子和一个女人》、《菜园》、《新与旧》、《烟斗》、《失业》、《知识》、《薄寒》、《自杀》，上海良友图书印刷公司 1936 年 11 月初版。

《废邮存底》原书中“甲辑”为“沈从文：废邮存底”14 篇，“乙辑”为“萧乾：答辞”15 篇。“甲辑”收录了《一　一周间给五个人的信摘录》、《二　给一个写诗的》、《三　给一个写小说的》、《四　给一个大学生》、《五　给某教授》、《六　谈创作》、《七　致〈文艺〉读者》、《八　元旦日致〈文艺〉读者》、《九　我的写作与水的关系》、《十　风雅与俗气》、《十一　情绪的体操》、《十二　给某作家》、《十三　给一个读者》、《十四　〈边城〉题记》，上海文化生活出版社1937年1月初版。

《甲辰杂谈》【新编集】该集收录了作者1924年12月至1937年抗日战争爆发前发表的32篇杂文，集名为编者所拟。

《湘西》该集收录了《题记》、《引子》、《常德的船》、《沅陵的人》、《白河流域几个码头》、《泸溪·浦市·箱子岩》、《辰溪的煤》、《沅水上游几个县分》、《凤凰》、《苗民问题》。最初于1938年8月25日至1938年11月17日在复刊后的香港《大公报·文艺》连载，署名沈从文，商务印书馆1939年8月初版单行本。1944年4月开明书店出版时有副题"一名《沅水流域识小录》"。

《昆明冬景》该集收录了《真俗人和假道学》、《谈朗诵诗》、《谈保守》、《一般或特殊》、《昆明冬景》，上海文化生活出版社1939年9月初版，桂林文化生活出版社1941年12月再版。

《主妇集》该集收录了《主妇》、《贵生》、《大小阮》、《王谢子弟》、《生存》，商务印书馆1939年12月初版。

《烛虚》该集收录了第一辑《烛虚》、《潜渊》、《长庚》、《生命》；第二辑《新的文学运动与新的文学观》、《白话文问题》、《小说作者和读者》、《文运的重建》，上海文化生活出版社1941年8月初版。

《忧郁的欣赏》【新编集】该集收录了作者1925年5月至1941年11月发表的39篇新体诗作。其中《春月》、《我喜欢你》、《残冬》、《薄暮》曾收入北新书局1926年11月出版的小说、散文、戏剧、诗歌合集《鸭子》中，集名由编者所拟。

《云南看云集》该集收录了第一组《"文艺政策"检讨》、《文学运动的重造》、《小说与社会》，第二组《新废邮存底》十六则，第三组《废邮存底》十三则，重庆国民图书出版社1943年6月初版。其中，第三组的细目除《〈边城〉题记》未收外，均同 1937 年版《废邮存底》一书中作者所著部分。

《芸庐纪事》【新编集】该集收录了作者 1937 年至 1943 年间首次发表的 3 篇小说：《小砦》、《芸庐纪事》、《动静》，集名为编者所拟。

《长河》长篇小说，包含了《题记》、《人与地》、《秋（动中有静）》、《橘子园主人和一个老水手》、《吕家坪的人事》、《摘橘子》、《大帮船拢码头时》、《买橘子》、《一有事总不免麻烦》、《枫木坳》、《巧而不巧》、《社戏》。作品大部分最初在 1938 年 8 月至 11 月间香港《星岛日报·星座》副刊上连载，6 万余字，个别篇章曾在其他刊物上发表。1945 年 1 月，作者对已发表过的篇章作了大量非情节性的增补，字数增至 10 余万字，并为各章拟出篇名，交由昆明文聚社出版单行本，开明书店 1948 年 8 月再版。

《怎样从抗战中训练自己》【新编集】该集收录了作者 1938 年 2 月至 1945 年 5 月抗日战争时期发表的 13 篇杂文，集名为编者所拟。

《乡村琐事》【新编集】该集收录了作者 1935 年至 1946 年间发表的 6 个短篇小说：《张大相》、《王嫂》、《乡城》、《笨人》、《乡居》、《主妇》。作者曾自拟过《乡村琐事》一集，但未出版，编者选用作本集集名。

《虹桥集》【新编集】该集收录了作者 1943 年至 1946 年间发表的 3 篇小说：《看虹录》、《摘星录》、《虹桥》，集名为编者所拟。

《雪晴》【新编集】该集收录了作者 1945 年至 1947 年发表的互有联系的 4 篇小说：《赤魇》、《雪晴》、《巧秀和冬生》、《传奇不奇》，集名为编者所拟。

《见微斋杂文》【新编集】该集收录了作者 1943 年 6 月至 1947 年 1 月间发表的 5 篇杂文，集名为编者所拟。

《霁清轩杂记》【新编集】该集收录了作者 1946 年 9 月至 1948 年

9 月发表的 12 篇杂文，其中《政治与文学》一文未发表，据作者手稿编入，集名为编者所拟。

《北平通信》【新编集】该集收录了作者 1925 年 5 月至 1948 年 10 月发表的 17 篇杂文，集名为编者所拟。

《七色魇集》【新编集】该集收录了《水云》、《绿魇》、《黑魇》、《白魇》、《青色魇》。1949 年初，作者曾编成一作品集，拟以《七色魇集》为书名，但未曾出版。其中包括《水云》及作者以"魇"为题的 6 篇作品，即《绿魇》、《黑魇》、《白魇》、《赤魇》、《青色魇》与《橙魇》，此处编者借用其集名。

《新废邮存底续编》【新编集】该集收录了作者《废邮存底》和《云南看云集·新废邮存底》之外，写于 1949 年之前并公开发表的"废邮"及相关附录 38 篇，共 43 通，集名为编者所拟。

《跑龙套》【新编集】该集收录了 7 篇杂文，其中 6 篇曾于 1950 年 6 月至 1983 年春发表，另一篇《一个长会的发言稿》作者生前未发表，1992 年 12 月岳麓书社出版时《沈从文别集·贵生集》首次编入，集名为编者所拟。

《中国丝绸图案》署名沈从文、王家树编，介绍战国至清末期间的丝织图案，并补充有战国、六朝、宋代的一些毛织物图案，中国古典艺术出版社 1957 年 12 月初版。

《唐宋铜镜》包含《题记》、《铜镜图录》，中国古典艺术出版社 1958 年 11 月初版。1957 年 8 月《题记》曾以《古代镜子的艺术特征》为题，在《文物参考资料》第 8 期上发表，署名沈从文。1960 年 3 月和 1986 年 5 月，《题记》又以《古代镜子的艺术》为篇名，分别编入北京作家出版社和香港商务印书馆出版的《龙凤艺术》一书中。

《龙凤艺术》物质文化史方面的综合性专集，该集收录了《龙凤艺术》、《文史研究必需结合文物》等 15 篇文章，北京作家出版社

1960年3月初版。1986年5月，为纪念沈从文从事文学创作和文物研究60年，香港商务印书馆出版了第二个以《龙凤艺术》为书名的专集，篇幅约增大了一倍，共收录38篇作品。同年，台北丹青图书有限公司未署作者姓名，翻印出版了台湾版《龙凤艺术》，内容选取了香港商务印书馆出版中的33篇文章。

《中国古代服饰研究》物质文化史专著，香港商务印书馆于1981年9月以8开本初版。同年11月，台北龙田出版社以16开本分2册翻印出版。1988年5月，台北南天书局有限公司以16开本出版。1992年8月由香港商务印书馆出版增订本。1993年10月，台湾商务印书馆出版台湾版增订本。1997年6月，上海书店出版社据香港商务印书馆1992年版，以16开本在我国大陆地区出版，但全部彩图均以黑白版印刷。1993年，日本京都书院以8开本出版日文增订本，古田真一、栗城延江译。

《湘行书简》1934年初，沈从文还乡探母病，约定向夫人张兆和写信报告沿途见闻，这些信件及信中所附插图作者生前未公开发表。1991年，沈虎雏整理编辑成《湘行书简》，全文编入《沈从文别集·湘行集》，岳麓书社1992年5月初版，同年12月再版。其中包含张兆和致沈从文的3函"引子"，沈从文致沈云六的1函"尾声"，其余均为沈从文途中给张兆和的信。各信标题除《小船上的信》为原有外，其余皆无题，为整理者所拟。

《友情集》【新编集】该集收录了作者对有关亲友的10篇回忆文字，集名为编者所拟。

《南北风景》【新编集】该集收录了作者回忆南北有关风土、人物、景观的13篇散文，集名为编者所拟。

《我与新文学》【新编集】该集收录了作者谈自己与新文学关系的5篇文字：《我的学习》、《二十年代的中国新文学》、《从新文学转到历史文物》、《在湖南吉首大学的讲演》、《我怎么就写起小说来》，集名为编者所拟。

　　《从现实学习》【新编集】该集收录了作者自传性文章4篇：《略传——从文自序》、《从现实学习》、《自我评述》、《自订年表》，集名为编者所拟。

　　《艺文题识录》【新编集】该集收录了作者1934年至1983年所书艺文题识40篇，包含"题自己的著作"、"题他人的著作"、"题书法绘画摄影及其他"三辑，均为据手稿收录的未发表稿，集名为编者所拟。

　　《浮雕》【新编集】该集收录了作者1931年至1940年为刻画诗人朋友和自己而作的5篇新体诗，集名为编者所拟。

　　《乐章》【新编集】该集收录了作者1949年病中所作的3首新诗，集名为编者所拟。

　　《一个人的自白》【新编集】该集收录了沈从文1949年病中所写自白性文字10题，实编入4篇，作者生前均未发表过，集名为编者所拟。

　　《匡庐诗草》【新编集】该集收录了作者1961年冬去庐山参观时创作的3首古体诗，及备考文本2篇，属于作者生前留存下来的全部古体诗中最早的一批作品，集名为编者所拟。

　　《井冈山诗草》【新编集】该集收录了作者1961年12月至1962年春参观井冈山时创作的9篇古体诗，以及当时与张兆和讨论这些诗作的3封往来信函，集名为编者所拟。

　　《赣游诗草》【新编集】该集收录了作者1962年春在赣南各地参观时创作的4篇古体诗作，集名为编者所拟。

　　《青岛诗存》【新编集】该集收录了作者1962年始作于青岛的4篇古体诗、备考诗稿和跋，作者生前均未发表过，其中《残诗》为仅存未写完的初稿，集名为编者所拟。

《郁林诗草》【新编集】该集收录了作者 1963 年去广东、广西期间所写的 13 篇古体诗作及备考诗稿，集名原为作者自题于诗稿的总题。

《牛棚谣》【新编集】该集收录了作者 1968 年尚未得到"解放"时所作的 6 篇古体诗，作者生前均未发表过，集名为编者所拟。

《云梦杂咏》【新编集】该集收录了作者下放湖北咸宁文化部"五七"干校期间，1970 年 2 月至 9 月在双溪写的古体诗 7 篇，计 18 首，作者生前均未发表过，集名为编者所拟。

《文化史诗钞》【新编集】该集收录了作者初稿写于 1970 年至 1971 年下放"五七"干校时的咏史古体诗 9 篇及备考 1 篇，并汇集有关诗的不同序跋 2 组，作者生前均未发表过，集名为编者所拟。

《京门杂咏》【新编集】该集收录了作者 1962 年到 1975 年间所作古体诗 6 篇共 7 首，集名为编者所拟。

《喜新晴》【新编集】该集收录了作者 1962 年至 1975 年创作的 5 首古体拟咏怀诗，及序跋、备考诗稿等 7 篇相关材料，集名为编者所拟。

《沫沫集续编》【新编集】该集收录了《沫沫集》以外的作者评论中国现代作家、作品的 16 篇文字，集名为编者所拟。

《序跋集》【新编集】该集收录了作者各种序、跋共 30 篇，集名为编者所拟。

《编者言》【新编集】该集收录了作者先后担任《红黑》、《人间》、《小说月刊》、天津《大公报》文艺副刊、天津《益世报》、北平《平明日报》、北平《益世报》等报刊编辑时所写的 18 篇编者言、启事、发刊词等，集名为编者所拟。

《术艺刍言》【新编集】该集收录了沈从文论文学艺术创作的 11 篇文字，过去未曾结集。1949 年初，作者拟将自己部分论文学艺术的文章结集，并以"术艺刍言"为集名，故编者取之以为本集名。

《文学运动杂谈》【新编集】该集收录了作者 1949 年以前有关文学运动、文坛论争的 26 篇文字，集名为编者所拟。

《沉默归队》【新编集】该集收录了 1950 年至 1958 年间沈从文在组织安排的学习或政治运动中，按有关方面布置所写的部分检查及其他书面材料，共 10 篇，作者生前均未发表过，集名为编者所拟。

《史无前例》【新编集】该集收录了作者在"文化大革命"运动中的 20 篇文字材料，集名为编者所拟。

《谈话及其他》【新编集】该集收录了作者在不同场合的谈话记录、发言及建议文稿等，共 10 题，除《一个长会的发言稿》和《在湖南吉首大学的讲演》外，实收 8 篇，除《今日文学的方向——"方向社"第一次座谈会记录》外，作者生前均未发表过，集名为编者所拟。

《无从驯服的斑马》【新编集】该集收录了作者 1951 年至 1983 年间留下的杂文、抒情散文及文论稿共 13 题，除《抽象的抒情》和《凤凰山观景》外，实收 11 篇。作者生前均未发表过，集名为编者所拟。

《无从毕业的学校》【新编集】该集收录了沈从文 1959 年至 1983 年间留下的回忆性散文，共 7 题，除《我怎么就写起小说来》外，实收 6 篇，作者生前均未发表过，集名为编者取自《从文自传》中用语。

《忘履集》【新编集】该集收录了作者在 1950 年至 1982 年间留下的 8 篇文学试笔及创作计划，在其生前均未发表过，集名为编者所拟。

《中国玉工艺研究》【新编集】该集收录了作者讨论中国玉工艺的 10 篇文章，均未发表过，集名为编者所拟。

《中国陶瓷史》（残章）作者在为北京大学博物馆专业授课中写作的陶瓷工艺史方面的教学参考书。书稿写成后未曾出版，因年久稿件佚失，现已无法得见书的全貌。现收录此著作残章：《题记》、《彩陶的衍化》、《黑陶之发现及其意义》、《青瓷之认识》、《越窑——秘色瓷》编为一集。其中《题记》仅保存有古代服饰研究室一份题为《中国陶瓷》的他人誊抄稿，该章据抄稿编入，并按其内容更名为《题记》。其余各章据原稿整理编入。其中《越窑——秘色瓷》为残稿整理，中间缺失约 1800 字。整理时，凡原稿以"民元前"标注历史年代处，均据所述年号校核后，改为"公元"标注。总篇名《中国陶瓷史》据原稿脚注而定。

《中国陶瓷研究》【新编集】该集收录了作者《中国陶瓷史》之外其他讨论中国陶瓷工艺的 14 篇文章，集名为编者所拟。

《漆器及螺钿工艺研究》【新编集】该集收录了作者讨论中国漆工艺的 6 篇文章，生前均未发表过，集名为编者所拟。

《狮子艺术》【新编集】该集收录了作者关于狮子的艺术形象在中国发展历史的 2 篇文章，及其为此专题搜集的图像资料，集名为编者所拟。

《陈列设计与展出》【新编集】该集收录了作者撰写的一部分陈列设计、陈列工作建议和展品说明，共收 29 题，均未发表过，集名为编者所拟。

《镜子史话》【新编集】该集收录了作者未曾发表或出版过而未曾结集的谈镜子发展历史的 5 篇文章，集名为编者所拟。

《扇子应用进展》1978 年初，沈从文作为老编者和撰稿人，应邀为《〈大公报〉在港复刊卅周年纪念文集》提供近作，数月后作者将《扇子应用进展》初稿寄给香港《大公报》，但纪念文集中未选入。《扇子应用进展》原包含：一、前言；二、图表；三、图录；四、扇子考；五、后记。内中主论文《扇子考》1978 年后仍继续修改增补，尚未完篇，后原稿及誊抄稿均下落不明。

《文物研究资料草目》【新编集】该集收录了 18 篇各类型资料草目，均未发表过，集名为编者所拟。

《织绣染缬与服饰》【新编集】该集收录了 34 篇作者讨论中国织锦、刺绣、染缬及服饰制度历史的有关著作，集名为编者所拟。

《〈红楼梦〉衣物及当时种种》【新编集】该集收录了作者为《红楼梦》草拟的注释初抄稿，总题《〈红楼梦〉衣物及当时种种》，另收讨论《红楼梦》注释问题的作品，共3篇，集名为编者所拟。

《说"熊经"》【新编集】该集收录了《说"熊经"》及作者为该文准备的图像资料，集名为编者所拟。

《文物识小录》【新编集】该集收录了12篇作者写明"文物识小录"及风格相近的短文，集名为编者所拟。

《马的艺术和装备》【新编集】该集收录了作者讨论马的艺术形象和装备的著作5篇，及配合这些文章所留存的部分图像资料，其中线描图为冯耀午等协助摹绘，集名为编者所拟。

《文史研究必需结合文物》【新编集】该集收录了20篇作者阐述文物研究见解、主张等作品，集名为编者取自其中一篇的篇名。

参考文献

中文著作

艾晓明编译：《小说的智慧》，时代文艺出版社 1992 年版。

安国鹏：《沈从文素描》，中国文联出版社 2000 年版。

巴金、黄永玉等：《长河不尽流——怀念沈从文先生》，湖南文艺出版社 1989 年版。

包晓玲：《乡土流脉与文化选择——沈从文与湘西少数民族作家群研究》，重庆出版社 2003 年版。

布小继、李直飞等：《张爱玲·沈从文·贾平凹文化心理研究》，四川大学出版社 2011 年版。

陈国球、王德威：《抒情之现代性》，生活·读书·新知三联书店 2014 年版。

陈继会：《拯救与重建——20 世纪中国小说文化精神》，河南人民出版社 1991 年版。

陈平原：《20 世纪中国小说理论资料》，北京大学出版社 1997 年版。

陈平原：《中国小说叙事模式的转变》，北京大学出版社 2003 年版。

陈思和：《中国新文学整体观》，上海文艺出版社 1987 年版。

陈思和主编，张新颖分册主编：《一江柔情流不尽——复旦师生论沈从文》，安徽教育出版社 2008 年版。

陈子善：《作别张爱玲》，文汇出版社 1996 年版。

丁帆：《中国乡土小说史论》，江苏文艺出版社 1992 年版。

杜素娟：《孤独的诗性——论沈从文与中国传统文化》，华东师范大学出版社 2009 年版。

杜素娟：《沈从文与〈大公报〉》，山东画报出版社 2006 年版。

段德智：《西方死亡哲学》，北京大学出版社 2006 年版。

范家进：《现代乡土小说三家论·沈从文："现代绅士"的乡村挽歌》，上海三联书店 2002 年版。

方麟选编：《王国维文存》，江苏人民出版社 2014 年版。

方锡德：《中国现代小说与文学传统》，北京大学出版社 1992 年版。

废名著，陈子善编订：《论新诗及其他》，辽宁教育出版社 1998 年版。

费孝通：《生育制度》，天津人民出版社 1981 年版。

费孝通：《乡土中国　生育制度》，北京大学出版社 1998 年版。

符家钦：《沈从文故事》，中国友谊出版公司 1993 年版。

傅晓红：《沈从文 1902—1988》，江苏文艺出版社 2005 年版。

高恒文：《京派文人　学院派的风采》，上海教育出版社 2000 年版。

高维生：《浪漫沈从文》，团结出版社 2012 年版。

郭志刚、孙中田主编：《中国现代文学史》，高等教育出版社 1989 年版。

郭绍虞主编：《中国历代文论选》，上海古籍出版社 1979 年版。

韩立群：《沈从文论——中国现代文化的反思》，天津人民出版社 1994 年版。

韩毓海：《锁链上的花环——启蒙主义文学在中国》，时代文艺出版社 1993 年版。

贺亮明：《沈从文城市题材小说审美视角研究》，西南交通大学出版社 2011 年版。

贺兴安：《楚天凤凰不死鸟——沈从文评论》，成都出版社 1992 年版。

洪耀辉：《沈从文小说创作论》，吉林人民出版社 2009 年版。

胡适编选：《中国新文学大系·建设理论集》，上海良友图书印刷公司 1935 年版。

黄键：《京派文学批评研究》，上海三联书店 2002 年版。

黄献文：《沈从文创作新论》，华中理工大学出版社 1996 年版。

黄修己、刘卫国主编：《中国现代文学研究史》，广东人民出版社 2008 年版。

黄永玉：《太阳下的风景》，生活·读书·新知三联书店 1998 年版。

黄永玉：《比我老的老头》，作家出版社 2003 年版。

黄永玉：《沈从文与我》，湖南美术出版社 2015 年版。

黄卓越、叶廷芳主编：《二十世纪艺术精神》，河南人民出版社 1992 年版。

黄子平：《革命·历史·小说》，牛津大学出版社 1996 年版。

吉首大学沈从文研究室编：《沈从文研究》（第一辑），湖南大学出版社 1988 年版。

季红真：《文明与愚昧的冲突》，浙江文艺出版社 1986 年版。

巨才编：《辞赋一百首》，山西人民出版社 1994 年版。

贾平凹：《贾平凹小说新作集》，中国青年出版社 1981 年版。

解志熙：《文学史的"诗与真"——中国现代文学文献校读论集》，北京大学出版社 2013 年版。

康长福：《沈从文文学理想研究》，人民出版社 2007 年版。

老舍：《老舍文集》，人民文学出版社 1985 年版。

雷达、赵学勇主编，黄薇初选：《现代中国文学精品文库》（短篇小说选·上），河南文艺出版社 2004 年版。

李斌：《沈从文画传》，江西人民出版社 2015 年版。

李端生：《报刊情缘——沈从文投稿与编辑活动探迹》，中国文联出版社 2002 年版。

李何林：《近二十年中国文艺思潮论》，陕西人民出版社 1981 年版。

李辉：《恩怨沧桑——沈从文与丁玲》，台湾业强出版社 1992 年版。

李辉：《沈从文图传》，长江文艺出版社 2006 年版。

李辉：《中国文人的命运》，郑州大学出版社 2006 年版。

李家平：《凤凰之子——沈从文》，安徽少年儿童出版社 1997 年版。

李健吾：《李健吾文集》，北岳文艺出版社 2016 年版。

李萌羽：《多维视野中的沈从文和福克纳小说》，齐鲁书社 2009 年版。

李生滨：《沈从文与京派文人的魅力》，宁夏人民出版社 2008 年版。

李书磊：《都市的迁徙——现代小说与城市文化》，时代文艺出版社 1993 年版。

李扬：《沈从文的家国》，上海交通大学出版社 2014 年版。

李扬：《沈从文的最后 40 年》，中国文史出版社 2005 年版。

李泽厚：《美的历程》，天津社会科学院出版社 2002 年版。

李泽厚：《中国现代思想史论》，东方出版社 1987 年版。

梁桂莲：《审美的诉求——沈从文文论研究》，湖北人民出版社 2013 年版。

林庚：《中国文学简史》，北京大学出版社 1995 年版。

林毓生：《中国传统的创造性转化》，生活·读书·新知三联书店 1988 年版。

凌宇：《从边城走向世界》，生活·读书·新知三联书店 1985 年版。

凌宇：《沈从文传》，北京十月文艺出版社 1988 年版。

凌宇：《湘西秀士——名人笔下的沈从文 沈从文笔下的名人》，东方出版中心 1998 年版。

刘涵之：《沈从文乡土文学精神论》，湖南大学出版社 2008 年版。

刘红庆：《沈从文家事》，新星出版社 2012 年版。

刘洪涛：《湖南乡土文学与湘楚文化》，湖南教育出版社 1997 年版。

刘洪涛：《沈从文小说新论》，北京师范大学出版社 2005 年版。

刘洪涛、杨瑞仁编：《沈从文研究资料》，天津人民出版社 2006 年版。

刘呐鸥：《都市风景线》，上海水沫书店 1930 年版。

刘呐鸥：《刘呐鸥小说全编》，学林出版社 1997 年版。

刘硕良主编：《诺贝尔文学奖授奖词和获奖演说》，漓江出版社 2013 年版。

刘西渭（李健吾）：《咀华集：咀华二集》，人民文学出版社 2007 年版。

刘象愚等主编：《从现代主义到后现代主义》，高等教育出版社 2002 年版。

刘一友：《沈从文与湘西》，青海人民出版社 2003 年版。

刘运峰编：《1917~1927 中国新文学大系导言集》，天津人民出版社 2009 年版。

刘志荣：《张爱玲·鲁迅·沈从文——中国现代三作家论集》，复旦大学出版社 2013 年版。

鲁迅：《鲁迅全集》，人民文学出版社 1981 年版。

陆贵山主编：《中国当代文艺思潮》，中国人民大学出版社 2002 年版。

罗成琰：《百年文学与传统文化》，湖南教育出版社 2002 年版。

罗成琰：《现代中国的浪漫文学思潮》，湖南教育出版社 1992 年版。

罗宗宇：《沈从文思想研究》，湖南大学出版社 2008 年版。

茅盾：《茅盾论创作》，上海文艺出版社 1980 年版。

茅盾：《子夜》，人民文学出版社 1982 年版。

茅盾：《茅盾全集》，人民文学出版社 1991 年版。

蒙悦：《人·历史·家园——文化批评三调》，人民文学出版社 2006 年版。

孟卓等编著：《百年婚恋.第二辑.胡适、溥仪、沈从文、张謇》，辽宁人民出版社 2002 年版。

糜华菱：《沈从文的凤凰城》，中华书局 2007 年版。

糜华菱：《沈从文生平年表》，北岳文艺出版社 1998 年版。

糜华菱：《走近沈从文》，知识产权出版社 2005 年版。

穆时英：《公墓》，上海现代书局 1933 年版。

逄增玉：《现代性与中国现代文学》，东北师范大学出版社 2001 年版。

彭晓勇：《边城圣手——沈从文》，中国青年出版社 1994 年版。

彭晓勇：《沈从文与读书》，明天出版社 1999 年版。

钱理群编：《二十世纪中国小说理论资料》（第 4 卷），北京大学出版社 1997 年版。

钱理群等：《中国现代文学三十年》（修订本），北京大学出版社 1998 年版。

凌纯声、芮逸夫：《湘西苗族调查报告》，商务印书馆 1947 年版。

邵华强编：《中国文学史资料全编现代卷·沈从文研究资料》，知识产权出版社 2011 年版。

沈从文：《沈从文全集》，北岳文艺出版社 2002 年版。

师陀：《师陀全集》，河南大学出版社 2004 年版。

石柏胜：《文化选择与审美判断——沈从文研究综论》，吉林大学出版社 2011 年版。

司马长风：《中国新文学史》，昭明出版社有限公司 1978 年版。

宋家宏：《审美与重构：中国现当代文学丛谈》，云南人民出版社

2011 年版。

宋剑华：《百年文学与主流意识形态》，湖南教育出版社 2002 年版。

宋剑华：《文学的期待——转型期中国文学现象论》，作家出版社 2006 年版。

苏雪林：《苏雪林选集》，安徽文艺出版社 1989 年版。

孙冰：《沈从文印象》，学林出版社 1997 年版。

覃介吾等：《边城魂——守护沈从文的那些日子》，湖南人民出版社 2012 年版。

覃新菊：《与自然为邻——生态批评与沈从文研究》，湖南师范大学出版社 2006 年版。

滕小松：《超越模式——沈从文小说的文化批评》，作家出版社 1999 年版。

田伏隆、向成国等：《星斗其文 赤子其人——忆沈从文》，岳麓书社 1998 年版。

汪曾祺：《花花朵朵 瓶瓶罐罐——沈从文文物与艺术研究文集》，外文出版社 1994 年版。

汪曾祺：《汪曾祺全集》，北京师范大学出版社 1998 年版。

汪曾祺：《汪曾祺散文》，广西人民出版社 2006 年版。

汪曾祺：《我的老师沈从文》，大象出版社 2009 年版。

汪曾祺：《梦见沈从文》，中国青年出版社 2015 年版。

汪曾祺：《汪曾祺论沈从文》，广陵书社 2016 年版。

王保生：《寂寞寻梦人——沈从文》，中国社会出版社 2013 年版。

王保生：《沈从文评传》，重庆出版社 1995 年版。

王德威：《现代抒情传统四论》，台湾大学出版中心 2011 年版。

王德威：《现代中国小说十讲》，复旦大学出版社 2003 年版。

王德威：《想象中国的方法：历史·小说·叙事》，生活·读书·新知三联书店 1998 年版。

王德威：《写实主义小说的虚构——茅盾·老舍·沈从文》，复旦大学出版社 2011 年版。

王继志：《沈从文论》，江苏教育出版社 1992 年版。

王力：《诚人笃行——沈从文的人生交游》，人民出版社 2015 年版。

王珞：《沈从文评说八十年》，中国华侨出版社 2004 年版。

王明辉：《边城飞出的凤凰——沈从文》，湖南少年儿童出版社 1999 年版。

王顺勇：《淳而真的沈从文》，北京工业大学出版社 2016 年版。

王晓明主编：《二十世纪中国文学史论》（修订版），东方出版中心 2003 年版。

王亚蓉：《沈从文晚年口述》，陕西师范大学出版社 2003 年版。

王运熙主编：《中国文论·现代卷》（上、中、下），江苏文艺出版社 1996 年版。

温儒敏：《新文学现实主义的流变》，北京大学出版社 1988 年版。

温儒敏：《中国现代文学批评史》，北京大学出版社 1993 年版。

温儒敏、赵祖谟主编：《中国现当代文学专题研究》，北京大学出版社 2002 年版。

吴福辉：《带着枷锁的笑》，浙江文艺出版社 1991 年版。

吴宏聪主编：《中国现代文学与民族文化》，首都师范大学出版社 1994 年版。

吴立昌：《青少年沈从文读本》，台湾业强出版社 1992 年版。

吴立昌：《人性的治疗者：沈从文传》，上海文艺出版社 1993 年版。

吴立昌：《人性的治疗者：沈从文传》，百花文艺出版社 2013 年版。

吴立昌：《沈从文：建筑人性神庙》，复旦大学出版社 1991 年版。

吴立昌：《沈从文作品欣赏》，广西教育出版社 1988 年版。

吴投文：《沈从文的生命诗学》，东方出版社 2007 年版。

吴小美等：《中国现代作家与东西文化》，兰州大学出版社 1990 年版。

吴正锋：《沈从文小说艺术研究》，湖南人民出版社 2012 年版。

萧红：《呼兰河传》，黑龙江人民出版社 1979 年版。

向成国：《回归自然与追寻历史——沈从文与湘西》，湖南师范大学出版社 1997 年版。

向成国：《沈从文自述》，河南人民出版社 2006 年版。

徐岱：《小说形态学》，杭州大学出版社 1992 年版。

徐岱：《小说叙事学》，商务印书馆 2010 年版。

许道明：《京派文学的世界》，复旦大学出版社 1994 年版。

许道明：《中国现代文学批评史新编》，复旦大学出版社 2002 年版。

许道明：《插图本中国新文学史》，上海古籍出版社 2005 年版。

许志英、邹恬主编：《中国现代文学主潮》，福建教育出版社 2001 年版。

严家炎：《中国现代小说流派史》，人民文学出版社 1989 年版。

严家炎编选：《新感觉派小说选》，人民文学出版社 1985 年版。

严家炎选编：《中国现代各流派小说选》（二），北京大学出版社 1988 年版。

严家炎主编：《二十世纪中国文学史》，高等教育出版社 2010 年版。

阎浩岗：《中国现代小说史论》，人民文学出版社 2006 年版。

杨瑞仁：《沈从文·福克纳·哈代比较论》，中国文联出版社 2002 年版。

杨瑞仁：《沈从文研究专题目录集》，中国文联出版社 2002 年版。

杨雪舞：《沈从文和他身边的人们》，北岳文艺出版社 2012 年版。

杨义：《中国现代小说史》，人民文学出版社 1998 年版。

杨义、郭晓鸿：《京派与海派综论（图志本）》，中国社会科学出版社 2003 年版。

杨义主笔，中井政喜、张中良合著：《中国新文学图志》，人民出版社 1998 年版。

杨玉珍：《东方神韵——东方文学与文化视野下的沈从文研究》，中国文史出版社 2006 年版。

叶廷芳、黄卓越主编：《从颠覆到经典：现代主义文学大家群像》，商务印书馆 2007 年版。

叶渭渠：《冷艳文士川端康成传》（增订版），中国社会科学出版社 1996 年版。

尹变英：《时代边缘的沈从文》，三晋出版社 2012 年版。

于青编著：《寻找张爱玲》，中国友谊出版公司 1995 年版。

余虹：《革命·审美·解构——20 世纪中国文学理论的现代性与后现代性》，广西师范大学出版社 2005 年版。

余荣虎：《凝眸乡土世界的现代情怀——中国现代乡土文学理论研究与文本阐释》，巴蜀书社 2008 年版。

张爱玲：《张爱玲全集》，北京十月文艺出版社 2009 年版。

张建永、林铁：《孤怀独往的精神背影——沈从文独创性问题研究》，浙江工商大学出版社 2013 年版。

张丽军：《乡土中国现代性的文学想象——现代作家的农民观与农民形象嬗变研究》，上海三联书店 2009 年版。

张森：《沈从文思想研究》，人民文学出版社 2015 年版。

张文振：《从湘西到北京——沈从文早期文学研究》，中国戏剧出版社 2009 年版。

张晓眉：《中外沈从文研究学者访谈录》（第 1 辑），北岳文艺出版社 2015 年版。

张新颖：《沈从文的后半生》，广西师范大学出版社 2014 年版。

张新颖：《沈从文精读》，北岳文艺出版社 2014 年版。

张新颖：《沈从文与二十世纪中国》，复旦大学出版社 2014 年版。

张新颖：《生命流转 长河不尽——沈从文纪念集》，北岳文艺出版社 2015 年版。

赵学勇：《沈从文与东西方文化》，兰州大学出版社 1990 年版。

赵学勇：《新文学与乡土中国——20 世纪中国乡土文学》，兰州大学出版社 1993 年版。

赵学勇：《文化与人的同构——论现代中国作家的艺术精神》，兰州大学出版社 2000 年版。

赵学勇：《沈从文与东西方文化》（修订版），兰州大学出版社 2005 年版。

赵园：《艰难的选择》，上海文艺出版社 1986 年版。

赵园：《论小说十家》，浙江文艺出版社 1987 年版。

赵园主编：《沈从文名作欣赏》，中国和平出版社 1993 年版。

郑振铎：《插图本中国文学史》，人民文学出版社 1957 年版。

郑振铎：《郑振铎文集》，人民文学出版社 1988 年版。

中共中央马克思恩格斯列宁斯大林著作编译局编：《马克思恩格斯选集》，人民出版社 1972 年版。

中国大百科全书出版社编辑部编：《中国大百科全书·中国文学 Ⅱ》，中国大百科全书出版社 1988 年版。

周仁政：《巫觋人文——沈从文与巫楚文化》，岳麓书社 2005 年版。

朱栋霖等主编：《中国现代文学史 1917—2000》，北京大学出版社 2007 年版。

朱光潜：《朱光潜美学文集》，上海文艺出版社 1982 年版。

朱光潜等：《我所认识的沈从文》，岳麓书社 1986 年版。

朱立元主编：《当代西方文艺理论》，华东师范大学出版社 2005 年版。

曾小逸主编：《走向世界文学——中国现代作家与外国文学》，湖南人民出版 1985 年版。

〔美〕李欧梵：《苍凉与世故》，上海三联书店 2008 年版。

〔美〕李欧梵：《徘徊在现代和后现代之间》，上海三联书店 2000 年版。

〔美〕李欧梵：《现代性的追求——李欧梵文化评论精选集》，生活·读书·新知三联书店 2000 年版。

〔美〕李欧梵：《中国现代文学与现代性十讲》，复旦大学出版社 2002 年版。

〔美〕李欧梵等：《重读张爱玲》，上海书店出版社 2008 年版。

〔美〕李欧梵：《中西文学的徊想》，江苏教育出版社 2005 年版。

〔美〕夏志清：《人的文学》，福建教育出版社 2010 年版。

〔美〕夏志清：《新文学的传统》，新星出版社 2005 年版。

〔美〕叶维廉：《中国诗学》，人民文学出版社 2006 年版。

〔新加坡〕王润华：《从司空图到沈从文》，学林出版社 1989 年版。

〔新加坡〕王润华：《沈从文小说理论与作品新论——沈从文小说理论、批评代表作的新解读》，文史哲出版社 1998 年版。

〔新加坡〕王润华：《沈从文小说新论》，学林出版社 1998 年版。

〔新加坡〕夏菁：《神话与写实的二重变奏——沈从文乡土小说研究》，湖北人民出版社 2003 年版。

译文著作

〔丹〕勃兰兑斯：《十九世纪波兰浪漫主义文学》，成时译，人民文学出版社 1980 年版。

〔德〕恩斯特·卡西尔：《人论》，甘阳译，上海译文出版社 1985 年版。

〔德〕海德格尔：《存在与时间》，陈嘉映、王庆节译，生活·读书·新知三联书店 1987 年版。

　　〔法〕丹纳:《艺术哲学》，曹园英译，陕西人民出版社 2007 年版。

　　〔法〕伊莎贝尔·布利卡:《名人死亡词典》，陈良明等译，漓江出版社 2001 年版。

　　〔美〕阿兰·邓迪斯:《西方神话学读本》，朝戈金等译，广西师范大学出版社 2006 年版。

　　〔美〕安敏成:《现实主义的限制——革命时代的中国小说》，姜涛译，江苏人民出版社 2001 年版。

　　〔美〕本尼迪克特·安德森:《想象的共同体——民族主义的起源与散布》，吴叡人译，上海世纪出版集团 2005 年版。

　　〔美〕金介甫:《沈从文笔下的中国社会与文化》，虞建华、邵华强译，华东师范大学出版社 1994 年版。

　　〔美〕金介甫:《沈从文传》，符家钦译，时事出版社 1991 年版。

　　〔美〕李欧梵:《上海摩登——一种新都市文化在中国 1930—1945》，北京大学出版社 2001 年版。

　　〔美〕露丝·本尼迪克特:《文化模式》，王炜等译，生活·读书·新知三联书店 1988 年版。

　　〔美〕罗兹曼主编:《中国的现代化》，陶骅等译，上海人民出版社 1989 年版。

　　〔美〕麦克法夸尔、费正清编:《剑桥中华人民共和国史》，俞金戈等译，中国社会科学出版社 2006 年版。

　　〔美〕汤森、沃马克:《中国政治》，顾速、董方译，江苏人民出版社 1996 年版。

　　〔美〕韦勒克、沃伦:《文学理论》，刘象愚等译，生活·读书·新知三联书店 1984 年版。

　　〔美〕夏志清:《中国现代小说史》，刘绍铭等译，复旦大学出版社 2005 年版。

〔日〕川端康成：《川端康成谈创作》，叶渭渠译，生活·读书·新知三联书店 1988 年版。

〔日〕川端康成：《美的存在与发现》，叶渭渠等译，漓江出版社 1998 年版。

〔日〕川端康成：《雪国》，叶渭渠、唐月梅译，南海出版社 2013 年版。

〔日〕小岛久代：《沈从文——人与作品》（日文版），东京汲古书院 1997 年版。

〔瑞士〕凯塞尔：《语言的艺术作品》，陈铨译，上海译文出版社 1984 年版。

〔俄〕别林斯基：《别林斯基论文学》，梁真译，新文艺出版社 1958 年版。

〔英〕T. S. 艾略特：《基督教与文化》，杨民生、陈常锦译，汪淼校，四川人民出版社 1989 年版。

〔英〕安东尼·吉登斯：《现代性的后果》，田禾译，译林出版社 2000 年版。

〔英〕齐格蒙特·鲍曼：《流动的现代性》，欧阳景根译，上海三联书店 2002 年版。

〔英〕伊格尔顿：《文学原理引论》，刘峰译，文化艺术出版社 1987 年版。

期刊论文

郭沫若：《斥反动文艺》，《大众文艺丛刊》1948 年 3 月第 1 辑。

解志熙：《气豪笔健文自雄——漫说文坛健将杨振声兼谈京派问题》，《文艺争鸣》2014 年第 11 期。

贾平凹：《山石、明月和美中的我（创作谈）》，《钟山》1983 年第 5 期。

贾平凹：《答〈文学家〉问》，《文学家》1986 年第 1 期。

贾树枚：《永远地拥抱自己的工作不放——访著名文学家、古文学家沈从文》，《光明日报》1980 年 11 月 7 日。

刘洪涛：《沈从文与现代小说的文体变革》，《文学评论》1995 年第 2 期。

刘洪涛：《〈边城〉：牧歌与中国形象》，《文学评论》2002 年第 1 期。

刘一友：《孤寂中的思亲奏鸣——读〈来的是谁？〉》，《吉首大学学报》（社会科学版）2007 年第 1 期。

刘永泰：《人性的贫困和简陋——重读沈从文》，《中国现代文学研究丛刊》2000 年第 2 期。

另境：《时代的"特写"》，《申报·自由谈》1933 年 6 月 25 日。

凌宇：《中国现代抒情小说的发展轨迹及其人生内容的审美选择》，《中国现代文学研究丛刊》1983 年第 2 期。

凌宇：《沈从文小说的倾向性和艺术特色》，《中国现代文学研究丛刊》1980 年第 3 期。

凌宇：《沈从文谈自己的创作——对一些有关问题的回答》，《中国现代文学研究丛刊》1980 年第 4 期。

凌宇：《从苗汉文化和中西文化的撞击看沈从文》，《文艺研究》1986 年第 2 期。

凌宇：《沈从文小说的叙事模式及其文化意蕴》，《中国现代文学研究丛刊》1992 年第 4 期。

凌宇：《二三十年代乡土小说中的乡土意识》，《文学评论》2000 年第 4 期。

凌宇：《沈从文创作的思想价值论——写在沈从文百年诞辰之

际》,《文学评论》2002 年第 6 期。

　　马逢华:《怀念沈从文教授》,《传记文学》1957 年第 2 卷第 1 期。

　　茅盾:《外文版〈茅盾选集〉序》,《光明日报》1981 年 4 月 7 日。

　　乃超:《略评沈从文的〈熊公馆〉》,《大众文艺丛刊》第 1 辑 1948
年 3 月。

　　潘训:《两点集·序》,《小说月报》1923 年 8 月第 14 卷第 8 号。

　　施蛰存:《文艺独白·又关于本刊的诗》,《现代》1933 年第 4 卷
第 1 期。

　　沈从文遗稿,沈虎雏整理:《一点记录——给几个熟人》,《新文
学史料》2014 年第 4 期。

　　王鹏程:《沈从文的文体困境——从新近发现的长篇残稿〈来的
是谁?〉谈起》,《湘潭大学学报》(社会科学版)2010 年第 4 期。

　　王晓明:《"乡下人"的文体和城里人的理想——论沈从文的小说
创作》,《文学评论》1988 年第 3 期。

　　魏巍:《抵制记忆与遗忘书写:沈从文创作心理论》,《文学评论》
2014 年第 3 期。

　　杨联芬:《沈从文的"反现代性"——沈从文研究》,《中国现代
文学研究丛刊》2003 年第 2 期。

　　《艺术界·编者按》,《申报》1930 年 3 月 28 日。

　　张定璜:《鲁迅先生》,《现代评论》1925 年 1 月。

　　〔美〕李欧梵:《论中国现代小说的继承与变革》,季进、时苗译,
《当代作家评论》2008 年第 1 期。

　　〔美〕金介甫:《〈有缺陷的天堂——沈从文小说集〉序》,余凤高
译,《海南师院学报》(人文社会科学版)1995 年第 1 期。

　　〔新加坡〕王润华:《沈从文小说创作的理论架构》,《中国文化研
究》1997 年春之卷。

后　记

　　这是一个相当炎热的夏季。在整理自己近年来的沈从文研究文稿时，不由得想起二十多年前的 1990 年，我出版了自己的第一本学术著作《沈从文与东西方文化》（后又在 2005 年出版了这部著作的修订本），现在看来，自己过去的研究，对沈从文这样一位中国现代著名作家的认识和解读还远远不尽如人意。

　　近年来，随着沈从文研究的不断深化，沈从文其人在读者眼中，已经成为公认的，也是一位难得的具有自己独特的文体创造性的中国作家，特别是在持续升温的沈从文研究及各类文学史叙事中，沈从文已经进入中国现代一流作家的行列。

　　我始终认为，对一个中国作家的认识和研究，应该将其置于中国语境中，以作家的作品为出发点，以作家本人对自己创作的回顾和自评性文字（包括回忆录、作品题记、序、跋、书信、日记、采访记录等）为重要史料依据（当然，也有人认为，作家自己的话有时候也是不大可靠的，如郁达夫在谈及自己"对于创作的态度"时，说过一句影响深远的名言："我觉得'文学作品，都是作家的自叙传'这一句话，是千真万真的。"①这一句话几乎成了郁达夫终生不变的文学观念。也因此，郁达夫的作品及人格受到质疑），以历史的、美学的批评标

---

① 　郁达夫：《五六年来创作生活的回顾》，《郁达夫全集》第 5 卷，浙江文艺出版社 1992 年版，第 340 页。

准为重要的批评尺度，这些对于研究者来说都是不可或缺的。因此，在本书中，尽可能地从得以滋生作家的本土性生长环境和文化语境出发，把对作家生存境遇的历史关怀与文学作品的审美机制联系起来，从重视文本生成层面并把这种生成与作家的精神结构、心理意向、生存境遇、生命体验与文本内容的投射相统一，在研究中引入美学的充分观照，与自己的研究对象进行真诚的对话，对沈从文作综合性的把握，揭示其在现代历史进程中的个体生命轨迹与美学追求。这样探寻的努力，或许才能够不断抵达丰富而鲜活的研究对象本身。

在此，不由得让人再一次想起鲁迅当年曾大声疾呼的，文学必须走出传统的"瞒"和"骗"的泥淖的同时，又指出"没有冲破一切传统思想和手法的闯将，中国是不会有真的新文艺的"[①]。也就是说，鲁迅提出的新文学的"转换"、"改造"、"追求"、"革新"本身必然含有思想和手法，即内容和形式的双重变革，或者说，一切现代文学形式（技巧）的变革、创造，都是由"打破精神幻觉，揭示生存困境"这一现代文学的基本要求出发的。所谓现代文学的现代性追求及其属性正是包含了这两方面的内容，这自然也就同时蕴含着一种新的价值尺度。作为创造中国新文学的一员，沈从文致力于小说的风格化、个性化，以强烈的审美意识和热情不断试验着中国小说的文体，他的艺术追求主要是对小说内部的深入探视，"我愿意在章法外接受失败，不想在章法内得到成功"，"读书多而杂，文体也不拘常例，生活接触面又广，故事不拘常格……并无什么有意为之。……总的说来，求不受任何影响，必须从实践上，从成功和失败两方面取得经验，才明白叙事的多样性，才可望在同样三五千字极平常事件中，得到动人效

---

① 鲁迅：《论睁了眼看》，《鲁迅全集》第 1 卷，人民文学出版社 1982 年版，第 241 页。

果"。① 这些正表现了沈从文追求艺术独创性，强调艺术形式创造的自由和提倡创建作家风格的创作主张。本书立足于发掘沈从文自身文学素养的培植，对执着于自由主义创作的信念，以及沈从文在博采众长的基础上所形成的"沈从文式"的独特风格进行探讨。特别是强调传统的史传文学，古今中外很多作家的影响以及西方的圣经、东方的佛经，都是沈从文试炼自己特有的章法所不可或缺的养料。而通过比较的视野，将沈从文置于广泛的东西方作家的比较中，是否可以更中肯、切实地判断沈从文创作的个人性品格及意义呢？

沈从文的后期思想、生命轨迹及文学创作的变化也是近年来"沈研"中的热点问题。对于沈从文这样的作家，尽管看重时代的使然对其精神变化的影响也有一定的道理，但如果忽视在这样一个时代大变动中沈从文的诸多的个人因素，显然是不可取的。本书力图从"别一思路"，探讨沈从文 40 年代及其以后创作力的不断式微以及个人创作心理的焦虑与恐慌，当沈从文建构的湘西世界的辉煌已经渐渐远离的时候，如何超越自己就成为相当的难题。可以想象，一个从创作旺期开始走下坡路的作家是多么痛苦和难以让人接受。而沈从文的这一创作变化及精神历程在和新时代的撞击中让他尤其痛苦而又难以言说，甚至出现向死求生的精神大恐慌。本书通过大量出自沈从文本人的文字的梳理、分析，尽可能向一个真实的沈从文靠近，揭示一位文学天才即逝时的痛苦的精神生命历程。而这一视角的探寻，我认为对于中国现代作家的研究具有相当广泛的参考意义。我们看到，那些一路走来的中国作家，特别是公认的一流作家如茅盾、曹禺、郭沫若、老舍、巴金也难道完全是被时代影响而中断了自己的创作了吗？显然不是。当我们换一个角度思考问题的时候，问题的复杂性特别是作家

---

① 凌宇：《沈从文谈自己的创作——对一些有关问题的回答》，《中国现代文学研究丛刊》1980 年第 4 期。

的个人因素恐怕比我们想象的要曲折、丰富得多，而对这一问题的深入研究，无疑有助于拓宽中国现代作家持续研究的空间。

上述诸方面，是贯穿本书的基本思路和主要着眼点，也是本书所致力追求的目标。

本书得到 2016 年度陕西师范大学优秀著作出版基金资助，在此深表谢意！于敏、武菲菲、杨国伟等几位博士为本书的校订、勘误付出了辛勤的劳动，商务印书馆欣然接受本书出版，特别是责任编辑文艺女士不辞劳苦、负责认真的工作精神，使本书得以如期出版，衷心感谢你们！

赵学勇

2016 年 8 月 13 日